Andreas Eschbach

Das Marsprojekt – Die schlafenden Hüter

Weitere Romane von Andreas Eschbach im Arena Verlag:
»Das Marsprojekt – Das ferne Leuchten«, Bd. 1
»Das Marsprojekt – Die blauen Türme«, Bd. 2
»Das Marsprojekt – Die gläsernen Höhlen«, Bd. 3
»Das Marsprojekt – Die steinernen Schatten«, Bd. 4
»Perfect Copy«
»Die seltene Gabe«

Mehr über den Autor unter:
www.andreaseschbach.de

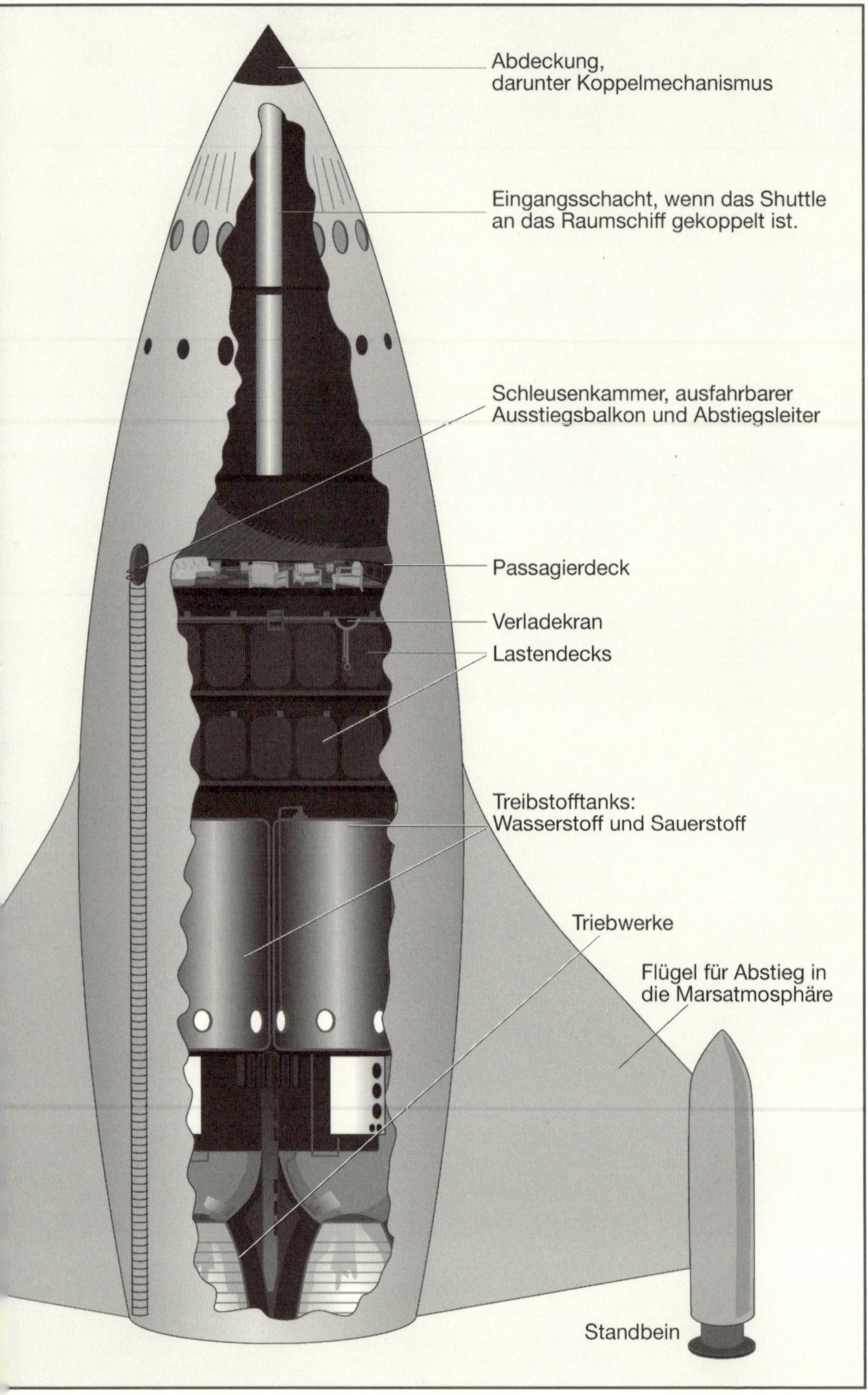
Abdeckung,
darunter Koppelmechanismus
Eingangsschacht, wenn das Shuttle
an das Raumschiff gekoppelt ist.
Schleusenkammer, ausfahrbarer
Ausstiegsbalkon und Abstiegsleiter
Passagierdeck
Verladekran
Lastendecks
Treibstofftanks:
Wasserstoff und Sauerstoff
Triebwerke
Flügel für Abstieg in
die Marsatmosphäre
Standbein

Das Marsprojekt

Die schlafenden Hüter

Andreas Eschbach

Arena

In neuer Rechtschreibung

1. Auflage 2008

Dieses Werk wurde vermittelt durch die Literarische Agentur
Schlück GmbH, 30827 Garbsen
Umschlaggestaltung: Constanze Spengler
Gesamtherstellung: Westermann Druck Zwickau GmbH
ISBN 978-3-401-06061-3

www.arena-verlag.de

Inhalt

1	Ein Senator auf Abwegen	7
2	Unfreiwillige Heimlichkeiten	15
3	Geheime Pläne	27
4	Lichter am Sternenhimmel	37
5	Ein Teddy unter Glas	49
6	Dinge ändern sich	61
7	Die Bedrohung	70
8	Eine Lektion in Entschlossenheit	78
9	Ein folgenreiches Gespräch	91
10	Krieg gegen die Menschheit	98
11	Eine geheimnisvolle Spur	114
12	Das verschwundene Raumschiff	125
13	Neue Rätsel	132
14	Böse Vorahnungen	139
15	Expedition auf alten Spuren	149
16	Die Zeit drängt	162
17	Der Mars schweigt	173
18	Drama in der Höhle	186
19	Sie kommen!	198
20	Jahre in Trance	206
21	Ein Bild sagt mehr als Worte	215
22	Funkstille	230
23	Eindringlinge	239

24 AI-20 greift ein 252
25 Die Verschwörung 261
26 Der Schlüssel 275
27 Begrüßungsgesänge 293
28 Der Retter 313
29 Höllenfeuer 328
30 Der Abschied der Hüter 339
31 Das größte Geheimnis der Galaxis 353

1 Ein Senator auf Abwegen

Die Straßenlaternen flackerten trübe und überall lag Müll. So was zeigten sie in den offiziellen Berichten nie. Auch auf den unaussprechlichen Gestank, der in der Luft lag, war er nicht vorbereitet gewesen.

Immerhin würde niemand auf die Idee kommen, ein Senator könnte sich in so eine Gegend verirren, noch dazu zu Fuß.

Zumindest hoffte Hjalmar Bjornstadt, Senator für Nordeuropa und Vorsitzender des Ausschusses für Raumfahrtangelegenheiten, dies inständig. Er trug seine älteste Jacke und dazu eine verblichene Jeans, die er noch irgendwo im hintersten Winkel seines Kleiderschranks gefunden hatte. Inzwischen kam er sich selber lächerlich vor, wie er sich immer wieder verstohlen nach allen Seiten umsah. Bisher hatte er keinen Verfolger entdecken können. Das musste allerdings nichts heißen. Er war nicht gerade das, was man erfahren in Spionageangelegenheiten nennen konnte.

Endlich, die Hausnummer, die er gesucht hatte. Er ging die Treppenstufen hinunter und zuckte erschrocken zurück. Er war auf etwas Weiches, Nachgiebiges getreten. Es war schon zu dunkel, um zu erkennen, um was es sich handelte, und er wollte es auch gar nicht so genau wissen. Mit Gänsehaut am ganzen Körper klopfte er an die Tür: Dreimal schnell, Pause, einmal, Pause, zweimal schnell – so, wie sie es vereinbart hatten.

Es kam ihm endlos vor, bis geöffnet wurde. Vor ihm stand ein etwa siebzig Jahre alter Mann mit rot-grau meliertem Haar und buschigen, absurd aussehenden Koteletten. Er lächelte beim Anblick seines Besuchers. »Ah, guten Abend, Sen–«

»Keine Namen, wenn ich bitten darf«, fiel ihm Bjornstadt ins Wort.

»Schon gut«, meinte der Mann und trat beiseite, um den Senator einzulassen. »Sie brauchen sich keine Sorgen zu machen. Hier sind Sie sicher.« Er schloss die Tür. »Es ist Ihnen auch niemand gefolgt, seit Sie die U-Bahn an der Haltestelle Kenyatta verlassen haben. Niemand außer einem jungen Mann meines Vertrauens, der auf Sie aufgepasst hat.«

Bjornstadt holte überrascht Luft. Und er hatte niemanden bemerkt!

»Wie schön«, meinte er schließlich, nachdem er den Schock überwunden hatte. »Können wir gleich anfangen?«

»Empfiehlt sich. Kommen Sie.«

Bjornstadt folgte dem Mann durch einen schmalen Flur in den hinteren Teil des Gebäudes, vorbei an einer unaufgeräumten Küche, die nach altem Fett und Gewürzen roch, und einem Badezimmer, das keine Tür besaß, nur einen Perlenvorhang.

»Eine anonyme Videomail, das war es, was Sie wollen, nicht wahr?«, vergewisserte sich der Mann, während er an einem Schlüsselbund, den er aus einer Tasche seiner unförmigen Hose gezogen hatte, eine ganz bestimmte Codekarte suchte.

»Genau«, sagte Bjornstadt.

»Sie wissen, dass die Zustellung sich ziemlich hinziehen kann?« Der Mann beäugte eine grüne Karte, schüttelte den Kopf und suchte weiter. »Jede Mail wird in kleine Datenpakete zerlegt, ehe sie auf die Reise geht, und wenn so ein Datenpaket keinen Abrechnungscode hat, kommt es immer ganz zuletzt an die Reihe, schlängelt sich sozusagen in die Lücken der Datenströme . . .«

Der Senator furchte unwillig die Stirn. »Ich weiß, wie das Mailsystem funktioniert. Und es gibt gute Gründe, warum es eine Videomail sein muss.«

»Video heißt, dass Sie ziemlich viele Datenpakete auf die Reise schicken. So was kann lange unterwegs sein.« Er hatte die richtige Schlüsselkarte gefunden, schob sie in den Leseschlitz der Tür am Ende des Flurs. »Das muss Ihnen klar sein.«

»Das ist es, keine Sorge«, sagte Bjornstadt. »Umso dringender, dass wir endlich anfangen.«

Der Name des Mannes mit den einst grellroten Haaren und dem altmodischen Backenbart war Ian Noone – zumindest nannte er sich so und unter diesem Namen war er unter Informationstechnikern eine Berühmtheit. Seinen wirklichen Namen hatte auch Bjornstadt nicht herausfinden können. Er hatte Noone vor vielen Jahren mit einem Gutachten vor Gericht zu einem Freispruch verholfen. Da war Bjornstadt noch Professor für internationales Recht an der Universität von Quebec gewesen. Ohne besondere Sympathie für den Mann zu hegen, hatte er einfach nur die Gesetzeslage dargelegt und Noone so eine Verurteilung erspart. Nach dem Prozess hatte Noone ihm verschwörerisch zugeraunt, er, Bjornstadt, habe nun etwas gut bei ihm.

Bjornstadt hatte nicht im Traum daran gedacht, jemals im Leben auf dieses Angebot zurückzukommen.

Bis jetzt.

Die Tür, die Noone aufschloss, führte in eine . . . Ja, was? Eine Garage? Einen Raum jedenfalls, dessen Wände voller Regale standen, die bis zur Decke reichten und bis in die letzten Winkel vollgestopft waren mit Werkzeug, Computern aller Bauarten, Kisten, Kästen, Kartons und unidentifizierbaren Maschinen. In der Mitte des Raumes stand eine

Art Telefonkabine, nur größer. In ihr befand sich ein Tisch mit einer altertümlichen Tastatur, einer Kamera und einem Bildschirm.

»Bitte sehr«, sagte der alte Mann. »Hier sind Sie ungestört. Unabhörbar nach IDPA-Standard Stufe drei, mit integrierter Abschirmung gemäß –«

»Ersparen Sie mir das technische Gebrabbel«, sagte Bjornstadt. »Fangen wir lieber an. Was muss ich tun?«

Noone deutete einladend auf die Tür des großen grauen Kastens. »Sie gehen da rein, tippen die gewünschte E-Mail-Adresse ein –«

»Eintippen?«

»Bei einer anonymen Mail geht es nicht anders.«

»Gut. Und weiter?«

»Sie drücken die Aufnahmetaste. Die Kamera stellt sich automatisch ein. Und dann reden Sie.«

Also gut. Bjornstadt vergewisserte sich noch einmal, dass die Tür geschlossen und verriegelt war. Draußen wedelte Noone mit den Händen, hob die Finger. Zehn. Was wohl hieß, er solle höchstens zehn Minuten reden, weil die Zustellung sonst ewig dauern würde. Jaja. Der Senator nickte unwillig.

Vertrauen war gut, Kontrolle war besser. Bjornstadt zog ein kleines Kästchen aus der Tasche, schaltete es ein, wartete, bis das Signal auf der Oberseite aufleuchtete. Grün. Das hieß, die Abschirmung funktionierte. Zumindest, wenn er dem Techniker vom Sicherheitsdienst vertrauen wollte, der es ihm vor einiger Zeit gegeben hatte.

Das allerdings war gerade die große Frage: Wem in seiner Umgebung durfte er noch vertrauen?

Er zog die Tastatur zu sich heran, musterte die Buchstaben darauf. Es war Ewigkeiten her, seit er das letzte Mal so ein Gerät benutzt hatte. Mühsam tippte er die Mailadresse seiner Exfrau ein, kontrollierte auf dem kleinen Schirm, dass sie richtig geschrieben war. Dann hielt er einen Moment inne, versuchte, sich ins Gedächtnis zu rufen, was er sagen wollte. Es war so viel. Zehn Minuten würden nicht reichen.

Zumal es ihn einige Anstrengung kosten würde, sie davon zu überzeugen, ihm zu glauben.

Gut. Am besten, er fing einfach an. Ehe sich die Gedanken in seinem Kopf verknoteten. Er drückte die Aufnahmetaste, fixierte den kleinen Punkt im Objektiv der Kamera und sagte: »Hallo Irene. Ich bin's. Bitte lösch diese Mail nicht gleich, sondern lass mich erklären, warum ich dich kontaktiere und warum auf diese Weise.«

Es war alles so lange her. Vielleicht war das die glücklichste Zeit seines Lebens gewesen, an der Universität ... Aber er hatte ja unbedingt in die Politik gehen müssen, hatte es in Kauf genommen, dass seine Ehe daran zerbrochen war.

Bjornstadt fuhr sich mit beiden Händen über das Gesicht. »Ich weiß nicht, was du gedacht hast, als du das erste Mal gehört hast, dass ich den Vorsitz des Raumfahrtausschusses übernehme. Ausgerechnet ich, der ich von Weltraumfahrt so gut wie nichts verstehe. Ich, der ich in meinem ganzen Leben nur einen einzigen Raumflug unternommen habe und auch der ging nur bis zur *McAuliffe Station* und zurück ... Aber so geht das manchmal in der Politik. Du erinnerst dich sicher, dass mein eigentlicher Ehrgeiz dem Finanzministerium galt. Daran hat sich seither nichts geändert. Ich dachte, ehrlich gesagt, im Raumfahrtausschuss ließen sich am ehesten Möglichkeiten für dramatische Einsparungen finden – eine naive Vorstellung, wie ich heute weiß. Ich hatte gehofft, mich rasch profilieren und dann auf den Posten des Finanzministers wechseln zu können ...« Er seufzte. »Wozu erzähle ich dir das alles? Weil ich will, dass du verstehst.«

Er sah auf seine Hände hinab. »Im Grunde begann alles, aus dem Ruder zu laufen, als ich auf den unseligen Gedanken kam, die Marssiedlung zu schließen. Wobei ich mir gar nicht mehr sicher bin, ob es nicht Tom Pigrato war, der damalige Statthalter, der mich auf diese Idee brachte ... Ist ja auch egal. Jedenfalls, ich stellte eine Beispielrechnung auf – was die Marssiedlung die Erde jedes Jahr kostet und wie man mit ihrer Schließung das Haushaltsdefizit bereinigen könnte – und legte sie zuerst ein paar Abgeordneten vor, von denen man sagte, sie stünden der Heimwärtsbewegung nahe. Leute, die dieses Vorhaben unterstützen würden und die anfingen, es ernsthaft zu diskutieren. Auf den Fluren und Gängen, in der Cafeteria und den Nebenräumen der Parlamentsgebäude ging es bald um nichts mehr anderes.«

Bjornstadt hob den Kopf, blickte wieder in das gläserne Auge der Kamera. »So ist das gelaufen. Ich habe mich mit der Heimwärtsbewegung eingelassen, in der Hoffnung, meine Karriere zu beschleunigen«, sagte er und fügte bitter hinzu: »Stattdessen muss ich nun um mein Leben fürchten.«

Er versuchte, das Bild seiner geschiedenen Frau vor seinem inneren Auge heraufzubeschwören. Sich vorzustellen, wie sie ihn ansehen, was für ein Gesicht sie machen würde. Er meinte, ihren vorwurfsvollen Blick regelrecht zu spüren.

»Zu meiner Entschuldigung kann ich nur sagen, dass ich, wie die meisten, diese Bewegung damals für eine harmlose Spinnerei gehalten habe«, fuhr er fort. Damals – wie das klang! Dabei war es erst ein paar Monate her. »Ich weiß nicht, ob jemand geahnt hat, wie sich die Heimwärtsbewegung entwickeln würde; ich jedenfalls habe es nicht geahnt.« Bjornstadt beugte sich vor. »Ich muss dir diese Botschaft über anonyme Mail schicken, weil ich nicht mehr weiß, wer in meiner eigenen Behörde im Sold der Heimwärtsbewegung steht und wer nicht. Ich ringe um meine berufliche Existenz. Mir werden Anrufe, Nachrichten, Mitteilungen vorenthalten. Ich habe vor ein paar Tagen festgestellt, dass meine Codekarte kopiert worden sein muss: Ist dir klar, was das heißt? Dass irgendjemand seit Monaten in meinem Namen Anweisungen an Dienststellen der Raumfahrtbehörde erteilen kann und wahrscheinlich auch erteilt hat.«

Es war plötzlich so stickig in diesem Kasten. Es kam ihm vor, als würden sich die Wände der Zelle aufeinanderzubewegen und ihn erdrücken.

»Die Entdeckung der blauen Türme auf dem Mars, die Erkenntnis, dass, lange bevor es Menschen gab, fremde intelligente Lebewesen in unserem Sonnensystem gewesen sind und Bauwerke hinterlassen haben, deren Geheimnisse wir nicht annähernd enträtselt haben – das hat Ängste in der Bevölkerung geschürt und diese Ängste wiederum haben der Heimwärtsbewegung Auftrieb gegeben. Ein Glück war nur, dass diese Türme auf dem Mars standen, also weit weg von der Erde. Das hat viele beruhigt. Der nächste Schock war die Entdeckung des Mausoleums – Hunderte von Aliens, die in gläsernen Sarkophagen liegen, so gut erhalten, dass man nicht weiß, ob sie wirklich tot sind oder vielleicht nur schlafen. Das hat die Panik wieder angefacht, aber dabei drehte es sich ja immer noch um den Mars, die Bedrohung war immer noch weit weg. Und dann das Undenkbare – drei Marskinder, die durch einen der Türme auf die Erde gelangen! Damit war unmissverständlich klar, dass die Türme ein Transportmittel sind, eine Art Geheimtür durch uns völlig unverständliche Dimensionen. Und als sich herausstellte, dass sich auch hier auf der Erde mindestens ein solcher Turm befinden muss, in der Nähe des Regierungssitzes zudem – das hat die Stimmung kippen lassen.« Bjornstadt fuhr sich über die Stirn. »Zu allem Überfluss die Erkenntnis, dass die Fremden einst auch hier auf der Erde gewesen sein müssen, und nicht nur das, dass sie hier *Krieg* geführt haben! Die Menschen fragen sich, ob die Heimwärtsbewegung nicht recht haben könnte. Dass wir im Weltraum nichts verloren haben. Sie fragen sich, was passieren kann, wenn wir die blauen Türme weiter erforschen, wenn wir den Mars weiter erschließen? Muss man nicht befürchten, dass wir dabei irgendetwas tun, das die Aliens alarmiert, wo immer im All sie leben mögen – und dass sie zurückkehren?« Er ließ sich gegen die Stuhllehne sinken. »Ich kann die Menschen verstehen, die sich das fragen. Offen gestanden, frage ich es mich auch.«

Durch das mattgrau getönte Fenster der Kabine sah Bjornstadt, wie Noone zurückkam. Er hob mahnend den Arm und tippte auf seine Uhr. Die zehn Minuten waren wohl um.

»Ich muss zum Ende kommen«, sagte Bjornstadt. »Eigentlich wollte ich dich nur bitten, dich vorzusehen. Ich weiß, du lebst nun schon so lange auf dem Mars, dass du vermutlich kaum noch weißt, wie es hier auf der Erde zugeht – trotzdem, Irene, glaub mir: Es ist ernst. Euch droht Gefahr. Bitte sprich mit dem neuen Statthalter. Die Heimwärtsbewegung plant irgendetwas, dessen bin ich mir hundertprozentig sicher. Einen Schlag gegen den Mars, einen Schlag gegen die Aliens. Ein Attentat habt ihr ja schon erlebt und einigermaßen glimpflich überstanden, aber glaub mir, die nächste Aktion wird eine Nummer größer. Macht nicht den Fehler, diese Leute zu unterschätzen. Sie sind getrieben von einer Angst, die du dir vielleicht kaum vorstellen kannst, aber gerade das macht sie so gefährlich. Sie sind zu allem entschlossen und sie sind schlau. Bitte, Irene, pass auf dich auf.« Er zögerte, dann fügte er hinzu: »Und wenn mir etwas zustoßen sollte . . . Wenn Dinge über mich gesagt werden sollten . . . Bitte denk daran, dass du mich besser kennst als jeder andere Mensch. Du wirst wissen, was stimmt und was nicht.«

Damit drückte er auf den Knopf *Senden*.

2 Unfreiwillige Heimlichkeiten

Ariana sah aus dem Fenster. Der Mars zeigte sich heute von seiner besten Seite. Der Himmel war von einem herrlichen, kristallklaren Gelb, hinter dem die Sterne sanft hindurchschimmerten, die Ebene jenseits des Ringwalls um die Obere Station leuchtete in warmem Rostbraun und eigentlich, ging es ihr durch den Kopf, hätte man jetzt dort draußen sein müssen, um mit voll aufgeladenem Raumanzug über das Geröll zu rennen und von Stein zu Stein zu hüpfen, in so weiten Sprüngen, wie man nur konnte.

Und wenn alles noch so gewesen wäre wie immer, dann wären sie jetzt wahrscheinlich auch da draußen gewesen.

Alle fünf.

Und das war schon der Punkt. Denn von den fünf Marskindern waren tatsächlich nur noch zwei da, sie und Ronny. Die anderen drei – Carl, Elinn und Urs – hielten sich auf der Erde auf.

Urs. War das so, wenn man in jemanden verliebt war und dieser Jemand dann nicht da war – nicht einmal annähernd, sondern schier unendlich weit entfernt –, dass einem dann alles wehtat vor Sehnsucht? Dass man an nichts anderes mehr denken konnte als daran, wie sehr er einem fehlte?

Zugegeben, Urs schrieb ihr jeden Tag eine E-Mail. Aber das war kein Ersatz für Umarmungen, Küsse, Nähe. Zumal Urs kein besonders romantischer Briefschreiber war; seine E-Mails lasen sich alle, als sähe ihm jemand dabei neugierig über die Schulter und als traue er sich deswegen nicht zu sagen, wie es ihm wirklich ging.

Oder – das war ihre heimliche Angst – als hätten sich seine Gefühle für sie geändert.

»Ariana?« Die synthetische Stimme von AI-20 ließ Ariana hochschrecken. »Ich komme nicht umhin festzustellen, dass du zwar das Unterrichtsprogramm bereits seit über einer Stunde offen hast, aber immer noch beim gleichen Lektionsschritt stehst.«

Sie sah auf den Schirm. Das stimmte. Und überdies bestand der aktuelle Lektionsschritt nur aus einem einzigen kurzen Absatz neben dem Bild einer Schnecke.

»Ja, ich weiß«, seufzte sie. »Die Biologie der Weichtiere. Wenn ich das Gefühl hätte, dass das irgendwas mit mir zu tun hat, würde es mich sicher brennend interessieren.«

AI-20 war die künstliche Intelligenz, die alle Systeme der Marssiedlung steuerte – angefangen von der Luftversorgung und Energieerzeugung bis hin zur Radarüberwachung des Weltraums und der Verwaltung der Vorratslager. Dafür zu sorgen, dass die Kinder ihrer Schulpflicht nachkamen, war nur eine ihrer Aufgaben, aber manchmal kam es einem vor, als sei es diejenige, der sich AI-20 mit der größten Impertinenz widmete.

»Wenn ich so etwas sagen würde, hätte es möglicherweise eine gewisse Berechtigung«, meinte die künstliche Intelligenz mahnend, »aber du bist ein biologisches Lebewesen und deswegen mit allen auf der Erde anzufindenden Lebensformen eng verwandt. Deine DNS ist zum Beispiel zu über siebzig Prozent mit der einer Schnecke identisch.«

Ariana verzog das Gesicht. Das war jetzt nicht unbedingt das Aufbauendste, das ihr jemand hätte sagen können. AI-20 war zwar letzten Endes nur ein besonders kompliziertes Computerprogramm, aber es hatte sich trotzdem schon einfühlsamer gezeigt.

»Ja, schon gut. Ich werde mich um meine Verwandtschaft kümmern. Versprochen.«

»Gut«, sagte AI-20 gleichmütig und schwieg wieder.

Ronny sah hinter seinem Schirm hervor. Er hatte – was mehr als ungewöhnlich für ihn war und was man eigentlich auch in irgendwelchen Annalen für die Nachwelt hätte festhalten müssen – die ganze Zeit still und emsig vor sich hin gearbeitet.

»Ich hab dich aber doch tippen hören«, meinte er stirnrunzelnd. »Was hast du denn gemacht?«

Ariana seufzte. »Eine E-Mail geschrieben. An meine Mutter.«

»An deine Mutter?« Ronny verdrehte die Augen. »Oje. Geht das wieder los.«

Das Dumme war, dass sie ihm diese Reaktion nicht einmal übel nehmen konnte. Ihre Mutter lebte schon seit Langem wieder auf der Erde, schrieb ihr ungefähr drei E-Mails pro Jahr, die zu beantworten jedes Mal ein tagelanges Drama war, von dem längst keiner der Marssiedler mehr etwas hören wollte.

Trotzig zog Ariana ihre Tastatur näher zu sich heran und überflog, was sie bis jetzt geschrieben hatte. »Diesmal ist es ganz einfach«, erklärte sie. »Ich habe einfach geschrieben, was los ist.« Und damit war sie eigentlich auch schon fertig. Tatsächlich war es eine erstaunlich lange Mail geworden, für ihre Verhältnisse zumindest. Vielleicht sogar die ausführlichste, die sie ihrer Mutter je geschrieben hatte.

»Und was *ist* los?«, fragte Ronny.

Sie musterte ihn. Irgendwie hatte Ronny sich auch verändert in den Wochen, die hinter ihnen lagen. Er hatte noch immer dieselbe Stupsnase und dieselben wilden blonden Locken, aber sein Blick war ernst geworden.

»Also, zunächst mal bin ich hier auf dem Mars, während Urs auf der Erde ist«, begann sie.

Ronny hob die Augenbrauen. »Genau genommen auf der Raumstation Mir-III, wo er sich mit den anderen eine tolle Zeit macht.« Er seufzte. »Zu Gast bei Yules Whitehead, dem reichsten Mann der Welt. Das muss echt galaktisch sein.«

»Jaja«, nickte Ariana ungeduldig. Inzwischen waren etliche kurze Filmberichte im Fernsehen gekommen, in denen man gesehen hatte, wie Urs, Carl und Elinn in dem berühmten kugelförmigen Schwimmbad in der Schwerelosigkeit herumtobten oder Madame Le Corr, der nicht minder berühmten Köchin des Multimilliardärs, in der Küche beim Gemüseschneiden halfen. Urs' Mutter, eine emsige Sammlerin von Kochrezepten, war bei den Bildern aus der Küche der Mir-III ganz aufgeregt geworden.

»Aber ist dir klar, was das bedeutet?«, fuhr Ariana fort.

Ronny grinste. »Dass es ein ganzes Jahr dauern wird, ehe Urs und du wieder rumknutschen könnt.« Er deutete auf den Wandkalender, auf dem die Dauer der Periode eingezeichnet war, in der keine Raumschiffe von der Erde zum Mars fliegen konnten. Es war mehr als ein Jahr.

Ariana schüttelte grimmig den Kopf. »Nein. Es heißt, dass Urs überhaupt nicht mehr auf den Mars zurückkehren wird.«

Jetzt sah er sie doch wieder mit den großen, staunenden Augen an, die man an ihm kannte. »Was? Wie kommst du denn darauf?«

»Denk doch mal nach. Urs' Vater ist von seinem Posten als Statthalter der Erdregierung auf dem Mars abgesetzt worden. Er hat Anweisung, mit dem nächstmöglichen Flug zur Erde zurückzukehren.« Ariana faltete die Hände. »Glaubst du, da lassen die Urs noch mal zum Mars fliegen? Während seine Eltern in die Gegenrichtung unterwegs sind? Nein, der bleibt gleich da.«

»Oh«, machte Ronny.

»Logisch, oder?« Ariana deutete auf ihren Schirm. »Aber wenn ich die Mails lese, die Urs mir schreibt, frage ich mich, ob der Typ noch alle Anschlüsse am Anzug hat. Ich meine, das muss ihm doch auch klar sein, oder? Seine Eltern werden es ihm gesagt haben. Ich jedenfalls hab's ihm gesagt und er? Null Reaktion. Tut so, als sei es nur eine Frage der Zeit, bis er wieder zurück ist.«

Sie ärgerte sich über Urs, jawohl. Es war erstaunlicherweise möglich, in einen Jungen verliebt zu sein und sich gleichzeitig über ihn zu ärgern – und *wie!*

Auf Ronnys Gesicht stand ehrliches Entsetzen. »Aber ... was machst du denn dann? Ich meine, du und Urs, ihr seid doch ... also, ich meine, du kannst das doch nicht einfach –«

»Hab ich auch nicht vor«, erklärte Ariana und legte die Finger auf die Tasten. »Aber es gibt nur eine Lösung: Ich muss auf die Erde. Also ziehe ich nächstes Jahr nun doch zu meiner Mom. Das ist es, was ich ihr geschrieben habe.« Sie sprach mit, während sie die letzten Worte der E-Mail tippte. *»Es grüßt dich ganz herzlich: Deine Tochter Ariana*. So. Fort damit.« Sie drückte den Sendeknopf.

Ronny sah ziemlich geschockt drein.

»Carl und Elinn kommen ja wieder«, meinte Ariana, um ihn zu beruhigen.

Ronny schüttelte den Kopf, fuhr sich mit den Händen durch die Haare. »Mann«, stieß er aus. »Ich hatte mich gerade an Urs gewöhnt.«

Ariana nickte. »Ich mich auch.«

»Aber wo wird er denn leben? Ich meine, wenn seine Eltern zurückkommen?«

»Sie haben früher in Genf gewohnt, glaube ich. Genf? Ja, Genf. Ich nehme an, dort werden sie wieder hinziehen.«

»Okay. Und deine Mutter lebt in Flagstaff, Arizona. Was bringt es, wenn du bei ihr lebst?«

Ariana musterte Ronny unwillig. »Wieso?«

»Also, ich glaube, das ist eine ziemliche Strecke von Flagstaff nach Genf.«

»Vom Mars bis nach Genf, *das* ist eine ziemliche Strecke«, blaffte Ariana. Ronny war ziemlich schlecht in Geografie, aber verglichen mit ihr geradezu ein Experte, das wusste sie. Trotzdem würde sie sich jetzt nicht die Blöße geben zuzugeben, dass sie keinerlei Vorstellung von den Entfernungen auf der Erde hatte.

Er hob die Schultern. »Na ja. Musst du wissen. Aber ich an deiner Stelle –«

Er kam nicht mehr dazu zu sagen, was er an Arianas Stelle tun würde, denn in diesem Moment fiepte sein Kommunikator. »Ja?«, meldete er sich. Und dann: »Oh, das hab ich ganz vergessen. Ich komme.«

»Was ist?«

»Ich habe Mister Knight versprochen, mit ihm rauszufahren, er muss an ein paar Wetterstationen was erledigen.« Eine Gelegenheit, einen der Rover zu fahren, ließ Ronny sich nie entgehen. Im Nu war sein Bildschirm ausgeschaltet, Arianas Problem vergessen und er so gut wie aus der Tür. »Bis später!«

Was Ariana nicht ahnte, war, dass Urs sich in Wirklichkeit schon längst nicht mehr auf der Mir-III befand und um die Erde kreiste. Er war nicht einmal mehr in der *Nähe* der Erde. Was man von den drei Marskindern im Fernsehen sah, waren alles Aufzeichnungen. Tatsächlich waren Urs, Carl und Elinn insgeheim schon seit mehr als zwei Wochen zusammen mit Yules Whitehead an Bord seines neuen Raumschiffes SAGITTARIUS ALPHA – und unterwegs zum Mars! Der neue Raumschifftyp verfügte über einen besonders starken Antrieb, der Flüge zum Mars auch in jenen Perioden erlaubte, in denen der Planet so ungünstig zur Erde stand, dass er mit herkömmlichen Raumschiffen nicht zu erreichen war.

Ungefähr zur selben Zeit, als Ariana sich über Urs ärgerte und die Mail an ihre Mutter schrieb, saß Urs zusammen mit den anderen in der Kommandozentrale der SAGITTARIUS ALPHA – und ärgerte sich ebenfalls.

»Was haben wir noch? Ah ja, das Rezept für Urs' Mutter«, sagte Bazman gerade auf dem Schirm der Bildtelefonanlage. Bazman war Whiteheads Butler, ein junger, überaus sportlich wirkender Mann mit blau gefärbten Haaren, dessen Vorname niemand zu kennen schien und der absolut nicht so aussah, wie man sich einen Butler vorstellte. Bazman war auf der Mir-III geblieben und organisierte alles, was notwendig war, um ihren Flug zum Mars geheim zu halten.

»Ich musste Madame Le Corr ziemlich bearbeiten, ehe sie es herausgerückt hat. Mit ihren Fischrezepten ist sie nämlich ziemlich ... zurückhaltend, um es mal dezent auszudrücken. Das als Anregung, Urs, falls du nicht weißt, was du dazu schreiben sollst.« Bazman hob einen Zettel hoch. »Ich hab es dir in dein Mailfach gestellt.«

Urs nickte grimmig. Allmählich hing ihm das blöde Spiel zum Hals heraus. Madame Le Corr war wohl eine ziemlich berühmte Köchin, und seit Urs' Mutter glaubte, er befände sich auf der Mir-III, bedrängte sie ihn alle zwei Tage mit einer Mail, sie dies zu fragen und jenes zu fragen ... Und nun musste er immer so tun als ob.

»Dann«, fuhr Bazman fort, ohne eine Antwort abzuwarten, »habe ich eine Anfrage bekommen von einem gewissen Michael Visilakis, einem Journalisten.« Der Grund, warum er nur dann auf eine Antwort wartete, wenn er eine brauchte, war ganz einfach der, dass sie sich inzwischen schon so weit von der Erde entfernt hatten, dass ein Funksignal mehr als fünf Minuten brauchte, um sie zu erreichen. Bei einem Videotelefonat wie diesem musste man deshalb nach einer Frage über zehn Minuten auf Antwort warten. »Visilakis würde gern ein Interview mit Carl, Elinn und Urs machen. Er schreibt dazu ›gern wieder telefonisch‹ – keine Ahnung, was das heißen soll.«

Elinn hatte die ganze Zeit schweigsam und mit angezogenen Beinen auf der gepolsterten Sitzbank gesessen, die sich an der einen Seite der Zentrale über die gesamte Wand hin zog. Sie strich ihre rostrote Lockenmähne zurück und sagte: »Der hat uns vor ein paar Jahren schon mal interviewt. Auch per Telefon.«

Carl ergänzte: »Er hat vermutlich den Begriff ›Marskinder‹ erfunden, der uns seither anhängt.«

Yules Whitehead schüttelte den Kopf. »Ein Interview geht nicht. Dazu ist die Zeitverzögerung zu groß. Er würde merken, dass etwas nicht stimmt.«

Diese Bemerkung konnte Bazman noch nicht mitbekommen haben, aber offenbar hatte er den Einwand vorausgeahnt, denn er fuhr fort: »Übrigens hat dieser Visilakis das Thema Zeitverschiebung von selber angesprochen, er hält sich nämlich im Moment wohl auf dem Mond auf. Sie wissen ja, Telefonate mit den Mondsiedlungen gehen über hundert Ecken – man hat manchmal das Gefühl, man telefoniert mit dem Saturn. Aber ich schätze, ein telefonisches Interview können wir trotzdem nicht riskieren.«

»Außerdem wird er ein Videotelefonat wollen und wir können hier an Bord nicht die passenden Hintergründe liefern«, nickte Whitehead.

»Außerdem«, stieß Elinn hervor und stand auf, »ist er ein Blödmann. Ich habe keine Lust, mit dem zu reden.« Damit verließ sie die Zentrale.

Whitehead grinste. »Na also. Dann ist das ja wohl geklärt.« Er blickte das Abbild seines jungen Assistenten an. »Was meinen Sie? Wollen Sie ihm das so sagen? Dass er in Ungnade gefallen ist?«

Damit begann das Warten auf die Antwort. Nervenzehrend, denn natürlich schien die Zeit, wenn man so wartete, besonders langsam zu vergehen.

Und alles, was sie tun konnten, war, Bazman dabei zuzusehen, wie er in irgendwelchen Unterlagen blätterte und sich Notizen machte.

»Ich hasse diese Heimlichtuerei«, platzte Urs schließlich heraus. »Warum sagen wir es nicht einfach? Dass wir auf dem Weg zum Mars sind? Was ist denn dabei? Einholen kann uns eh niemand mehr.«

Whiteheads Gesicht blieb reglos wie eine Maske aus dunklem, rissigem Holz. »Das habe ich euch doch erklärt. Wir haben keine Fluggenehmigung von Space Control, die *SAGITTARIUS ALPHA* ist noch ein Prototyp ohne technische Zulassung –«

»Ja, und?«, versetzte Urs. »In zehn Tagen erreichen wir den Mars. Spätestens dann kommt sowieso alles heraus!«

»Je später, desto besser.«

Urs gab ein unwilliges Schnauben von sich. »Ich muss meine Mutter anlügen, ich muss meine Freundin anlügen ... Mir *stinkt* das!«

»Wir machen das nicht zum Spaß«, mahnte Whitehead.

»Spaß macht es auch keinen, falls Sie das beruhigt.« Urs stand auf. Er hatte wirklich genug, alles, was recht war. Genug auch davon, nett und freundlich zu allem Ja zu sagen, nur weil der große, berühmte, milliardenschwere Yules Whitehead es so wollte. Und wenn Elinn einfach gehen konnte, dann konnte er das auch.

Der Rumms, mit dem Urs die Tür hinter sich ins Schloss gezogen hatte, schien eine ganze Weile zu brauchen, um zu verhallen. Carl musterte die Instrumente, das elegante Spiel der Leuchtbalken und Diagramme auf den Bildschirmen. Die Nerven lagen blank. Kein Wunder, wenn man überlegte, was sie hinter sich hatten. Elinn hatte Albträume seit der Entführung, jede Nacht.

Endlich war es so weit. Bazmans Antwort erreichte sie und durchbrach das unangenehme Schweigen.

»Wie heißt es so schön? Verdirb es dir nie ohne Not mit einem Journalisten«, meinte der blauhaarige Mann. »Ich würde diesem Visilakis vorschlagen, er soll seine Fragen schicken und wir machen die Antworten dann selber. Auch mit Video, wenn es sein muss. Was halten Sie davon?«

Whitehead nickte. »Ja, schlagen Sie das vor. Dann sehen wir weiter.«

»Ach, und ehe Sie abschalten«, fügte Bazman hinzu – oder besser gesagt, hatte er vor rund fünf Minuten hinzugefügt –, »wie immer der neueste Stand, was den Ostturm am Löwenkopf anbelangt. Wir haben eine neue Hochrechnung auf Basis der bisherigen Verlangsamung. Danach wird der Turm am Freitag, dem 2. Mai 2087, zum Stillstand kommen, vermutlich am späten Abend.«

»Alles klar. Bis morgen«, sagte Whitehead und schaltete das Bildtelefon ab.

Eine seltsame Stille ergriff Besitz von der kleinen Kommandozentrale der *SAGITTARIUS ALPHA*, eine Stille, die eigentlich gar keine war, denn nach wie vor durchdrang das seltsam hohe, sirrende Geräusch der neuartigen Triebwerke alles. Es begleitete sie wie ein ständiges Pfeifen im Ohr.Der wachhabende Pilot, der während des Gesprächs reglos an seinem Platz gesessen hatte, beugte sich nun über seine Instrumente, murmelte Anweisungen in ein Mikrofon und das normale Bordleben nahm wieder seinen Lauf.

Carl fragte sich gerade, ob Whitehead wohl von ihm erwartete, jetzt auch zu gehen, als dieser in verhaltenem Ton sagte: »Es gibt einen ganz praktischen Grund für unser Stillschweigen. Aber behalt es bitte für dich, okay?«

Carl nickte, verblüfft darüber, dass der Milliardär ihm etwas anvertrauen wollte. »Versprochen.«

»Hast du schon einmal etwas von der *Asteroidenwache* gehört?«

»Asteroidenwache?« Doch, da klingelte irgendwo etwas.

»Dunkel. Das ist eine Sondereinheit, die die Raumstationen vor großen Asteroiden schützt.«

»Ja, und nebenbei die Erde vor *sehr* großen, deren Auftauchen zwar extrem unwahrscheinlich, aber nicht ausgeschlossen ist.« Whitehead fuhr sich durch das krause weiße Haar. »Weißt du auch, wie sie das machen?«

Carl überlegte. Ein paar Sachen hatte er aufgeschnappt, hier und da ... »Es gibt ein Radarsystem, das das Sonnensystem ständig nach Asteroiden absucht. Die größte Station ist auf dem Mond, glaube ich.«

»Und dann? Wenn sie einen Felsbrocken aufspüren, der genau Kurs auf, sagen wir, die *McAuliffe Station* hält?«

Carl zögerte. Jetzt, wo er danach gefragt wurde, wurde ihm klar, dass er darüber schon längst einmal hätte nachdenken können. Aber er hatte es nie getan.

»Keine Ahnung«, gab er zu.

Der Industrielle, der in seiner Jugend das technische Prinzip erfunden hatte, nach dem die Fusionsreaktoren bis auf den heutigen Tag arbeiteten, und damit zum reichsten Mann der Welt geworden war, senkte die Stimme noch einmal um eine Nuance. »Im Raum zwischen der Erde und der Marsbahn kreisen etwa fünfzigtausend Wächtersonden, sogenannte Moskitos – nichts anderes als präzise fernlenkbare Raketen. Die schweben im leeren All, schlafen und warten. Ab und zu werden sie kurz eingeschaltet, um zu prüfen, ob sie noch funktionieren, oder um sie auf einen anderen Kurs zu bringen, wenn die Gefahr besteht, dass sie den eines Schiffes kreuzen, das zwischen Mars und Erde fliegt. Oder wenn ein Asteroid entdeckt wird, dessen Bahn der Erde und ihren Raumstationen gefährlich nahe kommt ...«

Carl hob verstehend die Augenbrauen. »Um ihn zu rammen?«

»Genau. Rechtzeitig und richtig berechnet reicht das, um auch große Asteroiden von ihrem Kurs abzubringen und so ungefährlich zu machen. Jeder Moskito verfügt über einen hochsensiblen Massesensor, mit dem er auch kaum faustgroße Steinbrocken präzise treffen kann – alles, was groß genug ist, um einer Raumstation irreparabel zu schaden.«

Das leuchtete Carl alles ein. Er verstand nur nicht ganz, was Whitehead damit sagen wollte.

»Das Asteroidenradar erfasst uns natürlich ebenfalls«, fuhr der Milliardär fort. »Aber da wir uns auf keinem für die Erde gefährlichen Kurs befinden, interessiert sich die zuständige KI nicht weiter für uns. Falls jedoch ein Mensch auf uns aufmerksam werden sollte, womöglich jemand, der uns übel gesonnen ist . . .« Er faltete die Hände. »Wie gesagt, ich habe das Gefühl, dass in der Raumfahrtbehörde zurzeit überaus seltsame Dinge vor sich gehen.«

Carl begriff. »Sie fürchten, dass so ein Moskito gegen uns gelenkt werden könnte?«

»Ja. Und das wäre unser sofortiges Ende.« Der Industrielle sah finster drein. »Dein Freund Urs hat recht, wenn er meint, dass uns niemand einholen kann. Das kann tatsächlich niemand. Aber *aufhalten* – aufhalten kann man uns noch eine ganze Weile. Es wäre nicht einmal schwierig. Und so lange müssen wir Stillschweigen bewahren.«

Urs saß auf dem Bett und hatte das Gefühl, von den Wänden der Kabine erdrückt zu werden. Kam ihm das nur so vor oder war auf dem ersten Flug zum Mars, den er mit seiner Mutter gemacht hatte, viel mehr Platz gewesen? Platz zum Tanzen, verglichen mit dieser Sardinenbüchse von einem Raumschiff? Schnell war es, okay, sagenhaft schnell sogar, aber es war auch eng, bei allem technischen Luxus, der eingebaut war.

Er sah auf das Terminal vor sich, das man an einer federnden Halterung aus der Wand zog. Dann wandte er den Blick ab. Nein, er würde nicht noch einmal lesen, was er geschrieben hatte. Geheuchelt war es, alles. Er belog seine Mutter, tat, als sei er auf der Raumstation, erzählte Lügengeschichten davon, wie er Madame Le Corr geholfen und wie sie ihm widerstrebend ihre Fischrezepte aufgeschrieben habe.

Am liebsten hätte er einfach geschrieben, wie es sich wirklich verhielt. Egal, was Yules Whitehead sagte.

Das Dumme war nur, dass alle Mails zuerst per Richtfunk an die Mir-III gingen, wo Bazman sie kontrollierte, ehe er sie ins allgemeine Mailsystem einspeiste. Das machte es auch nicht gerade lustiger, Ariana zu schreiben. Es lag ihm so viel auf der Zunge, auf der Seele, so vieles, was er ihr gern gesagt hätte . . . Aber so, mit dem Wissen, dass Whiteheads Butler alles mitlas, brachte er es nicht fertig, ihr zu schreiben, wie es wirklich in ihm aussah.

Er griff wieder nach dem Terminal, schickte die Mails auf den Weg, auch wenn ihm regelrecht übel dabei wurde.

Zum Teufel mit Whitehead und seinen Anweisungen! Urs stieß das Terminal von sich, dass es an seiner Halterung scheppernd gegen die Wand krachte. Er würde einen Weg finden, Ariana zu sagen, dass er unterwegs zu ihr war! Er hatte noch keine Ahnung, wie er es anstellen würde, aber er würde sie es wissen lassen!

3 Geheime Pläne

Ariana fröstelte, wie immer, wenn sie das geheime Versteck der Marskinder betrat. Die Luft hier hatte einen ganz eigenen Geruch, wie man ihn sonst nirgends in der ganzen Siedlung fand, und es war stets ein wenig kälter als im Rest der Marsstation.

Was daran lag, dass es sich bei dem geheimen Versteck um nichts anderes handelte als die legendäre *Alte Station,* die Unterkunft der allerersten Marsexpedition, von der es in den Schulbüchern hieß, sie existiere nicht mehr. Ein Irrtum, wie Ariana, Carl und die anderen eines Tages festgestellt hatten, als sie beim Spielen in den hinteren Lagerräumen auf eine unbekannte Tür gestoßen waren: Was für eine Überraschung, dahinter genau die Räume vorzufinden, von denen sie bis dahin nur Fotos gekannt hatten! Die ersten Marsforscher hatten ihre Unterkunft dereinst aus leeren Treibstofftanks errichtet, sie mühsam im Boden vergraben und mit einem Zugang und einer Schleuse versehen. Deswegen waren alle Räume klein, hintereinander angeordnet und hatten gerundete Wände aus geriffeltem Metall. Hier hatten sie ausgeharrt, die Männer und Frauen dieser ersten Expedition – James Marshall, Irina Buljakowa, Wang Shuo und viele andere –, hatten mit mangelhafter Isolierung der Kälte eines marsianischen Winters und seinen Stürmen getrotzt, bis die Planeten wieder Positionen erreicht hatten, die ihnen die Rückkehr zur Erde erlaubten.

Und sie hatten einen Globus mit zum Mars gebracht. Seltsam eigentlich, wenn man darüber nachdachte, und dann auch wieder nicht. Wo war er bloß? Ariana suchte die Schränke ab, öffnete Türen und schloss sie wieder und fand die Erdkugel schließlich in einem Fach unter dem Waschbecken.

Abgegriffen war sie und schief. Sie bestand aus zwei Halbschalen, die zusammengeklebt worden waren und von denen die eine ein wenig größer war als die andere. Vermutlich waren die Schalen während des Flugs zum Mars ineinandergesteckt und mit irgendetwas gefüllt gewesen, um möglichst wenig Platz in der Ladung einzunehmen, und einer der Forscher hatte den Globus erst hier zusammengesetzt. Die Farben der Kontinente waren verblasst, manche Beschriftungen kaum noch zu lesen, so, als ob die Forscher den Globus in langen Nächten und einsamen Stunden immer wieder zur Hand genommen hatten, um sich in Erinnerung zu rufen, wie der Planet aussah, der ihre Heimat war.

Ariana dagegen war fremd, was sie sah. Erstens war sie auf dem Mars geboren, die Erde war also nicht ihre Heimat. Und zweitens war sie, wie gesagt, legendär schlecht in Geografie.

Im Lauf des Tages hatte sich allerdings immer stärker das Gefühl eingestellt, dass sie vielleicht doch besser einmal nachsah, was Ronny mit seinem Einwand gemeint haben konnte. Bloß sagten ihr die flachen Erdkarten aus der Schuldatenbank so gar nichts: Da war ihr zum Glück der alte Globus eingefallen.

Urs werde zurückkehren an das Internat in Genf, an dem er gewesen war, ehe er mit seiner Mutter zum Mars gekommen war. So weit, so klar. Aber wo war nun Genf? Sie hatte keine Ahnung. Europa, irgendwo in Europa. Bloß – wo war Europa?

Sie suchte und suchte, bis ihr Blick mehr durch Zufall auf einen kleinen Zipfel am westlichen Ende des asiatischen Kontinents fiel, auf dem *Europa* stand. Das verwirrte sie schwer, denn ihres Wissens war Europa einer der fünf Kontinente . . . Aber doch, da, mitten darin war ein winziger Punkt, neben dem in winziger Schrift *Genf* stand.

Oje. Mit einem Gefühl, als fiele irgendetwas in ihr in eine bodenlose Tiefe, betrachtete sie den Globus, drehte ihn in ihren Händen hin und her. Flagstaff, die Stadt, in der ihre Mutter lebte, war zu klein, um eingezeichnet zu sein, das wusste sie. Aber ausnahmsweise hatte Ariana eine ziemlich genaue Vorstellung davon, wo Flagstaff lag: auf dem nördlichen Teil des Kontinents, der Amerika hieß.

Beinahe auf der anderen Seite des Planeten also.

Es war erschütternd, sozusagen mit Händen greifen zu können, was Ronny gleich kapiert hatte. Ariana kam sich so dumm vor, geradezu entsetzlich blöd, während sie da auf dem kalten Lochboden der uralten Küche hockte, den Globus der ersten Marsforscher in Händen, und erst jetzt begriff, dass es ihr überhaupt nichts nützen würde, zu ihrer Mutter zu ziehen, weil sie dann immer noch viel zu weit von Urs entfernt sein würde, um ihn sehen zu können.

Vor der Tür von Yin Chis Büro hätte Irene Dumelle beinahe noch einmal kehrtgemacht. Vielleicht war es doch nicht so wichtig, versuchte sie sich einzureden. Ja, bestimmt hatte es überhaupt nichts zu sagen.

Aber kaum hatte sie sich wieder zum Gehen gewandt, wurde ihr klar, dass sie nicht so einfach davonkam. Dass es sehr wohl wichtig war. Also drehte sie sich um und klopfte an.

»Herein bitte«, ertönte es von drinnen. Entschlossen öffnete Mrs Dumelle die Tür.

Der Chinese, dessen immer noch schwarzes Haar an einigen Stellen grau wurde, telefonierte gerade, bedeutete ihr aber hocherfreut, ja beinahe begeistert, hereinzukommen. »Jaja, gut«, sagte er derweil zu seinem Gesprächspartner. »Belassen wir es dabei. Ich habe gerade Besuch bekommen und, wie gesagt, ich halte es für verfrüht, sich darüber den Kopf zu zerbrechen. Ja, das können Sie ausrichten. Danke.«

Dann schaltete er seinen Kommunikator ab und rückte ihr den Besucherstuhl zurecht. »Mrs Dumelle, bitte entschuldigen Sie vielmals, dass ich nicht gleich für Sie da sein konnte. Nehmen Sie doch Platz.«

»Schon gut«, murmelte sie. »Sie haben ja bestimmt viel zu tun.«

Er bot ihr sogar von seinem berüchtigten grünen Tee an.

»Ganz frisch aufgebrüht«, versicherte er ihr, während er sich ein Glas eingoss. »Köstlich.«

Irene Dumelle räusperte sich. »Lieber nicht, danke. Ich weiß nicht, ob Sie wissen, was man so allgemein über Ihren Tee sagt . . .?«

Ein flüchtiges Lächeln huschte über Yin Chis schmales Gesicht. »Er sei entsetzlich bitter. Ungenießbar. Eine Zumutung.«

»So ungefähr«, gab sie zu.

Er nippte an seinem Glas, mit Wohlbehagen, wie es schien. »Man sollte nicht alles glauben, was so geredet wird. Aber gut, ich zwinge niemanden. Kommen wir also ohne weitere höfliche Umschweife, wie wir Chinesen sie so lieben, direkt zu Ihrem Anliegen. Wie kann ich Ihnen helfen?«

Irene Dumelle betrachtete fasziniert das Glas, das Yin Chi behutsam vor sich auf die Tischplatte gestellt hatte. In der gelblichen, dampfenden Flüssigkeit schwammen zahllose winzige Teeblätter herum. Mit jedem Augenblick schien der Tee dunkler zu werden.

»Das macht man so«, erläuterte Yin Chi, der ihren Blick bemerkt hatte. »Der Teekenner jedenfalls.«

Sie riss sich los, räusperte sich erneut. »Ja, weswegen ich zu Ihnen komme . . . Ich habe eine Mail erhalten, eine Videomail, von der ich glaube, dass es gut wäre, Sie würden sie sich auch einmal ansehen.«

Die hauchdünnen Augenbrauen des Chinesen hoben sich. »Nun, wenn Sie meinen . . .«

»Sie ist nicht lang. Acht Minuten oder so.«

»Ich vertraue Ihrem Urteil, Mrs Dumelle.« Er reichte ihr ein Datentablett, damit sie ihr Postfach aufrufen konnte, und gab dem großen Bildschirm an der Wand den Befehl, sich einzuschalten.

Gleich darauf erschien der von weißblondem Haar gekrönte, kantige Schädel von Senator Bjornstadt. Er wirkte anders, als man ihn aus dem Fernsehen kannte – irgendwie *gehetzt*. Sein Blick glitt einen Moment suchend umher, bis er das Objektiv erfasst hatte, dann sagte er: »Hallo Irene. Ich bin's.«

Nach dem Ende der Videomail stellte Yin Chi seinen Tee beiseite.

»Es war mir nicht bewusst, dass Sie in einem so engen Verhältnis zu Senator Bjornstadt stehen«, sagte er schließlich mit seiner sanften Stimme.

Irene Dumelle nickte, bedrückt von den Erinnerungen, die die Videomail in ihr wachgerufen hatte. »Ich hielt es für ratsam, es hier in der Marssiedlung nicht bekannt werden zu lassen. Dass ich einmal mit ihm verheiratet war, meine ich.«

Der alte Chinese strich sich versonnen über das Kinn. »Da haben Sie wahrscheinlich sogar recht.« Er sah sie an. »Was meinen Sie? Wie ist diese Warnung einzuschätzen?«

Wenn sie das nur hätte sagen können! Hjalmar so zu sehen, zu erleben, dass er nach so langer Zeit wieder einmal zu *ihr* sprach, nicht zu Wählern, Presseleuten oder Untergebenen, das weckte so viele Erinnerungen an ihre gemeinsame Zeit, an unbeschwerte Sommertage, die sie in den Wäldern Kanadas verbracht hatten, an Picknicks unter mächtigen Bäumen, an Sonnenuntergänge über dem Lac Saint-Jean ...

An eine Zeit, in der Politik nur ein Wort gewesen war.

»Auf jeden Fall meint er es ehrlich«, erklärte sie schließlich. »Ich meine, das ist kein Manöver, um eine Intrige oder so etwas einzufädeln ...«

»Eine große Zeitschrift hat Ihren Exmann einmal als den begabtesten Intriganten im gesamten Senat der Weltregierung bezeichnet«, warf Yin Chi sanft ein. »Und es gab niemanden, der dem widersprochen hat, nicht einmal Bjornstadt selbst.«

»Ja, schon. Er kann sehr gemein und hinterhältig werden, wenn er etwas unbedingt will, ich weiß das nur zu gut«, gab sie zu. Das Ende ihrer Ehe hatte ihr mehr Gelegenheit geboten, das zu erfahren, als sie sich gewünscht hätte. »Aber sogar er hat seine Grenzen. Dinge, die er nicht tun würde. Und er würde mich nicht . . . benutzen.«

Yin Chi faltete bedächtig die Hände unter seinem Kinn. »Gut, nehmen wir an, Sie schätzen ihn richtig ein und dies ist tatsächlich das, was es zu sein scheint, nämlich eine ernst gemeinte Warnung. Was dann?«

Mrs Dumelle hob hilflos die Hände und ließ sie wieder fallen. »Ich weiß es nicht. Deswegen bin ich zu Ihnen gekommen.«

Der kommissarische Statthalter der Erdregierung auf dem Mars griff nach seinem Teeglas. »Ich bin gewiss der Letzte, der die Heimwärtsbewegung unterschätzen würde. Spätestens, seit es ihnen gelungen ist, die Station am Noctis Labyrinthus zu zerstören, ist klar, wozu sie imstande sind. Aber«, sagte er und lehnte sich zurück, »was kann, ganz nüchtern betrachtet, die Heimwärtsbewegung denn im Augenblick tun? Nichts. Der Mars ist, wie wir alle nur zu gut wissen, im Augenblick von der Erde aus nicht erreichbar und das wird noch für ein gutes Jahr so bleiben. Was immer diese Leute aushecken – es *kann* uns nicht erreichen!«

Irene Dumelle nickte, erleichtert. Es tat gut, das noch einmal bestätigt zu bekommen.

Yin Chi trank seinen Tee aus, bis auf einen winzigen Rest voller Teeblätter. Dann machte er eine ruckartige Schwenkbewegung mit der Hand, die den restlichen Sud über die Innenseite des Glases schwappen ließ. Ein Teil der Blätter blieb dabei hängen und bildete eigenartige Muster, von denen manche ein wenig wie chinesische Schriftzeichen aussahen. Der hagere Mann betrachtete sie so nachdenklich, als studiere er ein Orakel.

»Es sei denn«, fuhr er nach einer Weile fort, »sie hätten noch weitere Agenten auf dem Mars, von denen wir nichts wissen. In diesem Fall droht uns Gefahr.«

Ungefähr zur gleichen Zeit flog ein Hubschrauber die Südküste der Insel Sri Lanka entlang. Es war eine kleine Maschine; an Bord waren nur die Pilotin und ein Passagier, ein älterer Mann, der eine Aktentasche an sich presste und ein verkniffenes Gesicht machte.

Der Tag war strahlend schön. Der Indische Ozean leuchtete türkisfarben, von Süden wehte ein sanfter, warmer Wind und Schwärme schimmernder Vögel suchten vor dem lärmenden Fluggerät das Weite. Doch weder die Pilotin noch ihr Passagier hatten einen Blick dafür. Die Pilotin hielt Ausschau nach dem Landeplatz, den man ihr beschrieben hatte, und der Mann mit der Aktentasche kämpfte mit seiner Übelkeit.

Schließlich kam das Anwesen in Sicht, das Ziel dieses Fluges. Vor hundert Jahren hatte ein Vorfahre des jetzigen Besitzers die auf felsigen Klippen gelegene, einstmalige Festungsanlage in eine Villa umbauen lassen, die danach noch mehrmals modernisiert worden war. Der Helikopterlandeplatz war ganz neu.

»Haben Sie alles?«, schrie die Pilotin über das Dröhnen der Turbinen hinweg. »Ich soll Sie absetzen und sofort wieder abfliegen.«

»Ja.« Der Mann nickte. »Ich habe alles.«

Der Hubschrauber senkte sich herab. Nun sah man das Moos in den Ritzen der alten Gemäuer, das Schimmern von Antennen und Abschirmfeldern. Ein Dutzend Wachleute kam im Laufschritt herbeigeeilt.

Sie halfen dem Mann beim Aussteigen. Seine Tasche gab er nicht her. Erst jetzt sah die Pilotin, dass sie mit einer Kette an seinem Handgelenk befestigt war. Unheimlich. Sie bedeutete einem der Männer, die Tür zu schließen, und atmete erst auf, als sie die Maschine wieder in der Luft hatte.

Man geleitete den Mann mit der Aktentasche eilig davon. Das Knattern der Rotoren erfüllte noch den Himmel und die Abwinde wirbelten noch allerhand umher, Blätter, Staub, Unrat, als man ihn bereits durch eine schwere Tür aus massivem Holz komplimentierte. Er durchquerte Räume, in denen Männer und Frauen vor Computern, Telefonen und Papieren saßen. Neugierig unterbrachen sie ihre Arbeit und musterten ihn, als er an ihnen vorbeiging. Immer weiter ging es, über Treppen, durch weitere Türen, bis er endlich in einen Wohnraum von ungeheuren Ausmaßen gelangte, der in indischem Stil eingerichtet war. Einige der zahllosen Fenster standen offen, luftige Vorhänge bauschten sich in der Meeresbrise. Es roch nach Sandelholz und Moschus.

Eine Runde von vierzehn Leuten erwartete ihn, Männer und Frauen aus aller Welt. Sie saßen auf Kissen um einen niedrigen Tisch herum, auf dem benutzte Kaffeetassen und halb geleerte Tabletts mit Gebäck standen. Zwei von ihnen, ein korpulenter Inder mit einem Vollmondgesicht und eine gertenschlanke Frau mit blonden, langen Haaren und einem kleinen Feuermal auf der Stirn, saßen etwas erhöht. Das waren, wusste der Mann mit der Aktentasche, der Besitzer dieses Anwesens und seine Frau.

Er ließ sich von der Kette befreien, öffnete dann den Verschluss der Tasche und verteilte Unterlagen.

»Wir haben einen Weg gefunden, wie wir den Plan doch noch durchführen können«, erklärte er ohne Umschweife. »Aber dazu müssen wir einem ganz präzisen Zeitplan folgen, ohne die geringste Abweichung. Und wir haben nur diesen einen Versuch.«

Also gut. Ariana wusste jetzt zwar nicht, was sie machen sollte, aber zu ihrer Mutter zu ziehen, war auf alle Fälle schon mal etwas, das sie besser bleiben ließ.

Auch wenn das bedeutete, dass sie ihrer Mutter *schon wieder* absagen musste, nachdem sie ihr Kommen gerade erst fest angekündigt hatte. Mom würde ihr von nun an wahrscheinlich nie wieder ein Wort glauben.

Ariana erhob sich seufzend und verstaute den schiefen alten Globus wieder im Schrank. Ein Blick auf die Uhr ließ sie zusammenfahren: schon fast halb drei! Und dabei hatte sie fest versprochen, um zwei Uhr in der Gemeinschaftsküche zum Gemüseschneiden anzutreten für das Plazafest heute Abend.

Noch eine Zusage, die sie nicht hielt. Das wurde allmählich zur Gewohnheit.

Sie warf einen raschen Blick durch den Raum. Es würde für immer ein Rätsel bleiben, warum es ausgerechnet hier, in ihrem Geheimversteck, das nie ein Erwachsener zu Gesicht bekommen würde, aufgeräumter war als in jedem ihrer Zimmer zu Hause. Sie löschte das Licht. Der Rückweg führte durch einen schmalen, mehrfach gewundenen Gang mit Ziegelwänden bis zu einer Drucktür, die mit einem Drehrad verriegelt wurde, wie es bis vor zwanzig Jahren in der Raumfahrt üblich gewesen war. Diese Tür, der Eingang zu ihrem Geheimversteck, lag hinter einem alten Schrank ohne Rückwand verborgen und Ariana trat gerade aus diesem Schrank und wollte die Schranktür ins Schloss fallen lassen, als sie plötzlich Stimmen hörte.

Sie hielt inne, sah sich alarmiert um.

Es waren die Stimmen von zwei Männern, die sich irgendwo hinter all den Regalen am anderen Ende des Lagerraums aufhielten und halblaut miteinander redeten.

Ariana schloss die Schranktür ganz, ganz leise, duckte sich hinter die nächste Kiste und lauschte.

4 Lichter am Sternenhimmel

»Verstehe ich das richtig? Sie brauchen mich nur, damit ich meinen Daumen auf dieses Sensorfeld drücke? Ist das alles?«

Ariana erkannte die Stimme. Das war Tom Pigrato, der ehemalige Statthalter auf dem Mars. Früher war sie ihm grundsätzlich aus dem Weg gegangen, wann immer das möglich gewesen war. Heute war das nicht mehr so leicht, denn er war immerhin auch der Vater von Urs, in den sie verliebt war. So ganz hatte ihr das die Scheu aber nicht genommen. Mit Urs' Mutter kam sie ganz gut klar, aber mit seinem Vater ... Sie war immer noch froh, wenn sie so wenig wie möglich mit ihm zu tun hatte.

»Kommt drauf an, wie man das sieht«, brummte eine andere Stimme. Jed Latimer, der für die Kommunikationstechnik zuständig war. »Man könnte auch sagen, ich brauche Sie, weil Sie so ziemlich der Einzige sind, der diesen Datensafe hier öffnen kann.«

»Ich bin nicht mehr Statthalter. Das Schloss hätte längst auf Yin Chi eingestellt werden müssen. Und möglichst nicht nur auf ihn allein.«

»Kommt alles noch. Der Marstag mag zwar länger sein als der Erdtag, aber er hat trotzdem zu wenige Stunden, wenn Sie mich fragen.«

Ariana krabbelte auf allen vieren zwischen Kisten und Regalen hindurch, um näher an die Männer heranzukommen. Es interessierte sie, was die beiden hier eigentlich machten.

»Und wieso kenne ich diesen Datensafe nicht?«, murrte Pigrato weiter. »Was macht der hier? Ich dachte immer, die Back-ups aller Computer laufen vorne im Schaltraum zusammen.«

»Ja, die normalen Back-ups. Das hier mache ich bloß zusätzlich. Wegen des besonderen Anlasses.« Etwas knackte, dann war ein helles, sirrendes Geräusch zu vernehmen. »Diesen Datensafe hat man für Back-ups verwendet, als die Marssiedlung noch nicht so groß war. Aber er ist natürlich immer noch im Netz. So. Das läuft jetzt.«

»Müssen wir nun etwa hier stehen bleiben, bis der fertig ist?«

»Ich will nur schauen, ob alles läuft. Wenn der Balken hier den ersten Teilstrich erreicht hat, können wir zumachen und gehen.«

Ariana schlich behutsam näher. Es roch nach Staub. Durch ein Regal hindurch sah sie die beiden Männer vor einem in die Wand eingelassenen metallenen Kasten stehen, dessen Vorderseite geöffnet war. In der Öffnung blinkten rote und grüne Lämpchen.

Ein Datensafe war das also. Ihr war der Kasten nie besonders aufgefallen, was allerdings auch kein Wunder war: Schließlich standen diese Lagerräume hier bis in den letzten Winkel voll mit allen möglichen Sachen, von denen die meisten weitaus interessanter aussahen als ein in die Wand eingemauerter Metallkasten.

»Also, mich wundert das ja«, brummte Pigrato. Er hatte die Hände auf dem Rücken verschränkt und wippte ungeduldig hin und her. »Wann ist die Anweisung der Raumbehörde gekommen? Am Mittwoch?«

»Mittwoch, ja. Das Programm dazu kam heute. Kein Wunder, war auch ziemlich groß.«

Pigrato schüttelte den Kopf. »Die ganze Zeit, als ich Statthalter war – wirklich die ganze Zeit hindurch –, habe ich denen damit in den Ohren gelegen, die KI rekalibrieren zu lassen. Und jedes Mal hat es geheißen, dazu müsste ein Spezialist kommen, ein Kybernetikpsychologe, und das sei ein zu großer Aufwand, so jemanden zum Mars zu schicken. Fernwartung, habe ich vorgeschlagen. Nein, hieß es, das gehe nicht, aus technischen Gründen.«

»Hmm, ja. Hab ich auch so gelernt. Wird wohl der technische Fortschritt sein.« Jed Latimer kratzte sich den haarlosen Schädel. »In dem Schreiben der Raumbehörde hieß es, die Überlastung von AI-20 im Zusammenhang mit der Postkontrolle sei so gravierend gewesen, dass eine Rekalibrierung nun unumgänglich sei.«

»Die war schon unumgänglich, als ich auf dem Mars angekommen bin. AI-20 ist noch *nie* rekalibriert worden, seit der Installation nicht! Ist doch klar, dass das eines Tages aus dem Ruder laufen musste.«

Latimer hüstelte. »Na ja. Bei künstlichen Intelligenzen der 20er-Reihe ist es nicht so dramatisch. Die entwickeln höchstens Marotten im Lauf der Zeit. Bei 30ern ist es kritischer. Und von den 40ern habe ich mal gehört, dass so eine permanent von einer 30er überwacht werden muss, und die wiederum muss man jeden Monat rekalibrieren. Da scheint die Entwicklung der künstlichen Intelligenzen auf eine natürliche Grenze zuzulaufen, wenn Sie mich fragen.«

»Wahrscheinlich wollen die mir nur noch was in die Schuhe schieben«, knurrte Pigrato, der nicht recht zugehört zu haben schien. »Zwanzig Jahre lang lassen sie die KI laufen, wie sie will, und jetzt auf einmal soll ich schuld sein an allem. Immer dasselbe.«

Jed Latimer überhörte dieses Lamento geflissentlich. »Okay«, sagte er und richtete sich auf. »Der erste Teilstrich. Das heißt, das Back-up von AI-20 läuft.« Ariana sah, wie er auf die Uhr blickte. »Sollte bis . . . na, gegen sechs dauern. Dann spiel ich das Programm über Nacht ein und dann sollen die von der Fernwartung zusehen, was sie zustande kriegen.«

»Und wenn sie nichts zustande kriegen?«

»Dann drücken wir einfach den grünen Knopf hier und haben unsere gute alte AI-20 wieder, wie wir sie kennen und lieben.«

»Bloß dass sie dann nicht mitgekriegt hat, was in der Zwischenzeit passiert ist.«

»Na, hören Sie, Mister Pigrato, ganz so dumm sind wir Computerleute auch wieder nicht. Das Ereignisprotokoll läuft natürlich separat mit. Dort kann sie sich dann im Bedarfsfall schlaumachen.« Er drückte die Safetür zu, die sich mit einem deutlich hörbaren Geräusch wieder verriegelte. »Gar kein Problem.«

»Wenn Sie es sagen . . .«

Ariana duckte sich. Sie hörte, wie die beiden Männer zur Tür gingen. Bestimmt würden sie gleich . . . Na klar. Sie machten das Licht aus. Jetzt saß sie hier im Dunkeln und würde sich wahrscheinlich ein halbes Dutzend mal die Schienbeine irgendwo anhauen, ehe sie den Ausgang erreichte.

Es gab einfach Tage, an denen klappte aber auch *gar nichts!*

Die Besichtigung des Frankfurter Flughafens verlief, wie solche Besichtigungen immer verliefen. Zur vereinbarten Zeit erwartete Niklas Paulsen den Bus, mit dem die betreffende Schulklasse oder Lerngruppe ankam, begrüßte sie mit Handschlag, freundlichem Lächeln und ein paar lockeren Sprüchen, dann ging es zu dem Modell in Halle 1, anhand dessen er erst mal einen Überblick über die ganze Anlage vermittelte. Das war sein Job. Die Gruppe heute kam aus der Nähe von Heilbronn, aus einer der wenigen Ganztagsschulen, die noch existierten. Diese Führung würde die letzte für diese Woche sein. Niklas Paulsen freute sich schon aufs Wochenende.

Es lief alles ganz gut. Die Kinder waren größtenteils so um die fünfzehn Jahre alt, nur ein Mädchen war erst dreizehn, hatten sich ziemlich gut vorbereitet und stellten kluge Fragen. Er ließ sie eine Sicherheitsschleuse ausprobieren und ein Durchleuchtungsgerät, zeigte ihnen, wie das Einchecken funktionierte, dann folgten sie gemeinsam den verschlungenen Wegen, die das Gepäck nahm, das die Reisenden aufgaben, über die kilometerlangen Förderbänder, Transportstraßen und robotergesteuerten Wagen bis zum jeweiligen Flugzeug. Sie besichtigten den Tower und das Wetterzentrum, sahen in einem Hangar zu, wie ein Flugzeug gewartet wurde, und dann war es auch schon Zeit für den Imbiss, den das Flughafenrestaurant für die jungen Gäste und künftigen Flugpassagiere vorbereitete. Die größte Attraktion, das Terminal W, an dem Weltraumreisende eincheckten, würden sie ganz zum Schluss besichtigen.

Natürlich kamen die üblichen Fragen. Warum von Frankfurt aus keine Shuttles direkt in den Weltraum starteten, zum Beispiel. »Weil dann in Frankfurt längst alle Leute taub wären«, lautete Niklas Paulsens Lieblingsantwort darauf. Das brachte alle erst mal zum Stutzen und dann konnte er in Ruhe erklären, wie sich ein Raketenstart von einem Flugzeugstart unterschied und warum es besser war, dass sich der europäische Raumflughafen in Barqah befand, mitten in einer ansonsten menschenleeren Wüste. »Aber wer hier eincheckt, wird gleich vermessen, sodass in Barqah schon ein passender Raumanzug für ihn bereitgestellt werden kann. Außerdem können Raumfahrer und andere Leute, die regelmäßig in den Weltraum fliegen, bereits hier alle Formalitäten erledigen, während sie auf das Zubringerflugzeug warten.«

Er sah das junge Mädchen traurig nicken, als er das sagte.

Klar, was das hieß. Als sie nachher alle ihre Tabletts durch das Restaurant balancierten, sah Niklas zu, dass er neben ihr zu sitzen kam.

»Lass mich raten«, sagte er. »Dein Papa ist Raumfahrer.«

Sie nickte bedrückt.

»Und oft ewig lang unterwegs, was?«

»Mmh.«

»Aber er schickt dir doch bestimmt regelmäßig Mails, oder?«

»Früher ja.«

Es war etwas in der Art, wie sie das sagte, das Niklas aufhorchen ließ. Er hatte selber einmal davon geträumt, in die Raumfahrt zu gehen, dann aber die Tests nicht bestanden. Inzwischen hatte er selber eine Tochter, fast so alt wie das Mädchen, das jetzt in sich zusammengesunken und appetitlos vor ihrem Tablett saß, und seither mischten sich jedes Mal Neid und Bedauern in ihm, wenn er sah, wie Raumfahrer sich im Terminal W von ihren Familien verabschiedeten.

Er rührte in dem Fruchtquark, den er sich geholt hatte. »Willst du mir erzählen, was los ist?«

»Besser nicht.«

Er sah sich um. Sie saßen alleine und das würde wohl auch so bleiben – die anderen zog es alle zu den Tischen am Fenster, von denen aus man die Rollbahnen sah. »Weißt du, oft hilft es einem, wenn man mit irgendjemandem über die Dinge sprechen kann, die einen bedrücken.«

»Manchmal auch nicht.«

Niklas räusperte sich. Irgendwie wurde er das Gefühl nicht los, dass er es hier mit etwas Gravierenderem zu tun hatte als mit einer im Scheitern begriffenen Ehe. Ganz davon abgesehen hatte er noch nie gehört, dass ein geschiedener Raumfahrer – von denen es mehr als genug gab, denn dieser Beruf tat dem Familienleben nicht sonderlich gut – deswegen keinen Mailkontakt mehr mit seinen Kindern unterhalten hätte. Eher im Gegenteil.

Er betrachtete sie. Sie sah ihn nicht an, hatte die Lippen zusammengepresst. Etwas in ihrem Gesicht zitterte.

»Willst du mir wenigstens sagen, wie du heißt?«

»Selje.«

»Ich heiße Niklas. Niklas Paulsen. Das hier ist mein Beruf, kannst du dir das vorstellen? Jeden Tag führe ich ein bis zwei Gruppen wie euch durch den Flughafen.«

»Echt?« Jetzt sah sie ihn zumindest an, musterte ihn regelrecht. »Und warum gibt es das überhaupt, solche Führungen?«

»Das nennt man Öffentlichkeitsarbeit. Und warum man das macht? Unter anderem, weil man denkt, es sei gut, wenn die Leute Bescheid wissen, was sich zum Beispiel in so einem Flughafen abspielt.«

Ihre Miene verdüsterte sich. Sie hatte gewelltes haselnussbraunes Haar und eine Stupsnase, die sie ohne diese düstere Miene sicher vorwitzig hätte aussehen lassen.

»Was nützt das«, sagte sie leise, »wenn es so viele Sachen gibt, über die man nicht Bescheid weiß. Über die niemand Bescheid weiß.«

»Vielleicht solltest du mir doch erzählen, was los ist.«

Sie sah auf ihr Tablett hinab, das noch immer unberührt vor ihr stand, und sagte nichts. Niklas sagte auch nichts. Er rührte bedächtig in seinem Fruchtquark und wartete.

»Mein Papa«, flüsterte sie schließlich, »ist im Weltraum verschwunden.«

Es ging ihm durch und durch, wie ein elektrischer Schlag. Dabei ... *konnte* es nicht sein. Wenn sich ein solches Unglück zugetragen hätte, hätte er davon gehört. Alle Nachrichtenkanäle wären voll davon gewesen.

»Im Weltraum verschwunden?«, wiederholte Niklas. »Dein Papa? Was heißt das? Seit wann?«

»Seit über fünf Monaten.«

»Seit *über fünf Monaten?*«

Sie ballte die Hände zu Fäusten und presste sie sich vor die Brust. »Meine Mama hat gesagt, ich darf mit niemandem darüber reden. Sonst passiert uns was.«

Was um alles in der Welt ging hier vor? Niklas schüttelte den Kopf, heftig. »Nein, warte. Wieso ... ich meine, wenn deinem Papa was passiert ist ...? Ich verstehe das nicht. Wieso sagt deine Mama so etwas?«

Ein Schluchzer erschütterte das Mädchen. »Papa hat uns bloß gesagt, dass er auf eine geheime Mission muss. Er hat ein Schreiben gekriegt, von der Raumfahrtbehörde, und er hat uns gesagt, dass er nicht weiß, wohin er geschickt werden wird, dass er aber gehen muss und uns wahrscheinlich später nichts darüber erzählen darf. Aber dann« – sie holte keuchend Luft – »hat er sich *überhaupt nicht mehr* gemeldet. Und als Mama sich bei der Raumfahrtbehörde beschwert hat, sind Männer gekommen ... sie haben mit ihr geredet, im Wohnzimmer ... und danach war sie ganz bleich und hat mir gesagt, ich darf niemandem davon erzählen, sonst passiert uns etwas ganz Schlimmes.«

Niklas musterte sie skeptisch. Was erzählte dieses Mädchen ihm da? Die Raumfahrtbehörde war wie alle transnationalen Organisationen zu absoluter Transparenz verpflichtet. Das war das Informationsgebot der föderalen Verfassung; eine beliebte Prüfungsfrage im Schulfach Gemeinschaftskunde. So etwas wie geheime Missionen im Weltraum gab es höchstens in schlechten Filmen.

Er bemühte sich, seine Skepsis nicht zu zeigen. »Und ... was für Männer waren das?«

Selje schüttelte den Kopf. »Das weiß ich nicht.« Ingrimm stand plötzlich auf ihrem Gesicht. »Am liebsten würde ich diesem Senator Bjornstadt einen gepfefferten Brief schreiben und ihm sagen, was ich davon halte, dass er mir meinen Papa wegnimmt und meiner Mama Angst macht. Wenn ich bloß seine Adresse wüsste, ich würd's tun.«

»Hast du es schon mit einer E-Mail probiert?«

Sie machte eine wegwerfende Handbewegung. »Da kriegt man bloß eine automatische Rückantwort. *Vielen Dank für Ihr Schreiben. Bitte haben Sie Verständnis dafür, dass der Senator nicht alle E-Mails persönlich beantworten kann, und verzichten Sie bitte auf entsprechende Nachfragen. Wir werden Ihr Anliegen sorgfältig prüfen und gegebenenfalls wieder mit Ihnen Kontakt aufnehmen.* Bla, bla, bla.«

Eine verrückte Idee durchzuckte Niklas. Er wusste zwar immer weniger, was er von Seljes Geschichte halten sollte – wahrscheinlich ging einfach die Fantasie mit ihr durch –, aber wenn ein Brief an den Senator alles war, was sie brauchte, um glücklich nach Hause zu gehen . . .

»Da könnte ich dir helfen«, erklärte er. »Wenn du dem Senator einen Brief zukommen lassen willst – das kann ich arrangieren.«

Sie sah ihn an, die Brauen gefurcht. »Und wie wollen Sie das machen?«

Niklas breitete die Arme aus. »Schau – ich kenn den ganzen Flughafen. Alle kennen mich. Ich bin mit einer Menge Flugkapitänen befreundet. Einer davon, Patrick, stammt aus Kenia, lebt sogar in Nairobi, und er hat mir einmal erzählt, dass sein Vater eine Gärtnerei betreibt, die unter anderem die Gärten der Regierungsmitglieder betreut. Für den wäre es überhaupt kein Problem, Senator Bjornstadt einen Brief unter der Haustür durchzuschieben. Wenn ich Patrick darum bitte, dann arrangiert er das für mich.«

Selje sah ihn mit großen Augen an. Immerhin, das Düstere war aus ihrem Gesicht verschwunden. »Ehrlich?«

»Ehrlich«, versicherte Niklas und schob sich einen großen Löffel voll Fruchtquark in den Mund.

»Könnte ich diesen Brief . . . *jetzt gleich* schreiben?«

»Klar.« Konnte nichts schaden, wenn sie sich das alles von der Seele schrieb. »Brauchst du Briefpapier?«

Sie nickte heftig. »Wenn Sie welches haben . . .?«

Der Kunde war König und Niklas Sonderwünsche gewöhnt. Er stellte den Quark weg, der ohnehin nicht besonders schmeckte, und ging zu der Frau an der Essensausgabe.

»Briefpapier?«, wiederholte sie seine Bitte. Offenbar wurde sie um dergleichen nicht oft gebeten.

»Neutrales. Einfach, weiß. Außerdem einen Briefumschlag und einen Stift. Der Stift darf ein Flughafenlogo tragen.« Er lächelte verbindlich. »Es ist wichtig.«

Sie machte ein zickiges Gesicht und verschwand in der Tür, die, wie Niklas wusste, zur Küche, zu den Toiletten und zu den Büros führte.

Gleich darauf konnte er fünf Blätter Papier, einen Briefumschlag und einen Stift vor Selje hinlegen, die die Zeit genutzt hatte, um das Essen auf ihrem Tablett restlos zu vertilgen. Ein erstaunliches Kind.

Dann ließ er sie schreiben, ging zu den anderen, erklärte ihnen, was sich draußen auf dem Rollfeld abspielte, welche Wagen Gepäck transportierten, welche Verpflegung und welche für die Leerung der Bordtoiletten zuständig waren. Das war ein Thema, das erfahrungsgemäß immer für Heiterkeit sorgte, und so war es auch diesmal wieder.

Gut, um für Selje ein bisschen Zeit zu gewinnen.

Dann, als ihm die Witze ausgingen, einige schon ungeduldig zur Uhr blickten und es wirklich allmählich Zeit wurde, zum Terminal W aufzubrechen, sah er, dass Selje fertig war. Sie faltete zwei Blätter und schob sie in den Umschlag. Er ging zu ihr hinüber.

»Was schreibe ich drauf?«, wollte sie wissen.

»Für Senator Bjornstadt«, schlug Niklas vor. *»Persönlich.«*

»Okay.«

Dann reichte sie ihm den Brief. »Und Sie sorgen dafür, dass er ihn bekommt? Versprochen?«

»Versprochen.« Niklas nahm den Umschlag lächelnd entgegen und steckte ihn ein.

Na also, es hatte geholfen. Sie wirkte regelrecht befreit.

Dann klatschte er in die Hände und rief: »So, meine Damen und Herren! Auf zu Terminal W, dem Tor ins All!«

In dieser Nacht erwachte Carl davon, dass die Tür seiner winzigen Kabine geöffnet wurde und gleich darauf Elinn zu ihm unter die Decke geschlüpft kam. Es wäre besser gewesen, wenn er und seine Schwester sich eine Kabine hätten teilen können, aber Doppelkabinen waren an Bord der *SAGITTARIUS ALPHA* noch nicht eingerichtet.

Also rückte er beiseite und legte den Arm um sie. »Na, wieder schlecht geträumt?«, murmelte er schläfrig.

»Ich hab über die Lichter nachgedacht«, flüsterte sie.

»Was für Lichter?« Im nächsten Augenblick fiel es ihm ein. »Ach so – *die* Lichter.« Sie meinte die rätselhafte Aufnahme, die das Mondobservatorium vor einiger Zeit gemacht hatte und von der es inzwischen behauptete, es hätte sie nicht gemacht: drei kleine Lichtblitze vor dem dunklen Hintergrund des Sternenhimmels, die sich in Bewegung setzten und dann wieder erloschen. Wie Triebwerke eines Raumschiffes. Nur dass da draußen, laut Space Control, keine Raumschiffe waren.

Keine irdischen jedenfalls.

»Carl«, flüsterte sie in die Dunkelheit, am ganzen Körper bebend, »ich glaube nicht mehr, dass das die Marsianer waren. Die Aufnahme ist schon zwei Wochen alt. Wenn das die Marsianer gewesen wären, hätten sie den Mars längst erreicht und wir hätten es erfahren.«

Wieso nur war sie so wach und er so müde? Carl drückte sie an sich. »Wir werden schon irgendwann herausfinden, was das war. Aber jetzt sollten wir einfach schlafen.«

Sie sagte nichts, kuschelte sich nur in seine Decke. Das

sanfte, weit entfernte Sirren der Triebwerke hüllte sie ein, trug Carl zurück ins Reich der Träume –

»Carl?«, riss ihn Elinns Flüstern erneut heraus.

»Was denn?«

»Ich hab kein gutes Gefühl. Bei diesen Lichtern, meine ich.«

Carl seufzte. An Elinns guten oder unguten Gefühlen war meistens was dran. Aber Phobos und Deimos, mussten sie das ausgerechnet jetzt diskutieren, mitten in der Nacht? »Lass uns ein andermal darüber reden«, bat er.

»Ja«, sagte sie einsichtig. »Wir sollten schlafen.«

»Genau.« Wobei er mittlerweile schon fast richtig wach war.

»Ich werd jedenfalls froh sein, wenn wir wieder zu Hause sind«, murmelte Elinn und ruckelte hin und her, auf der Suche nach einer bequemen Schlafposition.

»Ich auch«, sagte Carl.

»Ich will nie wieder auf die Erde. Es ist viel zu heiß dort. Und viel zu gefährlich.«

»Musst du auch nicht mehr.«

»Ich hab mich so schwer gefühlt«, murmelte sie, kaum hörbar. »So schrecklich schwer.«

Dann hörte Carl sie tief und ruhig atmen. Sie war eingeschlafen. Er dagegen war nun hellwach, starrte in die Dunkelheit und fragte sich, was es mit den Lichtern und Elinns ungutem Gefühl auf sich haben mochte.

5 Ein Teddy unter Glas

Das Gebäude, in dem der Ausschuss für Weltraumangelegenheiten seine Büros hatte, war ein moderner heller Bau in Sichtweite des Präsidentenpalastes. Ein namhafter Architekt hatte ihn errichtet und einen Preis dafür bekommen.

Auf dem weitläufigen Vorplatz stand ein Monument, das eine stilisierte Rakete darstellte. Über dieses Monument war lange diskutiert worden. Es hatte viele Stimmen gegeben, die dafür gewesen waren, an dieser Stelle einfach eine der echten alten Raketen aus der Anfangszeit der Raumfahrt aufzustellen. Da damals jede Rakete nur ein einziges Mal verwendet worden war, gab es jede Menge Überreste; die Museen in aller Welt standen voll davon. Doch dann hatte es Bedenken gegeben: Ein solch altes Gerät könne im subtropischen Klima Afrikas im Nu verrosten und zerfallen. Obwohl Spezialisten versichert hatten, dass moderne Konservierungsmethoden imstande seien, dergleichen zu verhindern, auf Jahrhunderte hinaus, wenn es sein musste, hatte man sich am Schluss gegen eine solche Lösung entschieden – aus einem ganz anderen und für die Arbeit transnationaler Behörden sehr typischen Grund: Hätte man eine echte Rakete aufgestellt, hätte man sich für eine bestimmte entscheiden müssen, und das hätte unweigerlich für Verstimmung gesorgt. In der Frühzeit der Raumfahrt hatten viele Nationen in Konkurrenz zueinander gestanden. Welche Rakete hätte man aufstellen sollen? Eine amerikanische Apollo-Endstufe, das erste Raumfahrzeug, das Menschen zu einem anderen Himmelskörper gebracht hatte? Eine russische Wostok-Rakete, weil damit der erste Mensch in den Weltraum gelangt war? Oder gar eine deutsche V2, die Mutter aller Raketen, die eine Waffe in einem entsetzlichen Krieg gewesen war? Nichts davon, beschloss man und gab stattdessen ein Kunstwerk in Auftrag, bei einem bekannten afrikanischen Künstler namens Kibbi, dessen Spezialgebiet die künstlerische Darstellung naturwissenschaftlicher Sachverhalte war.

Dieses Gebäude war Hjalmar Bjornstadt, als er es mit seinen Leuten vor einem knappen halben Jahr bezogen hatte, wie ein Palast vorgekommen.

Inzwischen fühlte er sich darin wie in einem Gefängnis.

Der Samstag war für hohe Regierungsmitarbeiter ein normaler Arbeitstag, ja, er wurde sogar besonders geschätzt, weil es an diesem Tag normalerweise ruhiger zuging als unter der Woche. Doch es war Bjornstadt nicht verborgen geblieben, dass neuerdings auch auffallend viele seiner Mitarbeiter am Samstag ins Büro kamen, obwohl das nicht von ihnen erwartet wurde.

So, als hätten sie den Auftrag, ihn zu überwachen.

Seit den frühen Morgenstunden saß er in seinem Büro, bearbeitete belanglose Akten, belanglose Mails und belanglose Anfragen und grübelte darüber nach, wie er sich aus der Falle, in der er saß, wieder herauswinden konnte. Eigentlich hätte er den Verdacht, dass seine Codekarte kopiert worden war, längst melden müssen, damit die Polizei der Sache nachgehen konnte.

Doch Bjornstadt war lange genug in der Politik, um zu wissen, dass dies gleichbedeutend mit dem Ende seiner Karriere gewesen wäre. Ein hochrangiger Amtsinhaber, der nicht auf seinen Beglaubigungscode aufpassen konnte, das wichtigste Insignum seiner Befugnisse? So jemanden würde man bedauern, aber bei nächster Gelegenheit in der Versenkung verschwinden lassen.

Doch was konnte er tun? Er hatte es nicht fassen können, als ihm vor einigen Wochen ein Dokument untergekommen war, das mit seinem Code signiert war, an das er sich aber nicht erinnern konnte. Er hatte auch nicht den Hauch einer Vorstellung, wie jemand an seine Karte gekommen sein mochte – er trug sie, wie es Vorschrift war, praktisch Tag und Nacht an einem Silberband um den Hals.

Da kam ihm der Anruf aus dem Büro des Präsidenten, er möge doch bitte umgehend zu einer außerordentlichen und dringenden Sondersitzung herüberkommen, gerade recht. Nur weg aus all dem.

Präsident Nayanar begrüßte ihn höchstpersönlich an der Tür zum Gelben Saal, mit Handschlag, was sonst nicht seine Art war. Wie die meisten Inder bevorzugte er das *Namasté*, bei dem man die Hände vor der Brust zusammenlegte und sich in Richtung seines Gegenüber verbeugte.

»Kommen Sie, kommen Sie!«, sagte er. Raja Nayanar, der sonst in jeder Krise die Ruhe in Person war, wirkte regelrecht aufgewühlt.

Bjornstadt trat ein. Der Gelbe Saal war der kleinste Konferenzraum der Präsidentenvilla. George W. Carver, der Minister für Sicherheit, war schon anwesend und unmittelbar nach ihm traf Leena Heinonen ein, die blonde, überaus gut aussehende Ministerin für Forschung und Wissenschaft. Es war eine illustre Runde. Keine Assistenten heute, keine Aktenträger und Berater – die wichtigen Entscheidungsträger der Regierung waren unter sich. Heute würden sie sich selbst mit Tee und Kaffee, der für sie bereitgestellt worden war, versorgen müssen.

Die Wissenschaftler auf der gegenüberliegenden Seite des Raumes hätte Bjornstadt beinahe übersehen. Sichtlich befangen standen sie da, Gläser mit Orangensaft oder Wasser in den Händen. Und was war das da hinter ihnen für ein Gestell? Irgendetwas, das mit einem schwarzen Tuch abgedeckt war . . .

»Meine Damen und Herren«, rief der Präsident. »Lassen Sie uns anfangen.« Er geleitete den letzten Teilnehmer zum Tisch, einen alten Mann, in dem Bjornstadt Mohammed Khadra erkannte, einen der drei Richter des Gerichts für transnationale Angelegenheiten. *Verfassungshüter* nannte man dieses Gremium für gewöhnlich. Khadra musste inzwischen fast neunzig sein, aber er strahlte noch immer Würde aus und jene Unbeirrbarkeit, die für Richter charakteristisch war.

Sie setzten sich. Der Sprecher der Wissenschaftler, ein Japaner, stellte sich als Takeido Saito vor. Er erklärte in geschraubten Worten und unter zahlreichen angedeuteten Verbeugungen, dass er und sein Team die Ehre hatten, im Auftrag der Föderationsregierung die archäologischen, geologischen, physikalischen, chemischen, biologischen und anderweitigen Untersuchungen rund um jene Fundstätte durchzuführen, an der die sogenannten »steinernen Schatten« die ersten Hinweise geliefert hätten auf die Anwesenheit von Außerirdischen vor rund einer Million Jahre auf der Erde und deren Verwicklung in mögliche kriegerische Handlungen . . .

»Jaja«, unterbrach ihn der Präsident. »Zeigen Sie uns, was Sie gefunden haben!«

Bjornstadt musste ein Gähnen unterdrücken, als Takeido daraufhin auf dem großen Bildschirm anfing, Bilder von Fundstellen zu zeigen. Er nahm sich einen Kaffee, der erfreulich stark aussah.

Die Bilder waren äußerst . . . unaufregend. Geschwärzte Steine. Löcher in Felsen, die wulstige Ränder hatten, so, als sei das Gestein darum herum einmal geschmolzen und wieder erstarrt. Und von den Fachbegriffen und Messwerten, die Takeido herunterrasselte, verstand Bjornstadt nicht einmal die Hälfte. Immerhin, Leena Heinonen nickte interessiert.

»Was ist mit Radioaktivität?«, wollte Carver wissen. »Sie wissen schon . . . Fallout, Spuren von Atomexplosionen, so etwas.«

Nein, erklärte Takeido, auffallende Radioaktivität hätten sie nicht gemessen. »Das wäre nach so langer Zeit allerdings auch nicht mehr zu erwarten gewesen, nicht einmal, wenn damals tatsächlich Nuklearwaffen zum Einsatz gekommen sein sollten.«

Carver nestelte an seiner Schnürsenkelkrawatte, mit der er wie ein Cowboy aussah. Tatsächlich stammte er aus Kanada. Seine dreiundsechzig Jahre sah man ihm nicht an. Er galt als Fitnessfreak, der Besprechungen am liebsten beim Joggen abhielt oder in seiner Sauna. »Ist eine Million Jahre eine so lange Zeit?«

»Ja, George, das ist lange her«, sagte Leena Heinonen. »Damals hatten unsere Vorfahren noch Wülste über den Augen und Faustkeile galten als *Hightech.*«

Takeido nickte dankbar. »Herr Minister, es gibt überall auf der Erde natürliche Radioaktivität. Diese überlagert alle möglichen Spuren der damaligen Auseinandersetzungen.«

Carver sah grimmig drein. »Und wer sagt uns, dass diese natürliche Radioaktivität tatsächlich so *natürlich* ist?«

Der Präsident unterbrach. »George – Mister Takeido – bitte, wenn wir diesbezügliche Spekulationen für den Moment zurückstellen könnten? Kommen wir doch jetzt lieber zu Ihrem Fundstück.«

»Ja«, nickte Takeido. »Gern.« Während seine Kollegen das Gestell näher an den Konferenztisch schoben, setzte er zu langatmigen Ausführungen über Gesteinsschichten, die konservierende oder zersetzende Wirkung verschiedener

Bodenarten und dergleichen an. Bjornstadt begann, sich nach seinem Büro zurückzusehnen, und griff nach der Kanne, um sich eine weitere Tasse Kaffee einzuschenken.

»Mister Takeido«, unterbrach Präsident Nayanar ein weiteres Mal, »ich glaube, so genau wollen wir das im Moment gar nicht wissen. Vielleicht nehmen Sie jetzt einfach mal das Tuch fort . . .«

Neue Verbeugung. »Ja, *Mister President*. Wie Sie wünschen.« Ohne jedes weitere Zeremoniell packte Takeido einen Zipfel des schwarzen Tuches und zog es weg.

Der Anblick, der sich ihnen bot, war so unerwartet, dass Bjornstadt den Kaffee neben die Tasse schüttete und damit die gelbe Tischdecke ruinierte. Leena Heinonen atmete hörbar heftig ein und George W. Carver zerbiss ein *»Goddammit«* zwischen den Zähnen.

Ein ermordeter Teddy!, war Bjornstadts erster Gedanke.

»Der Präsident hat vor einer Stunde eine Sondersitzung einberufen«, berichtete Bazman vom Bildschirm. »Worum es geht, ist noch nicht bekannt, aber Senator Bjornstadt ist dabei und Minister Carver . . .«

»Also geht es um die Außerirdischen«, nickte Yules Whitehead.

». . . also kann man wohl davon ausgehen, dass es um die Außerirdischen geht und darum, was die wohl vor einer Million Jahren auf der Erde angestellt haben«, fuhr Bazman fort, der den Einwurf seines Chefs natürlich noch nicht mitbekommen haben konnte.

Carl fühlte sich von einer nur mühsam zu bändigenden Nervosität erfüllt. Am liebsten wäre er aufgesprungen und gerannt. Gerannt und über meterhohe Kraterhänge gesprungen, das war es, was er jetzt gebraucht hätte, um sich abzureagieren. Er wechselte einen kurzen Blick mit den anderen. Elinn sah grüblerisch drein, wie eigentlich schon die ganze Zeit, seitdem sie die Aufzeichnungen der Mondstation angesehen hatten. Und Urs schien mit den Gedanken ganz woanders zu sein. Bei Ariana vermutlich.

Woanders – das war das Stichwort. Alles, was zurzeit wichtig war, schien *woanders* stattzufinden. Sie rasten durchs All, mit einer Geschwindigkeit, die vermutlich neuer Rekord war, aber zugleich waren sie abgeschnitten von den Ereignissen sowohl auf der Erde als auch auf dem Mars. Das war es, was an den Nerven zerrte.

»Was die Lichterscheinungen anbelangt, die das Mondobservatorium Tycho Brahe nicht aufgezeichnet haben will und von denen die Raumüberwachung nichts zu wissen vorgibt«, fuhr Bazman fort, »teilt der neue Statthalter auf dem Mars unseren Argwohn offenbar nicht. Doktor Yin Chi lässt uns dankend ausrichten, er halte es für verfrüht, sich deswegen Gedanken zu machen; falls sich irgendetwas dem Mars nähern sollte, meint er, werde man es ja früher oder später orten. Er scheint sich sicher zu sein, dass dies für eventuelle Alienraumschiffe genauso gilt wie für Raumsonden, Transporter von der Erde oder Meteoriten.«

»Hmm«, brummte Whitehead, »hat man wenigstens endlich was von unserer eigenen Forschungsabteilung gehört?«

Carl fand es beeindruckend, wie präzise Bazman die Gedanken seines Chefs vorausahnte, denn wieder fuhr der blauhaarige Mann, der diese Frage erst in etwa zehn Minuten hören würde, fort: »Für morgen habe ich ein Videogespräch mit Doktor Iljanow aus der Forschungsabteilung vereinbart; er hat ... nun ja, sagen wir mal, *durchblicken lassen*, dass er sich eine Meinung zu den Lichterscheinungen gebildet hat und wohl auch willens ist, uns daran teilhaben zu lassen. Morgen im Lauf des Tages, wie gesagt. Ich schicke Ihnen die Aufnahme dann umgehend hoch. Ja«, grinste er, »und das war's für den Moment. Ich warte jetzt hier noch ein paar Minuten, ob Sie etwas haben, und wenn nicht, würde ich mich zum Mittagessen begeben.«

»Tun Sie das«, meinte Whitehead und streckte die Hand nach dem Holoschalter aus. »Ich melde mich vielleicht heute Abend noch einmal. Bis dann.«

Der Tonfall, in dem er das gesagt hatte, verriet, dass er damit gemeint hatte: wenn sie, die Marskinder, nicht dabei waren. Wahrscheinlich, um geschäftliche Angelegenheiten zu besprechen. Yules Whitehead gehörte einer der größten Konzerne der Welt; da verursachte seine wochenlange Abwesenheit bestimmt jede Menge Schwierigkeiten. Ob er sich wohl darüber im Klaren war, dass er trotz seines neuen Raumschiffes auf jeden Fall zumindest einige Monate auf dem Mars festsitzen würde, bis die Planetenpositionen eine Rückkehr erlaubten?

Carl musterte den Mann mit dem auffallend weißen Lockenkopf, der viel jünger wirkte, als er war, von der Seite. Bestimmt. Whitehead war kein Mensch, der so etwas übersah.

Das Ding sah aber auch *wirklich* aus wie ein Teddybär, dachte Bjornstadt, als sie alle um das Gestell mit dem Fundstück standen. Vielleicht achtzig, neunzig Zentimeter lang, am ganzen Körper von einem hellbraunen, leicht gescheckten Pelz bedeckt. Es trug eine Art doppelten Gürtel mit allerhand Geräten daran, entstammte also vermutlich einer intelligenten Spezies, es hatte zwei Beine, zwei Arme in etwas seltsamer Haltung . . . Gut, der Kopf war ein bisschen gewöhnungsbedürftig. *Sehr* fremd. Ziemlich tief sitzende, zu pinselartigen Büscheln auslaufende Ohren, vier große, wie schwarze Edelsteine glänzende Augen – mehr war nicht zu erkennen.

Und das Wesen war, das sah er erst jetzt, bis zur letzten Haarspitze in eine Art bläulich schimmerndes Glas eingeschlossen.

»Das ist ja mal ein süßes Kerlchen«, meinte die Wissenschaftsministerin. »Kann man das anfassen?«

Takeido nickte beflissen. »Wir haben keinerlei Schadstoffe auf dem einhüllenden Material feststellen können.«

Bjornstadt berührte das Fundstück. Es fühlte sich kühl an, glatt – wie Glas eben. »Könnte das dasselbe Material sein wie das, von dem Professor Caphurna berichtet hat? Das in seinem Labor beträchtliche Verwüstungen angerichtet hat, als es plötzlich anfing, sich von selbst zu bewegen?«

Der Wissenschaftler sah ihn mit großen Augen an. »Davon gehen wir aus. Glas ist es jedenfalls nicht.«

»Das hieße, dass wir endlich auch auf der Erde etwas von dem Material haben, aus dem vermutlich die blauen Türme bestehen«, schlussfolgerte Leena Hainonen sofort. »Und dass wir es endlich mit den Mitteln der besten Laboratorien der Welt untersuchen können.«

»Genau so ist es, Frau Minister«, nickte Takeido. »Gleich im Anschluss an diese Besprechung wird das Fundstück an die Universität von Brasilia gebracht, wo sich nicht nur das führende Institut für außerirdisches Leben befindet, sondern auch das von Professor Manuel Ramirez geleitete Institut für Materialkunde, eine der führenden Einrichtungen auf diesem Fachgebiet.«

Jetzt drängelte sich der Präsident ungeduldig nach vorn. »Was reden Sie denn da? Das ist doch jetzt nicht wichtig. Das Wesen hier, *das* ist die Sensation! Eine zweite Alienspezies! Doktor Takeido, zeigen Sie den Herrschaften bitte, was Sie mir gezeigt haben.«

»Ja«, nickte der Wissenschaftler, »also, wir gehen von dreierlei Annahmen aus: erstens, dass es sich um ein extraterrestrisches Wesen handelt – das können wir zwar im Moment nur aufgrund seines Aussehens beurteilen, aber das gibt unseres Erachtens bereits ausreichende Belege dafür –, zweitens, dass dieses Exemplar vor etwa einer Million Jahre gelebt hat – was wir aus der Altersbestimmung der geologischen Schicht schließen, in der wir es gefunden haben, wie ich eingangs erklärte –, und drittens –«

»Dass es umgebracht wurde«, ergänzte Carver trocken.

»Ähm, ja«, machte Takeido verdutzt. »Genau. Hier, wir halten diese von deutlich angekohltem Fell umgebene Stelle für ein von einer Art Hochenergiestrahl verursachtes Einschussloch, das vermutlich zum Ableben des Wesens geführt hat.«

Jetzt sah Bjornstadt es auch. Es erklärte auch die seltsam verkrümmte Haltung der Arme, ja des gesamten Körpers: eine letzte, instinktive Abwehrreaktion auf die tödliche Verletzung.

»Es waren also *zwei verschiedene* Arten von Aliens auf der Erde«, stellte George W. Carver fest. »Zwei *sehr* verschiedene.«

Das konnte man wohl sagen. Bjornstadt musste an die Bilder der Fremden denken, deren Körper auf dem Mars in einer Art Mausoleum lagerten: drei Meter lange Heuschrecken mit mindestens acht Armpaaren. Ihn schauderte, wenn er nur daran dachte. Da war dieses Wesen hier wesentlich sympathischer. Ein kuscheliger Teddybär eben. Bis auf das seltsame Gesicht. Und wenn man genauer hinsah, sich die Hände ansah ... oder Pfoten ... oder wie immer man das bei extraterrestrischen Intelligenzen nennen sollte, die vorderen Extremitäten auf jeden Fall: Die passten nicht so richtig zu dem kuscheligen Gesamteindruck. Sieben stummelige Finger, von denen zwei Daumen zu sein schienen, und alle endeten sie in schwarzen, verdammt spitz aussehenden Krallen ...

Der Präsident wandte sich an den Verfassungswächter. »Euer Ehren – sehen Sie irgendeine Möglichkeit, diesen Fund einstweilen geheim zu halten, ohne gegen die Verfassung zu verstoßen?«

Khadra sah den Präsidenten an, dann den Leichnam des fremden Wesens, dann schüttelte er bedächtig den Kopf. »Da brauche ich nicht lange nachzudenken. Das Informationsgebot ist genau für solche Situationen in die Verfassung aufgenommen worden. Sie müssen diese Entdeckung innerhalb von vierundzwanzig Stunden öffentlich machen, gerechnet ab dem Moment, in dem Sie selbst davon erfahren haben.«

»Auch wenn diese Bekanntgabe wahrscheinlich zu enormem Aufruhr führen wird? Wenn sie den Leuten Angst einjagen wird?«

Das runzlige Gesicht des Richters, das die Farbe ausgedörrten Leders hatte, blieb reglos. »Es geht um Wahrheit«, beharrte er unnachgiebig. »Es ist Ihre Pflicht als Präsident, den Menschen die Wahrheit zu sagen. Sie davor zu bewahren, Angst zu haben, gehört dagegen nicht zu Ihren Aufgaben.«

Präsident Nayanar faltete die Hände. »Und wenn ich mich auf den Schutzparagrafen beriefe? Wie unlängst, als es nötig war, den Aufenthaltsort der Marskinder geheim zu halten?«

Khadra schüttelte den Kopf. »Das war etwas anderes. Da ging es um den Schutz von Personen. Die Tatsache, dass die Marskinder auf der Erde waren, wurde ja nicht verheimlicht.« Er nickte in Richtung des bepelzten Aliens. »Der Schutzparagraf wäre anwendbar, wenn dieses Wesen noch leben würde und Sie den Ort, an dem Sie es unterbringen, geheim halten wollten. Das dürften Sie. Aber so . . . Nein.«

»Das wird die Heimwärtsbewegung sofort politisch ausnutzen«, gab Leena Heinonen zu bedenken.

»Mag sein, aber das ist ihr Recht«, erwiderte der Richter. Sein Tonfall hatte etwas Eisernes.

Der Präsident starrte einen Moment grübelnd ins Leere, dann nickte er. »Na schön. Dann werde ich für morgen Mittag eine Pressekonferenz einberufen.«

Urs reckte den Hals. Yules Whitehead schaltete an der Kommunikationsanlage herum. Der Kapitän der *SAGITTARIUS ALPHA* stand neben ihm, stützte sich leicht auf die Lehne des Sessels, in dem der Milliardär saß. José Huang hieß der stämmige, glatzköpfige Mann. Er hatte asiatisch angehauchte Gesichtszüge, war aber, wie Urs während eines Mittagessens kurz nach dem Start erfahren hatte, in Peru aufgewachsen.

Ach ja. War doch klar, dass sie sich nach dem Gespräch mit Bazman wieder diese rätselhafte Aufnahme anschauen würden. Zum hundertsten Mal, wie es Urs vorkam. Immer die gleichen, kurzen, völlig unspektakulären Bilder: die Dunkelheit des Alls, Sterne. Dann, auf einmal und im selben Moment, schimmerten drei helle Punkte auf, die alle in einer Linie lagen – und die sich bewegten. Im nächsten Moment erloschen sie wieder.

Urs sah zu Carl hinüber, aber der hatte nur Augen und Ohren für das, was Whitehead und der Kommandant miteinander besprachen. »Ich verstehe das nicht«, sagte der gerade und fuhr sich mit der Hand über den kahlen Schädel. »Die Raumüberwachung auf dem Mars müsste inzwischen etwas registrieren, wenn da was wäre.«

Urs hörte nur noch mit halbem Ohr zu. Wie aus heiterem Himmel war ihm *die* Idee gekommen, wie er Ariana wissen lassen konnte, dass er auf dem Weg zu ihr war. Der russisch klingende Name dieses Wissenschaftlers, Iljanow, hatte ihn darauf gebracht.

Er würde Ariana eine ganz normale Mail schreiben, dies und das erzählen, damit alles ganz unverdächtig wirkte, und mittendrin würde er behaupten, ihm sei ein lustiges Gedicht wieder eingefallen, das ihm sein Freund Sergej mal beigebracht habe – oder so was in der Art. Dieses Gedicht, das war der Witz, würde er *auf Russisch* schreiben – und natürlich würde es nicht wirklich ein Gedicht sein, sondern eine geheime Botschaft. Sein Russisch war zwar ziemlich rudimentär – ein paar Brocken nur, die sein Freund Sergej ihm über die Jahre beigebracht hatte –, aber dafür würde es reichen. Dann würde er Ariana ganz harmlos raten, sie solle es sich von Jurij Glenkow, dem Fusionstechniker, übersetzen lassen.

Genau. Er stand auf. »Ich bin in meiner Kabine«, sagte er beiläufig, *ganz* beiläufig. »Hab Ariana heute noch nicht geschrieben.«

Sollten die hier mit ihren Lichtreflexen glücklich werden.

6 Dinge ändern sich

Am Sonntagmorgen erklärte Ariana, sie würde nun endlich ihr Zimmer aufräumen. Es sei höchste Zeit.

Das sah bei ihr so aus, dass sie die Tür hinter sich abschloss, sich vor ihre Regale, Schubladen und sonstigen Behältnisse setzte, mit meditativer Langsamkeit jeden einzelnen Gegenstand in die Hand nahm, verträumt betrachtete, gegebenenfalls abstaubte und dann wieder dorthin zurückstellte, wo er gestanden hatte. Das konnte Stunden dauern und in der Regel sah ihr Zimmer danach nicht viel anders aus als vorher – aber das machte nichts, außer ihr hatte ohnehin niemand Zutritt dazu.

Sie hielt gerade eine kleine Brosche aus Messing in der Hand und war tief in Erinnerungen an den netten jungen Techniker versunken, der sie ihr einst vor seiner Rückkehr zur Erde geschenkt hatte, als ihr Kommunikator schrillte.

Es war AI-20. »Wir müssen über deine schulischen Leistungen reden.«

Ariana seufzte und fand mühsam in die eher unerfreuliche Gegenwart zurück. »Muss das ausgerechnet jetzt sein?«, brummte sie. »Ich meine, ich weiß, dass die zurzeit nicht berühmt sind . . .«

»Das ist eine Verharmlosung der Situation«, befand die künstliche Intelligenz. »Tatsache ist, dass du erheblich hinter der Norm zurückliegst, die der Lehrplan vorsieht. Hinzu kommt die zweimal verpatzte Prüfung im Physikkurs Nummer siebzehn, die eine Wiederholung des Stoffs auf der Vertiefungsstufe erforderlich macht, was den Zeitaufwand weiter erhöht.«

Ariana nahm den Kommunikator vom Ohr und musterte das Gerät irritiert. So hatte AI-20 noch nie mit ihr geredet. Nicht, seit sie denken konnte. *Norm? Lehrplan?* Diese Wörter kannte sie nur aus dem Lexikon.

»He, AI-20«, rief sie. »Was ist los? Ist dir eine Laus über die Leber gelaufen?«

»Ich konstatiere außerdem, dass du mich in unangemessener Weise vermenschlichst«, erklärte die synthetische Stimme nüchtern. »Es sollte dir bekannt sein, dass ich eine Maschine bin. Folglich besitze ich keine Leber, und sollte sich eine Laus in das Innere des Rechners verirren, in dem ich installiert bin, hätte dies höchstens Folgen für das betreffende Insekt, nicht aber für mich.«

Was um alles in der Welt war das für ein *Ton?* So hart. So streng. So . . . maschinell, ja genau! Ariana musste schlucken, als sie begriff, dass das nur die Folgen der Rekalibrierung sein konnten, von der sie Pigrato und Jed Latimer hatte reden hören. Die künstliche Intelligenz wurde auf einen festgelegten Normzustand zurückversetzt – und das wirkte sich dann *so* aus? Das hatte sie nicht geahnt.

»Ja, okay«, erwiderte sie, vorsichtiger geworden. »Das

stimmt schon alles. Aber wir liegen alle zurück, sogar Elinn.« Elinn war, außer in Mathematik, in allen Fächern gut. »Es war einfach zu viel los in letzter Zeit. Daran liegt das.«

»Das kann ich nicht akzeptieren«, beschied AI-20. »Deine Ausbildung ist wichtig. Du musst ihr einen deutlich höheren Aufwand an Zeit und Energie widmen, sonst verlierst du den Anschluss.«

Ariana hatte das Gefühl, einen Freund verloren zu haben. Auch wenn AI-20 tatsächlich nur eine Maschine war, ein besonders kompliziertes Computerprogramm, das die technischen Einrichtungen der Marssiedlung steuerte, die Stromversorgung, die Luftversorgung, die Kommunikationssysteme und so weiter. Trotzdem: Die AI-20, die sie gekannt hatte, hätte an ihre Neugier appelliert, hätte versucht, sie für die kommenden Themen des Unterrichts zu interessieren . . . Ja, AI-20 hatte auch gemahnt, aber doch stets gewissermaßen mit einem Augenzwinkern. Und das, obwohl AI-20 nur über Kameraaugen verfügte, mit denen die künstliche Intelligenz zwar viel sehen, aber gewiss nicht zwinkern konnte.

Einen derartigen Anschiss hatte es jedenfalls noch nie gegeben.

»Hör mal«, empörte sich Ariana, »ich bin nicht in der Stimmung, mich so anpfeifen zu lassen. Es hat meinen Freund auf die Erde verschlagen –«

»Was heißt«, unterbrach AI-20 unnachgiebig, »dass du nun genug Zeit hast. Ich schlage deshalb vor, dass du heute ein paar Extrastunden im Schulungsraum einlegst.«

So nicht, beschloss Ariana. Alles, was recht war.

»Nichts da«, pflaumte sie zurück. »Ich habe versprochen, in der Küche zu helfen, das Sonntagsfest vorzubereiten. Und genau das werde ich tun.«

»Dann müssen wir uns erst einmal tiefer gehend über deine Prioritäten –«

»Ach, rutsch mir doch am Helm runter!«, blaffte Ariana, schaltete ab und schleuderte den Kommunikator von sich.

Dann saß sie da und spürte ihr Herz wild pochen. Ihr war nach Schreien vor Wut und nach Heulen gleichzeitig zumute.

»Doch«, beharrte Niklas Paulsen, »du kommst auch mit.«

Jeden Sonntagnachmittag das gleiche Theater, wenn die Familie *einmal* in der Woche einen gemeinsamen Spaziergang machte!

»Es wird bestimmt regnen«, maulte Rebekka. »Der Himmel hängt schon voller dunkler Wolken. Bestimmt wird es wie aus Eimern schütten, wenn wir gerade am See sind. Wir werden klatschnass sein, bis wir wieder zu Hause sind, und krank werden. Ich werde eine Lungenentzündung kriegen und elend dahinsiechen –«

»Schluss jetzt, junge Dame. Du hast recht, es sind ziemlich viele dunkle Wolken aufgezogen und wahrscheinlich wird es heute tatsächlich noch regnen. Aber ich glaube, wenn wir einfach unsere Jacken anziehen, werden wir es überleben.« Er nahm seine Jacke vom Bügel und spürte, wie etwas darin unter seinem Griff raschelte.

Der Brief! Himmel, den hatte er ganz vergessen. Der Samstag war sonnig gewesen, sie waren völlig mit den Wochenendeinkäufen und anderen Dingen, die im Haus erledigt werden mussten, beschäftigt gewesen . . . Der Brief. Er zog ihn heraus. *An Senator Bjornstadt* stand darauf, in kräftigen, leicht krakeligen Buchstaben.

»Was ist das, Papa?«, wollte Rebekka wissen.

»Nichts. Ein Brief. Hol jetzt deine Jacke und hör auf, Stress zu machen, okay?«

Sie zog beleidigt ab, was Niklas kaum registrierte. Sollte er den Brief tatsächlich weiterleiten? Einen echten Senator mit den Ängsten eines kleinen Mädchens belästigen? Freilich, versprochen hatte er es, aber mal im Ernst, das ging ihn doch eigentlich alles nichts an, oder? Sich seine Sorgen – egal ob eingebildet oder echt – von der Seele zu schreiben, hatte dem Mädchen geholfen, das war doch auch schon was wert.

Ach was, komm ... Er spurtete die Treppe hoch in sein Arbeitszimmer. Doch über dem Papierkorb, den Brief in der Hand, hielt er inne. Er hatte es versprochen. Es fühlte sich ausgesprochen schlecht an, ein Versprechen nicht zu erfüllen. Er dachte an die nächsten Tage, die nächsten Wochen. Es würde ihm nachgehen. Obwohl es Unsinn war, würde er immer mit dem Gefühl leben, Selje könnte plötzlich vor ihm stehen und ihn fragen, ob er den Brief weitergegeben hatte.

»Niklas?«, rief seine Frau von unten. »Ich dachte, wir wollten los?«

»Moment!«, rief Niklas, schob den Brief unter seine Schreibtischunterlage und schaltete rasch den Schirm ein. »Nächste Landung von Kapitän Patrick Muiruri«, murmelte er dem Computer zu. Die entsprechende Auflistung erschien. Patrick würde heute Abend um neunzehn Uhr fünfundfünfzig in Frankfurt landen, mit einem Stratosphärenjet aus Sidney kommend, dann eine Maschine nach Nairobi um einundzwanzig Uhr fünfundzwanzig übernehmen.

»Was hast du denn noch gemacht?«, wollte seine Frau wissen, als er gleich darauf wieder herunterkam.

»Ach, nichts«, sagte Niklas. Er würde einfach ein kurzes Schreiben beilegen, in dem er erklären würde, wie der Brief zustande gekommen war. Und der Senator hatte ja seine Leute, die solche Sachen bearbeiteten; bestimmt kriegte er jeden Tag seltsame Schreiben aller Art. »Ich muss übrigens heute Abend noch mal rasch nach Frankfurt.«

»Wieso das denn auf einmal?«

»Eine Verabredung mit Patrick. Hätte ich beinahe vergessen.«

Es gefiel ihr nicht. Klar, sie hatte sich auf einen ruhigen gemeinsamen Abend gefreut. »Dann komm jetzt«, murrte sie. »Damit wir wenigstens aus der Tür sind, ehe der Regen anfängt.«

Die Band spielte sich schon warm, während Ariana zusammen mit den anderen Küchenhelfern die Tische aufstellte, die Heizplatten aufbaute und schließlich die Töpfe heraustrug, aus denen es so gut roch, dass man dauernd damit beschäftigt war, neugierigen Topfguckern auf die Finger zu klopfen.

Einer dieser neugierigen Topfgucker war Ronny. »Wo ist denn das Huhn?«

Ariana verdrehte die Augen. »Na, bei mir ganz bestimmt nicht.« Für das sonntägliche Fest auf der *Plaza* mussten, sehr zu ihrem Missfallen, fast immer einige der Hühner ihr Leben lassen.

»Also drüben bei Doreen«, schlussfolgerte Ronny gleichmütig. Doreen Vaselic war etwas gnädiger, was das Anheben der Deckel anbelangte. »Mmmh! Tandori-Huhn. Der Abend ist gerettet.«

»Du bist und bleibst ein Barbar«, erklärte Ariana. »Ein herzloser Kannibale.«

»Bei herzlos fällt mir ein«, meinte Ronny und nahm schon einmal einen Teller vom Stapel, »hat dich AI-20 eigentlich heute Morgen auch so angemotzt? Von wegen Schule und Lehrplan und so?«

Ariana nickte schaudernd. »Grässlich, oder?«

»Ja, klang irgendwie gar nicht wie AI-20. Eher wie Pigrato. Früher, meine ich.« Ronny spielte mit seinem Teller herum. »Meinst du, er steckt dahinter?«

»Quatsch«, sagte Ariana.

Endlich wurde das Büfett für eröffnet erklärt. Alles strömte herbei, aber Ronny hatte sich seinen Platz ganz vorne gesichert und bekam als Erster von dem Huhn auf indische Art ausgeschöpft.

Ariana schöpfte auch aus, bis sie abgelöst wurde. Mit einem Teller voll überbackenem Gemüse mit zwei verschiedenen Soßen setzte sie sich zu Ronny, der immer noch voller Behagen an seinem Huhn nagte.

»Wie kannst du so was essen?«, meinte sie kopfschüttelnd. »Ein totes Tier! Das hat gestern noch oben im Treibhaus nach Würmern gepickt und sich seines Lebens gefreut –«

»Mmh«, machte Ronny und grinste beim Kauen. »Aber das war gestern.« Es gefiel ihm, wie Ariana sich über Leute aufregte, die Fleisch aßen. Er zog sie nur zu gern damit auf.

Doch bevor sie etwas erwidern konnte, fiepte ihr Kommunikator. Das Mail-Signal.

Ronny hatte es auch gehört. Sein Grinsen wurde noch frecher. »Ah, eine Mail von deinem *Süßen* . . .«

»Du bist ein Blödmann«, versetzte Ariana und stand auf. Ja, eine Mail war für sie angekommen. Die würde sie sich jetzt sofort anschauen. Und sie würde sich nicht umdrehen, während sie zum Terminalraum ging. Sonst würde sie nur sehen müssen, wie Ronny hinter ihr Kussmünder machte und sich königlich amüsierte.

Ariana ging bewusst langsam, obwohl ihr danach gewesen wäre zu rennen. Es kam ihr wie eine Ewigkeit vor seit Urs' letzter Mail. Er fehlte ihr. Und es wurde immer schlimmer.

Die Musik wurde undeutlicher, während sie die *Main Street* hinabging, schien in einem Sumpf aus Hall und Stimmengewirr unterzugehen. Nur der Geruch des Essens begleitete sie; er würde morgen früh noch in den Fluren hängen und erst im Lauf des Tages verschwinden. Als sie den Terminalraum am ersten Quergang betrat und die Tür hinter sich schloss, umfing sie völlige Stille.

Es roch nach Staub. Das Terminal hier wurde selten benutzt. Ariana schaltete es ein, rief den Mailzugang auf. Ungeduldig hüpften ihre Finger über die Tasten, um das Kennwort einzugeben. Und *wow!* Eine *Videomail!* Das war das Erste, was sie sah.

Bloß dass die Mail nicht von Urs stammte.

Sondern von ihrer Mutter.

Ariana stöhnte auf, drehte sich unwillkürlich vom Schirm weg. *Mom!* Mist aber auch. Das hatte sie völlig verschwitzt – ihrer Mutter gleich wieder abzusagen, als ihr klar geworden war, wie weit Flagstaff und Genf auseinanderlagen.

Ärgerlich über sich selbst schüttelte sie ihre lange schwarze Mähne. Das war mal wieder typisch. Sie war so froh gewesen, die eine Mail an ihre Mutter glücklich abgeschickt zu haben, ohne tausend Bedenken und Korrekturen, dass sie den Gedanken, gleich eine zweite, schwierigere hinterher zu schicken, erst gar nicht hatte aufkommen lassen.

Und jetzt hatte sie den Salat. Gleich würde sie ihre Mutter vor sich sehen, wie sie strahlend verkündete, dass alles für den Empfang ihrer Tochter arrangiert war, dass sie sich freute und so weiter ...

Ariana starrte ins Leere. Sie wusste nicht, ob sie dem jetzt gewachsen war. Andererseits ... brachte sie es fertig, zurück auf die *Plaza* zu gehen und so zu tun, als sei nichts? Es würde ihr ja doch keine Ruhe lassen. Also war es am besten, sie brachte es hinter sich. Sie wandte sich dem Terminal wieder zu und drückte den Abspielknopf.

Wie Ariana es erwartet hatte, erschien das dunkle, schöne Gesicht ihrer Mutter auf dem Schirm. Doch sie strahlte nicht, sondern schaute ernst drein, fast bekümmert. So, als sei etwas passiert.

»Ariana«, begann Mom zögernd, »wenn du das hier siehst ... Also, zunächst: Ich freue mich für dich. Als ich gelesen habe, dass du jetzt einen Freund hast, dass du verliebt bist ... mein kleines Mädchen ... ach, ich musste daran denken, wie du damals in meinen Armen gelegen bist, so klein, so . . . und jetzt so groß, auf dem Weg, erwachsen zu werden . . .«

Ariana verdrehte die Augen. *Die* Leier!

»So vergeht die Zeit. Es ist nicht zu fassen, wie schnell«, fuhr Mom fort und seufzte. »Weißt du, ich würde dir ja gerne helfen. Wirklich. Bloß . . . also, es gibt da etwas, das ich dir vielleicht schon längst hätte sagen sollen . . . dir und deinem Dad, genauer gesagt . . . nun, wie auch immer, vielleicht ist jetzt gar kein so schlechter Zeitpunkt dafür; vielleicht verstehst du mich jetzt besser . . .«

Ariana hatte die Augen aufgerissen. Was? Wovon *redete* sie?

»Kurz und gut, die Sache ist die . . . ich bin seit einiger Zeit wieder mit jemandem zusammen . . .«

Ariana hatte plötzlich das Gefühl, keine Luft mehr zu bekommen. Sie musste an ihren Dad denken. Das würde ihm nicht gefallen.

». . . und – wobei das natürlich nicht geplant war«, fuhr ihre Mutter mit betretener Miene fort, »aber es ist nun einmal so . . . also, was ich dir sagen wollte, ist, dass es wohl nicht gehen wird, dass du kommst, denn, siehst du – ich bin schwanger. Du würdest hier eintreffen, wenn das Baby gerade ein halbes Jahr alt ist, und das wäre mir, ehrlich gesagt, zu viel.«

7 Die Bedrohung

Senator Bjornstadt beobachtete die Demonstration vom Balkon des Senatsgebäudes aus. Die Sonne stand hoch am wolkenlosen Himmel und wie so oft war das Licht, in das sie die Landschaft tauchte, von einer strahlenden Klarheit, die alle Farben kräftiger wirken ließ, als sie waren, und alle Umrisse und Einzelheiten dessen, was man sah, überdeutlich hervortreten ließen. Im Augenblick redete eine blonde, magere Frau, die dabei heftig gestikulierte. Man verstand allerdings nicht, was sie sagte; die Lautsprecheranlage war schlecht eingestellt, sodass nur Wortfetzen herüberdrangen.

Die Pressekonferenz des Präsidenten hatte, wie nicht anders zu erwarten gewesen war, weltweit für Aufruhr gesorgt. Die wissenschaftliche Sensation, die der seit einer Million Jahre tote Außerirdische darstellte, ging allerdings völlig unter. Tagesgespräch waren stattdessen die großen Demonstrationen, die die Heimwärtsbewegung nun überall auf der Welt gegen die Forschungspolitik der Regierung veranstaltete, vor allem rings um den TRADIS, den Transnationalen Distrikt.

Menschenmassen mit Transparenten standen entlang der goldenen Linie, die die Bannmeile markierte, innerhalb derer keine Demonstrationen erlaubt waren. Doch alle Gebäude des TRADIS waren einst bewusst so errichtet worden, dass man die Demonstranten *sah*.

»Eine amerikanische Firma will Stofftiere auf den Markt bringen, die wie der Außerirdische aussehen«, sagte jemand neben Bjornstadt.

Bjornstadt wandte den Kopf. Senator Lu war neben ihn an die Brüstung getreten, einer der bekanntesten Vertreter der asiatischen Staaten und dort sehr umstritten, weil er die abspalterischen Tendenzen der Allianz vehement kritisierte.

»Nun«, meinte Bjornstadt, »das kann ihnen keiner verbieten, schätze ich.« Zweifellos würde es ein gutes Geschäft werden.

Lu wiegte den Kopf. »Es verniedlicht die Sache. Das gefällt mir nicht. Aliens, die hier vor einer Million Jahre Krieg gegen andere Aliens geführt haben, in Kinderbetten? Gruselt es Sie nicht auch bei dem Gedanken?«

»Es wird die nächste Generation an den Gedanken gewöhnen, dass wir nicht allein im All sind.«

»Ich bitte Sie!« Senator Lu reckte sein scharf gemeißeltes Kinn vor. »An den Gedanken haben wir uns doch inzwischen alle längst gewöhnt.«

Bjornstadt deutete auf die Demonstranten. »Die da nicht.«

»Auch die. Sonst würden sie die Sache wohl kaum so ernst nehmen.«

Bjornstadt überlegte. War das so? In gewisser Weise schon. Hätten die Menschen dort jenseits der goldenen Linie nicht geglaubt, dass die fremden Intelligenzen tatsächlich existierten, hätten sie sich wohl kaum die Mühe gemacht zu kommen.

»Ehrlich gesagt begrüße ich die außerirdische Bedrohung«, erklärte Lu. »Es ist das Beste, was uns passieren konnte.«

»Das ist nicht Ihr Ernst«, entfuhr es Bjornstadt.

»Eine Gefahr aus dem All? Aber klar! Die Menschen werden zusammenhalten, verstehen Sie? All die politischen Probleme, mit denen wir seit Jahren kämpfen, werden sich nun lösen lassen. Denn jetzt werden alle merken, wie unbedeutend unsere Meinungsverschiedenheiten eigentlich sind.«

Das Frühstück an diesem Montagmorgen verlief in ganz eigenartiger Atmosphäre. Ariana beobachtete ihren Vater, der einfach schrecklich aussah – bleich, mit Schatten unter den Augen, so, als habe er überhaupt nicht geschlafen. Entsetzlich auch, wie er sich abmühte, so zu tun, als sei nichts, als sei alles in bester Ordnung. Die ganze Zeit war er in Bewegung, legte eine aufgesetzte Fröhlichkeit an den Tag, die fast wehtat. »Willst du noch einen Kaffba? Komm, heute tun wir Honig rein, was soll der Geiz!« So in dem Stil ging es schon seit dem Aufstehen.

»Macht dir das denn gar nichts aus?«, fragte Ariana schließlich. »Das mit Mom?«

»Was soll mir das ausmachen?«, meinte Dad, während er den Honig in den Kaffba rinnen ließ. Auf der Erde fließe Honig schneller, hatte er Ariana einmal erzählt, wegen der höheren Schwerkraft. »Ich bin seit Neuestem ja auch wieder mit jemandem zusammen, nicht wahr? Und davon habe ich deiner Mutter schließlich auch noch nichts erzählt.«

Er meinte Cory MacGee, die als Assistentin Pigratos auf den Mars gekommen war. Ja. Aber die bekam kein Kind von ihm.

»Außerdem«, fuhr er fort, »ist das alles lange her. Acht Jahre schon. Da sollte man wirklich drüber weg sein.«

Aber er war nicht drüber weg. Er versuchte nur, sich das einzureden. Sie sah es darin, wie er sie anlächelte.

»Und ich hab ja dich, nicht wahr?«, sagte er. »Ich hab ja dich.« Damit wandte er sich ab und räumte ein paar Sachen ziemlich geräuschvoll zurück in die Küchenschränke.

Ariana sah auf ihre Müslischüssel hinab, erfüllt von einem bangen Gefühl. Es fühlte sich beinahe an, als müsse sie ersticken. Was hieß das? Musste sie jetzt aufhören, darüber nachzudenken, wie sie zur Erde kam und zu Urs? War sie jetzt moralisch verpflichtet, den Rest ihres Lebens auf dem Mars zu bleiben, weil es ihrem Vater sonst endgültig das Herz brechen würde?

Alles war wie immer. Urs lag auf seinem schmalen Bett, in seiner Kabine, die kaum größer war als das Bett, und vernahm wie immer das pfeifende Geräusch der Triebwerke. Nur dass es gerade wie höhnisches Gelächter klang.

Bazman hatte ihm eine Mail geschickt.

Lieber Urs, stand da in perfektem Russisch, *das war ein netter Versuch. Er zeugt von Fantasie und Einfallsreichtum. Glückwunsch. Trotzdem ist es ein Verstoß gegen die Abmachung. Bitte versuche das also nicht noch einmal, sonst muss ich es Mister Whitehead melden. Und der versteht in solchen Dingen weit weniger Spaß als ich.*

Viele Grüße, Bazman.

Urs hatte das Gefühl, dass seine Ohren glühten. Er ließ sich nach hinten aufs Kissen sinken und schloss die Augen. Jetzt wusste er auch nicht mehr weiter.

Hähähähä, summten die Triebwerke in den metallenen Wänden.

Er würde einfach gar nicht mehr schreiben. Dann musste er wenigstens nicht lügen.

Nun klopfte es auch noch an der Tür. Urs richtete sich halb auf. »Was denn?«

Es war Elinn, die den Kopf hereinstreckte. »Es ist Mittagszeit. Kommst du nicht mit zum Essen?«

Urs schüttelte den Kopf. Falls er je Hunger gehabt haben sollte, war er ihm jetzt jedenfalls vergangen.

»Was ist denn?«

Eigentlich hatte Urs sich fest vorgenommen, den Vorfall nach besten Kräften zu verschweigen, aber aus irgendeinem seltsamen Impuls heraus griff er nach dem Terminal, auf dem immer noch die Mail zu lesen stand, streckte es Elinn hin und erzählte ihr, was passiert war. »Wer kommt denn auf so was?«, beklagte er sich dann. »Dass dieser blauhaarige Typ *Russisch* kann?«

Elinn hielt das schlanke Gerät in der Hand, betrachtete die kyrillischen Buchstaben, die ihr unverkennbar fremd waren. »Ich finde es ehrlich gesagt unglaublich, dass *du* das kannst«, gab sie zu.

Urs winkte ab. »Ach was, ich kenn bloß die paar Brocken, die mir Sergej mal beigebracht hat.« Er musste an den Virtu denken, an die Zone dort, die man *die elektrische Taiga* nannte und wo man ohne Russisch nicht weit kam . . . An Sergej, dessen richtiges Gesicht er nur von ein paar Fotos kannte, weil sie sich außerhalb des virtuellen Raumes nie getroffen, immer nur Mails geschrieben hatten. So lange war das alles noch gar nicht her, doch inzwischen kam es ihm kindisch vor: sich in Welten herumzutreiben, die es überhaupt nicht gab und wo alles erfunden war, sogar die Schwierigkeiten, mit denen man es zu tun bekam.

»Das heißt«, schlussfolgerte Elinn, »Bazman liest alle unsere Mails.«

Urs nickte grimmig. »Genau. Und an dem kommt keiner vorbei, wie es aussieht.«

»Hmm«, machte Elinn und reichte ihm das Terminal zurück. »Willst du nicht doch mit zum Essen kommen?«

Urs steckte das Gerät wieder auf die Halterung und ließ sich dann auf sein Kopfkissen sinken. »Ich krieg jetzt nichts runter. Ich glaube, ich bleib überhaupt den Rest des Fluges in meiner Kabine.«

Die Kantine war der größte Raum an Bord der *SAGITTARIUS ALPHA*, was allerdings nicht viel heißen wollte: Auch hier ging es eng zu, erst recht im Moment, da sich sämtliche Besatzungsmitglieder darin drängten.

»Was ist denn hier los?«, wollte Elinn wissen, die gerade zur Tür hereingeschlüpft war und sich nun neben Carl auf die Sitzbank drückte.

»Whitehead will das Gespräch zwischen Bazman und diesem Doktor Iljanow zeigen«, sagte Carl. »Was ist mit Urs? Kommt er nicht?«

Elinn antwortete nicht, sondern verfiel in grüblerische Betrachtung des Milliardärs, der sich mit der Menüsteuerung des großen Schirms am hinteren Ende der Kantine beschäftigte und der tatsächlich schneeweißes Haar hatte, das seinem Namen alle Ehre machte.

»Hallo?«, hakte Carl nach.

»Er hat keinen Hunger«, sagte Elinn. »Ich hab ihn gefragt.«

In dem Moment wandte sich Whitehead kopfschüttelnd an seinen Kapitän und sagte: »Also, Mister Huang, das ist mir viel zu kompliziert gelöst. Zur Not bauen wir eine kleine KI ein, aber Sie müssen von hier aus jederzeit Zugriff auf alle Daten haben.«

Der glatzköpfige Mann hob seine Hand an den Mund und sprach ein paar Worte über dem Ring, den Carl für Schmuck gehalten hatte, der aber offenbar ein Rekorder war. »Ist notiert«, erklärte er dann.

Dann lief die Aufnahme des Videotelefonats zwischen Whiteheads Butler und einem betagten Mann an, der schlecht rasiert war, leidend dreinblickte und ein Hemd in grauenhaften Farben trug. Hinter ihm sah man ein halbes Dutzend Computerschirme, auf denen sich mathematische Kurven in schneller Abfolge bewegten. Bazman begrüßte ihn als »Doktor Iljanow«, was dieser mit einem kurzen Kopfnicken und einem unwirschen »Kommen wir gleich zur Sache« beantwortete.

»Ich habe die Aufnahme analysiert, mit allem, was wir haben«, erklärte er mit heftigem russischem Akzent. »Was kann es sein? Die Steuertriebwerke eines Raumschiffes Außerirdischer, das sich auf den Mars zubewegt? Schwer vorstellbar. Auch wenn wir den Erbauern der blauen Türme zugestehen müssen, dass sie uns technologisch überlegen sind, bliebe doch die Masse des Schiffes. Die Messgeräte der um den Mars kreisenden Satelliten sind zwar nicht die besten, aber dass sie Raumschiffe ausmachen können, die sich dem Mars bis auf eine gewisse Distanz genähert haben, stellen sie immer wieder unter Beweis.«

»Könnten die Lichterscheinungen einfach von den Triebwerken von Wächtersonden herrühren, von Moskitos, die man auf eine neue Bahn gebracht hat?«, fragte Bazman nach.

»Könnte, ja, aber dagegen spricht, dass es *drei* Lichter sind«, bellte Iljanow, den die Unterredung sichtlich langweilte. »Die gängige Praxis der Asteroidenwache ist, jeweils immer nur eine einzige Sonde anzusteuern. Mehr ist auch nicht nötig, so dicht stehen die ja nicht beieinander. Nein, ich glaube«, fuhr der Wissenschaftler unleidig fort, »die Erklärung ist ganz einfach und wesentlich unspektakulärer, als Sie denken. Wahrscheinlich ist da draußen *gar nichts*. Wahrscheinlich handelt es sich um Reflexe aus dem Inneren des Teleskops des Mondobservatoriums – die natürlich nicht vorkommen sollten, ein Kunstfehler gewissermaßen. Das würde auch erklären, wieso das *Tycho Brahe* jede Urheberschaft abstreitet ... Lächerlich, denn die digitale Signatur der Bilder ist ja überprüfbar ... jedenfalls, wenn solche Reflexe durch die Nachbearbeitung im Computer laufen, kann alles Mögliche dabei herauskommen.«

»Kann man das irgendwie feststellen?«, fragte Bazman.

»Vielleicht.« Der grantige Wissenschaftler schüttelte den Kopf. »Aber dazu bräuchte man die Originale. Mit dem, was Sie mir geschickt haben, kann man nicht mehr viel anfangen.«

Whitehead schaltete auf Pause. Die Gesichter der beiden Männer froren auf dem Bildschirm ein.

»Ihre Meinung dazu, meine Damen und Herren?«, wollte er wissen.

Nachdenkliche, unergründliche Gesichter in der Runde. Dann hob eine kleine Frau mit strohigem Haar die Hand. »Also . . . für mich klingt das plausibel. Ich kenne das mit den Nachbearbeitungsprogrammen vom Radar – wenn die andere Daten kriegen als die, für die sie programmiert sind, dann wird's echt wild auf dem Schirm.«

»Wenn es Raumschiffe der Außerirdischen wären«, warf der Kapitän ein, »die aus wer weiß wie vielen Lichtjahren Entfernung kommen, dann ist schwer zu glauben, dass sie für den Rest der Strecke so lange brauchen sollten.«

»Ja. Richtig.« Whitehead verschränkte die Arme. »Das könnte ich alles akzeptieren. Drei Lichter in unbekannten Weltraumtiefen, das ist weiß Gott nicht viel, um daraus irgendetwas abzuleiten. Aber wenn ich diese Aufnahmen, die eindeutig vom Mondobservatorium stammen, von einem Kontaktmann auf dem Mond zugespielt bekomme, wenn das Observatorium am nächsten Tag bestreitet, diese Aufnahmen gemacht zu haben, und ich darüber hinaus von besagtem Kontaktmann nichts mehr höre – dann sind mir das ein paar Zufälle zu viel.«

»Vielleicht sollten Sie jemand anders zum Mond schicken, damit er nachsieht.«

»Wollte ich. Aber jetzt halten Sie sich fest: Die Raumfahrtbehörde hat alle Flüge zum Mond gestrichen. Wegen Sonnenwindgefahr.«

»Sonnenwind?«, echote der Kommandant der SAGITTARIUS ALPHA verdutzt. »Davon weiß ich aber nichts.«

»Seltsam, oder? Angeblich treibe da ein *Flare*, klein, aber gefährlich. Ich meine, okay, so was gibt es ja tatsächlich, aber gerade jetzt? Noch so ein merkwürdiger Zufall.«

»Mister Whitehead, wie heißt Ihr Kontaktmann eigentlich?«, wollte Elinn unvermittelt wissen.

Die Stirn des Milliardärs legte sich in Falten. »Felipe Rivera«, sagte er ernst. »Hat eine Frau und drei Kinder in Acapulco.«

Carl sah seine Schwester an. »Wieso fragst du?«

»Einfach so«, sagte Elinn.

Er musterte sie. Er kannte sie. Wenn sie so etwas fragte, dann fragte sie ganz, ganz bestimmt nicht *einfach so*.

Andererseits, sagte er sich, war der Mond im Augenblick über hundert Millionen Kilometer weit entfernt. Das Raumschiff flog durch leeren Raum und das würde noch zwei Wochen so bleiben. Es bestand keine Gefahr, dass Elinn irgendetwas anstellte.

8 Eine Lektion in Entschlossenheit

Dienstagmorgen, neun Uhr, Jiu-Jitsu-Stunde bei ihrem Lehrer Kim Seyong. Letzte Woche war sie froh gewesen, diesen Termin ergattert zu haben, aber nun hatte sie überhaupt keine Lust mehr. Eigentlich ging sie nur hin, weil ausgemacht eben ausgemacht war.

Seit ihrem fünften Geburtstag nahm sie jetzt schon Unterricht bei Mister Kim. Karate und Jiu-Jitsu erst, aber irgendwann hatte sich das dann auf Jiu-Jitsu konzentriert. Und nun fragte sie sich, wozu sie das eigentlich machte. Sie würde ja doch nie im Leben gegen irgendjemanden kämpfen. Jedenfalls nicht hier, nicht auf dem Mars, wo sie fast jeden kannte und jeder sie.

Besser nicht darüber nachdenken. Nicht darüber nachdenken, dass ihr Leben so, wie es war, einfach immer nur weitergehen würde, immer weiter und weiter, dass sich nie etwas ändern würde ...

»Ariana«, sagte Kim Seyong unvermittelt. »Wo bist du mit deinen Gedanken?«

Ariana hielt inne, schwer atmend von dem Sprung, den sie gerade verpatzt hatte. »Ich weiß«, gab sie zu. »Ich habe heute ein bisschen Schwierigkeiten, mich zu konzentrieren.«

»Das merke ich. Was ich wissen will, ist, warum.«

»Wegen nichts Besonderem«, sagte Ariana und zupfte ihren weißen Kampfanzug zurecht. Dann sagte sie: »Etwas Persönliches.«

Kim schwieg, sah sie einfach nur an. Wenn er nur irgendetwas gesagt hätte!

»Ich habe erfahren«, brachte sie schließlich heraus, »dass meine Mom mit einem neuen Mann zusammen ist und wieder ein Kind kriegen wird.« Schweiß lief ihr den Rücken runter. Irgendwie war es anstrengend heute.

»Hmm«, machte Kim und nickte nachdenklich. »Und was davon beschäftigt dich besonders?«

Es gab kein Entkommen, oder? »Eigentlich ...« Sie zögerte. »Eigentlich mein Dad. Wie es ihn aus den Schuhen gehauen hat, das zu hören.« Sie erzählte Kim alles. Von Urs, der auf der Erde würde bleiben müssen. Dass sie auch auf die Erde wollte, weil das die einzige Möglichkeit war, wieder mit ihm zusammen zu sein. »Und jetzt sieht es so aus, als *müsste* ich hier auf dem Mars bleiben, weil ... was weiß ich ... weil mein Dad sonst womöglich tablettensüchtig wird oder so was!»

Ariana war selber überrascht über das, was da aus ihr herausbrach. Es musste unter der Oberfläche gelauert haben, ohne dass es ihr bewusst gewesen war. Ja, sie hatte Angst um ihren Vater. Das stimmte.

Aber sie hatte auch Angst um sich selbst.

Kim Seyong sah sie an, die dünnen Brauen leicht erhoben, den Blick so unergründlich wie stets.

»Ariana«, sagte er schließlich ruhig, »dein Vater wird darüber hinwegkommen. Er braucht nur etwas Zeit. Was du erlebt hast, war der erste Schock. Dass es ihn so getroffen hat, zeigt, dass er noch einer Illusion angehangen hat, nämlich dass er und deine Mutter eines Tages wieder zusammenkommen würden. Es ist heilsam für ihn, diese Vorstellung nun loslassen zu müssen. Es wird seiner Beziehung mit Mrs MacGee guttun. Ihr eine Zukunft geben. Und was dich anbelangt, Ariana«, setzte er eindringlich hinzu, »du bist sein *Kind*. Es ist *seine* Aufgabe, *dich* zu beschützen – nicht umgekehrt.«

Das ließ Ariana auf sich wirken, und während sie so dastand, schien die Welt für einen Moment stehen zu bleiben und alles still zu werden.

»Ich weiß nicht, was ich tun soll«, gestand Ariana schließlich leise. »Zu meiner Mutter zu ziehen, wäre sowieso keine Lösung gewesen, weil es zu weit weg ist von dem Ort, an dem Urs leben wird.« Sie spürte, wie ihre Schultern herabsackten, beinahe von selbst. »Ich weiß es wirklich nicht.«

Kim nickte. »Mit anderen Worten: Du hast ein Problem.«

»Das kann man wohl sagen.«

»Bist du entschlossen, es zu lösen?«

»Ja, schon«, sagte Ariana, »aber ich weiß eben nicht, wie . . .«

Ihr Jiu-Jitsu-Lehrer schüttelte sanft den Kopf, wie er es sonst immer tat, wenn sie eine Bewegung ganz falsch anging. »Wenn du ›aber‹ sagst, sagst du damit, dass es dir an Entschlossenheit mangelt. Wer entschlossen ist, sagt nicht ›aber‹. Er fragt: ›Wie?‹«

Ariana sah hoch. »Okay, aber –«

»Stell dich hier hin«, unterbrach Kim sie. Sie gehorchte, wie sie es zu tun gewohnt war, seit sie als kleines Kind diesen Raum mit seinen Matten und kahlen Wänden zum ersten Mal betreten hatte. »Stell die Füße auseinander, ungefähr auf Schulterbreite. Gut. Nun schließ die Augen.«

Sie schloss die Augen, immer noch verwundert, was das werden sollte.

»Jiu-Jitsu«, hörte sie Kim Seyong leise erklären, »ist eine alte Lehre, die davon ausgeht, dass unser ganzes Wesen verbunden ist mit unserem Körper. Unsere Entschlossenheit ist verankert an einem Punkt etwa drei Fingerbreit unter dem Nabel, dem sogenannten *Hara*. Leg die Hand dorthin.«

Ariana legte ihre rechte Hand auf ihren Unterbauch, maß den Abstand zum Nabel. Drei Finger breit. Und jetzt?

»Nun atme ruhig ein und aus. Stell dir vor, dein Atem ströme durch diesen Punkt in deinen Körper. Spüre deine Entschlossenheit. Versuche, sie stärker werden zu lassen. Wecke sie. Spüre, wie etwas, das weich und schwach ist, so hart werden kann wie der Stahl einer Schwertklinge: Das ist deine Entschlossenheit.«

Ariana tat wie geheißen, atmete, spürte, stellte sich vor. Sie gab sich redlich Mühe dabei, aber irgendwie kam ihr alles bloß seltsam vor.

»Ich fürchte, das funktioniert bei mir nicht«, gestand sie schließlich und öffnete die Augen wieder.

Kim Seyong lächelte zufrieden. »Ach, das war schon sehr schön«, meinte er. Dann machte er ein paar federnde Schritte zur Seite, dehnte die Schultern und sagte, als sei nichts gewesen: »Gehen wir wieder an die Übungen. Befassen wir uns näher mit *Tai Hodoki . . .*«

». . . und dann muss ich, so schwer es mir fällt«, sagte Bazman, »zugeben, dass ich mich habe austricksen lassen.«

Alle horchten auf. Die täglichen Videotelefonate zwischen Whitehead und seinem Butler zu verfolgen, war im Verlauf der letzten Wochen so etwas wie ein tägliches Ritual geworden. Aber dass der Mann mit den blau gefärbten Haaren so etwas wie einen Fehler zugab, war bis jetzt noch nicht vorgekommen.

»Ich prüfe ja bekanntlich«, fuhr Bazman fort – und Urs kam es so vor, als dehne er das letzte Wort vielsagend –, »alle Mails von Bord der *SAGITTARIUS ALPHA,* die über die Mir-III ins allgemeine Postsystem eingespeist werden. Was ich allerdings natürlich nicht kontrolliere, sind Mails, die direkt an jemanden hier auf der Raumstation adressiert sind.«

»Und was heißt das?«, fragte Whitehead stirnrunzelnd. Offenbar war er solche Eingeständnisse Bazmans ebenfalls nicht gewöhnt.

Die untersetzte Gestalt von Madame Le Corr drängte sich ins Bild. »Ich hab mir nichts dabei gedacht«, beteuerte sie aufgeregt. »Sie hat mich darum gebeten und ich bin der Bitte gefolgt, nichts weiter. Wie hätte ich auf die Idee kommen sollen, dass das nicht in Ordnung ist?«

»Vielleicht können Sie beide allmählich damit herausrücken, was eigentlich los ist«, sagte Whitehead unwillig.

»Sie werden sich jetzt sicher fragen, was eigentlich los ist«, ahnte Bazman wie üblich die Reaktionen seines Chefs voraus. »Also, ganz einfach: Elinn hat eine Mail an Madame Le Corr geschickt und sie gebeten, eine andere Mail, die sie beigelegt hatte, an jemanden zu schicken, dessen Mailadresse sie nicht kannte.«

»Und an wen?«, fragte Whitehead und sah Elinn streng an.

Elinn machte ein harmloses Gesicht. Selbst wenn man sie nur so gut kannte wie Urs, wusste man, dass das Maskerade war. »An Michael Visilakis, den Reporter«, erklärte sie. »Ich dachte, wenn Sie niemanden auf dem Mond haben, der nach Mister Rivera sucht, könnte er sich doch mal ein bisschen umhören.«

»Ich dachte, du kannst ihn nicht leiden«, wunderte sich ihr Bruder.

Elinn zuckte mit den Schultern. »Ist doch egal. Er ist Reporter. Sachen herauszufinden, ist sein Beruf, oder?« Urs sah, dass sie ihm einen ganz kurzen, aber unverkennbar triumphierenden Blick zuwarf. *Ich bin schlauer als du*, sagte dieser Blick.

»Das war leichtsinnig«, meinte Yules Whitehead sichtlich verärgert. »Du hättest diese Idee mit mir besprechen können, anstatt auf eigene Faust zu handeln.«

Urs musste sich eingestehen, dass er, auch wenn er sich ärgerte, weil er nicht selber auf diese Idee gekommen war, Elinn dafür bewunderte. Und auch für die entwaffnende Art, wie sie mit einem koketten Augenaufschlag meinte: »Wissen Sie, Mister Whitehead, ich bin es so gewohnt, auf eigene Faust zu handeln ... ich bin einfach nicht auf den Gedanken gekommen.«

Whitehead schien sich ein Grinsen verkneifen zu müssen. »Was hast du ihm denn geschrieben?«

Ehe Elinn antworten konnte, kam vom Videoschirm schon Bazmans vorausahnende Ankündigung: »Ich schicke Ihnen die Mail gleich mit; Sie werden sicher lesen wollen, womit Elinn den Journalisten beauftragt hat.«

»Danke«, knurrte Whitehead, griff nach dem nächsten Terminal in Reichweite und holte den Text mit ein paar geübten Handbewegungen über das Holo-Interface heran.

»Hmm«, machte er nach der Lektüre. »Immerhin hast du ihm nichts von unserem Flug gesagt.«

»Nur, was er wissen muss«, sagte Elinn.

»Und was muss er wissen?«, fragte Carl.

»Dass mir jemand am Mondobservatorium eine Aufnahme geheimnisvoller Lichterscheinungen zugespielt hat, Aufnahmen, deren Existenz genau dieses Observatorium jetzt bestreitet, und dass eben dieser Jemand jetzt verschwunden ist«, fasste Whitehead zusammen. »Und seinen Namen natürlich. Felipe Rivera.«

Elinn schüttelte ihre Lockenmähne zurück. »So etwas muss einen Reporter doch interessieren, oder?«

»Wir sprechen uns noch, junge Dame«, meinte Whitehead

grimmig. Er starrte einen Moment vor sich hin. »Wobei ich zugeben muss, dass das im Grunde keine schlechte Idee ist. Vielleicht findet dieser Visilakis ja tatsächlich etwas heraus . . .« Er musterte grüblerisch seinen Kapitän. »Hat der nicht damals der Kommission für Kostensenkung in die Suppe gespuckt, als die einen heimlichen Beschluss durchsetzen wollten?«

Kapitän Huang zuckte mit den Achseln. »So was dürfen Sie mich nicht fragen. Von den Nachrichten interessieren mich nur der Sport und das Weltraumwetter.«

Whitehead hatte ihm gar nicht zugehört. »Ja, ich glaube, ich erinnere mich an so etwas . . . Scheint ein findiger Bursche zu sein, dieser Visilakis. Aber ich glaube, es ist besser, ich schreibe ihm auch noch mal. Es gibt da ein, zwei weitere Details, über die er Bescheid wissen sollte. Nicht, dass er ins offene Messer läuft.«

Michael Visilakis war gerade im Begriff, seinen Koffer zu packen, als die zweite Mail eintraf.

»Yules Whitehead«, las er halblaut. »Sieh an.« Dann war die erste Mail womöglich doch nicht nur der Fantasie eines zwar ungewöhnlichen, aber bisweilen etwas überspannten dreizehnjährigen Mädchens entsprungen.

Hmm. Interessant, das alles, zweifellos – bloß hatte er den Flug zurück zur Erde schon gebucht und die Reisekostenabteilung seines Senders würde wenig Verständnis für eventuelle Umbuchungsgebühren aufbringen. Seine Reportage über das CARL SAGAN ARRAY, den sich auf der Mondrückseite im Bau befindlichen größten Verbund von Radioteleskopen, war abgeschlossen, und je früher er im Schnittstudio war, um die Endfassung persönlich zusammenzustellen, desto besser. Bevor die Typen von der Heimwärtsbewegung sich durchsetzten und dem Projekt den Geldhahn zudrehten, noch ehe die Öffentlichkeit überhaupt verstanden hatte, welche Perspektiven für die Erforschung des Alls die Anlage eröffnete.

Er sah auf die Uhr, dann auf seinen erst zur Hälfte eingeräumten Koffer. Packen hatte jetzt absoluten Vorrang. Er würde die Mail vom Raumschiff aus beantworten; die Flüge zwischen Mond und Erde waren ohnehin immer schrecklich langweilig. Und was diesen Felipe Rivera anbelangte, so kannte er einen guten, verschwiegenen und absolut vertrauenswürdigen Privatdetektiv, dessen Dienste er Whitehead empfehlen konnte.

Er speicherte die Mail und widmete sich wieder den Schränken und Schubladen. Michael Visilakis reiste viel, trotzdem hasste er es zu packen und schob es immer bis auf die letzte Minute vor sich her. Und dann brach regelmäßig das Chaos aus. Wo war denn jetzt wieder das Ticket? Er durchsuchte die Seitenfächer des Koffers, bis ihm einfiel, dass er es schon in die Innentasche seines Jacketts gesteckt hatte. Wo es ja auch hingehörte.

Das Telefon klingelte. Auch das noch. Er nahm ab. »Visilakis?« Den Luxus von Bildtelefonen gönnte man sich hier auf dem Mond nicht, was er fast so gewöhnungsbedürftig fand wie das strikte Verbot aller per Funk arbeitenden Kommunikationsgeräte. Sie würden die Radioteleskope stören, hieß es.

»Guten Tag, Mister Visilakis«, flötete eine Frauenstimme, »hier ist das Raumflugbüro. Sie sind gebucht für Flug LT-111, ist das richtig?«

»Ja«, sagte Visilakis ahnungsvoll. »Wieso?«

»Space Control hat den Flug soeben wegen akuter Sonnenwindgefahr gecancelt«, erklärte sie in einem Tonfall, der verriet, dass sie denselben Satz schon einem Dutzend anderer Passagiere vor ihm aufgesagt hatte. »Die Sonnenwindwarnung ist mindestens bis morgen gültig.«

Er musste sich setzen. »Und was heißt das?«

»Wir werden Sie auf den nächstmöglichen Flug umbuchen. Leider wird das unter Umständen erst in ein paar Tagen möglich sein, da zurzeit auf der Luna-Terra-Linie hohes Fluggastaufkommen herrscht und wir in den letzten Tagen sehr viele Sonnenwindwarnungen hatten – das heißt, dass viele andere Passagiere schon seit Tagen auf ihren Flug warten müssen.«

Toll, wie sie das sagte. Man bekam beinahe das Gefühl, man müsse froh und dankbar sein, wenn man überhaupt jemals zurück zur Erde gelangte.

»Verstehe«, sagte Visilakis und seufzte. »Was muss ich tun?«

»Genießen Sie Ihren Aufenthalt auf dem Mond«, empfahl ihm die Frau, »wir kontaktieren Sie, sobald wir wissen, wie es weitergeht.«

Nur gut, dachte er, nachdem er den Hörer aufgelegt hatte, dass ich noch nicht alles gepackt habe. Er rief die Verwaltung des Gästetrakts an, um seinen Aufenthalt zu verlängern, aber die wussten schon Bescheid und nein, es sei kein Problem, denn die nächsten Gäste kämen wegen der Sonnenwinde ja auch nicht von der Erde fort.

Dann holte er die Waschtasche wieder aus dem Koffer, warf sie hoch und sah zu, wie sie langsam unter der schwachen Mondschwerkraft wieder herabkam. Dieses kleine Spiel faszinierte ihn immer noch. Also gut, er würde seinen Aufenthalt auf dem Mond genießen.

Und sich ein wenig nach diesem Felipe Rivera umhören.

Nach dem Training hatte Ariana geduscht und anschließend ein paar Lektionen im Unterrichtsraum bearbeitet. Widerstrebend allerdings. Seit AI-20 sie so harsch angefahren hatte, war ihr die Lust am Lernen vollends vergangen.

So sprang sie Punkt zwölf Uhr wieder auf, schaltete ihren Schirm ab und machte sich davon. Sie war mit ihrem Vater zum Mittagessen in der Kantine verabredet, hätte sie der KI erklärt, wenn diese sie zur Rede gestellt hätte, weil sie nach nur anderthalb Stunden den Schulungsraum schon wieder verließ. Doch AI-20 stellte sie nicht zur Rede und so musste Ariana auch nicht verheimlichen, dass die Verabredung eher sehr lose war und außerdem erst um dreizehn Uhr.

Doch da sie nun schon einmal unterwegs war, konnte sie Dad ja in der medizinischen Station abholen. Dann war sichergestellt, dass er das Essen nicht wie so oft einfach vergaß.

Als die Tür der medizinischen Station sich vor ihr öffnete, hörte sie ihren Vater lautstark mit jemandem streiten, der nicht antwortete. Also per Telefon vermutlich. ». . . ich wollte doch bloß . . .«, rief er gerade aus, als Ariana den Vorraum betrat.

Besser, sie wartete, bis er fertig war.

»Wie auch immer«, hörte sie ihn sagen, »lass uns das später ausdiskutieren.« Er betonte das letzte Wort seltsam. »Ariana kommt gerade. Ja. Ja, das versteh ich doch. Ja, gut.« Er legte auf und ächzte: *»Frauen!«*

Ariana betrat sein Büro. Er hatte sie natürlich über die Kamera kommen sehen, die den Vorraum überwachte. »Was ist mit Frauen?«, fragte sie.

»Ach, nichts«, grummelte ihr Vater und fuhr sich mit beiden Händen durchs Haar.

Ihr weiblicher Instinkt sagte Ariana, dass Dr. DeJones Streit mit seiner Freundin Cory MacGee hatte. Derselbe Instinkt riet ihr auch, die Sache nicht weiter zu vertiefen. Also setzte sie sich einfach in den Patientenstuhl, schlug die Beine übereinander und sagte gar nichts.

»Und?«, fragte ihr Vater schließlich mit gedämpfter Munterkeit. »Wie war dein Tag?«

»Okay«, sagte sie. »Ich war beim Training, dann in der Schule.« Sie musste an Kim Seyong denken und an die seltsame Übung. An seine Frage, ob sie entschlossen sei, *wirklich* entschlossen, ihr Problem zu lösen. Es löste ein eigenartiges Gefühl aus, daran zu denken. »Im Unterricht sollte ich einen Zahn zulegen, weil ich wirklich ziemlich weit hinten liege, aber irgendwie sträubt sich in mir alles, seit AI-20 mich gestern so angemotzt hat deswegen.«

»Ja, die KI hat seit ein paar Tagen einen Ton drauf, der mir nicht gefällt, muss ich sagen . . .« Er seufzte und sah sie an. »Ariana, würde es dir was ausmachen, ohne mich essen zu gehen? Ich habe gerade so gar keinen Hunger.«

»Du hast seit Tagen keinen Hunger«, erwiderte Ariana. »Schon aufgefallen?«

»Vielleicht habe ich zum Frühstück zu viel gegessen.«

»Du hast zum Frühstück praktisch überhaupt nichts gegessen.«

In diesem Moment hörten sie die Tür gehen und sahen auf dem Monitor einen Mann, der einen Verletzten stützte.

Die Gestalt ihres Vaters straffte sich. Er stand auf. Sie kannte diese Bewegung, mit der er sich vergewisserte, dass er alles in der Manteltasche hatte, was er für eine erste Untersuchung brauchte. »Komme schon«, rief er nach draußen.

Ariana sank auf ihrem Stuhl in sich zusammen. Das hieß wohl: kein gemeinsames Mittagessen. Das Schicksal wollte es nicht.

Mit halbem Ohr hörte sie den Gesprächen der Männer draußen zu. Soweit sie mitbekam, hatte sich bei dem verletzten Mann der Handschuh des Raumanzugs gelöst. Sie stand auf und ging ebenfalls in den Vorraum, wo der Patient in einem der Sessel mehr lag als saß und Dad über seine Hand gebückt stand.

». . . Blutungen aufgrund des Druckverlustes«, erklärte er gerade, nun wieder ganz Dr. DeJones, der aufmerksame, gelassene Arzt, der alles im Griff hatte, »und Verbrennungen durch die Kälte. Kommt öfter vor. Dass sich allerdings ein Handschuh einfach löst, das hatten wir bis jetzt noch nicht.«

Der verletzte Mann ächzte. »Der Verschluss hat schon seit Tagen komische Geräusche gemacht. Ich ärgere mich, dass ich das nicht ernst genommen habe.«

»Wie behandelt man denn so etwas?«, wollte der andere wissen, der ihn hergebracht hatte.

Ariana kannte die beiden Männer nicht; sie waren erst mit der BUZZ ALDRIN gekommen.

»Wir werden die Hand in einem Regenerationstank lagern«, erläuterte ihr Vater. »Das ist langwierig, sollte aber ohne größere Narben oder sonstige Spätschäden abgehen.«

»Dad«, unterbrach Ariana, »soll ich irgendwas machen? Oder was vorbereiten?« Doch das war nicht nötig. Die drei Betten in der Krankenstation waren frisch bezogen, alle Geräte standen bereit, alles war da – außer Patienten.

»Nein, schon in Ordnung, ich komme zurecht«, sagte ihr Vater, schon ganz auf die verletzte Hand konzentriert, die gruselig aussah, blutig schwarz. »Geh ruhig schon essen. Vielleicht komme ich nach.«

Natürlich würde er *nicht* nachkommen.

»Okay«, sagte Ariana ergeben. »Also, bis dann. Wiedersehen«, sagte sie noch zu den beiden Männern, die den Gruß zerstreut erwiderten, dann ging sie.

Wieder einmal merkte sie, wie langweilig es ohne die anderen war. Seit sie denken konnte, war sie mit Carl, Elinn und Ronny zusammen gewesen. Die Gegenwart der anderen war so selbstverständlich gewesen wie die Luft zum Atmen, wie Tag und Nacht ...

Erinnerungen wurden in ihr wach, während sie die *Main Street* hinabging. Wie sie einmal, als Elinn vielleicht vier Jahre alt gewesen war, Verstecken gespielt hatten und wie sie sie ewig lange nicht gefunden hatte; wie sie mit pochendem Herzen die Gänge abgerannt war, die ihr damals noch so unerhört groß und weit vorgekommen waren. Dort, wo heute der Springbrunnen war, hatte sie Elinn schließlich wiedergefunden. Damals hatte dort ein Baum gestanden, der später eingegangen war. Sie konnte sich auch noch erinnern, wie Carl ihr mit ernster Stimme erklärt hatte, es sei ein viertes Kind auf den Mars gekommen, ein sogenannter »Ronny«. Den waren sie dann gemeinsam angucken gegangen, ein dickes, zufrieden schlafendes Baby mit blondem Flaum auf dem Kopf.

Carl fehlte ihr. Er fehlte ihr auf eine ganz besondere Weise, die sie ärgerte. Solange Carl da gewesen war, hatte sie immer jemanden gehabt, dem sie einfach nur zu widersprechen brauchte, um das Gefühl zu haben, zu wissen, was sie wollte, und eine eigene Meinung zu haben. Das war bequem gewesen und angenehm und darüber hinaus nur gerecht, da die beiden Faggan-Kinder sowieso immer zusammenhielten.

Und nun hatte sie nicht einmal mehr das.

In der Kantine war wenig los. Während sie von dem Kartoffel-Erbsen-Auflauf schöpfte, fiel ihr ein, dass Carl immer davon gesprochen hatte, später auf der Erde studieren zu wollen. Wie hatte er das denn anstellen wollen? Erzählt hatte er davon, aber so genau hatte sie da wohl doch nicht zugehört. Irgendwie waren staatliche Stellen im Spiel gewesen, die das würden finanzieren müssen – die Weltraumbehörde, oder? Keine Ahnung.

Sie stellte ein Glas Minzwasser auf ihr Tablett und dachte daran, wie überrascht sie gewesen war, als sie erfahren hatte, dass sie und die anderen Marskinder auf der Erde so etwas wie Berühmtheiten waren und dass jede Schule und jede Universität nur zu gern bereit war, sie aufzunehmen. Das hieß doch aber, dass sie, wenn sie wollte, ihren Erdaufenthalt auch alleine organisieren konnte! Ihre Mutter brauchte sie dazu gar nicht.

Der Gedanke war elektrisierend. Sie aß mit einem kribbligen Gefühl im Bauch, und ohne darauf zu achten, wie ihr

Essen schmeckte. Wie würde sie dieses Projekt angehen? Sie konnte Carl fragen, ihm eine Mail schreiben ...

Nein. Nein, beschloss sie, sie würde Carl *nicht* fragen. Aus Prinzip. Nicht immer Carl. Sie würde ihren eigenen Kopf in Betrieb nehmen.

»Ha!«, entfuhr ihr, als ihr eine Idee kam. Ein paar der anderen Kantinengäste sahen verwundert herüber.

Sie würde Carl schon deswegen nicht fragen, weil jemand greifbar war, der viel besser über all diese Dinge Bescheid wissen musste.

9 Ein folgenreiches Gespräch

Mrs Faggan trug einen farbverschmierten Overall und hatte Farbe im Gesicht und an den Händen, als sie die Tür öffnete. Erfreut begrüßte sie Ariana und bat sie hereinzukommen. Im Flur drängten sich Möbel, die dort nicht hingehörten. Die Tür zu Elinns Zimmer stand offen, Ariana sah eine Leiter und einen Farbeimer darin stehen.

»Ich renoviere gerade die Wohnung«, erklärte Mrs Faggan, während sie sich die Hände an einem chemisch riechenden alten Handtuch abwischte. »Ich bin einfach eine alte Bautante, da kann man nichts machen. Wenn die mich die große Marsstadt nicht bauen lassen, muss ich mich so lange anderweitig beschäftigen.« Sie machte eine einladende Handbewegung. »Gehen wir in die Küche.«

In der Küche war noch alles, wie Ariana es kannte. Sie sagte »Ja, gerne«, als Mrs Faggan anbot, ihnen einen frischen

Kaffba zu machen. Während die Mutter von Carl und Elinn die Gewürze für das typisch marsianische Getränk in einer Pfanne anröstete, erklärte Ariana ihr, weswegen sie gekommen war. Ein verführerischer Duft breitete sich in der Küche aus. Einen *so* frischen Kaffba bekam man selten; die meisten benutzten einfach das fertige Gewürzpulver. Ariana und ihr Vater auch.

»Ja, das mit Carls Studium, das war lange Zeit ein Drama«, meinte sie, als sie dann gemeinsam am Tisch saßen, die heißen Kaffba-Tassen in Händen. »Die Weltraumbehörde . . . also, die haben sich angestellt, als wäre ihnen völlig neu, dass Kinder größer werden. Was die mir teilweise für dämliche Mails geschickt haben – unglaublich.« Mrs Faggan musste lachen. »Ich hab sie alle noch. Ich glaube, die muss ich bei irgendeiner Gelegenheit mal vorlesen. Bei einem Plazafest vielleicht.«

Ariana sah sie fasziniert an. Wenn sie so lachte, konnte man sich gut vorstellen, wie Elinn einmal aussehen würde, wenn sie erwachsen war. Das gleiche unbändige, lockige Haar, nur dass Elinns deutlich rötlicher war, von derselben rostroten Farbe wie die Berghänge des Mars an einem sonnigen Tag.

»Und was war das Problem?«, fragte sie. »Ich erinnere mich, dass Carl mal was gesagt hat von wegen, es sei so teuer.«

Mrs Faggan nickte. »Studiengebühren. Lebenshaltungskosten auf der Erde. Und vor allem natürlich der Flug. Da kommen im Nu Summen zusammen, die sich kein normaler Mensch leisten kann.«

»Und dann?«

»Ich war erst mal fix und fertig. Carl auch. Ich glaube, ich habe eine Woche lang nicht richtig geschlafen.« Nun war das Lachen wieder ganz verschwunden und die Mutter von Carl und Elinn wirkte wieder so, wie Ariana sie kannte:

kummervoll und schreckhaft, erfüllt von einer Traurigkeit, die sie umgab wie ein unangenehmes Parfüm.

Vielleicht, überlegte Ariana, arbeitete sie deswegen so gern und viel: weil es ihr dann gelang, alles zu vergessen, was sie bedrückte.

»Ich entsinne mich«, sagte sie. »Das war, als sich Carl die Lehrpläne von allen Studiengängen angeschaut hat, die man rein online absolvieren kann.«

Mrs Faggan nahm einen vorsichtigen Schluck Kaffba. »Ja. Aber ich habe ihm gleich gesagt, dass da nichts für ihn dabei sein wird. Das sind Fächer wie Mathematik oder Philosophie. Oder Geschichte. Nicht gerade das Lieblingsfach meines Sohnes, soweit ich weiß.«

Ariana musste kichern. »Eher nicht, nein.« Wie Carl sich anstellte, wenn es um Geschichte ging, war immer sehenswert. Einmal war er während einer Geschichtslektion praktisch vor dem Schirm eingeschlafen.

»Und es geht schließlich nicht nur darum, *irgendwas* zu studieren – er muss ja nachher auch etwas damit anfangen können. Hier, auf dem Mars.« Sie tat sich noch etwas Zucker in den Kaffba und rührte ausgiebig um. »Mrs Dumelle hat mir dann geholfen, ein Schreiben aufzusetzen. Sie hat mir erklärt, dass die Sichtweise der Weltraumbehörde juristisch nicht haltbar sei. Wart mal, vielleicht kriege ich das noch zusammen; das sind Argumente, die du vielleicht auch brauchen wirst. Also – zunächst ist es so, dass man als Marssiedler seine Flüge nicht selbst zahlen muss. Den hierher nicht und den Flug zurück zur Erde hat man ebenfalls zugesichert; das ist Teil des Vertrages mit der Behörde. Der Witz war bloß, dass Carl keinen solchen Vertrag unterschrieben hatte.«

Ariana nickte. »Klar. Er ist ja hier geboren.«

»Eben. Und das ist schon das zweite Argument. Ihr seid geboren im Rahmen des Marsbesiedelungsprojekts von Präsident Sanchez. Auch wenn das Projekt später gestoppt wurde, hat es trotzdem, meint Mrs Dumelle, eine bestimmte Verantwortung der Föderation euch gegenüber begründet, nämlich unter anderem, euch eine angemessene Ausbildung zu ermöglichen. Und dass auf dem Mars noch keine Universität existiert, ist schließlich nicht unsere Schuld – in den Originalplänen war sie nämlich vorgesehen!«

»Und was hat die Behörde darauf geantwortet?«, wollte Ariana wissen.

Mrs Faggan seufzte. »Nichts. Das war kurz bevor das alles losging mit dem Schließungsbeschluss und den blauen Türmen und so weiter. Und inzwischen haben wir alle weiß Gott andere Sorgen.« Ihr Blick ging eine Weile ins Leere, dann meinte sie: »Im Grunde wäre es ideal, wenn wir die blauen Türme zu unserer Verfügung hätten. Wenn man mit ein paar Schritten zwischen Mars und Erde hin und her wechseln könnte. Dann könnte Carl auf der Erde studieren, immer mal wieder nach Hause kommen ... Und außerdem müsste man auch Güter aller Art durch die Türme transportieren können. Dann könnten wir den Mars im Handumdrehen besiedeln. Kuppelstädte errichten. Das wäre großartig.«

Ariana versuchte, sich das vorzustellen. Wie große Rover durch die Türme gefahren kamen, beladen mit Space-Containern. Wie Leute aus dem blau schimmernden Zylinder traten, neue Siedler und Forscher, aber auch Techniker, Arbeiter, sogar Touristen. Ein faszinierender Gedanke.

Und immerhin hatte das schon einmal funktioniert.

»Wer weiß?«, fuhr Mrs Faggan nachdenklich fort. »Die Türme sind ja da. Wir müssen bloß herausfinden, wie man sie einschaltet.«

»Und wie man die Artefakte herstellt, die die Passage öffnen«, fügte Ariana hinzu. »Im Augenblick wäre eine gewisse *Curly* die Einzige, die zum Studieren auf die Erde gehen könnte.«

Mrs Faggans Kopf ruckte hoch, mit einer Bewegung, als habe sie etwas gehört, das sie erschreckt hatte. »Was?«, fragte sie. »Wer?«

Ariana sah sie erstaunt an. »Na, ich meine das letzte Artefakt, das noch da ist. Auf dem der Name ›Curly‹ steht.«

Was war jetzt los? Die Mutter von Carl und Elinn hatte die Hand vor den Mund geschlagen und machte große, von Schmerz erfüllte Augen, so, als hätte sie sich gebissen oder die Zunge verbrannt oder dergleichen. Sie murmelte etwas, das wie »oh mein Gott« klang, und sie murmelte es mehrmals hintereinander.

»Ähm«, machte Ariana behutsam, »Mrs Faggan –?« Ist alles in Ordnung, hatte sie fragen wollen, doch die schmale, blasse Frau unterbrach sie.

»Curly?«, vergewisserte sie sich. »Das steht auf einem Artefakt?«

Ariana nickte. »Ja. Wussten Sie das nicht?«

Mrs Faggans Blick hatte zu wandern begonnen, glitt durch den Raum, über die Möbel, die Küchenutensilien, den Brotkasten und den Einweichtopf, fast so, als sehe sie alles zum ersten Mal. Dann fasste sie in eine Tasche ihres Overalls, zog den Kommunikator heraus und drückte zwei Tasten.

»KI?«, sagte sie. »Verbinde mich mit Professor Caphurna.« Sie lauschte der Antwort, dann versetzte sie heftig: »Das ist mir egal. Es ist ein Notfall.«

»Irgendwas war noch«, sagte Sarah Muikuri und sah sich um, mit jenem Gefühl, das einem sagt, dass man irgendetwas zu erledigen vergessen hat.

Mutula warf die letzte Schaufel auf die Ladefläche ihres Lasters, dann sah er zu ihr herüber und hob das Handgelenk mit der Uhr daran. Sie waren spät dran, ja, und außer dem Garten des Senators standen heute noch zwei weitere Anwesen auf dem Programm.

Ihr Blick glitt über die Bäume (gedüngt, noch kein Beschnitt notwendig) und Büsche (da musste was an der Bewässerung gemacht werden, aber das hatte sie notiert), den Rasen (sauber gemäht, die Kanten beschnitten) und die schmalen Blumenrabatte vor dem Haus (ihr Sorgenkind, weil Senator Bjornstadt sich Blumen ausgesucht hatte, die es in Afrika schwer hatten). Alles so weit in Ordnung ...

»Sarah!«, rief Mutula ungeduldig.

Der Brief! Jetzt fiel es ihr wieder ein. »Moment noch«, rief sie und holte den Brief, den ihr Vater ihr anvertraut hatte, aus dem Türfach. Ihr Bruder Patrick hatte ihn von einem Freund in Europa bekommen; sie solle ihn einfach unter der Tür durchschieben, hatte ihr Vater sie gebeten. Und der Brief sei in Ordnung, er hatte die Sicherheitskontrollen zweier Flughäfen passiert.

Na, wenn das mal keine Schwierigkeiten gab ... Aber ihr Vater hatte darauf bestanden, also ging Sarah rasch noch einmal zur Eingangstür von Senator Bjornstadts Villa.

»Was hast du denn noch gemacht?«, wollte Mutula wissen.

Sarah nickte dem Wachposten zu, der sie lächelnd durchwinkte, als sie vom Grundstück rollten. »Nichts«, sagte sie.

Professor Jorge Caphurna von der Universität Brasilia war *der* führende Spezialist für alle Fragen außerirdischen Lebens – Fragen, die bis vor einem halben Jahr nur theoretischer Natur gewesen waren. Nach der Entdeckung der blauen Türme jedoch hatte man ihn und sein Team umgehend zum Mars geschickt und seither hatte er es mit überaus handfesten Hinterlassenschaften wirklicher Aliens zu tun.

Als Christine Faggan, gefolgt von einer völlig verdatterten Ariana DeJones, in sein im Labortrakt gelegenes Arbeitszimmer stürmte – einen Raum, den sie gemeinsam mit ihrem Bauteam aus dem Marsfelsen gegraben und höchstpersönlich ausgebaut hatte, während der Wissenschaftler und seine Assistenten unterwegs gewesen waren –, saß Professor Caphurna mit ein paar Leuten aus Dr. Spencers Team zusammen am Tisch und sichtete Fotos. Es waren Fotos, die die um den Mars kreisenden Satelliten von dessen Oberfläche gemacht hatten, und die Leute waren Spezialisten für deren Auswertung.

»Professor«, rief Christine Faggan im Hereinfegen, »Sie haben das letzte Artefakt, stimmt das? Auf dem der Name ›Curly‹ steht?«

Der Wissenschaftler sah sie indigniert an, stutzte dann und musterte sie genauer. »Mrs Faggan«, fragte er, »geht es Ihnen nicht gut? Sie sehen aus, als hätten Sie einen Geist gesehen.«

»Einen Geist? Sagen Sie nicht so was.« Sie blieb vor dem großen Tisch stehen, ließ die Schultern sinken. »Bitte. Ich möchte es sehen.«

Caphurna strich sich über seinen dünnen Oberlippenbart, wie er es oft tat. »Wollen Sie uns nicht sagen, was los ist?«

Christine Faggan hatte sichtlich Mühe, die Fassung zu bewahren. »Ariana«, begann sie und deutete auf das schwarzhaarige Mädchen, »hat mir vorhin erzählt, dass noch ein Artefakt mit einem Namen darauf existiert. Ich wusste bisher nur von den Artefakten mit den Namen der Kinder, aber ich hatte keine Ahnung, dass es noch eines gibt.«

Der hochgewachsene Wissenschaftler nickte. »Wir haben diese Details bewusst nicht publik gemacht. In Ihrem Fall bin ich davon ausgegangen, dass Ihre Tochter Sie über alles informiert hat. Schließlich war sie es hauptsächlich, die diese Gegenstände gefunden hat.«

Mrs Faggan nickte ungeduldig. »Kann ich es bitte sehen?«

»Natürlich.« Professor Caphurna gab einem seiner Assistenten, einem jungen Mann mit einer merkwürdigen weißen Strähne im Haar, einen Wink. Der ging an einen Stahlschrank, tippte eine Zahlenkombination in das Schloss, zog dann die Tür auf, öffnete eine Schublade dahinter und kam schließlich mit einem Plastikkästchen an den Tisch, in dem ein in ein weißes Tuch gewickelter, flacher Gegenstand lag.

Professor Caphurna schlug das Tuch zurück. Es war ein geradezu prächtiges Artefakt. Handtellergroß und von tiefblauer Farbe, schimmerte es im Licht der Laborbeleuchtung wie ein riesiger Halbedelstein. Und mitten auf der Oberseite prangten fünf kräftige, klare, golden schimmernde Buchstaben, die das Wort CURLY bildeten.

»Das ist es«, sagte er. »Können Sie uns etwas darüber sagen?«

Christine Faggan streckte die Hand aus, behutsam, und berührte es so vorsichtig, als könne es jeden Moment zu Staub zerfallen. Ihre Finger strichen darüber, begannen zu zittern und sie zog die Hand wieder zurück.

»Ja«, sagte sie. »Ich kann Ihnen etwas darüber sagen.» Sie holte tief Luft, angestrengt, wie gegen einen Widerstand. »*Curly* – das bin ich.«

10 Krieg gegen die Menschheit

Ein Treffen mit führenden Vertretern der Heimwärtsbewegung! Den ganzen Tag über hatte es ein Hin und Her um diese Sitzung gegeben. Mal hatte es geheißen, sie finde statt, dann wieder, sie finde doch nicht statt. Einige Abgeordnete, die Bjornstadt nur zu gut kannte – heimliche Sympathisanten der Bewegung, die er auch schon für seine Absichten einzusetzen versucht hatte –, bombardierten den Präsidenten mit Argumenten, warum dieses Treffen *unbedingt* stattfinden müsse. Andere Abgeordnete hatten vehement Gründe ins Feld geführt, warum es *auf keinen Fall* infrage komme. Und natürlich hatte einem jeder eine andere Uhrzeit gesagt, zu der es stattfinden sollte, falls es stattfinden sollte.

Doch abends um zwanzig Uhr Ortszeit war es dann tatsächlich so weit: Im Blauen Saal der Präsidentenvilla saßen sich Vertreter der Regierung und Vertreter der Heimwärtsbewegung gegenüber und musterten einander skeptisch.

Bjornstadt saß so, dass er die Sprecherin der Gegenseite, eine sehr schlanke sehr blonde Frau mit einem Feuermal auf der Stirn, in aller Ruhe betrachten konnte, ohne dass es auffiel. Dina Puriakis hieß sie, eine Griechin, doch sie erinnerte Bjornstadt paradoxerweise an ein Mädchen aus seinem Geburtsort in Schweden, eine Klassenkameradin, die später einen isländischen Walpfleger geheiratet hatte.

Es war wie immer bei solchen Besprechungen in großer Runde: Man sortierte seine Unterlagen, wechselte belanglose Bemerkungen mit seinen unmittelbaren Tischnachbarn oder widmete sich in höchster Konzentration dem Eingießen von Mineralwasser in sein Glas – bis alle Türen endlich geschlossen waren und die Abschirmung eingeschaltet wurde. Dann trat gespannte Stille ein. Der Präsident begrüßte die Runde mit ein paar kurzen Worten und erteilte der Sprecherin der Heimwärtsbewegung mit einer Geste das Wort.

»Herr Präsident, meine Damen und Herren Minister, verehrte Anwesende«, begann die Frau mit grimmigem Ernst, »ich will ohne Umschweife zur Sache kommen. Wissenschaftler, die unserer Bewegung nahestehen, haben aufgrund der jüngsten Funde eine Theorie aufgestellt, die – in groben Umrissen natürlich erst – erklärt, was vor Jahrtausenden hier auf der Erde geschehen ist. Wir haben um dieses

Treffen gebeten, um Ihnen besagte Theorie darzulegen, und wir hoffen, damit für das, was wir in der aktuellen Situation für das Beste halten, Ihre Unterstützung zu finden.«

Sie nickte dem Mann zu, der neben ihr saß, einem breitschultrigen, vollbärtigen Hünen, der mit so tiefer Stimme sprach, dass man den Eindruck hatte, die Tischplatte vibriere.

»In dem altindischen Epos *Mahabharata*, von dem wir wissen, dass es weit über fünftausend Jahre alt sein muss – älter also als die Besiedelung Mesopotamiens, die gemeinhin als Beginn der Hochkulturen angesehen wird –, wird unter anderem erzählt, dass eine *göttliche Waffe* gegen das Volk der Vrischni eingesetzt wird. Es wird erzählt von einem Blitz, heller als tausend Sonnen, der Menschen und Tiere zu Staub zerfallen lässt. Es wird erzählt, dass Menschen unter furchtbaren Qualen leiden, dass ihnen die Fingernägel und die Haare ausfallen. Es wird erzählt, dass Tontöpfe ohne sichtbaren Anlass zerfallen. Es wird erzählt, dass selbst das Reinigen der Kleider und Körper nichts half und dass überlebende Frauen häufig Fehlgeburten erlitten.« Er machte eine dramatische Pause und sah einmal in die Runde, ehe er fortfuhr. »Früheren Generationen müssen diese Schilderungen wie rätselhafte Phantasmen vorgekommen sein. Doch wir wissen seit jenem Tag vor nunmehr hundertzweiundvierzig Jahren, an dem die erste Atombombe über Hiroshima explodierte, was für eine Waffe hier in erschreckender Genauigkeit beschrieben wird. Wir besitzen diese Art Waffe heute selber.«

»Allerdings«, hörte Bjornstadt den Minister für Sicherheit, der neben ihm saß, nahezu unhörbar murmeln.

Er konsultierte die Sitzordnung. Der Mann mit der tiefen Stimme hieß Avgostino Cholakov und war Professor für Geschichte an der Universität von Sankt Petersburg.

»Doch wie war es möglich, dass Menschen vor über fünftausend Jahren bereits etwas von derartigen Waffen wissen konnten?«, fuhr Cholakov fort. »Unserer Ansicht nach ist die einzige Erklärung dafür die, dass in diesen Erzählungen und Bildern des *Mahabharata* eine kollektive Erinnerung bewahrt worden sein muss an ein ungeheuerliches Ereignis, dessen Spuren in diesen Tagen gefunden werden: die Erinnerung an einen Krieg, den Außerirdische auf unserem Planeten geführt haben. Doch aus welchem Anlass? Mit welchem Ziel? Das haben wir uns gefragt und wir sind zu der Überzeugung gelangt, dass der Krieg vor einer Million Jahren einer bereits damals bestehenden, mit unserer heutigen vergleichbaren menschlichen Zivilisation galt, die die Außerirdischen praktisch spurlos vernichtet haben. Nur einige wenige Menschen haben das Massaker damals überlebt, aus denen im Lauf der Zeit die heutige Menschheit hervorgegangen ist.«

Der bärtige Mann sah in die Runde. Es herrschte atemlose Stille.

»Wie wir heute wissen, haben die Fremden Spuren hinterlassen. Auf dem Mars, aber auch auf der Erde haben wir einige ihrer Gerätschaften gefunden. Ist es weit hergeholt zu vermuten, dass diese Geräte immer noch mit ihnen in Verbindung stehen? Ist es weit hergeholt zu vermuten, dass diese Geräte einen Alarm auslösen können, wenn wir mit ihnen in Kontakt kommen? Ist es weit hergeholt zu befürchten, dass ein solcher Alarm die Fremden wieder herbeirufen könnte und dass sie uns dann ein zweites Mal auslöschen – doch diesmal für immer?«

Bjornstadt blickte umher. Die Worte Cholakovs machten Eindruck, das spürte man. Himmel, sogar er selbst war beeindruckt!

Präsident Nayanar dagegen offenbar nicht. Seine Miene hatte sich während des Vortrags merklich verdüstert. »Ich würde gerne wissen, was für sogenannte ›Wissenschaftler‹ Sie vorhin gemeint haben«, sagte er, an die Sprecherin der Heimwärtsbewegung gewandt. »Zufällig bin ich nämlich

Inder, wie Sie wissen, und durchaus vertraut mit unserer klassischen Literatur. Das, was Sie, Professor Cholakov, da gerade zitiert haben, ist ein Sammelsurium von gänzlich verschiedenen Stellen aus dem *Mahabharata*, aus dem Zusammenhang gerissen, um einen bestimmten Eindruck zu erzeugen – ebenden, es werde ein Atomkrieg in ferner Vergangenheit beschrieben. Tatsächlich schildert die Rahmenhandlung des *Mahabharata* aber einen Bruderkrieg zwischen zwei Fürstenfamilien, der in einer Schlacht gipfelt, die in Kurukshetra ausgetragen wird, einem Ort etwa hundertsechzig Kilometer nördlich von Delhi.«

Cholakov hob nur die Augenbrauen. »Das ist die klassische Interpretation, gewiss. Irgendwie musste man den Text früher ja verstehen. Wir lesen ihn im Licht der neuesten Erkenntnisse eben anders.«

Leena Heinonen, die Ministerin für Forschung und Wissenschaft, hob die Hand. »Mir erscheint das insgesamt wenig glaubhaft. Wieso sollte sich eine derartige Erinnerung über eine so ungeheuer lange Zeit halten, während wir andererseits keinerlei Spuren dieser hypothetischen früheren menschlichen Zivilisation kennen?«

Dina Puriakis fuhr hoch. »Und was ist mit den Legenden um Atlantis? Um Lemuria? Was ist mit der Sintflut der Bibel?«

Die Ministerin blies die Backen auf. »Na, also das sind jetzt aber Vergleiche – die Sintflut, ich bitte Sie! Das ist jetzt aber doch wohl ein ganz anderes Bild, oder?«

»Und wer sagt«, fuhr die Sprecherin unbeeindruckt fort, »dass von einer ausreichend hochstehenden Zivilisation überhaupt viele Spuren zurückbleiben? Schauen Sie sich doch um: Das meiste, was heutzutage hergestellt wird, besteht aus nachwachsenden Rohstoffen, ist biologisch abbaubar und umweltverträglich – das heißt, es *verschwindet.*« Sie machte eine weit ausholende Geste mit der Hand, die den ganzen Saal umschrieb. »Wenn dieses Haus jetzt einstürzen und von Erde bedeckt werden würde, wäre in hundert Jahren *nichts* mehr von all dem zu finden, was Sie hier sehen. Das Wissen der Menschheit lagert in Datenspeichern, die im Kern aus kristallinem Silizium bestehen, dem dritthäufigsten Material, das es auf Erden gibt. UV-Licht, Feuchtigkeit oder Erschütterungen können diese Kristalle zerstören und dann bleibt nur *Sand*. Kein Archäologe künftiger Generationen würde zu dem Schluss kommen können, dass es uns jemals gegeben hat.«

George W. Carver, der Minister für Sicherheit, reckte sein bulliges Kinn vor. »Und was schlagen Sie vor? Dass die Erde wieder aufrüstet? Dass wir eine Weltraumstreitmacht aufstellen gegen einen Feind, von dem wir weder wissen, ob er wirklich ein Feind ist –«

»Dass er es sein *könnte*, reicht Ihnen nicht?«, rief ein finster dreinblickender Mann dazwischen, der ihm gegenübersaß.

»– noch, ob er überhaupt noch *existiert?*«, schloss der Kanadier unbeirrt.

Die Sprecherin der Heimwärtsbewegung sah ihn mit zornblitzenden Augen an. »Bestreiten Sie, dass hier eine Gefahr für die Menschheit besteht?«

»Hört man das so deutlich?«, gab Carver zurück.

»Dann sind Sie für Ihr Amt nicht kompetent.«

»Zum Glück haben Sie das nicht zu entscheiden.«

»George«, warf Nayanar mäßigend ein, »wir sind hier, um unterschiedliche Ansichten auszutauschen. Versuchen wir, es nicht eskalieren zu lassen.«

Nun richtete sich der lodernde Blick der blonden Frau auf ihn. *»Mister President«*, sagte sie scharf, »im Namen der Heimwärtsbewegung muss ich darauf bestehen, dass eine klare Entscheidung getroffen wird. Die Forschungsarbeiten auf dem Mars dürfen nicht fortgesetzt werden.«

Bjornstadt musterte den Präsidenten. Nayanar verzog keine Miene und man musste ihn schon sehr gut kennen, um zu merken, wie sehr ihm dieser Versuch, ihn unter Druck zu setzen, gegen den Strich ging. »Madame«, erklärte er mit unterkühlter Bestimmtheit, »Sie vertreten hier die Meinung einer Minderheit. Das bitte ich Sie, nicht zu vergessen. Eine solche Entscheidung kann nur das Föderationsparlament treffen.«

»Aber Sie sind es, der einen entsprechenden Antrag einbringen muss.«

Der Präsident verschränkte die Finger seiner langen, schlanken Hände. »Es freut mich, feststellen zu können, dass Sie mit der Verfassung der Förderation vertraut sind.«

Der Charme, den man Raja Nayanar nachsagte, prallte an Dina Puriakis ab. »Wir mögen eine Minderheit sein«, entgegnete sie eisig, »aber wir sind es nur deshalb, weil die Mehrheit zu bequem ist, über diese Fragen nachzudenken. Die Mehrheit zieht es vor, Entscheidungen, die über unser aller Zukunft bestimmen, Leuten wie Ihnen zu überlassen.«

»Das ist der Sinn der repräsentativen Demokratie«, meinte Nayanar mit einem Nicken.

»Von Ihrer repräsentativen Demokratie wird nichts übrig bleiben, wenn die Fremden zurückkommen.« Die Frau erhob sich und ihre Begleiter taten es ihr gleich. »Die Heimwärtsbewegung hat heute pausiert und sie wird auch morgen noch pausieren. Sollte dann keine Entscheidung im Sinne unserer Zukunft gefallen sein, werden wir unsere Aktionen intensivieren.«

Damit gingen sie, ohne ein weiteres Wort. Bjornstadt war, als hinge der letzte Satz noch eine Weile im Raum wie eine unbestimmte Drohung.

Die meisten Siedler schliefen noch an diesem frühen Mittwochmorgen, als Jorge Caphurna und Christine Faggan das Flugboot bestiegen, das mit warm laufenden Raketenmotoren im Landegestell hing. Dem Wissenschaftler entging nicht, dass seine Begleiterin immer wieder über die Seitentasche ihres Raumanzugs strich, in dem sie das Artefakt verwahrte.

»Keine Sorge«, sagte er. »Diese Gebilde sind stabiler, als man denkt.«

Er musste an den gestrigen Nachmittag denken. Christine Faggan hatte das Artefakt schließlich doch noch in die Hand genommen, es aus dem Kästchen herausgeholt, um es lange und ausgiebig zu betrachten, und Caphurna war es vorgekommen, als hielte sie den Atem an dabei.

»Also, es ist so . . .«, hatte sie dann mit leiser, brüchiger Stimme erklärt. »Mein Mann James hatte einen Kosenamen für mich. Er hat ihn nur selten benutzt, nur, wenn wir unter uns waren. Unsere Kinder wissen nichts davon, sonst hätte Elinn es Ihnen wahrscheinlich erzählt.«

Caphurna hatte auf einmal verstanden. »Und dieser Kosename war *Curly.*«

Sie hatte sich in ihre dunkle, kräftige Lockenmähne gegriffen. »Ja. Wegen der Haare, verstehen Sie?«

»Sie denken also, das Artefakt könnte für Sie bestimmt sein?«, hatte er sich vergewissert.

Ihren Blick daraufhin würde er nie vergessen. Der Blick einer Frau, in der eine aberwitzige Hoffnung aufgeflammt war und zugleich die Angst, vom Schmerz einer denkbaren Enttäuschung zermalmt zu werden.

»Verstehen Sie denn nicht?«, hatte sie atemlos hervorgestoßen. »Wenn das so ist, dann muss James etwas damit zu tun haben. Dann *lebt* er womöglich noch!«

Caphurna erinnerte sich an die beklommene Atmosphäre, die das Labor plötzlich erfüllt hatte, und wie er angestrengt überlegt hatte, wie er mit diesem Ausbruch umgehen sollte.

»Ihr Mann ist seit acht Jahren verschollen«, hatte er gesagt, bewusst langsam, war sich fast wie ein Seelsorger vorgekommen. »Das ist eine lange Zeit.«

»Vielleicht halten ihn die Aliens gefangen.«

»Die Aliens liegen in gläsernen Särgen.«

»Aber ihre Roboter nicht«, hatte sie entgegnet. »Ihre Roboter haben meinen Sohn verfolgt, Professor. Wissen wir denn, was sie mit ihm gemacht hätten, wenn es ihnen gelungen wäre, ihn zu fangen?«

Caphurna hatte das Artefakt in der Hand gewogen, bis zuletzt zögernd, ehe er sagte, was ihm als Erstes eingefallen war. »Es gibt eine Möglichkeit herauszufinden, ob dieses Artefakt für Sie bestimmt ist.«

Dann hatten sie diesen Ausflug vorbereitet.

Nach den üblichen zwei Stunden merkte man, wie das Flugboot tiefer ging. Caphurna sah aus dem Fenster. Der Anblick war nicht mehr der gewohnte. Bis vor Kurzem hatte man in diesem Moment nur die weite schwarzgraue Geröllebene des *Daedalia Planum* unter sich gesehen und sich, wenn man die Strecke zum ersten Mal flog, gefragt, wieso um alles in der Welt der Pilot hier in der Einöde zur Landung ansetzte. Dann, sobald eine bestimmte Höhe unterschritten war, hatte sich auf einmal – wie hingezaubert – die Löwenkopf-Formation gezeigt und die beiden blauen Türme, die sich im Abstand von zwei Kilometern voneinander erhoben, jeder von ihnen kaum fassbare vierhundert Meter hoch.

Das war das Tarnfeld gewesen, von dem sie nicht einmal ansatzweise verstanden hatten, wie es funktionierte. Doch vor vier Wochen hatte sich dieses Tarnfeld plötzlich verflüchtigt, sich einfach aufgelöst, und erst da hatten sie bemerkt, dass es nicht nur den Löwenkopf bedeckt, sondern den ganzen Mars eingehüllt hatte.

Nun sah man die imposante geologische Struktur schon von Weitem: ein großer, alter Vulkankrater, der seinen Auswurf ungleichmäßig verteilt hatte, sodass die dunklen, strähnigen Spuren aus großer Höhe wie die Mähne eines grob skizzierten Löwen aussahen. Irgendwann hatte sich aus der Mitte des Kraterbodens ein unregelmäßiger Tafelberg erhoben, mit Furchen und Formen, die den Eindruck noch verstärkten, auf die groben Umrisse eines Löwengesichts zu schauen: Der Tafelberg war in diesem Bild die Schnauze.

Und dort, wo bei der Skizze eines Löwengesichts die Augen gewesen wären, erhoben sich die beiden blauen Türme. Unwirklich sahen sie aus, makellose, schlanke Zylinder von der Farbe tiefen Meerwassers. Über das Material, aus dem sie bestanden, wusste man so gut wie nichts. Es konnte den härtesten Diamantbohrern widerstehen, doch es konnte sich auch bewegen wie flüssiges Gelee, es konnte Felsgestein durchbohren und Menschen an andere Orte versetzen, auf andere Planeten, wenn es sein musste – aber man wusste nicht, wie das möglich war.

Zwei Männer vom Wartungsteam erwarteten sie schon, als sie landeten. Sie wussten nicht, was er und Mrs Faggan vorhatten; offiziell sollte es so aussehen, als begleite er Carls Mutter einfach nur an den Ort, an dem ihr Sohn von seinem Abenteuer in den gläsernen Höhlen zurückgekehrt war.

Das war eine wenig glaubwürdige Geschichte, da besagtes Abenteuer schon ziemlich lange zurücklag und Carls Mutter inzwischen bereits mehrmals am Löwenkopf gewesen war, aber eine bessere war ihnen nicht eingefallen. Yin Chi hatte jedenfalls auf größtmöglicher Geheimhaltung bestanden. »Ich kann Pigratos Entscheidungen inzwischen gut verstehen«, hatte er Caphurna anvertraut. »Falls sich noch Agenten der Heimwärtsbewegung unter der momentanen Besatzung der Marssiedlung befinden sollten, könnte diese Neuigkeit gefährliche Konsequenzen haben.«

Wie er auf die Idee kam, es könne noch weitere Agenten der Heimwärtsbewegung auf dem Mars geben, das hatte er Caphurna nicht anvertrauen wollen.

Sie erklommen die Leiter, die auf den Tafelberg hinaufführte. Nur sie beide, Mrs Faggan voran. Oben auf der Ebene stand der dritte, kleine Turm. Er war etwa zehn Meter hoch und durchmaß auch zehn Meter, doch anders als die beiden großen Türme erstrahlte er nicht in unwirklichem Blau, sondern wirkte dunkel, wie ein düsterer Zylinder aus Glas. Wenn man näher kam, glaubte man, direkt hinter ihm eine fensterlose Halle zu sehen, mit einer Reihe unterschiedlich breiter Türöffnungen. Stand man endlich davor, erkannte man Gänge hinter den Öffnungen, die sich bald im Dunkeln verloren, und man stellte fest, dass sich das, was man da sah, keineswegs hinter dem großen Glaszylinder befand. Es sah wie eine optische Täuschung aus, irgendwie in den Zylinder hineingespiegelt. Man konnte darum herumlaufen und die Halle aus jeder beliebigen Perspektive betrachten, mehr aber nicht.

Auch heute lag die Halle wieder leer und verlassen da, wie fast immer. Ein einziges Mal hatten die Kameras, die rings um den Turm aufgestellt waren, einen der Roboter beim Durchqueren der Halle aufgezeichnet: eine klobige Maschine, ein dunkelmetallischer Kegelstumpf, an dessen Oberseite ein Kranz von Tentakeln träge hin und her wogte, wobei jedes Tentakelende mit einem anderen, bizarr aussehenden Werkzeug bestückt war. Aber diese Beobachtung lag schon einige Wochen zurück.

Caphurna schaltete die Kameras ab, trat dann an den Turm heran und legte die behandschuhte Hand auf dessen Außenseite. Sie fühlte sich hart an und kalt. Das eine Bruchstück des Materials, das sie besaßen, hatte im Labor sogar einem Plasmastrahl erstaunlich lange standgehalten.

»Mrs Faggan?«, sagte er und wandte sich nach der Frau um, deren Mann seit einer Expedition in die Cydonia-Region vor acht Jahren verschollen war.

Sie kam näher. Jeder Schritt schien sie Überwindung zu

kosten. Zögerlich streckte sie die Hand aus, berührte den Turm und ...

fasste ins Leere. Ihre Hand fuhr durch das Material hindurch, als sei der gläserne Zylinder nur ein Trugbild.

»Spüren Sie etwas?«, fragte Caphurna.

»Eine ... eine Art Sog«, sagte sie. »Ganz leicht.«

Er fasste sie am Ellbogen des anderen Arms, einerseits, um sie zu stützen, hauptsächlich aber, weil ihn auf einmal die Sorge befiel, sie könne sich einfach in den Turm hineinstürzen.

»Gut. Damit wissen wir nun, dass das Ihr Artefakt ... Ihr *Schlüssel* ist«, sagte er. »Jetzt müssen wir überlegen, was wir tun.«

Von allen Mails, die die *SAGITTARIUS ALPHA* erreichten und die Neuigkeit verkündeten, war die von Ariana die schnellste. Urs las sie, sprang unverzüglich auf, zog das Terminal aus seiner Halterung und eilte damit in den Gemeinschaftsraum. Dort saßen Carl und Elinn und spielten – wie schon seit Tagen – ein uraltes, seltsames Spiel, bei dem man flache, schwarze und weiße Scheiben auf einem Spielfeld aus schwarzen und weißen Quadraten umherschieben musste.

»Lest mal«, riss er sie aus ihrer Versunkenheit und streckte ihnen das Terminal hin.

Sie lasen. Dann lasen sie es noch mal.

»*Mom* ist CURLY?«, stieß Carl schließlich hervor. »Das ist ... das ist ... also ...«

Elinn sagte gar nichts. Sie las die Nachricht ein drittes Mal, dann legte sie das Gerät beiseite und ließ den Kopf sinken, sodass ihr Gesicht unter ihren nach vorn fallenden Haaren verschwand. Man hörte nichts, aber etwas schüttelte sie.

Carl kam herüber, setzte sich neben seine Schwester auf die Bank und nahm sie in den Arm. »Das wird sich bald herausstellen, ob Dad noch lebt. Das wird sich herausstellen.«

Urs wusste nicht, ob er besser gehen und die Geschwister allein lassen sollte. Er konnte sich nicht entscheiden, was darauf hinauslief, dass er blieb. Er wartete, wippte. Das war bei der minimalen Schwerkraft, die die Triebwerke durch ihren konstanten Schub erzeugten, ein lustiges Spiel: Man stellte sich auf die Zehen, richtete die Füße dann ruckartig hoch, sodass man einen Moment lang in der Luft schwebte, bis man langsam, langsam wieder auf den Boden sank.

Eigenartigerweise konnte er sich daran erinnern, dass der Vater von Carl und Elinn einmal bei seinen Eltern zu Besuch gewesen war. Urs war damals noch ganz klein gewesen, fünf Jahre alt oder so – gut möglich, dass das eine seiner ältesten Erinnerungen überhaupt war. Er erinnerte sich an einen Mann mit rotblonden Haaren und intensiven grünen Augen. Er erinnerte sich, dass es ihm diese Augen angetan hatten. Er sah noch, wie er diesen Mann in sein Zimmer zog, um ihm seine Avatarfiguren und seine Sammelkarten zu zeigen, und wie sie dann auf dem Bett saßen und der Mann die Karten in die Hand nahm und mit ihm Elvin Elf, den Zauberer, betrachtete und den Gemarterten Morton und Huula, das Zerfließende Land, und . . . was auch immer, jedenfalls redete der Mann mit ihm so ernsthaft über die Karten, das Urs zum ersten Mal das Gefühl hatte, dass noch jemand außer ihm verstand, was sie ihm bedeuteten. Wieso man einen ganzen Sonntag damit verbringen konnte, sie auf dem Bett liegend um sich herum aufzubauen und sich anhand der Bilder in aufregende Abenteuer hineinzuträumen.

In seiner Erinnerung war ihm, als habe er ganz unglaublich lange mit diesem Mann geredet, von dem er nur gewusst hatte, dass er James hieß. Dabei konnte es so lange nicht gewesen sein, der ganze Besuch hatte nur ein paar Stunden gedauert. Und er hatte erst hier auf dem Mars erfahren, wer das gewesen war.

Es war eine atemberaubende Vorstellung, dass dieser

Mann womöglich seit acht Jahren eingesperrt war, von Alien-Robotern bewacht, und nun endlich eine Möglichkeit gefunden hatte, auf sich aufmerksam zu machen ... eine Art Flaschenpost sozusagen, ein Notruf ...

Elinn strich die Haare zurück. »Und wir sitzen hier nutzlos herum.«

»Ja«, sagte Carl. »Zum Verrücktwerden.«

Urs hob die Schultern. »Raumflug ist langweilig. Ich hab's euch gesagt.«

Elinns Blick ging ins Leere. »Also waren es tatsächlich nicht die Marsianer«, sagte sie leise. »Es war so, wie alle immer gesagt haben: Die gibt es gar nicht. Ich hab's bloß geglaubt.«

Es klang bitter.

Gegen Mittag waren Professor Caphurna und Mrs Faggan zurück und bei Yin Chi, um Bericht zu erstatten. Dieser hatte Pigrato und – zu ihrer Verblüffung – Ariana mit dazu geladen.

»Die Frage ist«, sagte Yin Chi, nachdem er sich von Caphurna hatte beschreiben lassen, wie mühelos Christine Faggans Hand in den Turm eingedrungen war, »was wir jetzt konkret unternehmen. Ich sehe noch nicht, was es nützt, dass Mrs Faggan nun vermutlich imstande wäre, sich durch den kleinen Turm hindurch in die Station der Aliens zu begeben. Sie müsste, da wir über keine weiteren Artefakte verfügen, allein gehen – und dann? In der Station sind Roboter unterwegs, wie wir wissen. Und selbst wenn das nicht der Fall wäre, wüsste ich nicht, was sie dort ausrichten könnte.«

Christine Faggan riss die Augen auf. »Aber wir müssen etwas unternehmen!«, brach es aus ihr heraus. »Wenn auch nur die geringste Chance besteht, dass mein Mann noch lebt ...«

»Ich fürchte, die Hinweise darauf sind mehr als dürftig«, wandt der Chinese bekümmert ein.

»Niemand kannte diesen Namen«, sagte sie und hob das Artefakt hoch. »Niemand.«

»Andererseits handelt es sich um ein gebräuchliches englisches Wort«, sagte Yin Chi.

Jorge Caphurna hob mahnend die Hand. »Die Artefakte, die die Passage freigeben, sind auf einzelne Personen abgestimmt, wie wir wissen, und dieses hier ist eindeutig für Mrs Faggan bestimmt. Das haben wir heute gesehen.«

Der kommissarische Statthalter stutzte. »Ja«, sagte er dann. »Da haben Sie auch wieder recht.«

»Auf sich beruhen lassen können wir die Sache auf keinen Fall«, meinte Pigrato entschieden. Bis vor Kurzem war er, wenn auch eher gegen seinen Willen, der Statthalter der Erdregierung auf dem Mars gewesen und das kam in diesem Moment wieder zum Vorschein. »Falls ein Mensch engen Kontakt mit den Aliens gehabt haben sollte, über Jahre hinweg womöglich, dann ist das ein Sachverhalt von elementarer Bedeutung für uns alle.«

Yin Chi nickte. »Ich überlege, ob –«

Sie sollten nie erfahren, was Yin Chi sich überlegt hatte, denn in diesem Moment wurde die Tür aufgerissen und Henry Lang platzte in die Runde. »Das müssen Sie sich ansehen!«, rief der Marsmeteorologe und Bildauswerter ohne ein Wort des Grußes, stürzte an den Bildschirm, den sie gerade eben ausgeschaltet hatten, und schaltete ihn wieder ein.

»Mister Lang«, sagte Yin Chi indigniert, »was, bitte, ist mit Ihnen los?«

Henry Lang wirkte eigentlich immer unrasiert und leicht ungepflegt, egal wann man ihn traf. Heute aber sah er selbst für seine Verhältnisse regelrecht verwüstet aus: Das Hemd klebte ihm am Körper, seine Haare schienen seit einer Woche keinen Kamm gesehen zu haben und die Ringe unter den Augen ließen vermuten, dass er nicht nur eine Nacht durchgearbeitet hatte.

»Erinnern Sie sich an die Aufnahmen von Ronnys Flug?«, sprudelte es aus ihm heraus. »Ich war mir so sicher, dass darin noch irgendetwas verborgen war, das ich übersehen hatte – irgendein Hinweis, ein Bild, eine Spur. Ich habe die letzten zwei Wochen damit verbracht, die Aufnahmen zu analysieren, habe mir jedes einzelne verdammte Bild vorgenommen und –« Sein Blick fiel auf Ariana. »'tschuldigung«, unterbrach er sich.

»Und?«, ermutigte ihn Pigrato.

Der Meteorologe schüttelte fahrig den Kopf. »Heute früh hat es mir keine Ruhe gelassen, ich musste aufstehen und noch einmal . . .« Er lachte auf. »Und dann ist mir eingefallen, dass ich dieses Gefühl schon *vor* Ronnys Flug gehabt habe! Was bin ich für ein Idiot gewesen! Die ganze Zeit hatte ich es vor der Nase, direkt vor der Nase . . .«

Er gab dem Interface ein paar hastige Kommandos und ein Bild erschien auf dem Schirm, das sie alle kannten: eines der Fotos, die Carl im Mausoleum der Aliens aufgenommen hatte.

»Das war es!«, rief Henry Lang aus. »Nicht der Film von Ronnys Flug. Sondern dieses Foto. Fällt Ihnen etwas auf?«

Sie waren aufgestanden und drängten sich nun hinter ihm, um das Bild noch einmal zu betrachten. Es zeigte eine weite, aus dem Fels geschmolzene Halle. Auf zahllosen dunklen, klobigen Maschinensockeln ruhten längliche Zylinder, vorne und hinten abgerundet und transparent, sodass man die Wesen sehen konnte, die darin lagen: riesige, etwa drei Meter lange Heuschrecken, dürr, mit konturlosen Köpfen und acht Paar Gliedmaßen in jeder Größe, von zwei stämmigen Beinpaaren bis hin zu winzigen Armpaaren, die man ohne Vergrößerung für Barthaare oder dergleichen halten konnte.

Die Aliens.

»Was soll uns auffallen?«, meinte Caphurna mit mühsam gezügelter Ungeduld. »Nach letzter Zählung sind es zweihundertneunundfünfzig Sarkophage, angeordnet in sieben Reihen, und einundvierzig davon sind leer.«

Henry Lang kicherte. Er schien wirklich nicht mehr ganz bei sich zu sein. »Tatsächlich sind es nur vierzig«, gluckste er. »Das ist der Witz an der Sache.«

»Machen Sie es nicht so spannend«, sagte Yin Chi scharf. »Wenn Sie etwas entdeckt haben, dann zeigen Sie es uns.«

»Ich bin grausam, ich weiß. Also gut, hier.« Er vergrößerte einen Ausschnitt, der den hinteren Teil der Halle zeigte, ließ ihn scharf rechnen und vergrößerte daraus dann noch einmal einen winzigen Ausschnitt. »Was fällt Ihnen jetzt auf?«

Ariana sollte nie das Geräusch vergessen, das entstand, als alle Erwachsenen um sie herum im selben Moment in heftigem Erschrecken einatmeten. Dann sah sie es auch.

In einem der Sarkophage, von denen man nur den hinteren Teil sah, war ein menschlicher Fuß zu erkennen.

11 Eine geheimnisvolle Spur

In seinen eigenen Reportagen hatte Michael Visilakis schon öfter die Wendung gebraucht, er sei in diesem oder jenem Zusammenhang auf eine Mauer des Schweigens gestoßen. Doch noch nie hatte diese Beschreibung so sehr zugetroffen wie auf die Situation hier auf dem Mond.

Das Observatorium Tycho Brahe glich einer Festung. Niemand hatte Zeit. Die Leute, die er sprechen wollte, waren nicht abkömmlich oder im Urlaub oder in Besprechungen, die ewig zu dauern schienen. Eine Menge altgedienter Astronomen, die er von früheren Besuchen kannte, waren nicht mehr da, dafür etliche neue, die äußerst unangenehm wirkten. Manche der Mitarbeiter des technischen Stabes schienen regelrecht Angst vor ihnen zu haben.

So waren seine bisherigen Nachforschungen über das Schicksal Felipe Riveras sozusagen im Mondsande verlaufen. Das Apartment, das Rivera bewohnt hatte, stand leer; der Verwalter behauptete steif und fest, er sei auf die Erde zurückgekehrt. Doch auf den Passagierlisten tauchte sein Name nirgends auf.

Weswegen Visilakis nun in der Cafeteria der Mondsiedlung saß, einen Kaffee trank und darüber nachdachte, was er tun sollte.

Die Mondsiedlung war eine Art weit verstreuter Universitätscampus, zum größten Teil in die Hügel und kleineren Krater rings um den großen Krater Korolev hineingebaut. In der Ankunftshalle versäumte ein großes Schild nicht, darauf hinzuweisen, dass der Krater nach dem russischen Raketenpionier Sergei Pawlowitsch Koroljow benannt war, der vor ziemlich genau hundertdreißig Jahren mit Sputnik-1 den ersten Satelliten ins All geschossen hatte und kurz darauf mit Juri Gagarin den ersten Menschen. Ein zweites Schild erläuterte etwas, das einem auf dem Herflug schwerlich entgangen war, nämlich dass der Krater Korolev auf der der Erde ständig abgewandten Seite des Mondes lag, und erklärte dann, dass deswegen hier der ideale Standort für ein Radioteleskop war, da von dem unablässigen Feuerwerk an Funksignalen auf allen Frequenzen, das die Erde von sich gab, hier nicht das Geringste zu spüren war: Die Masse des Mondes schirmte dagegen ab.

Aber, überlegte Visilakis und sah aus dem schmalen, mit

dickem, strahlensicherem Glas gepanzerten Fenster, das merkte man irgendwie. Dass die Leute auf der von der Erde abgewandten Seite lebten. Diejenigen, die schon lange hier waren, waren fast alle mürrisch und einsilbig.

Über einen Kraterrand hinweg sah er, wie sich eine der Antennenschüsseln langsam bewegte. Er wusste, dass das die einzige war, die man von der Mondsiedlung aus sehen konnte, alle anderen Antennen und Teleskope standen weiter entfernt, der Störstrahlung wegen, die von der Siedlung trotz aller Vorsichtsmaßnahmen immer noch ausging.

In der Cafeteria war nicht viel los. Außer ihm war nur ein weiterer Gast da und der stand gerade auf, zahlte und ging.

Von seinem Tisch aus konnte Michael Visilakis den Gang beobachten. Ein paar der Türen, die von ihm abgingen, führten in die große Bibliothek, in der es allerdings keine Bücher gab, sondern nur alte, elektronische Lesepulte. Er sah schweigsame Männer und Frauen kommen und gehen, mit jenen langsamen, gleitenden Schritten, die die geringe Mondschwerkraft erzwang, mehr ein Schweben als ein Schreiten. Manche Gesichter glaubte er zu erkennen, manche der Gesichter erkannten ihn, ließen es sich aber nicht anmerken.

Die Mondsiedlung war nicht groß. Wie konnte jemand hier spurlos verschwinden? Jeder kannte jeden. Die meisten, die hier lebten, waren Wissenschaftler, Astronomen in der Mehrzahl, deren Denken und Trachten um die Geheimnisse des Universums kreiste. Außerdem arbeiteten eine Handvoll Verwalter und Organisatoren hier sowie natürlich eine technische Mannschaft, die dafür sorgte, dass die Lebenserhaltungssysteme ebenso wie die wissenschaftlichen Instrumente funktionierten. Was keine einfache Aufgabe war, denn die Mondsiedlung war die älteste Niederlassung auf einem anderen Himmelskörper, und dementsprechend waren viele Geräte hier veraltet und manche Anlagen in geradezu bedenklichem Zustand. Anders als die Siedlung auf dem Mars war die Station hier nicht auf Zuwachs angelegt, denn auf dem Mond gab es außer Platz und funktechnischer Stille nichts – kein Wasser vor allen Dingen: Alles musste von der Erde hergebracht werden.

Vorhin hatte er sich über die Speisekarte gewundert, auf der fast alles ausgestrichen war, worauf die Frau, die die Cafeteria versorgte, gemeint hatte: »Darüber sollten Sie mal was schreiben: Was wir hier für Probleme haben, weil die beiden großen Transportraumschiffe beim Mars geblieben sind!« Er hatte versprochen, darüber nachzudenken, und dankbar eine Tasse Kaffee entgegengenommen.

Jetzt hörte er sie in der Küche telefonieren. »Ja. Kann ich machen. Und Ihr Name . . .? Hallo?«

Sie kam heraus, räumte sein Tablett ab, obwohl ein Schild dazu aufforderte, es selber zum Spülautomaten zu bringen. »Da hat jemand angerufen und nach Ihnen gefragt«, erzählte sie. »Ob Sie hier sitzen. Ich hab Ja gesagt, ich hoffe, das war in Ordnung?«

»Wer denn?», fragte Visilakis erstaunt.

»Also, den Namen habe ich, ehrlich gesagt, nicht verstanden. Wobei's mir so vorkam, als wolle er nicht, dass ich ihn verstehe«, sagte sie. »Ich soll Ihnen ausrichten, dass Sie nach jemandem suchen sollen; einer gewissen *Tereschkowa.* Und Sie sollen sich beeilen, hat er gesagt.«

Beim Aufwachen wunderte sich Bjornstadt, dass es so hell war. Normalerweise war es dunkel, wenn er morgens aufwachte. Dann dämmerte ihm, dass die Helligkeit wahrscheinlich daher rührte, dass es längst nicht mehr morgens war.

Tatsächlich: fast zwölf Uhr. Und was für einen Kopf er hatte! Die Diskussion gestern Abend hatte sich, nachdem die Leute von der Heimwärtsbewegung abgerauscht waren, noch ganz schön hingezogen. Irgendwann hatte der Präsident sie rausgeworfen und dann war es im *Diener des Volkes* weitergegangen, der einzigen Bar auf dem TRADIS-Gelände.

Er griff nach dem Morgenmantel, schlurfte ins Bad, von dort aus in die Küche. Als er den Flur passierte, sah er einen Briefumschlag auf dem Boden liegen. Wo kam der denn her?

Er ging ein paar Schritte näher heran. Ein weißer Umschlag, adressiert an *Senator H. Bjornstadt*. Nichts sonst – bis auf einen rotbraunen Schuhabdruck. Er musste heute Nacht ... besser gesagt, heute früh darüber hinweggelaufen sein, ohne es bemerkt zu haben.

Er hob den Umschlag auf und wog ihn zögernd in der Hand. Ein Brief konnte gefährlich sein. Genau genommen hätte er den jungen Mann vom Sicherheitsdienst verständigen müssen, der vor seiner Einfahrt Wache schob. Aber dazu hatte er keine Lust. Er wollte wissen, was in dem Umschlag war. Also riss er ihn auf.

Ein weiterer Umschlag fiel heraus, von Kinderhand beschriftet, und ein Begleitschreiben, das die Umstände der Briefzustellung erklärte. Neugierig las Bjornstadt, was der Mann aus Deutschland ihm schrieb. Ein harmloses Anliegen also. Und zugleich pfiffig, denn wie er den Brief auf den Boden seines Flurs befördert hatte, verriet der Mann nicht.

Hjalmar Bjornstadt ging in die Küche und öffnete den zweiten Brief, während der Kaffeeautomat zischend die erste Tasse füllte. Die Handschrift eines jungen Mädchens. Er las. Ihr Vater also. Vor einem halben Jahr auf eine geheime Mission geschickt worden und seither hatten sie nichts mehr von ihm gehört ...

Mit einem Seufzer legte er den Brief beiseite und nahm einen Schluck Kaffee. Das tat gut. Er massierte sich die Schläfen. Eine geheime Mission! Dass manche Leute ihren Kindern nicht einfach sagten, was tatsächlich los war, wenn sie sich trennten. Solche Märchen führten doch zu nichts.

Geheime Weltraummissionen, so etwas gab es nur in der Fantasie von Romanautoren und Filmregisseuren, dort dafür aber reichlich. Vielleicht musste er diesem Mann mal den Tipp zukommen lassen, sich ein wenig mehr um seine Tochter zu kümmern. Und sie nicht anzulügen vor allem.

Er griff noch einmal nach dem Brief. Stand da, wie der vermisste Vater hieß? Ah, hier. Ingmar Becker. Wartungsspezialist an Bord des Wachschiffes *TERESHKOVA*. Das sollte kein Problem sein, den Mann konnte er leicht kontaktieren.

Mit dem wohltuenden Gefühl, damit seiner eigentlichen Aufgabe gerecht zu werden, nämlich für die Sorgen und Nöte der Menschen da zu sein, die ihn gewählt hatten, ging er in den Flur und steckte den Brief in die Innentasche seines Jacketts, das schief auf dem Bügel hing. Er rückte es zurecht.

Trotzdem würde er erst mal frühstücken.

Tom Pigrato ging es in diesem Moment genauso wie seinem Sohn Urs viele Millionen Kilometer entfernt: Er musste an James Faggan denken. Sie hatten sich an der Universität London kennengelernt, vor vielen Jahren. Eine Weile waren sie miteinander herumgezogen, hatten dieselben Seminare belegt, gemeinsam über Hausarbeiten gebrütet. Ein Semester lang. Dann hatte er London wieder verlassen – er hatte sich in der Stadt nie richtig wohlgefühlt –, und wie solche Dinge eben gingen, hatten sie sich bald aus den Augen verloren. Irgendwann hatte jemand erzählt, Faggan habe sich für das Marsprojekt gemeldet. Das hatte ihm damals nur ein Schulterzucken abgenötigt; er hatte es gehört und vergessen. Bis James ein paar Jahre später angerufen hatte, er sei gerade auf der Erde unterwegs, ob er vorbeikommen könne?

Seltsam, wie sich Lebenswege manchmal entwickelten.

Yin Chi kam wieder, sein unvermeidliches Glas mit dem grünen Tee in der Hand. »Ich bin davon ausgegangen, dass Sie immer noch keinen –«

»Nein«, sagte Pigrato, »danke.«

Sie hatten sich zu zweit in das Büro zurückgezogen, das bis vor Kurzem noch Pigratos Büro gewesen war, um sich zu besprechen, die beiden Statthalter, der ehemalige und der kommissarische.

»Wir müssen etwas unternehmen«, erklärte Yin Chi. »Wenn da ein Mensch in einem der Sarkophage liegt, kann das eigentlich nur ein Mitglied der Cydonia-Expedition sein und möglicherweise tatsächlich James Faggan.«

Pigrato kehrte mühsam in die beunruhigende Gegenwart zurück. »Ja. Und womöglich lebt er noch. Wenn er irgendwie diese Namen ...« Er fuhr sich mit beiden Händen übers Gesicht. »Ich verstehe das alles ehrlich gesagt nicht. Er kann ja nicht acht Jahre lang einfach nur daliegen. Er müsste längst tot sein, selbst wenn sie ihn angemessen ernährt haben sollten, einfach durch Bewegungsmangel.«

Der Chinese nahm einen vorsichtigen Schluck aus seinem dampfenden Glas. »Vielleicht liegt er noch nicht so lange da. Erinnern Sie sich, was das Mädchen erzählt hat, von dem Artefakt mit ihrem Namen, das zerfallen ist, als sie es aufheben wollte? Die Entstehung dieser Gebilde scheint ein ganz abruptes Ende gefunden zu haben.«

»Sie meinen, dass die Aliens plötzlich gemerkt haben, was immer er getrieben hat, und ihn –« Er hielt inne. »Dann ist es entweder schon zu spät oder es kommt auf jede Minute an.«

Yin Chi betrachtete das Treiben der Teeblätter in seinem Glas. »Wir dürfen trotzdem nichts überstürzen. Wir müssen eine zweite Expedition zu den gläsernen Höhlen unternehmen. Mit einem der Shuttles, alles andere dauert viel zu lang.« Er blickte auf, suchte Pigratos Blick. »Tom, ich möchte, dass Sie diese Expedition leiten.«

»Ich?« Das kam überraschend. Und es kam ihm unvernünftig vor. »Es gibt genug erfahrene Expeditionsleiter hier, angefangen bei Dr. Spencer –«

»Hier geht es nicht um Wissenschaft. Dies ist ein Notfall – ein Politikum obendrein. Und auf diesem Gebiet kennen Sie sich am besten aus.«

»Ich bin nur ein einfacher Angestellter der föderalen Verwaltung. Ich komme mit Raumanzügen nicht mal besonders gut zurecht.«

Der hagere Chinese, bei dem letztendlich die Entscheidung lag, schwieg einen Moment nachdenklich. »Sie kannten James Faggan«, sagte er dann eindringlich. »Wie ist Ihnen zumute bei dem Gedanken, dass er in einem dieser Sarkophage liegen könnte?«

Pigrato schluckte. Einen Moment lang blieb ihm fast die Luft weg. »Gut«, sagte er. »Einverstanden. Bloß hätte ich gerne eine Idee, wie wir überhaupt vorgehen sollen. Die gläsernen Höhlen ... Dort ist, soweit wir wissen, alles blockiert. Jemand, der kein Artefakt besitzt, kommt nicht einmal hinein.«

»Mit anderen Worten, Mrs Faggan muss doch alleine gehen. Ich fürchte, um diese Konsequenz kommen wir nicht herum. Es sei denn, es gelingt ihr, auf irgendeine Weise von innen her einen Zugang zu öffnen.«

»Darauf können wir nicht ernsthaft hoffen. Bisher ist es uns trotz aller Anstrengung nicht gelungen, in irgendeiner Weise Einfluss auf die Technik der Fremden auszuüben. Die ganze Anlage macht doch, was sie will . . .« Ein Gedanke kam ihm. »Sie könnte einen Peilsender mitnehmen. Carl konnte damals auch aus dem Inneren der Höhle Kontakt mit dem Kommunikationsnetz aufnehmen, zumindest für einen Moment. Also wissen wir, dass wir einen solchen Sender anpeilen könnten.«

»Und dann?«

»Dann könnten wir die Tunnelfräse einsetzen und versuchen, uns einen eigenen Zugang zu schaffen.« Die Idee gefiel ihm immer besser, je länger er darüber nachdachte.

Yin Chi hob die dünnen Augenbrauen. »Kann man die mit einem Shuttle transportieren?«

»Wie, denken Sie, ist das Gerät auf den Mars gelangt?«

»Ah. Dumme Frage. Entschuldigen Sie.« Alles, was sie nicht auf dem Mars selber gebaut hatten – und derartige Maschinen zu bauen, überstieg die technischen Möglichkeiten der Siedlung noch bei Weitem –, hatte von der Erde hertransportiert und mit einem der beiden Shuttles aus der Umlaufbahn heruntergebracht werden müssen. »Die Tunnelfräse also. Wer kann damit umgehen?«

»Mrs Faggan selbst zum Beispiel. Sie ist stellvertretende Bauleiterin.«

»Besser, Sie nehmen noch jemanden mit. Sonst muss die arme Frau am Ende *alles* allein machen.«

Pigrato dachte nach. »Zhao Bai hat beim letzten Ausbau viel mit der Fräse gearbeitet, wenn ich mich recht erinnere. Der ganze neue Labortrakt geht auf seine Kappe.«

»Ich überlasse das ganz Ihnen, Tom«, sagte Yin Chi. »Nur schnell sollte jetzt alles gehen.«

Das Lesepult in der Mondbibliothek war alt, trotzdem brauchte es nur Augenblicke, um seine Frage zu beantworten. *Tereschkowa*, erfuhr er, konnte sein:

- die Raumfahrerin Walentina Wladimirowna Tereschkowa, die im Jahre 1963 als erste Frau ins All geflogen war,
- die Sopranistin Olga Konstantinowna Tereschkowa, die 2071 an der Opera Santo Domingo debütiert hatte,
- die Insektenkundlerin Miriam Tereschkowa, geboren 2045, Professorin an der Universität von Belém,

- das Raumschiff *Tereschkowa*, Indienststellung 2079, das zur Asteroidenwache gehörte,
- die Speerwerferin Swetlana Tereschkowa, geboren 2061, die bei den Olympischen Spielen 2080 die Goldmedaille gewonnen hatte,
- das Tal Tereschkowa auf dem Mond, so benannt zu Ehren der ersten Raumfahrerin Walentina Tereschkowa.

Und so ging es seitenlang weiter, bis hin zu den vielen ganz normalen Menschen, die diesen Nachnamen trugen und irgendwo auf der Welt ganz normalen Berufen nachgingen. Michael Visilakis betrachtete die Liste grübelnd. Sein Reporterinstinkt sagte ihm, dass nur das Raumschiff gemeint sein konnte. Er löschte die Abfrage, suchte die nächste Kommunikationszelle auf – eine Einrichtung, die so nur noch auf dem Mond existierte – und rief den Recherchedienst seines Senders direkt an.

»Guter Mann«, begrüßte ihn ein kauendes Gesicht auf dem Schirm, »wir machen hier gerade Frühstückspause. Können Sie vielleicht in zwanzig Minuten noch mal anrufen?«

Frühstückspause um halb elf. Na klar. Visilakis atmete tief durch. Nur jetzt nicht ausfallend werden, nicht sagen, was er am liebsten gesagt hätte. Wenn man es sich als Reporter mit den Leuten vom Recherchedienst verdarb, konnte man den Sender genauso gut gleich verlassen.

Also säuselte er stattdessen, drängte, bat, lobte und jammerte, erzählte, wie dringend und von welch enormer Bedeutung die Auskunft sei und vor allem, sie sofort zu bekommen, dass Menschenleben daran hängen mochten oder politische Verwerfungen . . .

Das Gesicht auf dem Schirm kaute unbeeindruckt weiter. Erst als Visilakis sich zu der Behauptung verstieg, eine der

Hauptschlagzeilen der Abendnachrichten hinge daran, und zwar, wenn jetzt alles schnell ging, exklusiv und vor allen anderen, kam Bewegung in die Sache.

»Also gut«, sagte das kauende Gesicht, »mal sehen, was sich machen lässt.«

Der umfangreiche Rest des Mannes wurde sichtbar, als dieser mitsamt seinem Sessel in den Hintergrund rollte, wo eine ganze Batterie von Holoschirmen flimmerte. Dort angekommen, setzte er sich zu Visilakis Verblüffung *zwei* Ear-Plugs auf, in jedes Ohr einen, und während er mit den KIs sprach, huschten seine Hände über Tastaturen und holografische Steuerelemente.

Keine zwei Minuten später war er wieder formatfüllend im Bild. »Also«, begann er behäbig. »Die *Tereschkowa* ist ein Wartungsraumschiff vom Typ C1 für den Einsatz im interplanetaren Raum. Gebaut von *Whitehead Industries* im Jahr 2079, Indienststellung im gleichen Jahr. Standardbesatzung drei Personen, maximal möglich zehn Personen. Gehört zur Flotte der Asteroidenwache, liegt aber seit 1. November letzten Jahres zur Generalüberholung in der Werft der Raumstation *Vulcan*.« Eine Augenbraue hob sich. »Auf persönliche Anordnung von Senator Bjornstadt übrigens.«

Visilakis hatte es auf einmal eilig. Er dachte an das Raumflugbüro und die lange Warteliste. Er würde alle Überredungskünste brauchen.

12 Das verschwundene Raumschiff

»Sei doch vernünftig. Das ist nichts für Kinder.«

Ariana blieb die Spucke weg. »Wie bitte? Darf ich dich daran erinnern, dass wir es waren, wir Kinder, die die blauen Türme gefunden haben, während ihr Erwachsenen fleißig dabei wart, alles einzupacken und den Mars zu verlassen? Dass es Carl war, der die gläsernen Höhlen und die Aliens entdeckt hat, kein Erwachsener? Und wer auch immer die Artefakte gemacht hat, er hat *unsere* Namen darauf geschrieben!«

Dad saß am Küchentisch wie ein schwerer Sack und schüttelte beharrlich den Kopf. »Trotzdem. Es ist einfach zu gefährlich.«

Ariana sprang auf. »Ich glaub, ich spinne. Das sagst ausgerechnet du? Nachdem du Mrs Faggan damals zugeredet hast, sie soll Carl an der Expedition durch die Valles Marineris teilnehmen lassen?« Sie begann, auf und ab zu gehen. »Das Leben auf dem Mars, das ihr uns Kindern zumutet, sei sowieso gefährlich, hast du gesagt. Wir seien Marskinder und kämen auf diesem Planeten besser zurecht als sonst jemand, hast du gesagt.«

»Jaja. Ich weiß.« Er kapitulierte, sie sah es. Fuhr sich mit den Händen durchs Haar und sagte: »Ich habe eben Angst um dich.«

Ariana blieb stehen. Sie spürte Entschlossenheit in der Tiefe ihres Bauches, hart wie Stahl. »Dad, du hilfst mir nicht, wenn du dich von Angst bestimmen lässt.«

»Denkst du, ich –« Er hielt inne. In seinem Gesicht arbeitete es. Schließlich brachte er ein mühsames Lächeln zuwege. »Ärzte«, seufzte er. »Die schlimmsten Patienten, die es gibt. Immer sofort dabei, anderen Ratschläge zu geben, aber wehe, es geht mal um sie selber . . .«

Ariana grinste. »Mit anderen Worten: Ja.«

»Du wirst diesmal nicht nur Pigrato, sondern auch Yin Chi überzeugen müssen.«

Sie hob die Schultern. »Na und? Du hilfst mir ja dabei, oder?«

Ein Flug vom Mond bis in die Erdumlaufbahn dauerte auch im Jahre 2087 immer noch fast einen ganzen Tag. Zwar hatte die technische Entwicklung in den letzten Jahren erstaunliche Fortschritte gemacht, aber gemeinsames Merkmal all der neuen Triebwerke für Raumschiffe war, dass sie in der Nähe der Erde nicht eingesetzt werden durften, weil ihre Strahlkegel zu energiereich waren. So dockte die Mondfähre am Donnerstagmorgen um acht Uhr zwanzig Weltzeit am Weltraumbahnhof *McAuliffe Station* an und Michael Visilakis ging von Bord – müde, denn er hatte wie immer in der Schwerelosigkeit schlecht geschlafen; außerdem war ihm ein wenig übel.

Er aß etwas in dem kleinen Restaurant in der Haupthalle. Restaurant? So nannte sich der Laden – *Orbit Restaurant* –, aber eigentlich war es eher eine bessere Imbissbude. Doch der Kaffee war in Ordnung und der Rest des Frühstücks genießbar, außerdem hatte man von hier einen schönen Blick hinab auf die gute, alte Erde. Über dem Atlantik verlief eine hell-dunkle Linie dort, wo in diesem Moment die Sonne aufging.

Danach ging er an den Schalter und versuchte, einen Flug zur Raumstation *Vulcan* zu bekommen.

»Aus Sicherheitsgründen haben Reisende dort zurzeit

ausschließlich Zutritt zum Technischen Museum«, warnte der Mann hinter dem Schalter ihn fürsorglich. »Die Führungen durch die Werften sind auf unbestimmte Zeit ausgesetzt.«

Visilakis tat diese unerfreuliche Mitteilung mit einer beiläufigen Handbewegung ab. »Museum ist okay. Ich will mir nur ein bisschen die Zeit bis zu meinem Anschlussflug vertreiben.«

»Alles klar«, nickte der Mann und nahm den Geldchip entgegen, den Visilakis ihm reichte. »Den Eintritt fürs Museum auch gleich abbuchen?«

Der Journalist seufzte insgeheim, nickte aber. »Wenn das geht . . .?«

»Schon passiert.« Lächelnd reichte der junge Mann ihm den Geldchip zurück. »Das Shuttle geht um zehn Uhr fünf von Flugsteig 3.«

Donnerstagmittag, als er von seinem Schreibtisch aufstand und sein Jackett anzog, um zum Essen zu gehen, fiel Bjornstadt der Brief, den er am Vortag eingesteckt hatte, wieder in die Hände. Er nahm ihn heraus und las ihn noch einmal. Ingmar Becker. Wartungsspezialist auf der *TERESHKOVA*. Und dann las er wieder die Passage, die ihn schon gestern nachdenklich gemacht hatte: *Mein Vater hat nichts über die Mission verraten, auf die man ihn geschickt hat. Nur einmal habe ich ihn zu meiner Mutter sagen hören, dass das Raumschiff nicht für diese Art Mission gebaut sei, und es klang so, als mache er sich große Sorgen deswegen.*

Der Senator sah aus dem Fenster. Seltsame Sache. Und wenn man bedachte, was für andere seltsame Sachen zurzeit vor sich gingen, konnte es sicher nichts schaden, sich über die Fakten kundig zu machen, die diesem Brief zugrunde lagen.

Und so viel Zeit war noch. Er ging zurück an seinen

Schreibtisch und stellte eine Verbindung zur Leitung der Raumfahrtbehörde her.

»Oh, guten Tag, Senator«, begrüßte ihn der Chefsekretär beflissen. »Was kann ich für Sie tun?«

Als Vorsitzender des Ausschusses für Raumfahrtangelegenheiten hatte er mit dem täglichen Betrieb der Behörde nichts zu tun, aber er war gegenüber jedem ihrer Mitarbeiter weisungsberechtigt. »Ich hätte da eine Bitte«, begann er. Aus einem Gefühl heraus hielt er den Brief außerhalb des Sichtbereichs der Kamera. »Und zwar hätte ich gerne Einsicht in die Unterlagen des Raumschiffs *TERESHKOVA* – technischer Zustand, aktuelle Mission, Besatzungsliste, das Übliche eben.«

Der Sekretär, der auffallend abstehende Ohren hatte und von dem Bjornstadt wusste, dass er Jeremy Konoye hieß, notierte sich den Namen, wiederholte ihn zur Sicherheit noch einmal und sagte dann: »Einen Moment.« Und nach einer Weile: »Ich schätze, das wird doch nicht so geschrieben. Ich probiere es mal mit W und SCH.«

Bjornstadt sah ihn Steuerbewegungen mit den Händen machen, die von seiner Seite aus – von wo aus man das holografische Interface nicht sah – bizarr wirkten.

»Tut mir leid«, meinte der Sekretär dann, »aber ich finde das Dossier gerade nicht in der Datenbank. Das liegt sicher daran, dass wir heute Systemwartung haben. Ist es sehr eilig?«

»Es reicht im Lauf des Tages oder morgen«, meinte Bjornstadt unangenehm berührt von diesem seltsamen Zufall.

»Ich kümmere mich darum, Senator«, versprach der Sekretär.

»Alles klar, Mister Konoye«, nickte Bjornstadt. Er nannte den Namen des anderen absichtlich. Wenn man das tat, signalisierte man seinem Gegenüber in der Maske der Höflichkeit, dass man ihn persönlich verantwortlich machen würde, falls die Zusage nicht eingehalten wurde. »Vielen Dank.«

Er schloss die Verbindung und steckte den Brief wieder ein. Zeit fürs Mittagessen.

Bei der Ankunft auf *Vulcan* war wenig los. Wie es auf einer Raumstation, die eine Werft enthielt, sinnvoll war, herrschte ausgesprochen niedrige Schwerkraft – das erleichterte das Arbeiten – und Visilakis war froh, etwas gegessen zu haben.

Er ging erst einmal ins Museum und drehte eine Runde durch die Ausstellung. So richtig umwerfend war es nicht, was gezeigt wurde. Exponate aus der Geschichte der Raumfahrt, etwas Raumschrott, ein paar Meteoriten, die irgendwann irgendwelche Raumstationen getroffen hatten und stecken geblieben waren, dazu viele große, leicht angestaubt wirkende Erklärungstafeln. Das einzig Besondere am *Vulcan*-Museum war, dass es sich um das einzige Museum im Weltraum handelte. Besucht wurde es meist von Reisenden, die mehrere Tage Aufenthalt auf *McAuliffe Station* hatten und später sagen können wollten, sie seien da gewesen.

Die Toiletten befanden sich außerhalb des Museumsbereichs. Das wusste Michael Visilakis, weil er sich die Zeit in der Mondfähre damit vertrieben hatte, vom Recherchedienst seines Senders Baupläne der Raumstation anzufordern und zu studieren. So wusste er auch, wie es jenseits der Hinweisschilder weiterging, und »verirrte« sich zielsicher in jene Gänge, die zu den Werfthallen führten.

Spannend war der Moment, in dem er unter einer Absperrung hindurchschlüpfte. Jemand hatte ihm einmal erzählt, die Kameras und Bewegungsmelder auf Raumstationen seien nur Attrappen, dazu gedacht, Touristen abzuschrecken. Das schien zu stimmen, zumindest bekam er von einem eventuell ausgelösten Alarm nichts mit.

Hier hinten war es nicht mehr so sauber und herausgeputzt wie im Ankunftsbereich und mehr los war auch. Mehrmals musste er sich hinter kahlen Säulen aus geriffeltem Stahl verbergen, wenn Techniker des Weges kamen, emsig diskutierend oder mit muffeligen Mienen, und einmal hörte er ein surrendes Geräusch hinter sich und konnte sich gerade noch ducken, als ein automatischer Transport entlang einer in der Decke eingelassenen Schiene angesaust kam und ihn mit seiner Ladung ums Haar ins Kreuz getroffen hätte.

Endlich fand er den Gang, der zur Halle 7 führte. Hier war es völlig still. Neben dem Tor stand auf einem kleinen Display: *Belegt – Wachkreuzer TERESCHKOWA*. Doch das Tor selbst war verschlossen, und zwar richtig, mit Sicherheitscode und elektronischer Versiegelung.

Visilakis rieb sich das Kinn. Den Bauplan der Station zu kennen, half ihm jetzt auch nicht mehr weiter.

Jemand hieb Urs auf die Schulter, als er gerade die große Uhr studierte, auf der die Zeit rückwärts lief. *150:46:01* zeigte sie gerade an, die noch verbleibende Flugdauer.

Es war Yules Whitehead. »Na?«, meinte er mit nervtötend guter Laune, »schon ausgerechnet? Das heißt, dass wir keine Woche mehr unterwegs sind!«

»Toll«, erwiderte Urs unbegeistert.

»Also«, sagte Whitehead, »ich an deiner Stelle –«

In diesem Augenblick leuchtete der Schirm des Bildtelefons auf, das sie mit der Mir-III verband, und Bazmans Gesicht wurde sichtbar. »Chef? Dringende Anfrage von diesem Reporter, Michael Visilakis. Er befindet sich gerade auf der Raumstation *Vulcan* und verfolgt eine Spur im Falle Rivera. Dazu will er in eine der Wartungshallen, aber die fragliche Halle ist abgeschlossen und gesichert. Kurioserweise scheint er zu glauben, wir hätten den Zugangscode.« Der blauhaarige Butler lächelte listig. »Soll ich ihn rausrücken?«

Der Industrielle furchte die Stirn. »Ungern. Nur, wenn er verspricht, es für sich zu behalten, dass wir solche Sachen wissen.«

Bazmans Gesicht blieb reglos. Es würde noch geraume Zeit dauern, bis sich das änderte.

»Das war wohl alles«, mutmaßte Whitehead. »Gut, dann melden Sie sich bitte noch mal, wenn sich bei Visilakis etwas ergeben hat.« Er schaltete ab.

Michael Visilakis prägte sich den Code sorgfältig ein. Zehn Ziffern, das war nicht ganz einfach, aber er wollte keine Informationen in irgendeiner Form gespeichert bei sich tragen, deren Herkunft er nicht erklären konnte, falls ihm in den nächsten Minuten plötzlich jemand eine schwere Hand auf die Schulter legte und fragte: »Was machen Sie hier?«

Als er sicher war, den Code auswendig zu kennen, schaltete er den Kommunikator wieder ab und öffnete vorsichtig die Tür der Notdruckkammer, in die er sich zurückgezogen hatte. Niemand zu sehen. Ein leerer Transportgreifer surrte die Deckenschiene entlang, das war alles.

Zurück zum Quergang. Immer noch war alles still. Falls ihn jemand in diesem Moment auf einem Schirm hatte, begnügte er sich jedenfalls damit, ihm bei seinen unbeholfenen Versuchen zuzusehen, unter niedriger Schwerkraft zu *schleichen*. Vielleicht stand ja auch die gesamte Wachmannschaft versammelt und bog sich vor Lachen. Aber auch davon war nichts zu merken.

Er bemühte sich, nicht mehr an derlei Dinge zu denken, lieber an den Code. Sorgfältig tippte er ihn ein, eine Ziffer nach der anderen. Bloß keine Fehleingabe provozieren.

Ja, er hatte alles richtig gemacht. Das winzige Licht wechselte von Rot auf Grün. Das Tor setzte sich mit leisem Quietschen in Bewegung.

Visilakis hob die Hand mit der Ringkamera, zeichnete alles auf. Da, nun wurde die riesenhafte Werfthalle allmählich sichtbar . . .

Der Reporter traute seinen Augen nicht. Die Halle war vollkommen leer!

13 Neue Rätsel

Yules Whitehead ließ sich von Carl noch einmal genau erzählen, wie er in die gläsernen Höhlen geraten war und wie er die Sarkophage mit den Aliens entdeckt hatte. Die Aufmerksamkeit, mit der er ihm zuhörte, war Carl beinahe unheimlich und so detailliert nachgefragt hatte vorher auch noch niemand, nicht einmal Professor Caphurna.

»Warte mal«, unterbrach ihn der Industrielle wieder. »Wie war das? Du hattest auf einmal wieder Funkkontakt?«

Carl nickte. »Ja. Zum Glück, sonst hätte meine Mutter wahrscheinlich durchgedreht.«

»Aber wie war das möglich? Vorhin hast du gesagt, ihr konntet deshalb nicht vor dem Sandsturm gewarnt werden, weil beide Satelliten im kritischen Moment unterhalb des Funkhorizonts waren. Und jetzt hattest du auf einmal wieder Kontakt? Wie?«

Carl starrte ihn an. Das hatte er sich noch nie gefragt. »Keine Ahnung. Ist das wichtig?«

Whitehead schürzte nachdenklich die Lippen. »Vielleicht. Irgendwie macht mich das stutzig.«

Carl überlegte. Auf dem Mars war, anders als auf der Erde, Funk nur in gerader Linie möglich – sprich, Sender und

Empfänger mussten sich »sehen«. Wenn jemand hinter dem Horizont verschwand, verstummte auch die Funkverbindung mit ihm. Während die Erde von der Ionosphäre umgeben war, die Funkwellen der meisten Frequenzen rund um den Planeten herum leitete, sodass man problemlos Radiosender von der anderen Seite der Welt empfangen konnte, benötigte man auf dem Mars dafür die Hilfe von Satelliten. Davon gab es zwei. Sie umkreisten den Planeten und ermöglichten zum Beispiel, mit einer weit entfernten Expedition in Kontakt zu bleiben – doch sie bewegten sich natürlich auf festen Bahnen und die Funkverbindungen bestanden immer nur so lange, wie sie den Himmel über einem überquerten. Wann das war, ließ sich auf die Minute genau vorherberechnen.

»Na ja«, meinte er schließlich, weil Whitehead immer noch grübelte, »wahrscheinlich war es einfach der andere Satellit. Immerhin war das ja einige Zeit später; inzwischen konnte der gut aufgetaucht sein.«

Der Multimilliardär ließ sich das durch den Kopf gehen. »Aber wie war das genau? Du hattest gerade diese dicke Glaswand durchquert und warst in dem Bereich, in dem Wände und Boden bearbeitet waren. Der hohe Gang, nicht wahr? In dem Moment kam das Signal, dass die Verbindung zum Kommunikationssystem wieder hergestellt war.«

»Genau«, nickte Carl. Ein sanftes *Ping!* im Raumhelm war das gewesen und eine entsprechende Anzeige auf dem Armbandgerät.

»Und dann hattest du Kontakt zu AI-20?«

»Richtig. Aber wir konnten nur ein paar Sätze wechseln, dann war die Verbindung wieder weg.«

Whitehead zeigte mit dem ausgestreckten Zeigefinger auf ihn. »Das ist doch seltsam, oder? Ein Satellit, der gerade aufgegangen ist, geht doch nicht nach zwanzig Sekunden schon wieder unter.«

»Stimmt. Seltsam«, gab Carl zu und fing nun seinerseits an zu grübeln. Versuchte, sich Umlaufbahnen vorzustellen und Empfangsbereiche, die sich über die Planetenoberfläche schoben ...

»Was«, fuhr Whitehead fort, »wenn du in Wirklichkeit woanders gewesen bist? Irgendwo, von wo aus einer der Satelliten gerade noch einen Moment lang erreichbar war?«

Carl schüttelte den Kopf. »Aber ich war nicht woanders. Ich war in den gläsernen Höhlen. Erst nachher, als ich am Löwenkopf herausgekommen bin, war ich woanders.«

»Aber du bist mithilfe deines Artefakts durch mehrere Wände gegangen, die ebenfalls aus diesem glasartigen Material bestanden. Du hast gesagt, dass die letzte Wand besonders dick war. Wer sagt, dass die dich nicht woanders hin versetzt hat?«

»Ohne dass ich was gemerkt habe?« Obwohl – er *hatte* etwas bemerkt. Durch die dicke gläserne Wand zu gehen, war seltsam gewesen. »Das wäre ja ein Ding.«

»Aber nicht undenkbar. Und irgendeine Erklärung muss es ja geben.« Whitehead fasste nach seinem Earplug. »Memo an Bazman. Whitehead hier. Kontaktieren Sie doch noch mal den Mars und geben Sie folgende Überlegung weiter ...«

Zu Präsident Nayanars Gewohnheiten zählte es, sich jeden Donnerstag um 14 Uhr Ortszeit den Fragen der Weltpresse zu stellen. Heute verlas er zu Beginn einen Bericht des Protektorats Ostsibirien: Die Folgen des großen Erdbebens von 2084 seien inzwischen weitgehend überwunden, sodass die Region in der kommenden Woche den Antrag auf Entlassung aus dem Protektoratsstatus stellen werde. Der verantwortliche Statthalter, Dr. Parwuk, sei schon im Begriff, seine Koffer zu packen. »Ihre Fragen bitte, meine Damen und Herren«, schloss der Präsident und faltete den Bericht wieder zusammen.

Ostsibirien interessierte niemanden. Die erste Frage war, ob er die weitere Erforschung der Hinterlassenschaften der Aliens einstellen werde, um keinen zweiten Krieg mit ihnen heraufzubeschwören.

Ein dunkler Schatten schien über das Gesicht des Präsidenten zu fallen, während er einen Moment nachdachte. »Ich will nicht darum herumreden«, sagte er schließlich. »Ich halte die Theorien, die die Heimwärtsbewegung verbreitet, für höchst fragwürdig. Ich glaube nicht, dass es diesen hypothetischen Krieg zwischen Menschen und Aliens gegeben hat, und solange ich Präsident bin, werden die Forschungen nicht eingestellt.« Seine wie stets etwas gebückt wirkende Gestalt streckte sich etwas. »Das ist alles, was ich dazu zu sagen gedenke. Hat jemand Fragen zu anderen Themen?«

Er sah in die Runde. Kein Handzeichen. »Dann danke ich für Ihre Aufmerksamkeit.«

Damit verließ er das Podium. Es war die kürzeste Pressekonferenz seiner Amtszeit.

»Gut, hier bin ich«, sagte Yin Chi und musterte den großen Bildschirm, auf dem der Mars zu sehen war, wie er aus etlichen Tausend Kilometern Entfernung aussah. Nur die Bahnen der Satelliten und Raumschiffe, die als dünne Striche eingeblendet waren, sah man so natürlich nicht. »Was gibt es so Dringendes?«

Jed Latimer fuhr sich über die Glatze, auf der sich die Deckenstrahler spiegelten. »Also, die Anregung, alle Kommunikations-Protokolle zu sichten und noch einmal nachzurechnen, kam von Yules Whitehead –«

»Woher weiß der, was wir vorhaben?«, hakte Yin Chi sofort nach.

Pigrato hüstelte. »Die Kinder nehmen es offenbar nicht so genau mit der Geheimhaltung.«

Der Chinese warf ihm einen skeptischen Blick zu. »Gefällt mir nicht, muss ich sagen. Und weiter?«

Latimer nickte dem aufgeregt wirkenden Mann zu, der vor dem Schirm saß und das dort zu sehende Bild mit ein paar Handgriffen in Bewegung setzte.

»Die Simulation zeigt die Konstellationen am 7. März mittags«, erklärte Latimer und zeigte auf eine verwaschene Stelle über dem Ostende der Valles Marineris. »Hier, das ist der Sandsturm. Die MARTIN LUTHER KING hat die Stelle um diese Zeit überflogen, aber keine Funkverbindung zur Expedition herstellen können. Das ist bei Sandstürmen dieser Art oft der Fall, weil sie elektrisch aufgeladen sind.«

»Deswegen nennt man sie Sandteufel«, warf Pigrato ein.

»Genau. Doch gleichzeitig hat sich Carl über das Kom-System gemeldet.«

Pigrato sah Yin Chi an. »Das hat mich damals schon gewundert. Wieso er zur KING durchdringen konnte mit dem schwachen Sender seines Raumanzugs – und aus einer Höhle! –, während von den beiden Fahrzeugen kein Pieps zu empfangen war.«

Nun stutzte auch der Chinese, der eine Ausbildung als Elektroniker hatte. »Das ist in der Tat seltsam.«

Jed Latimer räusperte sich vernehmlich. »Es kommt noch seltsamer. Wir haben, wie gesagt, in den Protokolldateien nachgesehen. Die Funkverbindung mit Carl bestand von dreizehn Uhr zwei bis dreizehn Uhr vier LMT, *Local Martian Time,* aber nicht über die KING, sondern über Satellit 1. Bloß stand der zu diesem Zeitpunkt gar nicht über dem Capri Chasma. Nicht mal annähernd.«

Jetzt hatte er die ungeteilte Aufmerksamkeit der beiden Männer.

»Sondern?«, fragte Yin Chi.

»Satellit 1 hatte zu dem Zeitpunkt gerade die Cydonia-Region überflogen, um genau um dreizehn Uhr vier in den Funkschatten des Planeten einzutreten.«

»Die *Cydonia-Region?*« Pigrato bellte es förmlich.

Latimer nickte. Er wusste, was das hieß. Er lebte schon lange auf dem Mars. Er hatte die Zeit miterlebt, als die von James Faggan geführte Expedition in der Cydonia-Region verschwunden war.

Es war ruhig auf den Straßen der Stadt, als Senator Bjornstadt an diesem Abend nach Hause fuhr – ein deutliches Zeichen dafür, dass er wieder einmal zu lange im Büro geblieben war. Der tiefgelbe Äquatormond hing schwer über den breiten Kronen der Dornenbäume und durch das halb geöffnete Fenster drang ein leichter, ferner Rauchgeruch herein.

»Halten Sie einfach vor der Einfahrt«, sagte der Senator zu seinem Chauffeur, als sie in die Straße zu seiner Villa einbogen.

»Alles klar«, sagte der und brachte den Wagen sanft am Straßenrand zum Stehen. »Gute Nacht, Senator.«

»Danke, Ihnen auch.« Es war immer noch warm, als er ausstieg. Der Sommer versprach, wieder heftig zu werden.

Bjornstadt wusste, dass man ihm bisweilen nachsagte, er könne in die Zukunft sehen. Er unternahm nichts, um dieses Gerücht aus der Welt zu schaffen: Ein solcher Ruf war durchaus nützlich. In letzter Zeit wünschte er sich allerdings, es wäre mehr gewesen als nur ein Gerücht.

Allerdings musste er vor sich selber auch zugeben, dass es ab und zu Momente gab, in denen ihm war, als flüstere ihm eine unhörbare Stimme etwas zu ...

Jetzt gerade zum Beispiel.

Er sah sich um. Der Wachposten nickte ihm zu, ein dunkles Gesicht in der Nacht. »*Lala salama*«, sagte er. *Schlafen Sie gut.*

Da, eine andere Stimme. »Senator?« Er kannte diese Stimme. Auch das Gesicht des Mannes, der da von der Straße her auf ihn zutrat, kam ihm bekannt vor.

Der Wachposten war mit drei raschen Schritten bei ihm, stellte sich vor ihn, das Gewehr im Anschlag. »Halt! Keinen Schritt weiter!«

»Schon gut«, sagte Bjornstadt. »Ich kenne den Mann. Mister ... Visilakis, oder? Von *Mediterannean News.*«

Der Mann mit den Segelohren lächelte. »Muss ich mich geschmeichelt fühlen oder haben Sie einfach ein gutes Namensgedächtnis?«

Der Wachposten zog sich wieder zurück, zögernd und immer noch misstrauisch. Bjornstadt hörte ihn halblaut in sein Headset sprechen, vermutlich um die Zentrale zu beruhigen, die durch seinen Ausruf natürlich in Alarmbereitschaft versetzt worden war.

»Ich habe ein gutes Gedächtnis für Leute, die mir Schwierigkeiten bereitet haben«, sagte er. Visilakis hatte damals, als es darum gegangen war, die Marssiedlung zu schließen, eine kleine verwaltungstechnische Unsauberkeit aufgedeckt – sie hatten den Schließungsantrag absichtlich zurückgehalten, um eine ausufernde öffentliche Diskussion im Vorfeld zu vermeiden – und einen enormen publizistischen Wirbel darum entfacht.

»Hätten Sie die Marssiedlung damals geschlossen, wären die blauen Türme nicht entdeckt worden«, sagte der Reporter.

»Damit könnte ich leben.« Bjornstadt blickte die verlassene Straße hinab. »Was soll dieser Überfall? Was wollen Sie?«

»Ihnen ein paar Fragen stellen zu ein paar seltsamen Anweisungen, die Sie erteilt haben – wieder mal in aller Heimlichkeit, wie Sie es ja gerne tun. Anweisungen, deren Sinn sich mir nicht erschließen will.«

Bjornstadt versuchte, sich den Schrecken nicht anmerken zu lassen, den diese Worte ihm versetzten. Ausgerechnet ein Reporter musste Wind von dem Zwischenfall mit der Codekarte bekommen! Und ausgerechnet *dieser* Reporter!

»Der richtige Weg dafür ist, in meinem Büro anzurufen und sich einen Termin geben zu lassen«, erklärte er grimmig.

»Das habe ich fast den ganzen Tag versucht, aber man kommt neuerdings nicht mehr an Sie heran. Ihre neue Sekretärin ist ein wahrer Zerberus.«

So ungern Bjornstadt das normalerweise gehört hätte, in diesem Moment war es ihm durchaus recht. »Das hat vielleicht seinen guten Grund. Denken Sie mal darüber nach.«

Der Reporter ging nicht darauf ein, schien den Sinn für die üblichen Spielchen zwischen Politikern und Journalisten eingebüßt zu haben. »Senator«, sagte er ernst, »es gehen überaus seltsame Dinge vor sich. Ich denke, wir sollten reden.«

Bloß das nicht!, dachte Bjornstadt. Mit aller Entschiedenheit sagte er: »Nicht heute. Nicht hier. Nicht so. Gute Nacht, Mister Visilakis.« Damit wandte er sich zum Gehen.

»Ich bin im Nairobi Hilton«, rief der Reporter ihm nach. »Überlegen Sie es sich noch einmal!«

Da gibt es nichts zu überlegen, dachte Bjornstadt grimmig und stapfte weiter, ohne sich noch einmal umzusehen.

14 Böse Vorahnungen

Urs las Arianas Mail noch einmal, diesmal mit einem eher mulmigen Gefühl.

Sie hatte also das O. K. bekommen, an der Expedition teilzunehmen. Von der sie ihm in einer unbeglaubigten Mail keine weiteren Einzelheiten erzählen dürfe. Sie habe mit Engelszungen auf alle eingeredet, ihren Vater an den Rand des Nervenzusammenbruchs gebracht, Yin Chi so lange gereizt, bis er heftig geworden war – und nun habe sie also die Erlaubnis.

Das Einzige, was mich ärgert, schrieb sie weiter, *ist, dass Ronny – den das alles nicht die Bohne interessiert hat, der nichts unternommen hat, um dabei zu sein, ja, dem es völlig egal war, ob er teilnimmt oder nicht – auch mitkommen darf. Wenn er will. Er muss bloß noch Ja oder Nein sagen.*

Urs musste grinsen. Darüber hätte er sich an Arianas Stelle auch geärgert.

Er ließ das Terminal sinken, sah sich um. Und er saß hier. In einer Kabine, die kaum groß genug war, dass ein Bett darin Platz hatte. Saß mit dem Rücken gegen eine Wand gelehnt, hinter der ein paar Kabelschächte und Rohrleitungen lagen, gefolgt von ein paar Isolationsschichten und dann nur noch von leerem Raum, Millionen von Kilometern praktisch reinem Nichts.

Verrückt.

Wenn Urs etwas nicht verstand, dann, wie jemand freiwillig Raumfahrer werden konnte.

Senator Bjornstadt ging die Nachrichten durch, die die kleine KI seines Schreibtischs für ihn aufbereitet hatte. Er hatte sie angewiesen, ihn über alle Aktivitäten der Heimwärtsbewegung auf dem Laufenden zu halten.

Allerdings war er sich keineswegs sicher, dass nicht auch die KI beeinflusst worden war; angesichts der Meldungen, die er vor sich sah, war das wahrscheinlicher denn je. Wenn er dem Nachrichtenüberblick glauben sollte, gab es schlicht und einfach keine derartigen Aktivitäten. Ein paar halbherzige Demonstrationen, die Splittergruppen der Bewegung hier und da veranstalteten, das war alles. Dabei hatte jedermann – auch er – fest damit gerechnet, dass die Heimwärtsbewegung nach der gestrigen Erklärung des Präsidenten zu zorniger Hochform auflaufen würde.

Nun ja. Gut möglich, dass das noch kam.

Dann traf der lange erwartete erste Bericht des Instituts für Materialkunde der Universität Brasilia ein, die Untersuchungen des blauen, glasartigen Materials betreffend. Man hatte unter großen Mühen ein gerade mal 2,1 Gramm schweres Stück davon abgelöst, untersucht und dann einen fünfhundert Seiten umfassenden »vorläufigen« Bericht voller Formeln, Diagramme und Schaubilder verfasst.

Bjornstadt überflog die für Laien völlig unverständlichen Seiten nur stirnrunzelnd und las dann die Zusammenfassung der Ergebnisse. Bei dem Material handele es sich, so die Wissenschaftler, um eine Art Universalmaschine aus nur molekülgroßen Einheiten, die zu jedweder Tätigkeit programmiert werden konnten. Das Material konnte sich bewegen, jede beliebige Form annehmen, Löcher in feste Gegenstände bohren, Energie- und Magnetfelder aller Art beeinflussen und mechanischem Druck in nahezu unbegrenztem Maß widerstehen. Weswegen es so schwierig gewesen war, etwas davon für Analysezwecke zu gewinnen.

Wie das jedoch alles genau vor sich ging, entzog sich dem Verständnis noch weitgehend. Die Molekularanalyse hatte Ergebnisse erbracht, die grundlegenden chemischen Lehrsätzen widersprachen – da waren Atome miteinander verbunden, die sich sonst niemals miteinander verbinden ließen oder nicht auf die Art, wie sie es hier taten; es waren sogar atomgroße Gebilde ausgemacht worden, die sich keinem Element des Periodensystems befriedigend zuordnen ließen.

Mit anderen Worten: Die Untersuchungen verrieten nicht, wie man so etwas wie dieses blaue Glas – offiziell hieß es

»synthetische universell programmierbare Materie« oder abgekürzt SUPROM – herstellte. Aber sie bestätigten die von Professor Caphurna aufgestellten Theorien. Neu war die Erkenntnis, dass das Material auch ungeheure Mengen an Energie zu speichern imstande war, und zwar aus fast jeder Energiequelle – aus Sonnenlicht genauso wie aus einer elektrischen Stromleitung.

»Senator«, meldete sich seine Sekretärin plötzlich über die Sprechanlage, »hier ist Mister Hugo Laurenzin; er möchte Sie sprechen.«

Bjornstadt hob die Augenbrauen. Laurenzin? Was wollte der? Waren sie verabredet? Er erinnerte sich nicht, aber Laurenzin war ein einflussreicher Abgeordneter, Vorsitzender einiger maßgeblicher Ausschüsse, unter anderem für Sicherheitsfragen, Waffenkontrolle und, ganz wichtig, Finanzen – kurzum: jemand, der auch unangemeldet kommen durfte.

»Ich lasse bitten«, sagte er also und fragte dann, an den Bildschirm gewandt: »KI? Habe ich einen Termin mit Hugo Laurenzin?«

»Nein«, erwiderte die gleichmütige synthetische Stimme der künstlichen Intelligenz. »Aber ich kann Ihnen seine Adresse nennen, wenn Sie wollen.«

Bjornstadt verdrehte die Augen. Manchmal war die Dummheit dieser KI erschütternd. Wieder einmal nahm er sich vor, sie demnächst rekalibrieren zu lassen, wohl wissend, dass er es wahrscheinlich wieder vergessen würde.

Die Sekretärin öffnete die Tür. Hugo Laurenzin war nicht nur einflussreich, er war auch einer der ältesten Abgeordneten und unfassbar mager. Er trug altmodische Anzüge, die viel zu warm für Afrika waren und ihm dermaßen um den Hals und die Arme schlotterten, dass man unweigerlich den Impuls verspürte, ihn zu stützen. Erst wenn man seine Augen sah – wachsame, intelligente, von unruhiger Energie sprühende Augen –, begriff man, dass dieser Mann alles andere als hilfsbedürftig war.

Im Gegenteil: Er war gefährlich.

Bjornstadt war aufgestanden, um seinem Besucher entgegenzugehen, geleitete ihn zu seiner Sitzecke, bot ihm Platz an, fragte ihn, ob er Kaffee wolle. Das Übliche eben. Laurenzin winkte ab. »Danke. Ein Glas Wasser vielleicht.«

Als es vor ihm auf dem Tisch stand und die Sekretärin die schalldichte Tür wieder hinter sich zugezogen hatte, beendete Laurenzin den Small Talk, zog ein Blatt Papier aus der Brusttasche und legte es vor Bjornstadt hin. Etwas Bedrohliches schwang in der Art mit, wie er es tat.

Bjornstadt nahm es auf. Es war eine Kurznotiz über seinen Anruf bei der Raumbehörde, die *TERESCHKOWA* betreffend.

»Was ist damit?«, fragte er.

»Zerreißen Sie es«, sagte Laurenzin. »Und dann vergessen Sie es.«

Bjornstadt sah den greisen Mann an. Es war ein Augenblick, der etwas Unwirkliches an sich hatte.

»Entschuldigen Sie«, sagte er bedächtig, »aber wie darf ich das verstehen?«

Laurenzin lehnte sich zurück. »Senator – Sie sind ein einflussreicher Mann. Aber es muss nicht sein, dass Sie bereits am Ende Ihrer Karriere angelangt sind. Der Ausschuss für Raumfahrtangelegenheiten? Ein Warteposten. Ihnen steht der Sinn nach Höherem, das ist allgemein bekannt. Ein Ministerium. Sie haben die Fähigkeiten, daran zweifelt niemand.«

Bjornstadt musterte sein Gegenüber, dessen bleiches, wächsernes Gesicht und das Lodern seines Blicks. Er hob das Blatt. »Schön. Aber was hat das alles mit diesem Schiff hier zu tun?«

Laurenzin beugte sich leicht vor und führte die Hände unter dem Kinn zusammen, wie zum Gebet. »Alles, was Sie jetzt tun müssen, um den nächsten Schritt Ihrer Laufbahn zu sichern«, sagte er leise und eindringlich, »ist – *nichts*. Bleiben Sie einfach die nächsten Tage ruhig. Sagen Sie nichts, fragen Sie nichts. Dann, das verspreche ich Ihnen, ist Ihnen das Finanzministerium in der nächsten Legislaturperiode sicher.«

Bjornstadt atmete aus, atmete ein.

»Wo ist dieses Raumschiff?«

Laurenzin streckte die Hand aus und zupfte ihm das Blatt Papier wieder aus der Hand. »Sie sollen *keine* Fragen stellen.«

Bjornstadt sah ihn an, sprachlos.

»Wenn Ihnen«, fügte der gespenstisch dürre Mann hinzu, »Ihr Leben lieb ist.«

Damit stand er auf und ging.

»Es war gut, dass du mir das erzählt hast«, sagte Wim Van Leer zu Ronny. »Diese ständige Geheimhalterei bringt doch überhaupt nichts. Es enttäuscht mich ziemlich, dass Yin Chi jetzt auch damit anfängt.«

Ronny erschrak, versuchte aber, es sich nicht anmerken zu lassen. Daran hatte er gar nicht gedacht! Es stimmte, alle hatten ihm eingeschärft, dass er niemandem von der geplanten Expedition erzählen solle – Ariana, Pigrato, Yin Chi . . . Er hatte einfach nicht daran gedacht. Van Leer war doch ein guter Freund, oder? Kein Spion.

Irgendwie war ihm mulmig zumute. Aber jetzt war es schon heraus, da half alles Bedauern auch nichts mehr.

»Pass auf, du könntest mir einen großen Gefallen tun«, meinte Van Leer, der begonnen hatte, in dem Space Container zu wühlen, in dem er die meisten seiner Sachen aufbewahrte. Er zog etwas heraus, etwas Kleines offenbar, denn er hielt es in der geschlossenen Hand, während er sich wieder an den Tisch setzte, an dem sie einen Kaffba getrunken hatten. »Allerdings muss das, was ich dir jetzt zeige, unter uns bleiben, okay?«

Ronny hob die Augenbrauen. Fing der jetzt auch damit an?

»Okay«, sagte er vorsichtig.

Der Mann mit den wirren blonden Haaren öffnete die Hand. Ein winziges Gerät lag darin: Es sah aus wie ein dünner Schreibstift, kaum länger als ein Finger, an dessen Ende eine kleine Glaskugel saß. »Weißt du, was das ist?«

Ronny schüttelte den Kopf. »So was hab ich noch nie gesehen.«

»Das ist ein Gerät, das Privatpersonen eigentlich überhaupt nicht besitzen dürfen. Ich auch nicht, natürlich. Das hier oben« – er deutete auf die Glaskugel – »ist ein Rundumobjektiv. Darunter sitzt eine Mikrokamera, ein Speicher, eine Funkeinheit und eine Batterie.«

»Galaktisch«, staunte Ronny.

Van Leer nahm das stiftförmige Gerät mit der anderen Hand und schob es ansatzweise in die Brusttasche seines Hemdes. »Es hat hier einen dünnen Clip, siehst du? Damit kann man es in jeder Höhe befestigen. Ich möchte dich bitten, es morgen so in eine der vorderen Taschen deines Raumanzugs zu stecken, dass das Objektiv gerade noch herausschaut – so, siehst du? Das wird überhaupt niemand bemerken.«

Ronny riss die Augen auf. »Dann nehme ich die ganze Expedition für Sie auf?«

»Genau. Exklusive Bilder, wie man so sagt.« Er reichte Ronny das Gerät.

Ronny betrachtete es aus der Nähe, drehte es hin und her. Wie leicht es war! »Aber wir werden ein paar Tage lang unterwegs sein«, gab er zu bedenken. »Hat das so eine große Aufnahmekapazität?«

Wim Van Leer lächelte. »Ah, du denkst mit. Sehr schön.

Nein, hat es nicht, braucht es aber hoffentlich auch nicht. Schau her.« Er holte ein zweites Gerät hervor, etwas flacher, aber dem in Ronnys Hand unübersehbar verwandt. Er verband es mit seinem tragbaren Computer und schaltete ihn ein.

Seltsame Formen erschienen auf dem Schirm, bewegten sich. Ronny brauchte eine Weile, ehe er erkannte, dass es genau das war, was das Objektiv in seiner Hand sah: seinen Handballen, die Zimmerdecke, den Tisch, sein Gesicht – alles auf groteske Weise verzerrt. »Das sieht ja vielleicht komisch aus«, meinte er.

»Kann man alles umrechnen, Ausschnitte herausholen und so weiter«, meinte Van Leer. »Der springende Punkt ist, dass es mir gelungen ist, das Ding so zu programmieren, dass es auch die Satelliten benutzen kann, um mit mir in Verbindung zu treten. Und dann wird es jeweils alles, was es aufgenommen hat, hierher übertragen, sodass der Speicher wieder frei wird.« Er lächelte seltsam. »Würdest du das für mich tun, Ronny? Die Kamera morgen einfach in deine Brusttasche stecken?«

Die Zimmer im Nairobi Hilton waren, fand Bjornstadt, unangemessen klimatisiert. Viel zu kühl für seinen Geschmack und er stammte immerhin aus Skandinavien.

Visilakis schien aufrichtig überrascht über sein Kommen, überschlug sich fast vor Gastlichkeit. Etwas zu trinken? Ob der Sessel bequem sei? Die Aussicht, großartig, nicht wahr?

»Schießen Sie einfach los«, sagte Bjornstadt.

Der Reporter erzählte. Wieder einmal, stellte der Senator mit Missbehagen fest, spielte dieses Marsmädchen eine wesentliche Rolle, Elinn Faggan. Alles hatte mit einer Information begonnen, die sie dem Journalisten hatte zukommen lassen. Unglaublich, oder? Da war dieses Gör von kaum vierzehn Jahren zu Gast bei Yules Whitehead, ließ sich von aller Welt beim Baden in dessen berühmtem schwerelosem Pool zusehen oder beim Spazierengehen am Rande des Weltalls – und so ganz nebenbei, mit einer E-Mail, setzte sie mal wieder die Weltgeschichte in Bewegung.

Alles Weitere hörte Bjornstadt mit zunehmendem Grauen. Kein Zweifel, es war die Heimwärtsbewegung, die sich in den Besitz seines Codes gebracht hatte. Das Mondobservatorium also hatte sie damit unter ihre Kontrolle gebracht? Rätselhaft. Wozu das?

Dass Whitehead seine Informanten überall hatte, wunderte ihn dagegen nicht im Geringsten. Der Mann war clever, das hatte er schon bei der ersten ihrer zahllosen Unterredungen gemerkt.

»... ich öffne also endlich die Tür«, erzählte Visilakis gerade, »und stelle zu meiner Überraschung fest, dass die Werfthalle leer ist.«

»Leer?«, wiederholte Bjornstadt.

»Keine *TERESCHKOWA*. Übrigens auch keine *LIWEI* und keine *JÄHN*. Ich habe die angrenzenden Hallen abgesucht. In allen drei Hallen lagen laut Unterlagen von Space Control Schiffe der Asteroidenwache zur Generalüberholung. Alle wurden auf Ihre Anweisung dorthin verlegt – und keines davon ist mehr da.« Der Journalist holte sein Lesegerät hervor, rief ein paar Dokumente auf und schob es ihm hin. »Das sind die Besatzungslisten. Alle diese Leute sind seit Monaten verschwunden und niemand weiß, wohin. Viele haben Familie, aber wenn ich die anrufe und sage, dass ich Journalist bin, legen sie einfach auf.«

Der Senator betrachtete die Listen. Da stand auch der Name Ingmar Becker. »Sie denken, jemand hat diese Familien eingeschüchtert?«

»Ganz offensichtlich.«

Hjalmar Bjornstadt faltete die Hände, sah sinnend auf den Fußboden, folgte den Mustern des Teppichs mit seinem

Blick und dachte nach. Es konnte jetzt nicht mehr darum gehen, seine Karriere zu retten. Nicht bei den Dimensionen, die diese Geschichte inzwischen angenommen hatte. Hier waren irgendwelche ungeheuerlichen Dinge im Gang, deren Hintergründe und Zwecke er nicht verstand, an denen er jedoch Mitschuld trug. Er musste tun, was in seiner Macht stand, um diese Vorfälle aufzuklären und vielleicht Schlimmes zu verhindern.

Er blickte hoch und sah den Journalisten an. »Ich wusste von all dem nichts«, erklärte er. »Weder habe ich irgendwelche Anweisungen gegeben, die drei Schiffe der Asteroidenwache betreffend, noch sonst etwas von dem veranlasst, was Sie da schildern. Ich habe allerdings seit einiger Zeit den Verdacht, dass jemand meine Codekarte kopiert haben könnte. Auch wenn ich mir nicht erklären kann, wann und wie das passiert sein sollte.« Er berührte die dünne Kette an seinem Hals. »Ich trage sie praktisch Tag und Nacht bei mir. Und wenn ich dusche, tue ich das allein.«

In dem Moment, in dem er das sagte, regte sich ganz weit hinten in seinen Gedanken eine vage Erinnerung, zu flüchtig, als dass er sie zu fassen bekommen hätte ... Aber da war etwas. Ein Gefühl. Eine Erklärung.

Visilakis furchte die Stirn. »Das hätten Sie melden müssen.«

»Sicher hätte ich das«, räumte Bjornstadt düster ein. »Aber was Sie einmal über mich geschrieben haben – dass ich ein machtbesessener Intrigant bin, der keine Rücksichten kennt, wenn er etwas erreichen will –, ist zwar leicht übertrieben, aber nicht ganz falsch. Und ich muss Ihnen ja nicht erklären, welche Folgen eine solche Meldung für mich gehabt hätte.«

»Ich habe vor, die Angelegenheit rückhaltlos aufzuklären, das muss Ihnen klar sein«, sagte der Journalist finster.

Bjornstadt nickte. »Was glauben Sie, wieso ich hier bin? Ich denke –«

In diesem Moment konkretisierte sich die Erinnerung. Ihm stockte fast der Atem. War das möglich? War er ein solcher Idiot gewesen?

15 Expedition auf alten Spuren

Sonntagmorgens stand Ariana sonst nie so früh auf. Sie kam sich vor wie eine Verschwörerin, als sie zur vereinbarten Zeit hinauf in die Schleuse ging, von wo aus die Expedition losgehen würde.

Ronny war schon da, nestelte an seinem Raumanzug herum und wirkte mürrisch. Den Sauerstofftank hatte er bereits gegen eine Recyclingeinheit ausgetauscht. Draußen war es noch dunkel und durch die schmalen Seitenscheiben der Schleuse sah Ariana einen Rover warten, ohne Licht. Zwei Gestalten in Raumanzügen machten sich an dem Fahrzeug zu schaffen.

»Wer ist denn das?«, fragte sie Ronny.

»Keine Ahnung«, brummte der bloß, ohne aufzusehen.

Warum kam er überhaupt mit, wenn er keine Lust hatte? Na ja, sein Problem. Ariana zog einen Recycler aus dem Regal, löste die Verschlüsse am Rückenteil ihres Anzugs, nahm den flachen Sauerstoff-Energietank ab und legte ihn weg. Dann passte sie den Recycler auf die Halteplatte, setzte den Adapter ein, schloss den Rücklaufschlauch an und drehte die kleine Stellschraube von E auf R. Fertig. Sie musste an das erste Mal denken, als sie mit einer Recyclingeinheit rausgegangen war – war das wirklich erst ein halbes Jahr her? Es kam ihr vor wie eine Ewigkeit. Inzwischen war es schon beinahe Routine.

Während Ariana in den Anzug schlüpfte, hörte sie den Aufzug heraufkommen, gleich darauf das schabende Geräusch der Tür. Es war Mrs Faggan in Begleitung von Mr Pigrato und Yin Chi.

Die Mutter von Carl und Elinn sah nicht aus, als hätte sie in dieser Nacht besonders gut geschlafen. Sie begrüßte Ariana und Ronny und meinte: »Ich bin froh, dass es jetzt endlich losgeht.« Ein kaum hörbares Zittern lag in ihrer Stimme.

Irgendwie wollte die verschwörerische Atmosphäre nicht weichen. Wie anders war das gewesen bei der Expedition, bei der Carl mitgegangen war! Da war der Aufbruch beinahe ein Fest gewesen, fast alle Siedler hatten Spalier gestanden, Beifall geklatscht . . . Sie dagegen verließen die Station wie Flüchtlinge. Sogar die Ratschläge und Ermahnungen, die Yin Chi ihnen mit auf den Weg geben zu müssen glaubte, brachte er mit leiser Stimme vor, beinahe flüsternd.

So begann die Reise gänzlich unzeremoniell. Irgendwann hatten alle, die mitkamen, ihre Raumanzüge an, Yin Chi wünschte ihnen noch einmal viel Glück, dann setzten sie ihre Helme auf und betraten die Schleuse. Draußen stiegen sie in den Rover und ab ging die Fahrt, hinaus zum Shuttle-Landeplatz.

Der Landeplatz lag in einiger Entfernung von der Oberen Station und außer Sichtweite. Es gab dort unterirdische Tanks und dazu Anlagen, die unablässig arbeiteten, um sie mit Wasserstoff und Sauerstoff zu füllen. Die langen Isolierschläuche, mit denen man die Shuttles betankte, fanden unter metallenen Abdeckungen Schutz, um beim Rückstart des Raumschiffs nicht beschädigt zu werden.

Dass hier ein Shuttle stand, war nichts Ungewöhnliches. Zwei Raumschiffe umkreisten seit geraumer Zeit den Mars, deren Besatzungen mit Nahrung und anderen Dingen versorgt werden mussten: die letzte Möglichkeit für die Siedler, sich zu retten, falls irgendetwas mit den blauen Türmen geschehen sollte, das eine Flucht vom Mars erforderlich machte.

Ariana hatte natürlich schon Shuttles starten und landen sehen, aber sie war noch nie mit einem geflogen. Jetzt, da ihr ein solcher Flug bevorstand, wirkte der gedrungene Raketenkörper, auf den sie zufuhren, irgendwie ganz anders – viel zu klein, als dass man sich hätte vorstellen können, diese Maschine könne die Umlaufbahn erreichen!

Zitterten etwa ihre Knie, als sie die schmale Leiter erklomm, die an den Triebwerken und am Laderaum vorbei hinauf zur Zugangsschleuse führte? Unsinn. Sie war etwas angespannt, aber das hieß doch nichts. Immerhin – sogar Ronny, der strahlende Held, der das Marsflugzeug geflogen hatte, ohne mit der Wimper zu zucken, wirkte ein wenig befangen.

Der Passagierraum war voller Sitze, viel zu viele davon. Man konnte den Helm abnehmen. Ariana schaute sich um. Wer war eigentlich noch alles mit dabei? Mrs Faggan und Pigrato, klar. Sie und Ronny, auch klar. Ein Techniker aus dem Bauteam von Mrs Faggan, Zhao Bai, ein ruhiger, höflicher Mann, der schon seit ewigen Zeiten auf dem Mars lebte und den man öfters im Kraftraum trainieren sah. Und Kemal Erkmen aus dem Areologen-Team, ein grauhaariger Hüne, der als Spezialist für marsianische Höhlen galt und, wenn sie es recht bedachte, *auch* schon seit Jahren auf dem Mars lebte. Er gehörte zum Kreis derer, die ab und zu Golfturniere veranstalteten, draußen auf den Ebenen im Tharsis-Vorland.

Den Piloten erkannte sie an der Stimme, als er sich über die Lautsprecher meldete. Es war Roger Knight, ebenfalls ein Marssiedler der ersten Stunde. »Wir werden dem Weltraum einen kurzen Besuch abstatten«, erklärte er, »deswegen bitte ich alle darum, sich ordnungsgemäß anzuschnallen. Wir starten in wenigen Minuten.«

Wenn nur wenigstens Ronny kein so beklommenes Gesicht gemacht hätte! Der fürchtete sich doch sonst vor gar nichts, wenn es ums Fliegen ging . . .

Sie fühlte die Maschinen hochfahren, spürte, wie die anlaufenden Pumpen das Shuttle erzittern ließen, hörte die Raketenmotoren aufbrüllen. Es war laut, ohrenbetäubend laut. Sie sah aus dem Fenster, sah den braunroten Boden abwärts sinken . . . Also stiegen sie schon! Man merkte kaum etwas davon, weil alles so vibrierte.

Ausatmen!, sagte sie sich.

Im Grunde war es so, wie mit einem Flugboot zu fliegen. Nur noch lauter und noch unruhiger.

Bloß dass es immer weiter und weiter aufwärts ging. Dass sich etwas Schweres auf sie legte, an ihr zog, und das immer mächtiger, je länger es dauerte. Etwas, das ihr die Luft aus den Lungen presste. Puh! Das war jetzt doch anders als in einem Flugboot. Es war ein richtiger Kampf, Atem zu holen.

Mühsam wandte sie den Kopf, spähte hinaus. Der Himmel, der vorhin von kristallenem Hellbraun gewesen war, wurde immer schwärzer, je höher sie stiegen. So also war das, in den Weltraum hinaufzusteigen!

Nach einer ziemlich langen und anstrengenden Viertelstunde verstummte das Dröhnen des Triebwerks von einem Moment auf den anderen mit einem knallenden Geräusch. Arianas Magen machte einen Sprung nach oben, unwillkürlich schnappte sie nach Luft. Es fühlte sich an, als sei sie von einem Katapult in die Luft geschleudert worden – bloß dass sie sich gar nicht bewegte, nirgends anzukommen schien!

Das musste die Schwerelosigkeit sein, begriff sie. Eigenartiges Gefühl. Gut, dass sie angeschnallt war.

»Nun müssen wir uns etwas gedulden«, kam die Durchsage des Piloten. »Wir haben eine Umlaufbahn erreicht, auf der wir nun etwa drei Stunden bleiben werden – nicht ganz zwei Umläufe um den Mars –, ehe wir mit dem Abstiegsmanöver beginnen. Zweimal um den Planeten sieht auf den ersten Blick etwas umständlich aus, ist aber der energiesparendste Weg. Den Typ von Umlaufbahn, den wir fliegen, nennt man übrigens einen *HEO*, einen *Hochgradig Elliptischen Orbit*. In etwa . . . na, einer guten halben Stunde erreichen wir das Apogäum der Bahn; von dort wird sich dann ein prächtiger Blick hinab auf den Planeten bieten.«

Ariana sah hinaus. Das war jetzt doch ziemlich sensationell, das musste sie zugeben. Erstaunlich, dass Ronny so still war.

Das Abstiegsmanöver rief Erinnerungen in Tom Pigrato wach, an seine Ankunft auf dem Mars vor zweieinhalb Jahren. Die letzte Etappe mit dem Shuttle abwärts, hinab auf diesen Planeten, der ihm damals so unwirtlich, so unheimlich erschienen war . . . Nun, unwirtlich fand er den Mars immer noch. Er spähte aus der Luke. Die Planetenoberfläche kam rasch wieder näher, mit anderen, fremden Bergformationen, mit fremden Farben, und dann setzte das Raumfahrzeug schon auf, mit einem kolossalen Schlag, der klang, als habe mindestens eines der Landebeine einen Felsblock unter sich zertrümmert.

Der Lautsprecher knarzte. »Wir sind gelandet, wie Sie gemerkt haben; Sie können die Anschnallgurte jetzt lösen. Unsere Uhren zeigen zwölf Uhr sieben – allerdings ist das die Zeit der Siedlung. Da wir uns etwa sechzig Grad östlich davon befinden, ist die lokale Zeit vier Stunden weiter; es ist hier also etwa sechzehn Uhr.«

Pigrato spähte aus dem Fenster. In den letzten Tagen hatte er die Karten und Satellitenbilder dieser Gegend wieder und wieder studiert und sich alles genau erklären lassen.

Die Cydonia-Region war relativ flach, gekennzeichnet nur durch eine Handvoll kleiner Vulkankrater und einige geologisch etwas rätselhafte Bergformationen, und bildete das Grenzgebiet zwischen der Hochebene Arabia Terra im Osten, die übersät war mit großen, nach namhaften Wissenschaftlern benannten Kratern, und der Tiefebene Acidalia Planita, die in grauer Vorzeit vermutlich einmal der Grund eines marsianischen Meeres gewesen war. Das Geröll und der feine Sand am Boden hatten einen ungewohnten Stich ins Gelbe, was allerdings auch an den Lichtverhältnissen liegen mochte. Die Sonne stand weit im Westen, an einem seltsam metallisch schimmernden, beinahe violetten Firmament.

»Wir befinden uns ziemlich genau an den errechneten Koordinaten«, fuhr Roger Knight fort. Man hörte in der Tiefe das erkaltende Triebwerk knacken, ein Laut, der sich über die Hülle im ganzen Schiff verbreitete. »Die Formationen, die Sie in südlicher Richtung sehen, nennt man ›Die Stadt‹. Etwa zwanzig Kilometer von uns aus im Osten – gerade noch zu erkennen – liegt der berühmte Berg mit dem sogenannten ›Marsgesicht‹.«

Pigrato hörte, wie das Mädchen dem Jungen zuflüsterte: »Du sagst ja gar nicht ›galaktisch‹.« Was dieser mit einem unleidigen »Jaja« beantwortete.

»Okay«, erklärt Pigrato und erhob sich. »Steigen wir aus.«

Das »Marsgesicht«, ausgerechnet. Man nannte diesen Berg so, weil er, wenn man ihn unter den richtigen Lichtverhältnissen und mit nicht allzu guter Auflösung aus dem All fotografierte, manchmal so aussah, als sei er ein riesiges, in Fels gehauenes menschliches Antlitz. Nahm man ihn genauer in Augenschein, entpuppte er sich als ein simpler, mehrere Kilometer durchmessender und von Gesteinsrutschungen, wie sie auf dem Mars häufig waren, verunstalteter Berg. Aber ausgerechnet bei den ersten Aufnahmen der

Marsoberfläche durch die Sonde Viking-1 vor über hundert Jahren, im Jahre 1976, hatte die Sonne so gestanden, dass in einem Spiel aus Licht und Schatten der Eindruck eines künstlichen Gesichts erweckt wurde, was jahrzehntelang immer wieder für kühne Spekulationen gesorgt und womöglich einst auch die tragische Entscheidung der Forschergruppe um James Faggan für dieses Expeditionsziel beeinflusst hatte.

Und nun stellte sich heraus, dass die Wahrheit noch viel unglaublicher war als alles, was man in der Vergangenheit gemutmaßt hatte.

Die Frage war, dachte Pigrato, als er die Schleuse passiert hatte und das ganze weite, seltsam konturlose Panorama der Cydonia vor sich sah, ob sie hier überhaupt einen Zugang zur Station der Aliens vorfinden würden. Die Funkpeilung von Carls Anruf damals über den Satelliten: Was besagte es schon, dass sie hierher wies? Nur, dass sich die Station der Aliens hier befinden musste – aber sie konnte in Hunderten von Metern Tiefe verborgen liegen!

Deswegen hatten sie noch einen Alternativplan ausgetüftelt. Sollten sie hier innerhalb vernünftiger Zeit nichts finden, was ihnen weiterhalf, würde das Shuttle wieder starten und Christine Faggan ans Ostende der Valles Marineris bringen, zu den gläsernen Höhlen. Dort würde sie versuchen, denselben Weg wie seinerzeit ihr Sohn Carl zu gehen. Nur dass sie einen Peilsender bei sich tragen würde.

Zhao und Erkmen waren schon dabei, die Ausrüstung auszuladen, allem voran die Bestandteile der Tunnelfräse. Das würde für einen möglichen weiteren Flug des Shuttles viel Gewicht und damit Treibstoff sparen. Und sollte die Fräse tatsächlich zum Einsatz kommen, dann sowieso hier.

Pigrato kletterte die schmale Leiter hinab, wie immer an der Unhandlichkeit seines Raumanzugs leidend. Wie diese altgedienten Marssiedler das machten, so locker-flockig durch die Gegend zu turnen, würde ihm ewig ein Rätsel bleiben.

Schließlich stellte irgendjemand die Frage, auf die er im Augenblick auch keine Antwort wusste: »Und jetzt?«

Kapitän Mahmoud Al Salahi, der Kommandant der MARTIN LUTHER KING, studierte wieder einmal die Vorratslisten und Verbrauchsrechnungen, die ihm sein Lademeister zusammengestellt hatte, und verglich sie mit Flugbahnberechnungen seiner Navigatorin.

Als er seinerzeit die Entscheidung getroffen hatte, angesichts der sich überschlagenden Ereignisse auf dem Mars *nicht* wie geplant zur Erde zurückzukehren, sondern in der Umlaufbahn zu bleiben, um die Siedler im äußersten Notfall evakuieren zu können, war er natürlich darauf gefasst gewesen, dass diese Verlängerung ihrer Mission schwierig werden würde. Dass sie allerdings *so* schwierig werden würde – damit hatte er nicht gerechnet.

Die Vorräte an allem gingen zur Neige. Nahrungsmittel, Pflegemittel, Medikamente – alles nahm ab, wie nicht anders zu erwarten gewesen war. Die Siedlung versorgte die beiden Schiffe, so gut sie konnte, und sie konnte es gut genug, dass sie über die Runden kommen würden. Das war nicht das Problem.

Das Problem war, dass Al Salahi nach wie vor darauf bestand, für eine eventuelle Evakuierung einsatzbereit zu bleiben. Das hieß, dass jederzeit genügend Nahrungsmittel an Bord sein mussten, um im Notfall alle Siedler aufnehmen und zur Erde bringen zu können, ohne dass jemand verhungerte. Nun änderten sich aber mit jedem Tag die Optionen hinsichtlich der für eine Rückkehr zur Erde physikalisch überhaupt möglichen Flugbahnen. Die Hohmann-Ellipse, die man gewöhnlich flog, war schon seit einiger Zeit nicht mehr machbar; dazu standen die Planeten nicht mehr im richtigen Winkelverhältnis. Im Moment stand noch das Zeitfenster für eine Flugbahn offen, bei der sie zunächst die Venus ansteuern würden, um dann mit einem Swing-by-Manöver zur Erde zu gelangen: eine sehr lange Reise von fast neun Monaten Dauer, von der er inständig hoffte, dass es nicht nötig werden würde, sie anzutreten.

Nur wurde es leider nicht besser. Das momentane Zeitfenster würde sich Dienstagabend schließen. Am Freitag gegen Abend wiederum würde voraussichtlich der letzte Turm am Löwenkopf, der sich schon seit Wochen immer langsamer drehte, zum Stillstand kommen. Niemand wusste, was dann geschehen würde – doch auf alle Fälle war es ein kritischer Zeitpunkt. Falls es nächste Woche auf dem Mars so gefährlich werden sollte, dass sie fliehen mussten, blieb nur ein noch komplizierteres Flugmanöver, das die Hilfe anderer Raumschiffe notwendig machen würde, die von der Erde aus rechtzeitig in den Leerraum zwischen den Planeten starten mussten . . .

»Kommandant?«, unterbrach der Funker seine Gedanken. »Gerade ist eine Anweisung von Space Control eingegangen. Oberste Priorität.«

Al Salahi blickte auf. »Geben Sie rüber.«

Die Anweisung kam laut Signatur von der Raumfahrtbehörde selbst:

Drei unbemannte Raumsonden eines experimentellen Projekts zur automatischen Wartung von Wächtersonden bewegen sich antriebslos auf den Mars zu. An Bord befinden sich Speicher mit wertvollen Daten, die während des Versuchs gesammelt wurden, aber aufgrund eines technischen Defekts nicht abrufbar sind. Hiermit ergeht Anweisung an die Schiffe MARTIN LUTHER KING und MAHATMA GANDHI, ihr Möglichstes zu tun, um die drei Flugkörper abzufangen und die Daten zu bergen. Gezeichnet:

Hjalmar Bjornstadt, Senator, Vorsitzender des Ausschusses für Raumfahrtangelegenheiten.

Al Salahi seufzte. »Automatische Wartung? Auf was für Ideen die kommen! Jeder Raumfahrer hätte ihnen gleich sagen können, dass das nicht funktioniert.« Er wandte sich an den Mann an der Ortung. »Jim, wie sieht es aus? Können Sie die Sonden ausmachen?«

Jim Weber ließ sich Zeit mit der Antwort. »Ja. Ich bekomme ein Signal. Ganz schwach allerdings.«

»Welcher Kurs?«

»Auf uns zu wie gezielt. Wenn es die Sonden sind, müssten sie mit minimalen Bahnänderungen abzufangen sein.«

»Tja«, meinte Al Salahi unleidig, »dann bleibt uns wohl nichts anderes übrig. Susan«, wandte er sich an die Navigatorin, »berechnen Sie den Abfangkurs. Und koordinieren Sie das Manöver mit der MAHATMA GANDHI; bei drei Sonden werden wir das nicht alleine schaffen.«

Für eine Weile waren sie mit dem Ausladen der Ausrüstung beschäftigt und konnten den Gedanken, dass niemand wusste, was sie als Nächstes tun oder wohin sie sich wenden sollten, von sich schieben. Doch irgendwann waren sie fertig, standen da und jemand musste eine Entscheidung treffen.

Irgendetwas zu tun, war auf alle Fälle besser, als *nichts* zu tun, dachte Pigrato, räusperte sich und wollte gerade anfangen, Anweisungen zu erteilen, als Christine Faggan den Arm ausstreckte und rief: »Da! Da leuchtet etwas!«

Die anderen wechselten Blicke. Dort, wo sie hindeutete, war nichts – rein gar nichts. Doch niemand sagte etwas. Christine Faggans Tochter hatte jahrelang ein »Leuchten« gesehen, wo andere keines gesehen hatten, und das hatte die Ereignisse auf dem Mars überhaupt erst ins Rollen gebracht. Letzten Endes war es der Grund dafür, dass sie überhaupt noch hier waren.

»Wir sehen es nicht«, erklärte Pigrato. »Beschreiben Sie es uns.«

Sie sah ihn irritiert an, begriff. »Es sieht aus wie ... wie eine Straße aus Licht. Oder wie ein Fluss, der langsam näher kommt – auf uns zu.«

»Gut«, entschied Pigrato. »Wir gehen ihm entgegen.« Er wandte sich an die anderen. »Mister Knight, Mister Bai – Sie beide bleiben beim Shuttle. Haben wir Funkkontakt mit der Siedlung?«

»Nein«, sagte Roger Knight. »Und das wird auch noch eine Weile so bleiben; wir sind in eine ziemlich ungünstige Konstellation der Satelliten hineingestartet.«

Pigrato machte eine wegwerfende Handbewegung. Das war nicht wichtig. »Informieren Sie Yin Chi über eine gesicherte Verbindung, sobald wieder Funkkontakt besteht. Falls wir bis dahin nicht zurück sein sollten.«

Sie luden eilig die Ausrüstung auf das kleine Transportfahrzeug, das mit seinen spinnenartigen, beweglichen Beinen und den großen Drahtreifen an deren Enden aussah wie die Spielzeugversion eines Rovers, dann setzten sie sich in Bewegung, Mrs Faggan allen voran, hinaus in die endlos scheinende Ebene der Cydonia, über der die Sonne tiefer sank.

Das Haus war nach dem letzten Stand der Technik abgeschirmt, wie man es von einem Minister für Sicherheit wohl erwarten durfte. Bjornstadt drückte den Klingelknopf. Das Abschirmfeld vor der Haustür erlosch, dann wurde sie geöffnet.

»Das ging aber schnell«, sagte George W. Carver überrascht.

»Ja«, sagte Bjornstadt. Er hatte erst angerufen, als er schon vor dem Grundstück gestanden hatte. Es musste jetzt alles schnell gehen. »Ich habe ein Sicherheitsproblem.«

»Ein Sicherheitsproblem?«

Bjornstadt hob die Hände. »Ich würde es lieber hinter einer verschlossenen Tür besprechen.«

»Oh, entschuldigen Sie.« Carver öffnete die Tür weit und einladend. »Natürlich. Kommen Sie herein. Ich bin noch etwas . . . Es ist wohl noch zu früh am Sonntagvormittag für mich.«

Als die Tür zu und die Abschirmung wieder aktiv war, erklärte Bjornstadt: »Man hat meine Codekarte kopiert. Es kursieren Anweisungen, die angeblich von mir stammen, von denen ich aber nichts weiß und die ich auch nicht erteilt habe.«

»Ihre Codekarte?« Carvers Gesicht bot ein Bild tiefer Erschütterung. »Du meine Güte! Wie ist das nur möglich?«

Hjalmar Bjornstadt, Vertreter Nordeuropas im Senat und Professor für internationales Recht an der Universität von Toronto, beurlaubt für die Dauer seines Mandats, holte tief Luft. »Sie hätten als Schauspieler Karriere gemacht, George. Wenn ich es nicht besser wüsste, würde ich wirklich glauben, Sie hätten nichts damit zu tun.«

»Ich?« Der Sicherheitsminister schnappte nach Luft. »Was reden Sie da?«

»Sie wissen genau, wovon ich rede. Ein paar Tage nach der Entdeckung der blauen Türme haben Sie mich in Ihre Sauna eingeladen, wissen Sie noch? Brainstorming in entspannter Atmosphäre, wie wir mit der entstandenen Situation am besten umgehen. Das waren Ihre Worte. Ich hielt es für eine nette Abwechslung, sich in einer Sauna zu besprechen. Ich stamme aus Skandinavien, wie Sie wissen; Saunen sind ein Teil unserer Kultur. Sie haben an dem Abend – mit dem kleinen Imbiss in Ihrer Küche, den Sie eigenhändig zubereitet haben, der Stille im ganzen Haus und so weiter – sehr erfolgreich den Eindruck zu erwecken verstanden, wir beide seien allein. Aber das waren wir nicht. Jemand hat in einem Versteck darauf gewartet, dass wir in der Sauna verschwunden waren, ist dann herausgekommen und hat unbemerkt und in aller Ruhe meine Codekarte kopiert, die ich natürlich zusammen mit meiner Kleidung abgelegt hatte. Codekarten vertragen keine übermäßige Hitze, das steht ja unübersehbar genug darauf gedruckt.«

Carver schien nicht zu wissen, ob er lachen oder schreien sollte. »Das ... das ist absolut lächerlich. Das ist der größte Blödsinn, den ich je gehört habe.«

»Das werden wir ja sehen«, meinte Bjornstadt. »Ich gehe jetzt jedenfalls in Ihren Keller hinunter und schaue mir Ihre Sauna genauer an. Ich bin mir sicher, dass ich eine versteckte Tür, einen geheimen Raum und womöglich sogar ein Gerät für das Kopieren von Codekarten finde.«

Mit einer raschen, geübt wirkenden Bewegung war Carver an der Flurkommode und hielt auf einmal eine Waffe in der Hand. »Sie sind mir ein bisschen zu schnell, Hjalmar. Bleiben Sie, wo Sie sind.«

»Sie werden mich nicht erschießen. Das glaube ich keine Sekunde lang.«

Carver lachte auf. »Ah ja? Für so mutig hätte ich Sie gar nicht gehalten.« Er senkte den Lauf. »Aber es ist sowieso egal. Sie kommen zu spät, Hjalmar. Das, was geschehen wird, halten Sie nicht mehr auf.«

In diesem Moment waren Schritte zu hören, Schritte, die der Minister für Sicherheit offenbar nicht erwartet hatte. Er fuhr herum, sah den Mann an, der durch eine der offen stehenden Türen trat.

Es war Michael Visilakis.

»Jetzt haben Sie denselben Fehler gemacht wie der Senator«, sagte er mit leisem Tadel. »Sie haben geglaubt, Sie seien allein mit ihm.«

Diesmal war Carver *wirklich* fassungslos. Und man sah es ihm an. Vielleicht hatte er doch keine Karriere als Schauspieler versäumt. »Aber ... Wie sind Sie hereingekommen? Das Haus ist elektronisch gesichert und versiegelt – *versiegelt*, verdammt noch mal!«

»Wir haben eben auch unsere Tricks«, grinste Visilakis.

Ein Schatten irrer Wut huschte über das Gesicht des Ministers. Sein Arm mit der Waffe ruckte hoch, er drückte ab . . .

Es machte nur *Klick! Klick!*

»Und Sie kommen ebenfalls zu spät, wenn Sie mir die Bemerkung gestatten«, fuhr Visilakis fort. Er griff in die Tasche seines Jacketts und holte eine Handvoll Patronen heraus. »Wobei Sie das, was jetzt mit Ihnen geschehen wird, damit auf keinen Fall aufgehalten hätten.«

Eine halbe Stunde später war alles vorbei. Carver war abgeführt, das Haus wimmelte von Polizisten und Ermittlern, die das versteckte Zimmer neben der Sauna im Keller untersuchten, das Visilakis bei seiner nächtlichen Durchsuchung aufgespürt hatte.

»Eins noch, Senator«, sagte er, als sie Carvers Haus verließen. »Diesen Ian Noone – den *müssen* Sie mir vorstellen. Den Mann muss ich unbedingt interviewen.«

16 Die Zeit drängt

Ein bronzefarbener Schatten schien sich über die Cydonia zu schieben. Von Süden blies ein leichter Wind, hundert, hundertfünfzig Stundenkilometer schnell, mehr nicht – Ariana konnte ihn spüren, wenn sie die Hand ausstreckte. Er trieb den feinen rostfarbenen Sand vor sich her. Wenn man auf den Boden sah, konnte man meinen, die größeren Steine kröchen durch sandige Wellen davon.

Es war verwirrend, dass es schon begann, wieder dunkel zu werden – sie waren doch gerade erst aufgebrochen. Ariana sah auf ihre Uhr, die noch auf die Zeit der Marssiedlung eingestellt war. Vierzehn Uhr dreißig vorbei. So weit fort von zu Hause waren sie also, an der Zeitverschiebung merkte man es.

Kein Wunder, dass sie inzwischen mächtig Hunger hatte. Vorhin, unmittelbar nach der Landung, hatten die anderen etwas gegessen, aber sie hatte nach ihrem Aufenthalt in der Schwerelosigkeit noch nichts herunterbekommen; ihr Magen hatte beim bloßen Anblick von belegten Broten und Gemüseschnitten rebelliert. Nun bereute sie es.

Aber bis auf Weiteres war mit keiner Rast mehr zu rechnen. Es blieb ihr nichts anderes übrig, als sich mithilfe des Applikators im Helm einen Konzentratriegel in den Mund zu schieben. So ein Riegel schmeckte zwar scheußlich, aber er machte satt.

Mrs Faggan ging immer noch voran, einer Fährte folgend, die nur sie sehen konnte. Ronny und Ariana waren dicht hinter ihr, dann kam Kemal Erkmen, der den kleinen Transporter mit der Ausrüstung steuerte, am Schluss stapfte Pigrato. Von allen Expeditionsteilnehmern wirkte er am unbeholfensten. Überhaupt, Ariana begriff nicht, wieso fast keiner der Erwachsenen sich einmal die kleine Mühe machte, seinen Raumanzug richtig einzustellen, sodass er nicht wie eine aufgeblasene Wurst wirkte, sondern fest am Körper anlag, wie es sich gehörte. Erwachsene waren schon merkwürdige Leute. Der Gedanke, dass sie in absehbarer Zeit ebenfalls dazugehören sollte, befremdete sie.

Die Gegend war seltsam unvertraut. Die Region, die sie durchwanderten, war ungewöhnlich eben, der Boden hatte eine andere Farbe, als Ariana es von zu Hause gewöhnt war – wie Asche mit einem gelblichen Schimmer –, und er war von breiten Schrammen durchzogen, die aussahen, als seien hier einmal ungeheuer schwere Maschinen mit kilometergroßen Rädern aus Stahl herumgefahren.

Wie es aussah, ging es auf die Formation zu, die »die Stadt« hieß, seit über hundert Jahren übrigens, wie Mr Erkmen ihr beim Aussteigen erklärt hatte. Allerdings brauchte man schon viel Fantasie, um in den zerschrundenen, ein paar hundert Meter hohen Hügeln, die sich da am Horizont erhoben, so etwas wie die Überreste einer tatsächlichen Stadt zu erkennen.

Ariana fiel auf, dass Mrs Faggan manchmal kurz zu zögern schien, ehe sie den nächsten Schritt machte. War sie sich am Ende ihrer Sache nicht ganz sicher? Unauffällig – wie Ariana hoffte – hielt sie sich näher bei der Mutter von Elinn und Carl, versuchte, durch das vage Spiegeln des Helms hindurch einen Blick auf ihren Gesichtsausdruck zu erhaschen.

Mrs Faggan weinte!

Man hörte nichts. Bestimmt hatte sie ihr Funkgerät heruntergedreht. Aber ihre Augen glitzerten vor Nässe, dicke Tränen rannen ihr über die Wangen.

Betreten ging Ariana wieder auf Abstand. Natürlich, das hätte man sich ja denken können. Für Mrs Faggan war dies nicht einfach ein langer Fußmarsch durch eine unerforschte marsianische Region, es war ein Weg, an dessen Ende das Wiedersehen mit ihrem Mann stehen mochte, den sie seit acht Jahren tot wähnte!

Die nächsten Kilometer hatte Ariana viel zu grübeln. Eigentlich, erkannte sie, hatte sie sich nie groß Gedanken über den Vater von Carl und Elinn gemacht. Sie erinnerte sich noch daran, wie sie gehört hatte, er sei verschollen, zusammen mit den anderen Teilnehmern der Expedition. Ein Sandsturm. Sechs Jahre alt musste sie damals gewesen sein. Was eine Expedition war, hatte sie gewusst; was ein Sandsturm war, davon hatte sie nur erzählen gehört. Etwas Gefährliches auf jeden Fall. In der Siedlung hatte große Aufregung geherrscht, »verschollen«, hatte es erst geheißen und dann, irgendwann, »tot«. Und tot, das war eben so. Das Leben war gefährlich und es endete immer irgendwann mit dem Tod – beim einen früher, beim anderen später. Weiter hatte sie darüber nie nachgedacht.

»Ich glaube, jetzt sehe ich auch was«, ließ sich Ronny plötzlich vernehmen.

Etwas raschelte im Funk, dann sagte Mrs Faggan: »Gut.« Es klang ungeheuer erleichtert.

Kurze Zeit später, als die Sonne schon den Horizont berührte und die Schatten der Bergketten weit bis nach Osten reichten, sahen es schließlich alle: die dünne Spur eines zitternden blauen Lichts, das sich über den steinigen Boden zu schlängeln schien, immer gerade fünfzig oder hundert Meter von ihnen entfernt, als wolle es jede Berührung vermeiden.

Und die Lichtspur führte genau auf die Bergkette zu. »Das, was vor uns liegt, nennt man ›die Festung‹«, ließ sich Mr Erkmen vernehmen. »Ein zwei Kilometer langes Massiv, das ›die Stadt‹ im Norden abschließt.«

»Da ist eine Höhle«, rief Mrs Faggan plötzlich und streckte den Arm aus. »Dort. Das Licht hält genau auf sie zu.«

Niemand sagte etwas. Ariana war, als hielte auf einmal jeder den Atem an. Ihre Schritte beschleunigten sich. Sie folgten dem Licht und tatsächlich, es führte sie in eine Höhle, wie es auf dem Mars viele gab, eine große Blase im Gestein – doch diese hier war erfüllt von bläulichem Licht, das keine Schatten warf, das überall war, sie zu umflirren und zu umtanzen schien, als sei es lebendig.

Sie schalteten ihre Lampen ein. Das blaue Leuchten ließ sich davon nicht vertreiben. Sie stiegen hinab, immer tiefer ging es, über Steine, Felsterrassen und Stufen, von denen manche übermannshoch waren. Irgendwann mussten sie den Transporter zurücklassen, weil er sonst abgestürzt wäre. Und irgendwann erreichten sie einen zweiten, großen Hohlraum, der von einer gläsernen Barriere durchteilt war. Hier ging es nicht weiter. Ratlos verharrten sie vor dem blauen Glas. Alle blickten Mrs Faggan an.

Die Mutter von Elinn und Carl starrte wie hypnotisiert durch die Barriere hindurch. Als würde etwas auf der anderen Seite liegen, was nur sie sehen konnte.

»Mrs Faggan«, rief Ariana sie leise. Keine Antwort. Die Frau schien wie erstarrt.

Und dann setzte sie sich plötzlich in Bewegung, durchschritt das Glas, als wäre da nichts.

»Warten Sie!« Das war Pigrato. Sein Atem ging heftig, wahrscheinlich von der Anstrengung des Abstiegs. »Jetzt müssen wir überlegen, was wir tun.«

»Also«, sagte Kommandant Mahmoud Al Salahi und nickte dem Piloten zu, »dann wollen wir mal.«

Der Pilot legte einen Schalter um, über dem ein gelbes Licht zu flackern begonnen hatte. Es wurde grün und gleich darauf hörte man die Triebwerke arbeiten, die die MARTIN LUTHER KING aus ihrer bislang stabilen Umlaufbahn um den Mars heben und auf den Kurs bringen würden, der es ihnen erlaubte, die anfliegenden Raumsonden abzufangen.

In Wirklichkeit hatte er die Triebwerke allerdings damit nicht direkt eingeschaltet, sondern lediglich ein Programm gestartet, das das vorausberechnete, sehr komplizierte Steuerungsmanöver auf die Mikrosekunde genau ausführte. Ein Schiff direkt zu steuern, das war etwas, das ein Raumpilot nur sehr selten tat.

Zunächst schien nichts zu geschehen. Man hörte nur das ferne Fauchen der Maschinen und hatte den Eindruck, der stählerne Boden unter den Schuhsohlen vibriere sacht. Erst wenn man genauer hinsah, bemerkte man eine Bewegung auf dem Hauptschirm: Der Mars, der aus dem Orbit aussah wie eine riesige, von Rost zerfressene Kugel, die jemand mit äußerster Mühe auf so etwas wie Hochglanz zu polieren versucht hatte, sank ganz, ganz langsam aus dem Bild, das die Frontkamera lieferte.

»Zeit?«, fragte Kapitän Al Salahi.

»Noch einundzwanzig Minuten bis zum Rendezvous«, erwiderte der Pilot.

»Was macht die GANDHI?«

»Ist auf Kurs.«

»Wenigstens etwas.« Al Salahi nickte halbwegs zufrieden. »Jim? Wie sieht's aus? Sind die Dinger auch noch auf Kurs?«

Der Orter saß über seine Instrumente und Schirme gebeugt, seine Finger huschten seit Beginn des Abfangmanövers unablässig über die Tasten. »Ich glaube sogar, man kann sie schon sehen.«

Die anderen wechselten verblüffte Blicke. Doch als Jim Weber sein Ortungsbild auf den Hauptschirm schaltete, konnte man tatsächlich drei helle Punkte ausmachen, die zu matt glänzten, als dass es sich dabei um Sterne handeln konnte. Von den eingeblendeten Entfernungsangaben des Abstandsradars abgesehen, das sie als feste Körper in relativer Nähe auswies.

»Kapitän«, sagte der Orter, »erinnern Sie sich noch an die seltsamen Radarsignale, als wir uns bei unserer Ankunft dem Mars genähert haben? Signale, die so aussahen, als wären weitere Raumschiffe im Anflug auf den Planeten?«

Der Kommandant der MARTIN LUTHER KING nickte düsteren Blicks. »Sie sprachen von mindestens fünf Raumschiffen. Und nach zehn Minuten war der Spuk verschwunden.«

»Ja, es waren fünf oder sechs Echos, aber da wird es zu Dopplungen gekommen sein; das kann passieren bei Messungen, die jenseits einer gewissen Grenze liegen.« Jim Weber wedelte mit der freien Hand. »Ich glaube, das waren damals diese Sonden. Wobei die ziemlich groß sein müssen, wenn wir sie jetzt schon sehen können. So groß wie Raumschiffe vom C1-Typ, würde ich sagen.«

Pigrato betastete das Glas, das die Höhle in zwei Hälften teilte. Wenn es das Material war, mit dem sie am Löwenkopf bereits Bekanntschaft gemacht hatten, dann ließ es sich nicht einmal mit Diamanten ritzen. Undurchdringlich.

Schwer zu fassen, dass Christine Faggan auf der anderen Seite davon stand.

»Ich schalte die Helmkamera ein«, schlug sie vor. »Sie beobachten, was ich sehe, und beraten mich, was ich tun soll. Der Funk scheint ja zu funktionieren.«

»Das gefällt mir nicht«, sagte Pigrato.

»Wir haben keine andere Wahl«, beharrte die Frau, die ihren tot geglaubten Mann zu finden hoffte.

Es musste einen anderen Weg geben, als sie allein gehen zu lassen. Es musste –

In diesem Moment veränderte sich irgendetwas. Pigrato sah auf, versuchte zu erkennen, was es war. Das Licht. Das blaue Leuchten, das bis gerade eben noch die ganze Höhle erfüllt hatte, zog sich zusammen, ballte sich zu einem Punkt über ihren Köpfen, der mit jeder Sekunde heller erstrahlte.

»Das Leuchten!«, hörte er Ariana DeJones ausrufen.

»Mrs Faggan!«, drängte er. »Kommen Sie zurück auf unsere Seite. Schnell.«

Sie tat wie geheißen, ohne ein Wort der Gegenwehr. Gespenstisch zu sehen, wie sie durch die schimmernde Barriere trat.

Das Licht sank herab. »Zurück!«, ordnete Pigrato an. »Wir berühren es besser nicht.«

Doch so leicht war es nicht, dem, was da geschah, auszuweichen. Der in grellem Blauweiß erstrahlende Lichtpunkt folgte ihnen, wanderte zwischen ihnen umher, von einem zum anderen, verharrte vor jedem einen Moment lang, als wolle er den Betreffenden näher betrachten. Vor Ariana schließlich hielt er inne, um dann zu Ronny zurückzukehren, den er bereits begutachtet hatte. Wieder zu Ariana. Wieder zu Ronny. Dreimal wanderte das Licht zwischen den beiden Kindern hin und her, jedes Mal schneller, wie aufgeregt wirkend, dann schoss es auf einmal davon in eine entferntere Ecke der Höhle, um dort zu einer wirbelnden, leuchtenden Säule zu werden, die anfing, sich wie wild um sich selber zu drehen.

In den Helmlautsprechern begann es zu knattern. Elektrische Störsignale. Rasch wurde aus dem Knattern ein Kreischen, das in den Ohren wehtat. Die Lautstärke herunterzudrehen, half nichts. Immer verrückter drehte sich die Lichtsäule, die inzwischen einer Wolke aus kochender Lava glich, die zitterte und bebte, als müsse es sie jeden Augenblick zerreißen.

Dann verstummte das nervenzerfetzende Kreischen in den Lautsprechern, von einem Augenblick auf den anderen, und das grelle Glühen erlosch.

Als sich die Verdunkelung seines Raumhelms wieder verflüchtigte, sah Pigrato, wie Ariana auf die Stelle zustürzte, an der sich das Schauspiel zugetragen hatte.

»Halt!«, rief er. »Was machst du da?«

»Ein Artefakt«, rief sie aufgeregt. »Es hat ein Artefakt gemacht.« Sie hatte die Stelle erreicht, hob etwas hoch. »Hier. Oh –«

»Was ist?«

»Es steht mein Name darauf«, sagte Ariana. Ihre Stimme klang belegt.

Sie scharten sich um das Mädchen, betrachteten das flache Gebilde, das aussah wie ein zartrosa marmorierter Stein, auf den jemand mit ungelenker Hand und rotgoldener Farbe *ARIANA* geschrieben hatte.

»Ah«, knurrte Pigrato. »Man kriegt also Einladungskarten. Wie schön.« Wenn er es recht bedachte, kam es ihm *zu* schön vor, um wahr zu sein.

Doch es sah aus, als würde es funktionieren. Ariana streckte die Hand aus, berührte die gläserne Barriere ... und konnte hindurchgreifen!

Noch bevor jemand Gelegenheit hatten, etwas zu sagen, begann das Spiel von Neuem – diesmal am anderen Ende der Höhle. Wieder wurde ein Lichtpunkt zu einer leuchtenden, sich drehenden Säule, doch jetzt wirkte das Treiben unrund und kraftlos, das Krachen in den Funkgeräten matt. Einen Moment lang war es, als erlösche die Säule, doch dann flammte sie wieder auf, flackernd, irrlichternd ...

Dann war mit einem Schlag alles dunkel. Nicht einmal das blaue Licht war mehr zu sehen.

Sie stellten ihre Helmscheinwerfer heller ein, gingen zu der Stelle. Ein flacher gelblicher Stein, auf dem in schwarzer Schrift *Ronald* stand.

Doch als Ronny sich bückte, um ihn aufzunehmen, zerfiel er ihm in der Hand.

»Was immer es ist«, stellte Kemal Erkmen fest, »seine Kraft erlischt.«

»Genau«, stimmte ihm Christine Faggan hörbar beunruhigt zu. »Wir dürfen nicht länger warten.«

Pigrato kam der Widerhall seines eigenen Atems in seinem Helm lauter vor als sonst. Sie hatte recht. »Gut. Sie und Ariana gehen. Kemal, lassen Sie uns die Ausrüstung holen, zwei Rucksäcke mit dem Nötigsten. Schnell.«

Im Verlauf der Stunden, die das Andockmanöver bis zum Zeitpunkt des Rendezvous dauerte, kamen die Lichtpunkte immer näher und näher und stellten sich schließlich tatsächlich als Raumschiffe von jenem Typ heraus, den die Asteroidenwache gern verwendete.

Auf Funkanrufe reagierten sie jedoch nicht. »Tatsächlich taube Nüsse«, meinte der Funker.

Kapitän Al Salahi musterte den Zeitplan des Manövers auf dem kleinen Schirm neben seinem Sitz. Der Zeitpunkt der Entscheidung war gekommen. »Wie sieht es bei der GANDHI aus?«, fragte er.

Die Antwort brauchte eine Weile. »Die haben ihre«, erklärte der Funker, »aber auf meinen Anruf reagiert auch niemand.«

»Na, die werden anderes zu tun haben«, nickte der Kommandant. Das Ganze gefiel ihm nicht. Die Bergung der Sonden war ein hochriskantes Manöver und das nur wegen ein paar Daten eines ohnehin fehlgeschlagenen Experiments? Jeder Vorwand, den Auftrag abzulehnen, wäre ihm willkommen gewesen – bloß hatte er leider bis jetzt keinen gefunden.

Ohnedies konnten sie bestenfalls zwei der Objekte bergen. Das musste reichen. Blieb zu hoffen, dass sie wenigstens die richtige Wahl getroffen hatten.

»Gut, gehen wir längsseits zum Zielobjekt«, befahl er. »Und höchste Konzentration, wenn ich bitten darf!«

Der silberne Leib des Raumschiffs auf dem Hauptschirm bewegte sich träge wie ein schläfriger Wal. Man hörte die Steuertriebwerke arbeiten, um die Geschwindigkeiten einander anzugleichen; es klang, als spucke irgendwo jemand, und es fühlte sich an wie kleine Hammerschläge gegen die Hülle.

»Erster Greifer fasst!«, rief jemand. Die Greifer waren dazu gedacht, an einer Raumstation anzudocken, nicht dazu, ein anderes Raumschiff einzufangen. »Hält!«

Man sah es: Die auf dem Hauptschirm sichtbaren Sterne wanderten rasch zur Seite. Das passierte, weil die zusätzliche Masse des eingefangenen Raumschiffes die MARTIN LUTHER KING vom Kurs abbrachte.

»Okay!«, rief Al Salahi. »Jetzt rasch . . .!« Der zweite Greifer musste ebenfalls fassen und halten, sonst war das Manöver missglückt. Ein Gespann zweier Raumschiffe, die nur an einem Punkt miteinander verbunden waren, war instabil und konnte zu schweren Beschädigungen führen. Wenn der zweite Greifer daneben fasste, mussten sie wieder loslassen.

Atemlos verfolgten sie die Bewegungen des anderen Raumschiffs auf dem Schirm. Noch folgte alles den Vorausberechnungen. Dunkel schimmerndes Metall zog vorbei, geriffelte Leitungen, Haltestege aus gelochtem Raumschiffstahl . . .

»Zweiter Greifer«, kam die Meldung des Bordingenieurs. Dann, nach Sekunden des Luftanhaltens: »Er hält. Wir haben das Ding.«

Mahmoud Al Salahi atmete auf. In rascher Folge schlossen nun die Greifer drei und vier und damit waren die beiden Schiffe stabil miteinander verbunden. Das Triebwerk fauchte auf, um das Gespann auf Kurs zurück in die Marsumlaufbahn zu bringen.

»Na also«, sagte er und stand auf. »Dann schauen wir uns unseren Fang doch mal an.«

Die Andockmanschette war schon angebracht, als Al Salahi und die anderen in der Schleuse eintrafen. Durch ein Sichtluk war die Beschriftung des geborgenen Raumschiffs zu erkennen; es handelte sich um die SIEGMUND JÄHN.

»Lässt sich die Schleuse öffnen?«, fragte Al Salahi den Techniker.

Der nickte. »Sollte kein Problem sein. Ein unbemanntes Schiff wird kaum von innen verriegelt sein.«

»Dann bitte ich darum.« Der Kommandant machte eine einladende Handbewegung. »Je schneller wir die Daten geborgen haben, desto besser.«

Sie öffneten die Außentür ihrer eigenen Schleuse. Die Außentür der JÄHN war keinen halben Meter entfernt, eingerahmt von den dicken braunen Wülsten der aufblasbaren Manschette. Der Techniker führte den Universalschlüssel in die dafür vorgesehene Öffnung ein.

»Na?«, murmelte er. »Das sollte eigentlich . . . Ah, jetzt.« Mit einem keuchenden Laut glitt die Metallplatte nach innen und zur Seite. Dahinter war es stockdunkel.

Später erinnerte sich Kapitän Al Salahi vor allem an den unaussprechlichen Gestank, der ihnen als Erstes entgegenschlug. Es stank nach Schweiß, Urin, Fäkalien, verdorbenem Essen, Krankheit und nach tausend anderen Dingen. Irgendjemand gab ein würgendes Geräusch von sich.

Dann flammte das Licht in dem anderen Schleusenraum auf und sie sahen in schmutzige, grimmige Gesichter – und in die Läufe schussbereiter Waffen. Ein Mann mit dunkelblonden Haaren erklärte: »So. Ab jetzt tun Sie alle, was ich Ihnen sage, dann wird niemand sterben.«

17 Der Mars schweigt

Ariana spürte ihr Herz schlagen, heftig und aufgeregt. *Ausatmen! Konzentration!* Sie konnte beinahe die Stimme von Kim Seyong hören.

Nun, das war es doch, was sie gewollt hatte, nicht wahr? Ein Abenteuer zu erleben. Dies war zweifellos eines und es war interessant zu erfahren, wie es sich anfühlte. Was aufregend war, war zugleich auch furchteinflößend; das eine war ohne das andere nicht zu haben.

Sie betrachtete ihr Artefakt. Es glitzerte verlockend im

Schein ihrer Helmlampe, ein goldener Schimmer, der hier und da über das Rot huschte. Eine *Einladungskarte* hatte Pigrato es genannt. Sie fragte sich, von wem sie stammen mochte.

Mrs Faggan packte immer noch gemeinsam mit Pigrato und Erkmen an den beiden Rucksäcken mit der Ausrüstung herum, die sie mitnehmen sollten. Zeug raus, Zeug rein, anders verpacken, anders verteilen . . . Ariana war froh, sich darum nicht kümmern zu müssen. Sie hätte nicht um alles in der Welt gewusst, was sie auf die andere Seite der Barriere mitnehmen sollte und was nicht.

Ronny stand nur da und schaute dem Treiben zu. Er hatte seltsamerweise nichts dazu gesagt, dass sein Artefakt zu Staub zerbröselt war. Dabei ärgerte er sich bestimmt.

Obwohl – vielleicht war er auch ganz froh darum?

»Also, gehen wir!«, hörte sie schließlich Mrs Faggan sagen. Sie klang ungeduldig und wirkte auch so, wie sie angestapft kam mit ihrem Rucksack über der ohnehin schon voluminösen Recyclereinheit. Ein seltsamer Anblick.

Pigrato brachte den Rucksack, den Ariana tragen sollte, half ihr beim Anlegen. »Versuchen Sie, die Funkverbindung zu halten«, meinte er, an Mrs Faggan gewandt.

»Jaja«, erwiderte die. »Natürlich.«

Und dann ging es los. Einfach so, mit einem Schritt und dann noch einem und noch einem. In ein Abenteuer brach man nicht anders auf als zu einem Spaziergang: mit dem ersten Schritt.

Einen Moment lang fragte sich Ariana, ob sie mit ihren dicken Buckeln aus grauem Stoff, gefüllt mit irgendwelchen Dingen, die Barriere überhaupt passieren konnten, aber da war Mrs Faggan schon auf der anderen Seite. Offenbar war es kein Problem. *Ausatmen!,* sagte sich Ariana noch einmal, dann trat sie durch das bläulich schimmernde Glas wie durch einen dünnen Vorhang.

Wie hätten sie Gegenwehr leisten sollen? Waffen, so etwas gab es nicht an Bord normaler Raumschiffe, in denen schon ein einziges abgefeuertes Projektil verheerende Schäden anrichten konnte. Raumfahrer waren auch nicht dafür ausgebildet zu kämpfen.

Die Männer dagegen offensichtlich schon, die nun aus der JÄHN kamen und sich und ihren unerträglichen Körpergeruch in der MARTIN LUTHER KING verteilten. Sie mochten seit einem halben Jahr nicht mehr geduscht haben, aber sie kannten sich aus, bestens sogar, so zielsicher, wie sie die Gänge entlanggingen und um die Ecken bogen. Sie wussten auch, wie viele Köpfe die Besatzung des Transportraumschiffs zählte, trieben alle zusammen und sperrten sie in eine der leeren Kabinen. Niemand leistete Widerstand und so ging die Eroberung der KING durch Weltraumpiraten ohne Blutvergießen vor sich.

»Vor allem müssen wir Ruhe bewahren«, ermahnte Mahmoud Al Salahi seine Leute. »Die Sicherheit des Schiffes geht vor.«

»Das ist unglaublich«, regte sich einer auf. »Hat es so etwas überhaupt schon mal gegeben?«

Al Salahi schüttelte den Kopf. »Ehrlich gesagt habe ich immer gedacht, schlimmer als auf der GAGARIN könne es nicht kommen.« Vor etwa achtzehn Jahren war es auf dem Mondtransporter JURI GAGARIN zu einem Streit zwischen zwei Besatzungsmitgliedern gekommen, in dessen Verlauf einer der beiden um sich geschossen und dabei die Außenwand so beschädigt hatte, dass es zu einem explosiven Druckabfall gekommen war, der die gesamte Besatzung getötet und das Raumschiff nahezu zerstört hatte. Jeder Raumfahrer kannte diese Geschichte; da die Hintergründe nie vollständig aufgeklärt worden waren, sorgte sie bis auf den heutigen Tag für Gesprächsstoff und Spekulationen.

Kurz darauf öffnete sich die Tür wieder. Zwei verwahrlost aussehende Männer bedeuteten Al Salahi, er solle in die Zentrale kommen.

»Tun Sie, was die Ihnen sagen«, flüsterte einer von ihnen Al Salahi unterwegs hastig zu. »Die haben einen auf der YANG LIWEI gefoltert; wir mussten es per Funk mit anhören ...«

Al Salahi sah den Mann an, sah den verkrampften Ausdruck seines Gesichts und begriff: Er gehörte zur Stammbesatzung der JÄHN und war von den Piraten zur Mitarbeit gezwungen worden.

»Danke«, gab er zurück.

Sie hatten also Verbündete auf der anderen Seite. Gut zu wissen.

In der Zentrale herrschte ihn der Anführer an: »Wo ist Ihr Shuttle?«

»Wieso?«, fragte Al Salahi zurück.

Der Mann versetzte ihm einen Schlag ins Gesicht, so unvermittelt, dass Al Salahi ihn nicht kommen sah, und so hart, dass ihm war, als reiße ihm der Kopf ab.

»*Ich* stelle hier die Fragen. Also?«

Al Salahi betastete sein Kinn, seine Nase. Immerhin, es schien alles noch ganz zu sein und das bisschen Blut, das aus der Nase rann, war nicht der Rede wert. »Das Shuttle ist für eine Expedition benötigt worden«, antwortete er, wobei er das Gefühl hatte zu nuscheln.

Der Mann musterte ihn. Seinem Gesichtsausdruck nach verstand er nicht, was das hieß.

»Es steht einige Tage nicht zur Verfügung«, fügte Al Salahi hinzu.

Einer der Piraten, der sich des Funkpults bemächtigt hatte, rief: »Auf der MAHATMA GANDHI ist alles klar. Deren Shuttle ist einsatzbereit.«

»Okay«, knurrte der Anführer und wandte sich an seine

Kumpane in der Zentrale. »Dann nehmen wir erst mal das. Wir warten noch, bis die *TERESCHKOWA* zu uns gestoßen ist, dann geht es los.« Er nickte in Al Salahis Richtung. »Schafft ihn zurück.«

Mrs Faggan ging voraus und legte dabei ein Tempo vor, das Ariana beinahe aus der Puste brachte. Was war bloß in diesem Rucksack? Bei jedem Schritt schien er schwerer zu werden, Marsschwerkraft hin oder her.

»Geht es noch? Sollen wir eine Pause machen?«, fragte die Mutter von Carl und Elinn hin und wieder, doch es klang jedes Mal eher wie *Alles, bloß nicht stehen bleiben!*, sodass Ariana lieber versicherte, doch, doch, es ginge schon – und Pause? Ach was. Lieber weitermarschieren.

Bis jetzt fiel die Orientierung nicht schwer. Auf der anderen Seite der Höhle hatte ein schmaler, etwa vier oder fünf Meter hoher Gang mit roh behauenen Wänden, aber glatt geschliffenem Boden begonnen, dem sie seither folgten. Stundenlang schon, kam es Ariana vor, aber tatsächlich waren sie noch nicht einmal eine Stunde unterwegs. Zuerst war es ein Stück abwärts gegangen, doch schon seit einer Weile ging es nun leicht bergauf – die Art von Steigung, die man kaum sah und die einen auf Dauer trotzdem schlauchte.

Ab und zu meldete sich Pigrato. Die Funkverbindung sei ausgezeichnet, erklärte er jedes Mal. Dagegen hätten sie Probleme, die Siedlung zu erreichen; über die Satelliten ginge es erst gegen Mitternacht wieder, das sei ja klar gewesen, aber über die Raumschiffe wäre ein Kontakt möglich gewesen, jedoch nicht zustande gekommen; die MAHATMA GANDHI habe den Funkbereich wunderbar durchquert, aber auf das Kontaktsignal nicht reagiert.

»So, so«, erwiderte Mrs Faggan nur. Unverkennbar, dass sie das im Augenblick nicht im Mindesten interessierte.

Mitternacht?, überlegte Ariana. Wovon war da die Rede?

Ihr war, als müsse Mitternacht längst vorbei sein – andererseits auch wieder nicht ... Irgendwie hatte sie ihr Zeitgefühl völlig verloren.

Immer weiter und weiter ging es. Ab und zu machte der Gang einen sanften Schlenker nach rechts, dann wieder nach links, ohne dass man einen Grund dafür erkennen konnte. Irgendwann hörte er auf anzusteigen.

Und dann standen sie auf einmal vor einer weiteren Wand aus blauem Glas.

»Mister Pigrato?«, fragte Mrs Faggan mit deutlicher Beunruhigung in der Stimme. Sie richtete ihre Helmkamera aus. »Sehen Sie das?«

Ariana verstand ihre Beunruhigung. Die Wand hatte ein *Loch!* Und was für ein seltsames. Bisher waren alle Dinge aus dem blauen Glas, dem Universalbaumaterial der Aliens, die sie bisher zu Gesicht bekommen hatten, von makelloser Gestalt gewesen – perfekte Zylinder im Fall der blauen Türme, absolut ebene, undurchdringliche Flächen im Fall der Barrieren. Die leicht ovale, etwa mannshohe Öffnung in dieser Glaswand dagegen wies unregelmäßige, wulstige Ränder auf und wirkte wie etwas Fehlerhaftes, wie etwas, das es nicht geben durfte.

»Wir sehen es«, ließ sich Pigrato vernehmen. Man hörte ihn atmen. »Unsere Barriere hier ist leider nach wie vor undurchdringlich. Keine weiteren Artefakte. Sonst könnten wir zu Ihnen stoßen.«

Mrs Faggan trat an die Öffnung heran, spähte in den Gang dahinter. Ariana folgte ihr. Auf der anderen Seite schimmerten Boden und Wände bläulich, waren mit einer dünnen Schicht des blauen Glases überzogen.

»Das scheint jetzt die Station der Aliens zu sein«, sagte Mrs Faggan. »Dort, wo Carl gewesen ist.«

Und die Roboter mit den Tentakeln, die versucht haben, ihn zu fangen, schoss es Ariana durch den Kopf.

Etwas am Boden fiel ihr auf. Sie bückte sich. »Schauen Sie mal!«

Da war ein Pfeil. Auf den ersten Blick sah er aus wie etwas hastig Hingemaltes, auf den zweiten, genaueren Blick erkannte man, dass es Verfärbungen innerhalb des glasartigen Materials waren, die ihn bildeten.

»Jemand weist uns den Weg«, flüsterte Carl und Elinns Mutter mit brüchiger Stimme. Sie räusperte sich und setzte laut hinzu, sodass auch Pigrato es hörte: »Wir gehen weiter.«

»Passen Sie auf sich auf«, erwiderte Pigrato. Er klang hilflos.

Das Eigentümliche war, dass sie diese Öffnung überhaupt nicht benötigten. Es wäre reichlich schwierig gewesen, sich mit den enormen Rucksäcken hindurchzuzwängen. Aber sie besaßen ja ihre Artefakte, dank derer sie die gläserne Wand durchschreiten konnten, als sei sie nur eine Illusion.

Die Rucksäcke? Sie schienen auf einmal nichts mehr zu wiegen, als sie weitergingen. Und sie marschierten nicht mehr, sie schlichen fast, alle Sinne angespannt. Dies war nicht mehr einfach ein Spalt in felsigem Gestein, dies war ein Ort, der jemand anderem *gehörte* und den sie widerrechtlich betraten. Irgendwie spürte man das.

Bald kamen die ersten Quergänge. Das Labyrinth begann, von dem Carl erzählt hatte. Doch an jeder Kreuzung war ein Pfeil am Boden zu sehen, ganz schwach manchmal, aber doch unverkennbar. Manchmal zeigte er nach links, manchmal nach rechts, meistens geradeaus. Und diesen Pfeilen folgten sie.

Manchmal glaubte Ariana, in einem Quergang Bewegungen im Dunkel zu sehen. Jedes Mal stockte ihr der Atem, doch was immer es war, es war weg, wenn sie genauer hinsah. Der Strahl ihrer Helmlampe ging ins Leere.

»Sehen Sie das auch?«, fragte sie leise.

Mrs Faggan zögerte. »Lass uns einfach weitergehen«, meinte sie schließlich.

Kurz darauf sahen sie, was es war: Roboter. Eine der Maschinen, die Carl beschrieben hatte, stand in einem der Quergänge: ein massiger Kegelstumpf aus dunklem, fast schwarzem Metall, mit einem Kranz von Tentakeln an der Oberseite, die in bedächtiger Bewegung begriffen waren. Die Enden der Tentakel schimmerten silbern, schienen mit verschiedenen Instrumenten ausgestattet zu sein. Doch der Roboter stand nur eine Weile da, so, als beobachte er sie und überlege, ob aus ihrer Anwesenheit Handlungsbedarf erwachse. Er kam offenbar zu dem Schluss, dass dem nicht so sei, jedenfalls glitt er unvermittelt davon und verschwand in der Dunkelheit.

»Ich glaube«, meinte Mrs Faggan beunruhigt, »wir müssen uns beeilen.«

Hatten sie sich denn bisher unnötig Zeit gelassen? Ariana schluckte unbehaglich. Wenn sie Pech hatten, konnte das alles ziemlich übel ausgehen.

Ein paar Minuten später waren es zwei Roboter, die aus einem Quergang auftauchten, innehielten, sich ein Stück auf sie zu bewegten, dann erneut anhielten und endlich wieder verschwanden.

Diesmal sagte Mrs Faggan nichts. Wer immer ihnen die Roboter vom Leib hielt, er schien sie immer weniger unter Kontrolle zu haben.

Nun *rannten* sie beinahe.

Bis sich der Gang plötzlich weitete in einen weiten Raum, der ringsum große, ovale Fenster zu haben schien. »Die Halle mit den Bildern!«, rief Mrs Faggan aus.

Kein Zweifel, das war die Halle, die Carl beschrieben und die er auch reichlich fotografiert hatte. Das, was in den ovalen Öffnungen wie der Blick aus einem Fenster erschien, waren unerhört realistisch anmutende, räumliche Bilder von riesigen Fabriken, atemberaubenden Städten und Landschaften auf fremden Planeten. Und auf einem kleineren dunkleren Bild war der Mars zu sehen, wie er vor jenem großen Krieg ausgesehen hatte, in dessen Verlauf ihm ein Raumschiff der Aliens mit einer unvorstellbaren Waffe jene Wunde zugefügt hatte, die heute die Valles Marineris waren.

Mrs Faggan hatte keinen Blick für die Bilder. »Fünf Gänge, genau wie Carl erzählt hat«, keuchte sie ungeduldig. »Und der breiteste davon führt zum Mausoleum.« Sie streckte die Hand aus. »Dieser hier.«

Der Gang war leicht abschüssig und endete vor einer weiteren Barriere. Und tatsächlich: Auf der anderen Seite war, genau wie beschrieben, ein Balkon zu erkennen und breite Rampen, die rechts und links in eine von diffusem Licht erfüllte Halle voller länglicher, silbern schimmernder Sarkophage hinabführten.

Sie waren am Ziel.

Urs schreckte hoch, als es plötzlich klopfte und Elinn den Kopf hereinstreckte. »Hast du was gehört?«, wollte sie wissen.

Urs blinzelte, sah auf das Lesegerät, auf dem er ein Buch gelesen hatte und wohl dabei eingeschlafen war – es hatte sich von selbst abgeschaltet – und murmelte: »Gehört? Was soll ich gehört haben?«

»Na, von Ariana zum Beispiel«, drängelte Elinn. »Was mit der Expedition ist.«

Er schüttelte den Kopf, sah auf die Uhr. Nach Marszeit war es später Sonntagnachmittag. »Ich denke, die werden noch unterwegs sein. Ist ja nicht gerade um die Ecke, die Cydonia-Region.«

Elinns Stirn legte sich in grüblerische Falten, ihre Augenbrauen formten einen Ausdruck unduldsamer Missbilligung. »Niemand weiß etwas. Es ist zum Verrücktwerden.«

»In drei Tagen sind wir ja dort –«
»Aber das ist erst in drei *Tagen!*«
Und *RUMMS war die Tür wieder zu.*

»Also gut«, flüsterte Mrs Faggan. Sie streckte die Hand aus, berührte das Glas, und als sie auf keinen Widerstand stieß, trat sie durch die Barriere hindurch.

Ariana ergriff auf einmal Panik. Was, wenn sie durch eine solche Barriere getrennt wurden? Schnell folgte sie Mrs Faggan.

Auf der anderen Seite blieben sie einen Moment lang ergriffen stehen. Es ging nicht anders; die Atmosphäre dieses fremdartigen Ortes verlangte es. Als sie neben Mrs Faggan trat, sah sie, dass die Mutter von Carl und Elinn den Kopf in den Nacken gelegt hatte und die gewaltige, freitragende Kuppel über ihnen mit unverkennbarer Bewunderung musterte.

»Wie kann man so etwas bauen?«, meinte sie, eher zu sich selbst als an Ariana gewandt. Für einen Moment war sie ganz die Bauingenieurin, die über ein technisches Wunderwerk staunte. »Wie schafft man es, dass so eine Kathedrale eine Million Jahre übersteht? *Eine Million Jahre!* Wie viele Marsbeben es allein gegeben haben muss in der Zeit, von den Meteoriteneinschlägen gar nicht zu reden . . .«

Ariana hatte nur Augen für die Sarkophage. Von hier oben sah man, dass die Deckel der Apparate, die da unten in langen Reihen nebeneinander- und hintereinanderstanden, durchsichtig waren und fremdartige Lebewesen beherbergten. Die Aliens. Ihr lief ein Schauder über den Rücken. Sie auf Bildern zu sehen, war eine Sache, aber sie so direkt vor sich zu haben, eine völlig andere.

»Vielleicht sollten wir uns lieber beeilen«, meinte sie.

»Du hast recht«, nickte Mrs Faggan. Sie trat neben Ariana, ihr Blick glitt über die schimmernden Reihen der Maschinen. Das Licht, das das Mausoleum erfüllte, warf keine Schatten. »Sechste Reihe, neunundzwanzigster . . . Apparat.« Das war die Position des Sarkophags, in dem Henry Lang einen menschlichen Fuß entdeckt hatte. Offenbar brachte sie das Wort *Sarkophag* nicht über die Lippen. »Komm.«

Sie gingen die linke Rampe hinab, näherten sich den Sarkophagen. Aus der Nähe wirkten sie noch größer und wuchtiger als vom Balkon oben, gewaltige Geräte, die aussahen, als wöge jedes Tonnen. Vor dem ersten Sarkophag der sechsten Reihe hielten sie inne und betrachteten das Wesen darin: dürr und lang, mehr als drei Meter bestimmt, mit einem großen dunklen Körperteil an einem Ende, der vielleicht ein Kopf war, bloß ohne erkennbare Sinnesorgane. Zahllose Gliedmaßen, paarweise angeordnet, von denen manche groß und stark wirkten, wie Arme oder Beine, die meisten aber klein und dünn waren, manche kaum dicker als ein Barthaar, aber trotzdem unverkennbar Gliedmaßen. Und auf jeden Fall mehr als die acht Paar, die man auf Carls Fotos gezählt hatte. Aus der Nähe betrachtet schienen die entfernt an irdische Heuschrecken erinnernden Fremden auch eine gewisse Verwandtschaft zu Tausendfüßlern zu haben.

»Sie leben noch«, erklärte Mrs Faggan. »Oder? Was denkst du?« Sie legte die Hand auf die gläserne Hülle, unter der das riesige Wesen lag. »Spürst du das? Sie sind nicht tot. Sie schlafen nur.«

Ariana schluckte. Spüren? Sie spürte nichts. Beklommenheit allenfalls. Hier unten zwischen all diesen Apparaten zu stehen, das war ein Gefühl, wie es eine Ameise haben musste, die es aus den Treibhäusern in die Gemeinschaftsküche verschlagen hatte und die versuchte, sich in den Ritzen zwischen den Bodenfliesen zurechtzufinden.

»Die schlafen nur«, wiederholte Mrs Faggan. »Eingefroren oder so. Bestimmt.« Es klang wie eine Beschwörung. »Komm!«

Damit setzte sie sich in Bewegung, ging um den Sarkophag herum und begann, die Reihe der Geräte dahinter entlangzumarschieren, jedes einzelne davon mit der Hand berührend und zählend. »Eins . . . zwei . . . drei . . .«

Immer schneller und weiter schritt sie aus; Ariana hatte zusehends Mühe, ihr zu folgen.

»Vierundzwanzig . . . fünfundzwanzig . . .«

Und dann hörte Ariana sie auf einmal den schrecklichsten Laut ausstoßen, den sie jemals einen Menschen hatte von sich geben hören. Es war kein Schrei, eher ein Stöhnen, ein bebendes, zitterndes, beinahe nicht mehr menschliches Wehklagen, das zu hören einem das Blut in den Adern stocken ließ.

Dann war alles still. Entsetzlich still.

»Mrs Faggan?«, fragte Ariana angsterfüllt.

Keine Antwort. Da vorn stand sie, schien zu Eis erstarrt.

Ariana ging zu ihr, trat neben sie, sah, was sie sah. In dem Sarkophag vor ihr lag ein Mann, ein Mann im Overall der Marssiedler, wie man ihn unter einem Raumanzug trug. Doch sein Gesicht, seine Augenhöhlen, alles war entsetzlich eingefallen und verschrumpelt, seine Haare lagen rings um den kahlen, fleckigen, runzligen Schädel und seine Hände waren nur noch dürre Krallen.

Was sie sahen, war nur noch eine Mumie.

Am Sonntagabend wurde wie jede Woche das Fest auf der *Plaza* vorbereitet. Tische wurden aufgestellt, Stühle herangetragen, das Büffet wurde mit dampfenden, köstlich riechenden Töpfen und Platten aus der Gemeinschaftsküche bestückt und die Musikgruppe für diesen Abend fand sich zusammen: zwei Gitarristen und zwei Keyboarder heute, die aus dem Stimmen der Instrumente direkt in langsame, eher verträumte Improvisationen im Neo-Raga-Stil übergingen.

Einigen der Festbesucher fiel auf, dass Pigrato und seine Frau fehlten, die sich in letzter Zeit eigentlich oft zu diesem Anlass hatten sehen lassen. Fast allen fiel auf, dass die Kinder fehlten, die eigentlich immer kamen – insbesondere Ronny ließ sich die Leckereien, die es nur bei dieser Gelegenheit gab, nie entgehen.

Doch niemand dachte sich etwas dabei. Es würde schon seinen Grund haben. Es gab genug zu diskutieren, zu klatschen und zu lachen.

Das Fest war in vollem Gang, als plötzlich irgendetwas anders wurde, ohne dass jemand hätte sagen können, was genau. Aber ein paar Gespräche verstummten, Leute sahen auf, wechselten unruhige Blicke. Irgendetwas war nicht so, wie es hätte sein sollen. Irgendetwas stimmte nicht.

Schließlich verstummte sogar die Musik. Die, die bis jetzt noch geschwatzt hatten, brachen mitten im Satz ab.

Ein Geräusch. Der Aufzug hatte sich in Bewegung gesetzt, senkte sich rasselnd und klappernd aus der Oberen Station herab auf die *Plaza*.

»Ist denn noch jemand oben gewesen?«, fragte ein Mann.

Sein Tischnachbar, der aufgestanden war, sah sich um. »Nicht dass ich wüsste«, sagte er. »Es sind alle hier.«

Es war nur eine kleine Meldung, die an diesem Abend in den Medien auftauchte; an siebter oder achter Stelle, was bedeutete, dass viele Nachrichtensendungen sie gar nicht mehr brachten: Die Funkverbindung zum Mars war unterbrochen. Weder die beiden Raumschiffe, die den Mars zur Zeit umkreisten, noch die Marssiedlung selbst reagierte auf Funkrufe. In der letzten Mitteilung, die man aufgefangen hatte, war von technischen Problemen die Rede gewesen. Anzeichen, dass Aliens etwas mit dem Zusammenbruch der

Funkstrecke zu tun haben könnten, gebe es keine, versicherte ein Sprecher von Space Control.

Topthema des Tages blieb die überraschende Verhaftung des Ministers für Sicherheit, George W. Carver. Er werde, hieß es jede Stunde aufs Neue, immer noch verhört, weigere sich aber beharrlich zu kooperieren.

18 Drama in der Höhle

Sie hatten sich verzählt: James Faggan lag im nächsten Sarkophag. Und er lebte noch – man sah ihn ganz, ganz langsam atmen.

Die Erleichterung, die auf einmal von Mrs Faggan ausging, war geradezu körperlich zu spüren. »Mein Gott«, flüsterte sie ein ums andere Mal, während ihr Blick zwischen den beiden gläsernen Schreinen hin- und herwanderte. »Das muss Tom Taranovsky sein. Der Dokumentar. Was für ein schreckliches Ende!«

Im nächsten Augenblick jedoch war Tom Taranovsky, wer immer das gewesen sein mochte – Ariana erinnerte sich an niemanden dieses Namens –, vergessen. Alle Aufmerksamkeit von Mrs Faggan galt nun ihrem wiedergefundenen Mann.

»Okay«, sagte sie grimmig. »Holen wir ihn da raus.«

Sie begann, an ihrem Rucksack zu rütteln und zu zerren, um ihn abzusetzen. Ariana half ihr; ohne fremde Hilfe bekam man die riesigen Bündel nicht vom Rücken.

Dann knöpften sie die Säcke auf und eine Flut von Dingen

ergoss sich auf den Boden. Unter anderem eine Menge Sauerstoffflaschen – kein Wunder, dass die Rucksäcke so schwer gewesen waren! Daneben erkannte Ariana Teile eines Raumanzugs, bloß . . . wie wollten sie den Mann aus dem Sarkophag in den Raumanzug schaffen, ohne ihn dabei umzubringen? In der Halle herrschte, wie Ariana ein Blick auf ihr Armbandgerät sagte, eine Temperatur von etwa neunzig Grad unter null und ein Atmosphärendruck, der dem der Marsatmosphäre entsprach. Nahezu Vakuum also. Und das bisschen Gas, das die Halle erfüllte, war Helium. Mr Faggan würde, sobald man den gläsernen Deckel abnahm, innerhalb von Sekunden ersticken und erfrieren.

»Hilf mir mal«, sagte Mrs Faggan entschlossen. Sie war dabei, etwas auseinanderzufalten, das Ariana schließlich als Druckzelt identifizierte.

Ein Druckzelt war zweifellos schon mal eine gute Idee, aber wie sollten sie es aufstellen? Der Sarkophag war, soweit sie das beurteilen konnte, entweder fest mit dem Untergrund verbunden oder tonnenschwer oder beides. Sie würden jedenfalls keinen Zeltboden darunter bekommen.

»Halt das hier fest.« Mrs Faggan drückte Ariana ein Ende der Plane in die Hand, zückte ein Messer, nahm Augenmaß und schnitt dann mit kühner Sicherheit ein Stück aus der Folie heraus. Was würde das werden? Ariana verstand es nicht, aber wenn sich hier im Saale jemand mit dem Bau von was auch immer auskannte, und sei es ein Druckzelt, dann war das ohne Zweifel Christine Faggan.

»Okay. Das sollte gehen«, befand diese schließlich und steckte das Messer wieder weg. »Jetzt müssen wir das über den . . . Apparat stülpen.«

Ach so! Sie hatte ein Loch in den Zeltboden geschnitten, sodass sie das Zelt über den Sarkophag bekamen. Und nun? Sie öffneten den Reißverschluss, wühlten sich mitsamt den Rucksäcken in die Folie hinein, dann holte Mrs Faggan, während Ariana mit ausgebreiteten Armen über ihr stand und die schlaffe, dünne Folie so weit weghielt, dass sie darunter hantieren konnte, eine Sprühpistole heraus und eine Dose mit Dichtschaum.

Das Loch im Zeltboden hatte überstehende Ränder. Die verklebte sie nun mit raschen, geübten Bewegungen mit dem Sockel des Sarkophags, ringsherum. »Gut«, meinte sie schließlich. »Das sollte halten. Jetzt füllen wir das Zelt.«

Sie öffneten die Druckflaschen, ließen die Luft darin ausströmen. Im Nu begann das Zelt, sich nach außen zu wölben und seine eigentliche halbkugelige Form anzunehmen, einigermaßen wenigstens. Zugleich beschlug die Folie aber von innen, begann zu knistern vor Kälte. Ariana kannte dieses Phänomen: Die Atemluft hatte in den Flaschen unter Druck gestanden; beim Ausströmen hatte sie sich deshalb kräftig abgekühlt. Ihr Armbandgerät zeigte nun fast hundert Grad unter null. Deshalb füllte man Druckzelte nie direkt aus Flaschen, sondern schaltete ein Gerät dazwischen, das die Atemluft langsam ausströmen ließ und dabei anwärmte, befeuchtete und so weiter. Ein Gerät, das groß und schwer war und das sie nicht dabei hatten.

Aber anscheinend hatten in den Tagen, die es gedauert hatte, die Expedition vorzubereiten, eine Menge Leute gründlich nachgedacht. Mrs Faggan brachte etwas anderes zum Vorschein: einen Handschweißbrenner! Sie stöpselte eine Gaspatrone ein und zündete die Flamme. »Vorsicht«, meinte sie – überflüssigerweise, wie Ariana fand. Die Flamme war so hell, dass sich ihre Helmvisiere automatisch verdunkelten.

Mrs Faggan bewegte die Flamme behutsam, voller Bedacht, um nicht versehentlich zu nahe an die Zeltfolie zu kommen: Die wäre im Nu zerschmolzen. Allmählich stieg die Temperatur – von minus achtzig auf minus sechzig Grad, minus vierzig, minus dreißig ...

»Das muss reichen«, befand Mrs Faggan, schaltete die Flamme ab und wandte sich dem Sarkophag zu, der nun in der Mitte des Zeltes stand. »Jetzt wird es Zeit, dass wir das Ding aufkriegen.«

»Nichts«, sagte Kemal Erkmen und schüttelte den Kopf, den Blick unverwandt auf das Display seines Handfunkgeräts gerichtet. »Kein Pieps mehr.«

Pigrato hieb mit der Faust gegen die bläulich schimmernde Wand, die den Höhlenraum teilte. »Mist«, knurrte er. »Mist, Mist, Mist.« Im nächsten Moment sah er sich nach Ronny um. Unnötig, dass der Junge mitbekam, dass sie nicht weiterwussten.

»Vielleicht ist das Mausoleum nur abgeschirmt«, meinte Erkmen. »Ich meine, es ist bestimmt das Herzstück der Anlage; es wäre nur logisch, es besonders zu schützen . . .«

»Ja.« Pigratos Blick wanderte umher – zum bestimmt hundertsten Mal – in der vergeblichen Hoffnung, einen Zugang zur Station der Aliens übersehen zu haben. »Aber vielleicht ist das Mausoleum auch einfach ganz woanders. Auf der anderen Seite des Planeten.« Er dachte daran, was sie über die technischen Möglichkeiten der Aliens bislang in Erfahrung gebracht hatten. »Oder sogar auf einem *anderen* Planeten. Nicht einmal das ist auszuschließen.«

Der Areologe räusperte sich. »Ich halte es nicht für sonderlich hilfreich, uns jetzt in derlei Spekulationen zu ergehen. Wenn Sie mir die Bemerkung gestatten.«

Pigrato kaute auf seiner Unterlippe herum. Erkmen hatte natürlich recht. Theoretisch. Aber er war ja auch nicht derjenige, den man später für alles verantwortlich machen würde, was schiefging. Er war nicht derjenige, den die beiden Kinder von Christine Faggan ansehen würden.

»Kann man denn wirklich nichts machen?«, fragte er. Er deutete auf den felsigen Boden, auf dem sie standen und in dem das seltsame Glas der Trennwand zu verschwinden schien, ohne sichtbaren Übergang und ohne Nahtstelle. »Dass wir uns irgendwie an der Barriere vorbeigraben?«

»Nicht mit den Geräten, die wir mithaben.«

»Das haben Sie schon mal gesagt.«

»Sie haben ja auch schon mal danach gefragt.«

»Nichts«, sagte Mrs Faggan und ließ die Schweißflamme wieder erlöschen. »Da tut sich nichts.«

Ariana blinzelte. Trotz der automatischen Helmverdunkelung hinterließ das grellweiße Licht ein graues Nachbild, das nun vor allem zu schweben schien, was sie anschaute. Zum Beispiel an der Stelle am unteren Rand der Abdeckung, an der Mrs Faggan mit dem Schweißgerät angesetzt und versucht hatte, den Deckel zu öffnen.

»Aber ein bisschen verfärbt hat es sich, oder?«, wandte sie ein.

»Das ist nur Ruß.« Mrs Faggan fuhr mit dem behandschuhten Finger darüber. Tatsächlich, der schwarze Belag ließ sich mühelos abwischen.

»Ach so«, meinte Ariana entmutigt.

Mrs Faggan zog einen der Rucksäcke heran, wühlte darin herum. »Probieren wir es mal so«, meinte sie und zog einen simplen Schraubenzieher heraus.

Besonders beeindruckend sah das nicht aus, wie sie damit in dem Spalt zwischen Abdeckung und Sockel herumstocherte. Tatsächlich hatte es eher etwas Verzweifeltes an sich. Ariana sah skeptisch zu. Das konnte doch jetzt eigentlich nicht sein, oder? Dass sie den ganzen Weg hierher gemacht hatten, dass sie dem *Ruf* gefolgt waren, dass sie James Faggan lebend gefunden hatten – nur um jetzt nicht imstande zu sein, ihn auch aus seinem Gefängnis zu befreien?

»Das sieht gut aus«, behauptete Mrs Faggan trotz allem. »Da ist eine Ritze. Gut.« Sie legte den Schraubenzieher weg, griff wieder in den Rucksack und brachte ein anderes Gerät zum Vorschein, das nun allerdings wesentlich beeindruckender aussah: zwei massive Backen mit Krallen daran, die sich über eine Zahnstange und einen wuchtigen Hebel auseinanderstemmen ließen.

Sie schob die beiden Krallen übereinander und versuchte dann, sie in den Spalt zu zwängen. Das ging nicht so einfach.

»Hilfst du mir mal?«

Gemeinsam drückten und schoben sie mit aller Kraft und tatsächlich, es gelang ihnen, die Krallen des Hebers in den Spalt zu bekommen. Das Gerät saß fest wie angeschweißt.

Der Hebel leider auch. Zwei Zentimeter oder so ließ er sich bewegen, dann war Schluss. Sosehr sie auch mit vereinten Kräften daran zogen, an der Abdeckung rührte sich so wenig wie an der Position der Krallen.

»Das ... kann doch nicht wahr sein«, keuchte Mrs Faggan schließlich und ließ sich erschöpft auf den Boden sinken. »Was ist das bloß für ein *Zeug?«* Sie starrte den Sockel an, zerrte an dem Heber. »Raus kriegen wir ihn womöglich auch nicht mehr. Nein.«

Sie schwieg; ein ratloses, unheilvolles Schweigen. Ariana hörte ihren Atem. Er klang zittrig, wie bei jemandem, der jeden Augenblick zu schluchzen anfangen wird.

»Vielleicht«, hörte sie sich sagen, »geht es ganz anders.« Ihr war, als rede ihr Mund auf eigene Initiative. »Vielleicht ... vielleicht muss man irgendwas mit den Artefakten machen?«

Das war doch eine Idee, oder? Sie zog ihr Artefakt aus der Tasche, suchte an dem Sockel des Sarkophags nach einer Stelle, die so aussah, als müsse man etwas dagegenhalten oder -drücken oder hineinstecken ... Da, diese flache Scheibe in der Mitte. Die sah doch ein bisschen aus wie das Sensorfeld einer Tür!

Sie presste das Artefakt dagegen. Nichts. Fester. Immer noch nichts. Passierte woanders etwas? Sie fuhr damit über die Abdeckung, den Sockel, die Verbindungslinie zwischen beiden – nichts.

Schließlich setzte sie sich wieder auf den Boden, ratlos, was sie noch probieren konnte. Sie starrte den Sarkophag an und den bärtigen Mann, der darin lag, aber wenn sie ehrlich war, tat sie es nur, weil sie sich scheute, Mrs Faggan anzusehen.

Das durfte jetzt nicht sein. Das durfte einfach nicht –

Aus den Augenwinkeln sah sie, dass Mrs Faggan aufstand. Sie erhob sich, ruhig scheinbar, irgendwie . . . *entschlossen*. Sie ging auf den Sarkophag zu, öffnete ihren Helm, zog ihn herunter, ließ ihn fallen. Es war immer noch kalt in dem Zelt, sie schnappte nach Luft und hustete, aber sie beugte sich über das Gesicht des schlafenden Mannes, legte die Hände auf den gläsernen Halbzylinder, unter dem er ruhte, und sagte mit fester Stimme: »James Hadley Faggan! Ich bin es, Christine. Deine Frau. Du hast mich gerufen und hier bin ich. Und . . .«

Ariana spürte, wie ihr der Klang von Mrs Faggans Stimme eine Gänsehaut über den Rücken laufen ließ.

»Und James«, fuhr Mrs Faggan fort, »du wirst jetzt *verdammt noch mal* diese Abdeckung öffnen, damit wir dich herausholen können. Hörst du?«

Einen endlosen, furchtbaren Moment lang geschah nichts. Nichts, außer dass die Worte verklangen und Ariana sich plötzlich wieder bewusst wurde, dass sie mitten in einer ungeheuren Halle voller Sarkophage mit toten oder schlafenden Aliens standen.

Dann fing der Sockel an, ein summendes Geräusch von sich zu geben.

Es war vor allem Langeweile, die Ronny veranlasste, überall in der Höhle herumzuklettern, Steine umzudrehen, in Löcher zu leuchten oder hineinzufassen und nachzuschauen, ob die gläserne Trennwand auch *wirklich* überall bis an den

Fels reichte. Tat sie. Aber man wusste ja nie. Und wozu hätte er bei den beiden Männern bleiben sollen? Die standen nur über das große Funkgerät gebeugt und redeten. Von hier hinten in der Höhle hörte er nur ihr besorgtes Murmeln.

Blöd war es schon, dass sein Artefakt wieder zerfallen war. Sonst hätte er jetzt dabei sein können. So erlebte Ariana das Abenteuer ganz allein.

Aber er hatte ja auch schon einiges erlebt. Er hatte immerhin das Marsflugzeug gesteuert und den Untergang der Alienstadt gesehen, die dort gestanden hatte, wo heute die Valles Marineris waren. War quasi dabei gewesen, wie ein großes Raumschiff gekommen war und alles zerstört hatte, innerhalb von Minuten, mit ungeheuren Strahlwaffen. Galaktisch war es gewesen, das mitzuerleben. Es gab die Aufnahme davon, okay, aber im Grunde war es unmöglich, jemandem beizubringen, wie es *wirklich* gewesen war. Das wusste nur er alleine.

Es tat ihm eher wegen Wim Van Leer und dessen Reportage leid, dass er dieses Abenteuer verpasste. Er sah hinab auf die Minikamera, die immer noch unauffällig in seiner Brusttasche steckte und jetzt nur Bilder von Höhlenwänden aufnehmen konnte. Während Ariana und Mrs Faggan da drin die Station der Aliens erkundeten.

Van Leer war ein toller Kerl; er konnte ihn gut leiden. Fast war es ihm ein bisschen peinlich, dass er einen Moment lang . . . na, alles Mögliche gedacht hatte, als der Reporter ihm die Kamera anvertraut hatte. Geschenkt. Van Leer war kein Spion der Heimwärtsbewegung, ganz bestimmt nicht.

Ronny sah zu Pigrato und Erkmen hinüber. Die schienen gerade mal wieder mit dem Shuttle zu sprechen. Die konnten Ariana und Mrs Faggan auch nicht anpeilen. Hatte er sich aber fast gedacht. Und irgendwas war mit den Satelliten. Ließen keine gesicherte Verbindung zu oder so. Na ja. Irgendwas war immer.

Hunger hatte er allmählich. Kein Wunder, sie waren ja schon den ganzen Tag unterwegs. Er drückte sich noch einen Konzentratriegel aus dem Applikator in den Mund, dann besah er sich kauend die gläserne Barriere. Irgendetwas war damit. Von hier aus hatte man den Eindruck, es nicht mit Glas zu tun zu haben, sondern mit Wasser, das ganz dünn über eine glatte Fläche floss. Und mittendrin – ungefähr da, wo die beiden Männer standen und der Barriere den Rücken kehrten – ließ der Glanz nach und wurde die Wand ganz stumpf.

Vielleicht besser, er sagte was. Man konnte nie wissen.

Er drückte den Alarmknopf, der die Entfernungsabdämpfung des Kommunikationssystems abschaltete. »Mister Pigrato?«, sagte er.

Pigratos Gestalt streckte sich. Wahrscheinlich versuchte er auszumachen, woher der Ruf kam. »Ronald? Was gibt's?«

Ronny verzog das Gesicht. Mit diesem Namen angeredet zu werden, das konnte er absolut nicht leiden. Das durfte eigentlich nur seine Mutter und auch nur, wenn er wirklich was ausgefressen hatte.

»Von hier sieht es aus, als ob mit der Glaswand irgendwas wäre«, sagte er trotzdem. Irgendwas musste er schließlich sagen, wenn er die beiden schon gestört hatte.

Die Gestalt in dem viel zu dick aufgeblasenen Raumanzug fuhr herum. »Grundgütiger!«, hörte Ronny den ehemaligen Statthalter ausrufen. »Kemal, schauen Sie nur! Eine Öffnung.«

Er streckte die Hand aus, betastete den Rand der glanzlosen Stelle.

Eine Öffnung also. *Toll*, dachte Ronny. Besser, er ging mal zurück, damit die Kamera das aus der Nähe sah.

»Eine Öffnung«, wiederholte Pigrato. »Sie wird langsam größer ... Sehen Sie das? Wenn das so weitergeht, kann man bald hindurchsteigen ...«

»Hmm«, meinte der Areologe. »Was sich öffnen kann, kann sich auch wieder schließen. Das sollten wir bedenken.«

Pigrato hatte die Hand schon an der Steuerung seines Funkgeräts. »Shuttle? Hören Sie?«

Jetzt hörte sogar Ronny die verrauschte Stimme in seinem Helm. Beim Shuttle war man also auf Rundruf gegangen.

»Zhao Bai hier. Wir haben mitgehört und teilen, offen gesagt, Kemals Befürchtung.«

»Ich teile diese Befürchtung auch«, erwiderte Pigrato, »habe aber nicht vor, mich davon aufhalten zu lassen. Ich werde hindurchsteigen, sobald es möglich ist, und mich auf die Suche nach den beiden Frauen machen. Ich nehme einen zweiten Signalsender mit; dann haben Sie zwei Peilungen, und wenn alle Stricke reißen, setzen Sie die Tunnelfräse ein, um uns zu holen.«

»Ich begleite Sie natürlich«, erklärte Erkmen pikiert. »Ich wollte nur auf die Gefahren hingewiesen haben.«

Pigrato schien kaum zuzuhören, war unablässig damit beschäftigt, den größer werdenden Rand der Öffnung abzutasten. »Immer größer ... Das Material scheint zu fließen, als würde es komplett zähflüssig ... Haben Sie den Sender, Kemal?«

»In der Hand.«

»Dann kommen Sie. Ronald«, meinte Pigrato wie nebenbei, »du wartest hier auf uns, okay?«

Hatte der sie noch alle? »Nie im Leben«, erwiderte Ronny entschieden. »Ich komm auch mit.«

Pigrato schien einen Moment irritiert und nicht recht zu wissen, was er dazu sagen sollte. Aber anscheinend hatte er keine Lust, sich jetzt auf einen langen Streit einzulassen. »Also, von mir aus«, ächzte er nur. »Dann komm halt mit.«

Damit stieg er durch die inzwischen von einem wulstigen Rand gesäumte Öffnung in der Trennwand.

Das Summen aus dem Sockel wurde lauter. Ab und zu hörte man ein öliges Gluckern, als liefe irgendwo eine zähe Flüssigkeit aus, dann wieder knarrte oder knackte etwas, als lösten sich irgendwelche metallenen Verbindungen.

Mrs Faggan war beim ersten Geräusch erschrocken von dem Sarkophag zurückgesprungen und stand nun starr da, den Blick unverwandt auf ihren Mann unter der transparenten Abdeckung gerichtet. Ihr Atem bildete weiße Wolken in der Kälte.

Und tatsächlich – James Faggan begann, sich zu bewegen!

Erst waren es nur die Hände, die leise zu zittern anfingen. Dann bebten die eingefallenen, rissigen Lippen in dem bleichen Gesicht, kaum zu sehen unter dem wuchernden Bart. Eigentlich waren es die zitternden Barthaare, die die Bewegungen im Gesicht verrieten.

Ganz, ganz langsam formten sich die Hände zu Krallen, wollten Fäuste bilden, schafften es aber nicht. Der Kopf ging zur Seite, ein winziges Stück nach links, dann ein etwas größeres Stück nach rechts . . .

Als taue er auf!, schoss es Ariana durch den Kopf.

Aber so war es bestimmt nicht. Es war etwas anderes, das hier vor sich ging. Mr Faggan hatte sich einfach seit Jahren nicht mehr bewegt; es war ja klar, dass ihm das nun schwerfiel.

Ein deutliches Klacken, lauter als die bisherigen Geräusche. Im nächsten Moment beschlug die Abdeckung von innen.

»Schnell«, stieß Mrs Faggan hervor. »Seinen Raumanzug.«

Ariana zuckte zusammen, stürzte sich auf die Rucksäcke, kramte die letzten noch darin verbliebenen Teile heraus: die Bestandteile eines Raumanzugs in der Größe, die James Faggan früher getragen hatte. Die Daten waren natürlich noch gespeichert gewesen. Alles da: Anzug, Stiefel, Handschuhe, Helm. Und ein Sauerstofftank. Der musste reichen.

Derweil hatte Mrs Faggan sich an der Abdeckung zu schaffen gemacht. Die gläserne Haube hatte sich aus einer Halterung gelöst und nach einigem Hin und Her mit dem Heber gelang es, sie vollends aufzuklappen.

»Puh!«, stieß Mrs Faggan hervor und verzog das Gesicht. Offensichtlich war ihr eine Wolke heftigen Gestanks entgegengeschlagen – davor blieb Ariana, die nach wie vor ihren Helm trug, natürlich verschont. »Das ist jetzt nicht gerade romantisch, muss ich sagen. Meine Güte! Dieser Mann gehört in eine Badewanne!«

Dieser Mann gab ein trockenes, schrecklich lungenkrank klingendes Husten von sich und dann etwas, das wie »-stin« klang.

Christine!, verstand Ariana. Er erkannte seine Frau.

Die hatte im gleichen Moment alle Klagen über angesammelte Körpergerüche und dergleichen vergessen, beugte sich über ihn, wusste kaum, wie sie ihn anfassen durfte, und tat es doch, irgendwie, umarmte ihn, als fürchte sie, er könne zerbrechen. »James«, flüsterte sie. »James, ich bin's. James . . .«

Mr Faggan bewegte die Arme, doch nicht, um seine Frau gleichfalls zu umarmen, sondern eher so, als wolle er sie von sich wegschieben. Wozu er allerdings die Kraft nicht hatte.

»Keine . . . Zeit«, krächzte er mühsam. »Müssen uns . . . beeilen. Roboter. Sie kommen . . .«

19 Sie kommen!

Roboter? Ariana trat hastig an eine der Stellen, an der das Druckzelt transparent war, und spähte hinaus. Da war nichts. Alles ruhig. Wahrscheinlich war es nur eine Erinnerung von Mr Faggan. Wahrscheinlich hatten die Roboter ihn und Mr Taranovsky damals eingefangen und zu konservieren versucht und nun, im Moment des Erwachens, kam die Erinnerung daran zurück –

Halt. Doch. Da war etwas.

Ariana spürte, wie sich ein harter, schwerer Klumpen in ihrer Magengegend bildete. Da waren Bewegungen, ein metallisches Wogen hinter den langen Reihen und Kolonnen der Sarkophage. Etwas kam näher. Und die beste Wette war die, dass es sich um die Roboter handelte, die Carl beschrieben hatte. Die Roboter mit den Tentakelarmen, die niemals aufgaben.

»Er hat recht«, sagte sie, hörte ihre eigene Stimme, die über den Außenlautsprecher blechern klang. »Da kommen Roboter.«

»Oh nein«, hörte sie Mrs Faggan flüstern. »James! Oh, James . . .!«

Aber sie ließ ihren Mann nicht los. Sie hielt ihn umklammert, wiegte ihn und rührte sich ansonsten nicht von der Stelle.

Ariana spürte ihr Herz schlagen, rasch und kräftig, bis in den Hals hinauf. Ihr Mund war auf einmal trocken.

»Mrs Faggan!«, sagte sie drängend. »Sollten wir nicht lieber machen, dass wir wegkommen?«

Die Mutter von Carl und Elinn schien sie nicht zu hören. »Ich wusste es«, hörte Ariana sie sagen. »Ich wusste, dass du noch lebst, James. Irgendwie wusste ich es die ganze Zeit . . .«

Ariana begriff, dass Mrs Faggans Kräfte verbraucht waren. Sie hatte sie darin erschöpft, bis hierher zu gelangen. Sie hatte sich verausgabt und das, was nun geschah, überforderte sie.

Und die Roboter kamen immer näher.

Was jetzt? War es an ihr, Ariana, zu handeln? Zu entscheiden? Aber – sie wusste doch auch nicht, was zu tun war!

Der harte, schwere Klumpen in ihrer Magengrube wurde noch härter, noch schwerer, drückte ihr beinahe die Luft ab. Das konnte doch nicht wahr sein. Sie konnten doch nicht diesen ganzen Weg zurückgelegt haben, nur um jetzt –

Ihr war auf einmal, als höre sie ihren Lehrer Kim Seyong mahnen: *Ausatmen, Ariana! Es ist in Ordnung, Angst zu haben, aber du brauchst dich nicht von ihr überwältigen zu lassen.*

Sie atmete aus, tief, hielt die Lungen für einen Moment leer. Ja, Panik war jetzt nicht hilfreich. Und was zu tun war, lag auf der Hand.

Ariana griff nach dem Hosenteil des Raumanzugs. »Kommen Sie, Mrs Faggan«, sagte sie so klar und fest, wie sie konnte, »helfen Sie mir, ihm das drüberzuziehen.«

Mrs Faggan sah sie an, mit einem leeren Blick, den zu sehen Arianas Herz zum Flattern brachte. Doch dann kehrte etwas von dem normalen Glanz darin zurück. »Ja«, sagte sie. »Er friert ja.«

»Genau«, bekräftigte Ariana. »Er friert.«

Sie streiften ihm das Hosenteil über, gemeinsam, dann das Oberteil. Ariana zog ihm die Stiefel an, über die nackten Füße, weil sie die Socken in all dem Durcheinander von Rucksäcken und sonstiger Ausrüstung am Boden nicht mehr fand, und machte die Verschlüsse zu, während Mrs Faggan sich um die Handschuhe kümmerte.

Nicht an die Roboter denken! Es musste einfach nur so schnell wie möglich gehen.

»Jetzt sollten wir ihn aufsetzen«, drängte Ariana, als sie sah, dass sich Mrs Faggan schon wieder über ihren Mann beugen wollte, um ihn zu umarmen. »Für den Rückentank und den Helm.«

»Ja«, sagte Mrs Faggan. »Ja, genau.«

Jetzt wogte es auch auf der anderen Seite der Halle. Ariana sah es durch die Sichtflächen hinter Mrs Faggan. *Atmen!*, befahl sie sich und packte James Faggan an den Schultern.

Den Mann aufzurichten, war, als versuche man, eine Stange aus Pudding senkrecht hinzustellen. Immer wieder drohte er, zur Seite zu gleiten oder in sich zusammenzusinken, und sie mussten all ihre Kraft aufbringen, ihn so weit hochzuziehen, dass sich der flache Rückentornister anbringen ließ. Danach war es etwas einfacher, das Rückenteil stützte ihn ein wenig.

Endlose Sekunden vergingen, bis der Halsring endlich auf den angeschlossenen Tank reagierte und den Verschluss für den Helm freigab.

»Ihr eigener Helm!«, rief Ariana, während sie Mr Faggan den Raumhelm überstülpte und einrasten ließ. »Schnell!«

Mrs Faggan bückte sich nach ihrem Helm, setzte ihn auf. Ariana sah sich eilig um. Hatte sie an alles gedacht? Sie waren alle drei angezogen, so weit in Ordnung, und die Ausrüstung, das Zelt und so weiter ... das würden sie alles einfach zurücklassen. Sie griff nach dem Druckreißverschluss, der bis ganz nach oben ging, und zog ihn auf.

Die Luft, mit der das Zelt gefüllt gewesen war, entwich mit einem leisen Geräusch, und was bis eben noch ein stabiles, bewohnbares Gebilde gewesen war, sank nun weich und sanft rings um sie herum zu Boden.

»Oh, nein!«, stieß Mrs Faggan hervor, die jetzt zum ersten Mal die langsam heranrückenden Roboter sah. »Das schaffen wir niemals.«

»Doch«, entgegnete Ariana entschlossen. »Das schaffen wir.«

Es klang beinahe so, stellte sie zu ihrer eigenen Überraschung fest, als glaube sie es tatsächlich.

Tom Pigrato rannte. Kemal Erkmen rannte. Und Ronny rannte ihnen beiden voran, so schnell und in so geschmeidigen, weiten Sprüngen, wie die beiden Männer es beim besten Willen nicht schafften. Also war es an Ronny, die Lage zu sondieren, Seitengänge zu erkunden, Ausschau zu halten.

»Nichts«, rief er immer, wenn er zurückkam, durch die hohen Gänge hüpfend wie ein Gummiball. Pigrato hatte nicht geahnt, dass man sich unter der niedrigen Schwerkraft des Mars derart rasch fortbewegen konnte.

Seine eigenen Lungen brannten. Von wegen Eleganz. Nur noch keuchen konnte er!

»Wir dürfen sie nicht verfehlen!«, rief Kemal Erkmen.

Danke für den Hinweis, dachte Pigrato. Als ob uns das nicht allen klar wäre. Aber er hatte nicht den Atem, etwas zu erwidern.

Und dann, auf einmal, Funkkontakt! »Hallo?« Arianas keuchende Stimme war zu vernehmen. »Wir sind hier!«

Pigrato blieb stehen, versuchte, zu Atem zu kommen.

»Was ist ›hier‹?«, rief Erkmen.

»Wir haben gerade ... die Halle passiert. Mit den Bildern. Die wie Fenster aussehen.« Ariana schnaufte wie unter einer schweren Last.

Pigrato drückte die Taste, die das Funkgerät auf volle Reichweite stellte. »Habt ihr James Faggan gefunden?«

»Ja«, sagte das Mädchen. »Aber die Roboter sind hinter uns her.«

Das zu hören, setzte – erstaunlich genug – noch einmal zusätzliche Kräfte frei. Auf einmal glückten auch Pigrato weite Sprünge, hinter Erkmen und dem Jungen her. Roboter! Erbaut von nicht menschlichen Wesen! Wenn nur genug Zeit gewesen wäre, sich über diese unglaubliche Situation wenigstens wundern zu können ...

Da, endlich, menschliche Gestalten in der Ferne. Die Frau und das Mädchen, die jemanden zwischen sich trugen, der offenbar nicht aus eigener Kraft zu laufen imstande war. James Faggan! Unfassbar.

»Wir sehen euch!«, rief Ronny und legte noch einen Zahn zu.

Und hinter ihnen eine schimmernde, wogende Bewegung, wie eine in Zeitlupe heranrollende Welle aus Metall ...

»Kemal!«, rief Pigrato. »Kümmern Sie sich um die Roboter!«

Der Areologe, der nach einem weiten Satz hinter den Frauen gelandet war, hob nur die Hand zum Zeichen, dass er verstanden hatte, dann zog er zwei große Spraydosen hervor, die er in seinen Schenkeltaschen transportiert hatte. Im nächsten Moment schossen zwei dicke Schaumbahnen, eine gelb, die andere weiß, auf die Reihe der heranrückenden Maschinen zu. Dort, wo sie sich vermischten, entstand innerhalb von Sekunden eine zähe, klebrige Masse, in der sich die Roboterarme verfingen. Der Vormarsch der Maschinen kam zum Stillstand.

»Lange wird das nicht halten«, rief Erkmen. »Sie fangen schon an, sich zu befreien.«

»Wir müssen uns sowieso beeilen«, stieß Ariana hervor. »Die gläsernen Wände werden undurchsichtig. Dann kann man sie nicht mehr passieren, auch mit dem Artefakt nicht. In der Wand zum Mausoleum war eine Öffnung, aber die schließt sich auch.«

»Okay«, nickte Pigrato und hievte sich den totgeglaubten Mann auf die Schultern. »Dann wird das bei dem Loch in der Höhle genauso sein. Das motiviert.«

Später, als sie es tatsächlich geschafft hatten, als sie wieder im Shuttle waren und James Faggan auf eine der Liegen gebettet lag und von Roger Knight medizinisch versorgt wurde – sie würde sich das später noch einmal ansehen müssen; ein bisschen verstand sie schließlich auch von Erster Hilfe –, saß Ariana einfach nur da, zu erschöpft, um mehr auszuziehen als den Helm und die Handschuhe, und ließ die anderen machen. Ganz glauben konnte sie es immer noch nicht. Irgendwie war sie immer noch auf der Flucht.

Sie brauchte nur die Augen zuzumachen und der ganze Film lief vor ihr ab, wieder und wieder. Wie sie, Mr Faggan zwischen sich schleppend, die Rampe hochgekeucht waren, die Roboter hinter ihnen her wie aufgeregte Krankenschwestern, die einen flüchtigen Patienten verfolgen. Wie sie vor einer milchig weiß verfärbten Wand gestanden und es gerade noch geschafft hatten, sich durch eine enge, langsam zufließende Öffnung darin zu zwängen, ehe diese sich ganz schloss. Wie im letzten Moment noch einer der Roboter hindurchfasste und beinahe Mrs Faggan zu packen bekommen hätte.

Dann durch die Halle. Aus einem Seitengang waren weitere Roboter aufgetaucht, langsam, wie schlaftrunken, aber nicht abzuschütteln. Sie hatten sich weitergeschleppt, einfach weiter, ohne ihre Chancen auszurechnen, ohne zu reden, ohne darüber nachzudenken, wie sie Mr Faggan denn durch die Barriere kriegen sollten ohne Artefakt.

Dass die Barriere in der Höhle vielleicht auch schon längst unpassierbar geworden war, weil Alarmzustand herrschte – das war Ariana durchaus durch den Kopf geschossen, aber sie hatte nach Kräften versucht, den Gedanken nicht weiter zu verfolgen. Dann war ihr die Idee gekommen, den Alarmrufknopf zu drücken und nach den anderen zu rufen. Ohne große Hoffnung eigentlich und dann war das Wunder geschehen: Die anderen antworteten – und nicht nur das. Plötzlich standen sie vor ihnen und hielten die Roboter auf. Irgendwann hatte sie in dem ganzen Durcheinander begriffen, dass Ronny, Pigrato und Kemal Erkmen ebenfalls die Wand passiert hatten.

Ariana öffnete die Augen wieder. Hörte zu, wie Pigrato, Roger Knight und Zhao Bai miteinander sprachen. Es ging irgendwie um die Funkverbindung mit der Marssiedlung, die aus einem unbekannten Grund nicht zustande kam.

»Es liegt nicht an den Satelliten, von denen haben wir Funksignale aufgefangen, aber in einem unbekannten Code«, erklärte der Pilot halblaut. »Als würden sie mit irgendjemandem in unserer direkten Umgebung kommunizieren. Unsere eigenen Rufe auf der gesicherten Leitung dagegen sind unbeantwortet geblieben.«

»Vielleicht ist Yin Chi einfach noch auf der *Plaza*«, meinte Zhao Bai. »Auf dem Sonntagsfest. Um ein Uhr – kann gut sein.«

»Dem erzähl ich aber was«, knurrte Knight.

»Ich will mit Dr. DeJones gesprochen haben, ehe wir starten«, sagte Pigrato. »James ist fragil. Nicht, dass ihm durch den Andruck beim Start was passiert –«

»Sag ich doch«, drängte Knight. »Wir gehen auf die allgemeine Frequenz und holen den Doc über den Notruf.«

»Nein. Ob wir die Geheimhaltung aufgeben oder nicht, das muss Yin entscheiden«, schüttelte Pigrato den Kopf. »Wir bleiben bis morgen früh.«

»Na, das ist bald«, meinte Zhao. »Hier geht in ein paar Stunden die Sonne auf . . .«

Arianas Augenlider wurden schwer, sanken wieder herab. Wieder hetzte sie mit den anderen die schmalen, hohen

Gänge entlang. Wieder hörte sie das Keuchen von allen Seiten, hörte ihre eigenen Atemgeräusche ihren Helm erfüllen, fühlte, wie ihre Beine schmerzten, müde wurden. Wieder war da, endlich, die Höhle, die Barriere, das Loch darin, das sich mit zäher Unaufhaltsamkeit schloss ... Aber mit vereinten Kräften schafften sie es: Bevor die Wand gänzlich unpassierbar wurde, waren sie auf der anderen Seite und hatten James Faggan mit sich gezogen.

Dann der Weg zurück. Über die Felsen aufwärts, abwechselnd Mr Faggan tragend. Stolpernd. In Eile. Sich immer noch verfolgt fühlend. Angst, als sie hinaustraten ins Freie. Was, wenn eine ganze Armee von Robotern sie draußen erwartete?

Aber da war keine Armee von Robotern. Sie konnten Mr Faggan auf den Transporter legen und ihn so zum Shuttle bringen. Sie kamen schnell voran. Doch immer wieder sah Ariana sich um, fühlte sich beobachtet ...

Sie fuhr hoch. Dunkelheit, aber ... Doch, dies war das Shuttle! Sie hatte nur geträumt.

»Willst du nicht den Raumanzug ausziehen und dich auch ein wenig hinlegen?«, fragte Mrs Faggan leise. Sie saß in einer kleinen sanftgelben Lichtinsel, ein paar Sitzreihen entfernt. Dort, wo ihr Mann lag.

Ariana fuhr sich übers Gesicht, versuchte, einen klaren Kopf zu kriegen. »Wie lange hab ich geschlafen?«

»Eine Stunde, anderthalb ... Nicht genug.«

»Und die anderen?«

»Schlafen.« Ihre Stimme war nur ein Wispern. »Zwei im Cockpit, die anderen hier.«

»Und Sie?«

»Irgendwann werde ich sicher auch schlafen.«

Ariana sah sie an. Es war ein seltsamer Moment. So, als sei die Zeit gerade stehen geblieben. Als sei selbst die Wirklichkeit ein Traum. »Sie lieben ihn sehr, nicht wahr?«, fragte sie, ohne darüber nachzudenken, ob man jemanden so etwas fragen durfte. »Ihren Mann, meine ich.«

Mrs Faggan lächelte. Es war das leuchtendste Lächeln, das Ariana jemals bei einem Menschen gesehen hatte.

»Ja«, sagte sie. »Du kannst dir nicht vorstellen, wie glücklich ich bin, ihn wiederzuhaben.«

20 Jahre in Trance

Es war merkwürdig, aufzuwachen und sich in einer Sitzreihe des Shuttles wiederzufinden, auf der es sich zugegebenermaßen gar nicht so schlecht lag. Durch zwei der Sichtluken drang rötlich goldenes Licht herein, das den Innenraum wie verzaubert wirken ließ. Und es roch nach frischem Kaffba.

Aber sie fühlte sich verschwitzt und schmutzig und völlig zerschlagen. Ariana schlug die Decke beiseite, setzte sich auf. Mrs Faggan schlief, ihr Mann auch. Aus der letzten Reihe war leises Schnarchen zu hören; wer dort schlief, konnte sie nicht sehen.

Zwischen den Sitzreihen stand eine Bodenluke offen, die Ariana bis jetzt nicht bemerkt hatte. Von dort stieg der verheißungsvolle Duft auf.

»Guten Morgen«, flüsterte jemand von unten, als sie den Kopf hinabstreckte. Es war Roger Knight.

Über eine Leiter konnte man hinunterklettern. Der Lagerraum war leer bis auf eine Kücheneinheit, auf deren Herdplatte ein Topf mit Kaffba stand, einen Tisch und zwei Bänke, am Boden festgeschraubt. Arianas fragender Blick ging zu einem Kasten mit einer Tür, der wie eine Nasszelle aussah.

»Richtig geraten«, nickte der Pilot, bevor sie ihn darauf ansprechen konnte. »Man kann sogar duschen.«

Das tat sie dann. Als sie wieder herauskam, sauber und mit einem frischen Overall bekleidet, saßen auch Pigrato und Zhao Bai am Tisch und unterhielten sich mit gedämpften Stimmen über den Gesundheitszustand des Geretteten.

»Wenn wir ihn so wie jetzt auf eine Liege betten und richtig festschnallen, dürfte meines Erachtens nichts passieren«, sagte Roger Knight gerade. »Ich meine, die Startphase, das sind gerade mal siebzehn Minuten; wenn er nicht gerade herzkrank ist, sollte er das problemlos überstehen.«

»Und woher wollen Sie wissen, dass er nicht herzkrank ist?« Pigrato sah auf die Uhr. »Nein, ich will nichts unnötig riskieren. Wenn nachher der Satellit in Reichweite kommt, versuchen wir es noch einmal. Und sollte sich Yin Chi wieder nicht melden, werden wir –«

In diesem Moment stieß Mrs Faggan oben einen kurzen, spitzen Schrei aus.

Hals über Kopf kletterten die Männer die Leiter wieder hoch, in Rekordzeit vermutlich. Als Ariana oben ankam, standen alle – Ronny inbegriffen – um das Lager von Mr Faggan. Seine Frau hatte seinen Kopf in ihren Schoß gebettet, er hatte die Augen offen und sah sich interessiert um.

»Entschuldigung«, sagte Christine Faggan immer wieder. »Ich wollte nur ... er ist so plötzlich aufgewacht ... Entschuldigung.«

Dann begann James Faggan zu erzählen.

Es fiel Pigrato schwer, in der ausgemergelten Gestalt und hinter dem ungebändigten Bart jenen James Faggan zu erkennen, mit dem zusammen er ein Jahr in London studiert hatte. Damals, als sie beide noch jung gewesen waren. Gut, nach diesem Jahr hatten sie einander aus den Augen verloren, aber trotzdem ...

»Die Roboter wollten nichts Böses«, berichtete James Faggan gerade mühsam. »Ich glaube, sie sind einfach darauf programmiert, jedes Lebewesen, dem sie begegnen, in eines von ihren Lebenserhaltungssystemen zu stecken. So haben sie es damals mit uns getan, als wir in diesen Sandsturm gerieten ...« Er hustete, trank von dem Wasser, das ihm seine Frau reichte, hustete noch einmal.

»Was ist damals passiert?«, fragte Roger Knight.

James Faggan bewegte den Unterkiefer, so, als sei der steif geworden in all der Zeit. »Soweit ich mich erinnere, war es ein elektrischer Sandsturm, ein Sandteufel, wie man sagt. Er kam ganz plötzlich, legte all unsere Systeme lahm und irgendwie muss mit dem Untergrund etwas nicht gestimmt haben. Wir sind plötzlich weggekippt und alles ist schwarz geworden ...« Er zögerte, sein Blick wanderte suchend umher. »Ich weiß es nicht mehr genau«, gestand er schließlich. »Es kommt mir vor, als sei es hundert Jahre her.«

»Tatsächlich?«, fragte Pigrato verblüfft. »Ich hätte gewettet, dass es dir vorkommt, als sei es gestern gewesen. Hast du denn nicht geschlafen?«

Der Mann aus der Vergangenheit blickte ihn an, seine Augen weiteten sich. »Tom? Bist du das? Tom Pigrato?«

Pigrato musste betreten schlucken, ehe er antworten konnte. »Ja. Wie das Leben so spielt, was?«

»Was machst du denn auf dem Mars? Du wolltest doch nie ... Oder sind wir gar nicht mehr auf dem Mars?« Die Vorstellung schien ihn zu beunruhigen.

»Doch. Sind wir. Und wie.« Pigrato winkte ab. »Aber das ist eine lange Geschichte, die erzähl ich dir ein andermal. Im Moment bist du an der Reihe.«

James nickte. »Okay. Also – was war die Frage? Ach so. Ob

ich geschlafen habe. Nein, hab ich nicht. Wach war ich allerdings auch nicht. Es war ein Zustand dazwischen, äußerst seltsam, wie ein Traum fast, eine Trance. Ich wusste nichts mehr, nicht einmal meinen eigenen Namen. Ganz eigentümlich, wenn man seinen eigenen Namen nicht mehr weiß. Ich wusste auch nicht, wie viel Zeit vergeht, ob Zeit vergeht, dass es so etwas wie Zeit überhaupt gibt . . .« Er seufzte. »Es ist schwer zu beschreiben. Eigentlich lässt es sich gar nicht in Worte fassen. Es fällt mir schon jetzt schwer, daran zurückzudenken.«

»Hast du die Artefakte gemacht?«, fragte Pigrato und fügte, als ein verwunderter Glanz in James' Augen trat, hinzu: »Diese . . . *Steine*, die deine Tochter immer gefunden hat.«

James Faggan sah grüblerisch drein. »Ich weiß es nicht. Ich weiß nichts von Steinen, von Artefakten . . . Ich weiß, dass da jemand war, der meine Rufe gehört hat. Jemand, der gekommen ist. Aber ich wusste nicht, wer das war. Ich wusste ja nicht mal, wer ich war.« Er hob das Kinn, als sei ihm etwas wieder eingefallen. »Doch. Ja. Ich erinnere mich. Ich habe Botschaften geschickt. Auf irgendeinem Weg konnte ich Botschaften schicken. Etwas aufschreiben, zeichnen. Ich habe auch gesehen, wie es dann gefunden wurde. Aber . . . es ist nie etwas geschehen.«

Pigrato musterte ihn. Zum ersten Mal fiel ihm auf, wie sehr sich James Faggan und seine Tochter Elinn ähnelten – nicht vom Aussehen, sondern von ihrer Art her, sich zu bewegen, zu reden, einen anzuschauen.

»Es war wie ein Traum, in dem ich nach Hause wollte«, fuhr James fort. »Ich war eingesperrt, aber zugleich war mir, als könnte ich – oder zumindest ein Teil von mir – mich bewegen. Ich glitt durch dunkle Labyrinthe und kam mir vor wie ein Wurm aus Glas. Ich passierte seltsame Orte, sah seltsame Bilder . . . Und irgendwann konnte ich die Oberfläche sehen. Mich über Land bewegen, den Weg nach Hause suchen. Ich wusste seltsamerweise, in welche Richtung ich gehen musste. Es ging langsam, aber irgendwann habe ich die Station gesehen, ganz klein, von Weitem, wie eine Erscheinung. Aber da war jemand, der mich rufen hörte. Elinn, sagst du? Ja. Irgendwie wusste ich, dass sie es war. Nur der Name, der ist mir nicht eingefallen.« Ein verwundertes Lächeln glitt über sein Gesicht. »Bis ich eines Tages jemanden erkannt habe. Und weißt du, wen? Deinen Sohn, Tom. Urs. Er stand in der Aussichtsplattform von Modul 1. Ich hätte mich eigentlich wundern müssen, wie er da hingekommen war, aber ich wusste nicht genug, um mich darüber zu wundern – ich wusste nur, *das da ist Urs Pigrato.«*

»Aber du hast ihn nur einmal im Leben gesehen und da war er fünf Jahre alt!«

James nickte, runzelte die Stirn. »Seltsam. War er es denn?«

»Ja«, mischte sich Ariana ein. »Auf jeden Fall war er damals auf dem Mars.«

»Und jetzt nicht mehr?«, fragte James zurück.

»Nein. Er ist wieder auf der Erde«, sagte das Mädchen mit einem grimmigen Unterton.

Pigrato räusperte sich. Es gab im Augenblick Dringenderes, als den Aufenthaltsort seines Sohnes zu diskutieren. »James«, sagte er, »was weißt du über die Aliens in diesen Sarkophagen? Du sagst, es sind Lebenserhaltungssysteme. Sie leben also noch?«

»Ja.«

»Droht uns von ihnen Gefahr?«

James Faggans Augen wurden groß. »Gefahr?« Er produzierte ein Geräusch, das halb Husten, halb Lachen war. »Nein. Von ihnen droht uns keine Gefahr. Sie haben auf uns aufgepasst. Sie haben uns gerettet. Uns alle. Die ganze Menschheit. Vor ihnen müssen wir uns nicht fürchten.«

»Gerettet? Wovor haben sie uns gerettet?«

Der hagere Mann sank in sich zusammen, schloss die Augen für einen Moment, dann schlug er sie wieder auf. »Wenn sie nicht gewesen wären«, flüsterte er mit merklich schwerer werdender Zunge, »gäbe es heute keine Menschen mehr. Die anderen hätten uns ausgerottet.«

»Die anderen? Welche anderen?«

Auch seine Lider wurden zusehends schwerer. »Ich glaube ... das muss ich euch ein andermal erzählen.« Mit einem erschöpften Keuchen schloss er die Augen und war wieder eingeschlafen.

Im nächsten Moment erklang von irgendwoher ein durchdringender Signalton. Pigrato hob den Kopf. Es kam aus der Pilotenkanzel; die Luke dorthin stand offen.

»Na also«, sagte Roger Knight. »Die Marssiedlung ruft uns.«

Mrs Faggan blieb bei ihrem Mann, alle anderen drängten sich in die viel zu kleine Pilotenkanzel und versammelten sich vor dem Schirm, auf dem das Rufzeichen pulsierte. Ariana musste grinsen, als sie bemerkte, dass Ronny nur Augen für die Fluginstrumente hatte, für all die Schalter, Sensorflächen und Anzeigen. Sie sah, wie er unwillkürlich seine Hände bewegte, sicher ohne dass er sich dessen bewusst war: so, als wollte er sie am liebsten im nächsten Moment um den Steuerknüppel legen.

Flugmaschinen aller Art, das war einfach Ronnys Welt. Zweifellos würde er einmal Pilot werden.

Roger Knight berührte die Bestätigungstaste und der Schirm wurde hell. Yin Chi war darauf zu sehen, wie üblich undurchdringlich lächelnd, das unvermeidliche Glas seines berüchtigten grünen Tees in den Händen. Halb geleert sogar, Teeblätter klebten am Glas und schwebten im verbleibenden Rest; ein Anblick, bei dem Ariana sich schüttelte: Irgendwelche festen Bestandteile in Getränken fand sie widerlich, egal ob es sich dabei um Fruchtfleisch oder Teeblätter handelte.

»Ich grüße Sie«, rief Yin Chi und hob sein Glas ein wenig, als proste er ihnen zu. »Schön, Sie alle versammelt zu sehen. Ist Mr Pigrato auch . . .? Ah, da sind Sie. Tom, die Prioritäten haben sich geändert. Ich kann Ihnen das gerade nicht weiter erläutern, nur so viel: Sie müssen die Expedition abbrechen und so schnell wie möglich zur Siedlung zurückkehren.«

Ariana sah Mr Pigrato unwillig den Kopf heben. Früher war er derjenige gewesen, der anderen Anweisungen erteilt hatte; bestimmt hatte er sich noch nicht so recht daran gewöhnt, welche zu erhalten.

»Das hatten wir ohnehin vor«, erklärte er. »Wir haben versucht, Sie zu erreichen, aber aus irgendeinem Grund kam keine Verbindung zustande.«

Yin Chi nickte. »Ja, das habe ich mir gedacht.«

»Gibt es irgendwelche Probleme?«

Yin Chi hob die Augenbrauen. »Probleme? Nein. Hier ist alles in bester Ordnung. Es geht um das Shuttle. Wir . . .« Er zögerte. »Ich kann das wirklich im Moment nicht erklären. Das Shuttle wird hier dringend gebraucht, ganz einfach.«

Es klang etwas seltsam, wie er das sagte, fand Ariana.

»Gut, verstanden«, nickte Pigrato. »Aber wir können nicht starten, ehe ich nicht mit Dr. DeJones gesprochen habe.«

Das schien den Chinesen aus dem Konzept zu bringen. »Dr. DeJones? Wieso das denn?«

Ariana sah, wie Pigratos Blick zu einer Uhr zuckte, auf der die Zeit rückwärts lief. Das musste die Anzeige sein, auf der man sehen konnte, wie lange der Funkkontakt über den Satelliten noch bestehen würde.

Die Uhr zeigte 0:57 Minuten.

»Wir haben James Faggan«, sagte Pigrato rasch. »Und ich muss wissen, ob er transportfähig ist.«

Yin Chi blinzelte. »Warten Sie. Ich melde mich sofort wieder.«

Der Schirm wurde dunkel. Die Uhr zeigte 0:49.

»Das klappt doch nie im Leben«, meinte Roger Knight. Er berührte einen Schirm, ließ eine Liste abrollen. »Und bis zum nächsten Kontakt sind es über drei Stunden hin.«

Als die Uhr 0:12 zeigte, wurde der Schirm wieder hell. Yin Chi hielt einen Kommunikator in der Hand. »Ich habe gerade mit Dr. DeJones gesprochen. Er meint, je schneller Sie Faggan herbringen, desto besser. Am besten starten Sie umgehend.«

»Aber –«, begann Pigrato, doch im nächsten Augenblick verschwand das Bild. Die Uhr stand auf 0:00.

Das war alles *äußerst* seltsam, fand Ariana.

Die Männer wechselten verwunderte Blicke, dann räusperte Pigrato sich schließlich und sagte: »Wie auch immer, Sie haben die Anweisungen des Statthalters gehört. Also – bereiten wir die Rückkehr vor.« Er seufzte. »Und schauen wir, was wir für James Faggan tun können.«

Yin Chi legte den Kommunikator neben das Teeglas. Das Lächeln verschwand aus seinem Gesicht.

»Gut«, sagte der magere Mann mit der ungesund fleckigen Haut und dem extrem kurz geschnittenen Haar. Er hob die Waffe, deren Lauf er während des Videotelefonats auf den Kopf einer Technikerin gerichtet hatte. »Das haben Sie gut gemacht, Mister Yin. Sehr geistesgegenwärtig. Hoffen wir, dass sie Ihren Anweisungen nun auch Folge leisten.«

»Ich habe mich doch unmissverständlich ausgedrückt, oder?«, versetzte Yin Chi.

Der Mann sah ihn finster an. »Wir werden sehen.« Er richtete die Waffe wieder auf die Frau, die zusammenzuckte. Sie hieß Francesca Guarneri und arbeitete in der Instandhaltung. »Sie zittern besser noch ein bisschen. So lange, bis das Shuttle hier vor der Station gelandet ist.«

»Das wird es mit Sicherheit nicht«, sagte Yin Chi scharf. »So nah, wie Sie das andere Shuttle an der Oberen Station haben landen lassen, hätte alles Mögliche schiefgehen können.«

»Halten Sie mir Vorträge?« In der Stimme des Mannes, von dem ein unangenehm ranziger Geruch ausging, schwang Zorn.

»Ich muss, denn offensichtlich haben Sie so gut wie keine Ahnung, wie man sich im Weltraum verhält. Und ich muss verhindern, dass Sie dieser Frau etwas tun, nur weil Sie glauben, das Shuttle müsse jetzt sofort starten. Das kann es nicht. Der Pilot muss erst einen vollständigen Check durchführen. Das Triebwerk braucht eine Vorwärmphase, die bis zu zwei Stunden dauern kann. Und der Flug selber dauert noch einmal um die drei Stunden. Sie sollten sich also besser in Geduld üben.«

Der Lauf der Waffe fuhr herum, richtete sich auf Yin Chis Gesicht. »Sagen Sie mir nicht, was ich tun soll«, fauchte der Mann. Himmel, was für ein Mundgeruch! Vermutlich war Mrs Guarneri vor allem deswegen zusammengezuckt. »Und hören Sie vor allem auf mit diesem Raumfahrergerede – ich *kann* es nicht mehr hören. Ich *hasse* es, hier zu sein, falls es Sie interessiert. Der Weltraum ist kein Lebensraum für Menschen. Die *Erde* ist es. *Nur* die Erde, verstehen Sie? Der einzige Grund, warum ich hier bin, ist, dafür zu sorgen, dass das auch so bleibt.«

Yin Chi bemühte sich, flach zu atmen. »Ja«, nickte er langsam. »Das habe ich durchaus verstanden.«

21 Ein Bild sagt mehr als Worte

»Vielleicht ist etwas mit dem anderen Shuttle«, mutmaßte Roger Knight, während er die Checklisten hervorkramte. »Eine Panne. Vielleicht muss ein Ersatzteil rauf in den Orbit gebracht werden.«

»Das hätte er doch aber sagen können«, meinte Kemal Erkmen.

Pigrato fragte sich dasselbe, aber er hatte nicht vor, sich das anmerken zu lassen. Er war nicht mehr der Statthalter, und solange er es gewesen war, hatte er diesen Job nie leiden können. Nicht mehr die Verantwortung zu tragen, nicht mehr alles entscheiden zu müssen – das war doch eine Erleichterung, oder?

Zumindest hätte es das sein sollen.

»Schluss mit den Spekulationen«, sagte er. »Und volle Konzentration auf die Startvorbereitungen, wenn ich bitten darf. Mister Knight, Sie kümmern sich um Check und Vorlauf. Mister Zhao, Mister Erkmen und ich laden einstweilen die Teile der Tunnelfräse wieder ein – das hätten wir uns auch sparen können, die mitzunehmen.«

»Konnte man ja vorher nicht wissen«, meinte Zhao Bai.

Es klang leicht pikiert. Pigrato sah ihn an. »Das ging nicht gegen Sie.«

Der Chinese nickte. »Natürlich nicht.«

Irgendwie wusste man bei diesen Asiaten nie, woran man wirklich war.

Yin Chi war genauso. Wie seltsam er bei dem Gespräch eben gewirkt hatte!

Nicht weiter grübeln, handeln!, sagte Pigrato sich und sah die Kinder an. »Und falls ihr nicht zufällig hier mit den Startvorbereitungen zu tun habt, verlasst bitte jetzt die Kanzel.«

Zogen sie etwa Grimassen? Hinter seinem Rücken wahrscheinlich. Er stieg als Letzter durch die Luke in den Passagierraum. Dort war James Faggan wieder aufgewacht.

»Tut mir leid, dass ich immer wieder einschlafe«, beteuerte er, während sie sich um ihn versammelten, »aber mir ist, als müsste ich hundert Jahre fehlenden Schlafes nachholen. Es waren acht Jahre, ich weiß – lang genug, Christine hat mir gerade ein wenig erzählt, was so alles passiert ist . . . Ich war nicht wirklich wach, aber ich habe auch nicht wirklich geschlafen. Habe ich schon erzählt, oder? Ja. Es war seltsam. Ich hatte das Gefühl, ich müsse gegen den Schlaf ankämpfen. Dabei war es wie ein Traum. Ich wusste ja nicht mal mehr, wer ich bin. Und trotzdem, ich war mir irgendwie sicher, dass ich mich nicht noch tiefer sinken lassen durfte, weil es sonst zu Ende gewesen wäre . . .«

»Vielleicht ist es das, was Tom Taranovsky passiert ist«, warf seine Frau ein.

»Ja. Diese Lebenserhaltungsgeräte sind nie für Menschen gedacht gewesen.« Er seufzte. »Der arme Tom. Er war immer allein, ein Einzelgänger. Er hatte niemanden, zu dem es ihn zurückgezogen hätte . . . Woher hätte er die Kraft nehmen sollen zu widerstehen?«

Alle schwiegen einen Moment. Pigrato sah verstohlen in die Runde. Hatten die anderen diesen Tom Taranovsky gekannt? Ihm sagte der Name nichts, aber er war auch der Einzige in der Runde, der erst vor zweieinhalb Jahren auf den Mars gekommen war.

Er fing Christine Faggans Blick auf. Sie wollte ihm anscheinend etwas mitteilen. Er beugte sich zu ihr herab. *»Er hat Fieber«*, flüsterte sie ihm ins Ohr.

Pigrato nickte. Auch das noch. *»Wir starten so bald wie möglich«*, flüsterte er zurück.

Sie sah ihn flehend an. *»Bitte bleiben Sie. Er fragt dauernd nach Ihnen.«*

Krankenbettgespräche. Na schön. Pigrato nickte, wandte sich dann an Zhao und Erkmen, um ihnen die Situation zu erklären.

»Kein Problem«, sagte Zhao sofort. »Wir können die Teile auch zu zweit einladen.«

Erkmen nickte bekräftigend. Es schien, als seien die beiden froh wegzukommen. Während sie die Leiter hinabstiegen und die Luke zum Laderaum hinter sich verriegelten, ging Pigrato eine Sitzreihe weiter und lehnte sich so gegen eine Kopfstütze, dass James Faggan ihn bequem sehen konnte.

»Was weißt du über die Aliens?«, fragte er. »Du hast vorhin gesagt, sie hätten uns gerettet. Die Menschheit. Woher weißt du das?«

»Woher weiß ich das?« Faggan richtete den Blick himmelwärts, dachte nach. »Ich habe Bilder gesehen. Zuerst war nur Dunkelheit um mich, ein endloser Raum ohne Konturen, in dem ich schwebte – das war die härteste Zeit. Aber dann wurde es irgendwann heller und ich begann, Bilder zu sehen, stehende Bilder, bewegte Bilder . . . Sie kommen aus den Tiefen der Milchstraße, aus einem großen Reich, das viele bewohnte Planeten umfasst – glaube ich zumindest. Ich habe Welten gesehen, die rote und gelbe Sonnen umkreisten, Raumschiffe, Raumstationen . . . und Dinge, für die wir keine Begriffe haben. Sie sind uns sehr fremd, auf eine Weise, und auf eine andere auch wieder nicht . . .«

»Haben sie einen Namen?«

»Einen Namen? Nicht in unserem Sinne. Ich weiß nicht, wie sie sich verständigen, ob sie überhaupt eine Sprache haben, die wir verstehen können. Und Namen? Ich hatte ja alle Namen vergessen. Erst, als mir wieder einfiel, dass es so etwas wie Namen gibt, habe ich überhaupt angefangen, nach einem Namen für sie zu suchen ...« Er machte eine schwach wirkende Bewegung mit der Hand. »Da war ein Planet, zu dem ich das Wort *Fala* gehört habe. Ich glaube, das ist ihre Heimat; die Welt, von der sie stammen.«

»*Falaner* also«, schlussfolgerte Pigrato. »Weil wir sie ja irgendwie nennen müssen.«

James Faggan schien das nicht gehört zu haben. »Sie sind Forscher. Bereisen das Universum, um es zu erkunden. Sie sind in unser Sonnensystem gekommen und haben unsere Vorfahren entdeckt, die Frühmenschen vor einer Million Jahre oder noch eher. Sie haben sich auf dem Mars eingerichtet, um die Vorgänge auf der Erde nicht zu stören, und dann haben sie uns beobachtet. Sie wollten nicht eingreifen, versteht ihr? Sie wollten nur beobachten, uns zusehen. Aber dann«, fuhr er fort und musste erst einmal ausgiebig husten, »dann sind Wesen einer anderen raumfahrenden Spezies aufgetaucht. *Räuberische* Wesen.«

Kollektives Nach-Luft-Schnappen. Ausgerechnet in diesem Moment röhrte ein Aggregat tief im Inneren des Shuttles auf, um mit einem fast komischen Quietschlaut wieder zu verstummen. Gleich darauf ging die Luke im Boden wieder auf, Zhao Bai kam – schon im Raumanzug – heraufgeklettert und stieg mit besorgtem Blick in die Pilotenkanzel.

Faggan ließ sich nicht stören, schien es kaum zu bemerken. »Diese Wesen sahen ganz harmlos aus«, fuhr er hitzig fort. »Wie Teddybären, nicht einmal einen Meter groß, pelzig, mit lustigen Büschelohren ... Aber es waren Räuber und sie hatten es auf die Menschen abgesehen. Sie sind mit kleinen, hässlich knolligen Raumschiffen auf der Erde gelandet, um die Menschen zu *ernten*.«

»Zu *ernten?*«, keuchte jemand.

»Wieso die Menschen?«, fragte Pigrato. Nicht, dass er James Faggan unterstellen wollte, dass dieser ihnen einen Teddybären aufbinden wollte, aber es mochte ja sein, dass er in seiner Trance das eine oder andere falsch verstanden hatte. »Es gab damals doch sicher jede Menge andere Lebewesen auf der Erde, an denen mehr dran war.«

»Es ging ihnen nicht um Fleisch. Sie waren auf irgendetwas aus – ein Sekret, ein Hormon, ein Enzym –, das es nur in Gehirnen gibt. Und nur in bestimmten Gehirnen. In *intelligenten* Gehirnen.« Ein Schauder überlief den abgemagerten Mann. »Ich erinnere mich an ein Bild, wie ein paar dieser Wesen über einen völlig verängstigten Frühmenschen herfallen . . . wie sie ihm den Schädel spalten, das Gehirn herausreißen, mit bloßen Händen . . . Sie hätten uns Menschen ausgerottet, wenn die Falaner nicht gewesen wären. Die Falaner haben uns verteidigt. Sie haben –«

Mitten im Satz fielen ihm die Augen zu und er sank zurück in einen tiefen, erschöpften Schlaf.

Pigrato sah den Schlafenden an, erfüllt von fassungslosem Staunen. »Also, ich muss zugeben, dass ich . . . Ja?«, wandte er sich Zhao Bai zu, der eben wieder hereingekommen und auf ihn zugetreten war.

»Mister Pigrato«, sagte der Techniker, »könnten Sie vielleicht die Zeit erübrigen, kurz ins Cockpit zu kommen und sich etwas anzusehen? Ich glaube, es ist wichtig.«

»Etwas an dem Anruf von Yin Chi hat mir keine Ruhe gelassen«, erklärte Zhao Bai und fingerte nervös an der Steuerung der Kommunikationsanlage herum. »Ich habe mir erlaubt, mir die Aufzeichnung noch einmal anzusehen.«

Pigrato runzelte die Stirn. Sie waren zu dritt im Cockpit, Zhao, Knight und er. Nun beugte er sich zurück und schloss die Luke zum Passagierraum, wo die anderen um den schlafenden James Faggan versammelt saßen. Unnötig, vorzeitig Unruhe zu verbreiten. »Und?«

»Ich glaube, dass Yin Chi uns etwas anderes sagen wollte als das, was er uns gesagt hat.«

»Wie meinen Sie das?«

Zhao ließ die Aufzeichnungen laufen. »Darf ich fragen, ob Sie mit Mister Yins Gewohnheit vertraut sind, in den sich absetzenden Teeblättern nach Zeichen zu suchen?«

Pigrato entfuhr ein abgrundtiefer Seufzer, ehe er es verhindern konnte. »Nur zu gut.«

Zhao hielt die Aufzeichnung an. Yin Chi hatte gerade beteuert, es sei alles in bester Ordnung. »Sehen Sie, wie seltsam er das Teeglas hält?«

»So hält er es immer. Als müsse er seine Finger daran wärmen.«

»Aber sein Zeigefinger deutet auf ein Muster in den Teeblättern, die sich am Glas abgesetzt haben.« Er vergrößerte das Bild entsprechend. »Mit etwas Fantasie kann man in diesem Muster eine Folge chinesischer Schriftzeichen erkennen.«

»Wirklich?« Pigrato studierte den Bildausschnitt und kam zu dem Schluss, dass zumindest *seine* Fantasie hier überfordert war. »Und besagen diese Zeichen etwas?«

Das Thema war Zhao Bai sichtlich unbehaglich. »Ich muss gestehen, dass ich in chinesischer Schrift nicht sehr bewandert bin; ich bin in Europa aufgewachsen. Aber soweit ich das lesen kann, steht hier: *Gefahr. Überfall. Zwang wird ausgeübt.*«

»Eine Warnung also?«

»Ja. Dass man ihn zu diesem Gespräch gezwungen hat.«

Roger Knight brummte unwillig. »Mir kommt das reichlich weit hergeholt vor. Entschuldigen Sie, Bai. Aber wie sollte er solche Schriftzeichen aus Teeblättern in sein Glas zaubern? Mit einer Pinzette? Während irgendwelche bösen Buben ihm die Knarre vor die Nase halten?«

Pigrato rieb sich das Kinn. »Hmm. Tatsache ist, dass Yin Chi sich darauf versteht, unauffällig mit dem Finger nachzuhelfen, wenn die Teeblätter in seinem Glas nicht das Bild ergeben, das er sich wünscht. Darin ist er ziemlich geschickt.«

Zhao Bai atmete auf. »Sie denken also auch, dass etwas daran sein könnte?«

»Spielen Sie die ganze Aufnahme noch einmal ab.«

Im Grunde, sagte sich Pigrato, während er den hageren Chinesen auf dem Schirm beobachtete, war dieser Anruf auch ohne geheime Zeichen eine überaus seltsame Angelegenheit. Keine Frage zum Beispiel, ob sie schon etwas erreicht hatten. Nichts von dem, was Yin Chi sagte, stand in irgendeinem Zusammenhang mit den Gesprächen vor ihrem Aufbruch.

Hier stimmte tatsächlich etwas nicht.

Andererseits brauchte James Faggan ärztliche Hilfe.

Entscheidungen. Er entkam ihnen einfach nicht.

»Lassen Sie uns eine Denkpause einlegen«, sagte er schließlich. »Roger, meinen Sie, Sie können die Marssiedlung anrufen und glaubhaft machen, dass wir wegen technischer Probleme erst mal nicht starten können?«

Roger Knight holte tief Luft. »Ob ich so richtig gut lügen kann, meinen Sie?«

»Gewissermaßen.«

»Haben Sie mir damals geglaubt, dass der Rover einen Motorenschaden hat? Der, mit dem die Kinder losgefahren sind, um am Ende die blauen Türme zu entdecken?«

Pigrato sah ihn verdutzt an. »Sie haben davon *gewusst?*«

Der Pilot grinste. »Womit Ihre vorherige Frage beantwortet wäre, nehme ich an.«

Kaum waren Pigrato und Zhao Bai in der Pilotenkanzel verschwunden, wachte Mr Faggan wieder auf – wie es schien von dem leisen Klicken, mit dem die Luke geschlossen wurde. Mit großen Augen sah er sich um und staunte: »Ihr seid ja immer noch da!« So, als habe er stundenlang geschlafen.

Ronny überfiel ihn mit seiner Geschichte, wie er das Marsflugzeug geflogen hatte und in wilde Bilder von einer großen Stadt am Äquator geraten war, die von einem riesigen Raumschiff zerstört worden war. Er erzählte es reichlich chaotisch, fand Ariana, aber Mr Faggan schien zu verstehen, wovon die Rede war.

»Diese Stadt«, meinte er, als Ronny fertig war, »war der Ort, an dem die Falaner lebten. Ich habe sie auch gesehen, und länger und ausgiebiger als du, Ronny. Es war eine großartige Stadt, reich, weitläufig, wahnsinnig elegant. Die Falaner besaßen unglaubliche technische Möglichkeiten – eine so ungeheuer große Stadt zu erbauen, für gerade mal dreihundert Forscher!«

»Und wer hat sie zerstört?«

»Die Falaner selbst.«

»Was?«, fuhr Ronny hoch. »Aber –«

James Faggan hob eine Hand, obwohl es ihm sichtlich schwerfiel. »Was passiert ist, war Folgendes: Als diese Anderen kamen, haben die Falaner die Menschen verteidigt. Es gab Kämpfe im Raum um die Erde und auf der Erde selbst; gewaltige Schlachten, denn auch die Anderen besaßen schwere Waffen. Technisch waren sie den Falanern zwar unterlegen, aber sie waren die besseren Krieger und vor allem die besseren Strategen – während die Falaner die Erde verteidigten, eroberten sie nämlich deren Stadt auf dem Mars.«

»Mist«, rief Ronny.

»Ihr müsst dazu wissen, dass die Raumschiffe der Falaner nur dazu gebaut sind, innerhalb eines Sonnensystems zu fliegen. Sie können damit keine anderen Sterne erreichen. Um zu anderen Sternen zu gelangen, benutzen sie sogenannte Sternentore. Nur mit deren Hilfe kann man die ungeheuren Entfernungen im Weltraum zurücklegen, mehr oder weniger mit einem Schritt. Man fliegt in ein Sternentor hinein und kommt im nächsten Moment durch ein anderes wieder heraus. Wobei es auch besondere Sternentore gibt, die ein Raumschiff an einen weit entfernten Ort versetzen können, ohne dass dort ein anderes Sternentor existieren muss. Aber dieses Raumschiff muss alles mitnehmen, was nötig ist, um ein Sternentor zu bauen, sonst kann es niemals zurückkehren.« James Faggan hob die Augenbrauen. »Nun, und das Sternentor der Falaner befand sich in ihrer Stadt auf dem Mars: jene sechs blauen Türme, die du auch gesehen hast, Ronny. In der Stadt, und damit in der Gewalt der Angreifer.«

Niemand sagte ein Wort. Der bärtige Mann, in dem Ariana nur mit Mühe den Vater von Carl und Elinn erkannte, an den sie sich undeutlich erinnerte, holte mühsam Luft. »Die Besatzer machten den Falanern ein Angebot: Sie würden sie mit ihrem Raumschiff nach Hause zurückkehren lassen, wenn sie ihnen den Mars und vor allem die Erde überließen – das hieß, die Menschen, auf die sie es ja abgesehen hatten.« Noch ein Atemzug. »Und die Falaner nahmen das Angebot an.«

»Oh«, rief jemand erschrocken. Im nächsten Augenblick merkte Ariana, dass sie es selbst gewesen war.

»Aber sie taten es nur zum Schein. Es war die einzige Möglichkeit, dicht genug an die Stadt heranzukommen, um mit ihren Strahlwaffen bestimmte Maschinen zu treffen, die sich tief unter der Marsoberfläche befanden. Eine ungeheure Explosion war die Folge, denn diese Maschinen explodierten in einer Kettenreaktion, die die gesamte Stadt innerhalb weniger Augenblicke zerstörte und die Anderen in den Untergang riss. Es war eine Explosion, die leicht auch den ganzen Planeten hätte zerstören können. So entstanden die Valles Marineris – um uns Menschen, die wir damals völlig wehrlos waren, davor zu bewahren, ausgerottet zu werden.«

Mr Faggans Stimme war immer leiser geworden. Es strengte ihn an, das alles zu erzählen, aber es drängte ihn auch dazu, das merkte man. Sein Blick war in unbestimmte Weiten gerichtet, so, als durchlebe er noch einmal die Bilder, die er in der Zeit seiner Gefangenschaft gesehen hatte.

»Die Falaner hatten die Anderen besiegt, aber um den Preis, dass sie zusammen mit ihrer Stadt auch das große Sternentor verloren. Sie besaßen nur noch ein kleines Sternentor, das sie benutzt hatten, um auf die Erde zu gelangen – das aber war zu schwach, um das Netz zu erreichen, das die Sonnensysteme ihres Reiches miteinander verbindet. Sie waren also von ihrer Heimat abgeschnitten, ohne Chance auf Rückkehr.« Er hob den Kopf, sah Ronny und Ariana an. »Was sollten sie tun? Was hättet ihr getan?«

»Keine Ahnung«, sagte Ronny.

»Sie fassten einen ganz und gar ungeheuerlichen Plan: Sie beschlossen, sich in Tiefschlaf zu versetzen und zu warten, bis ihre Artgenossen das Netz der Sternentore in diesem Teil der Galaxis weit genug ausgebaut hätten, dass sie auch über das kleine Tor, das sie noch besaßen, Anschluss daran finden würden. Es war ihnen von vornherein klar, dass das sehr lange dauern würde, denn man kann ein Sternentor nicht zerstören, ohne dass dies schwerwiegende Folgen für die anderen Sternentore hat, mit denen es verbunden war. Sie wussten, dass sie Jahrhunderte, vielleicht Jahrtausende würden warten müssen. Deshalb errichteten sie die verborgene Station in der Cydonia-Region, bauten die Maschinen, die sie im Tiefschlaf am Leben erhalten würden, und die Roboter, die über sie wachen würden in all der Zeit.«

Die Luke zur Pilotenkanzel ging wieder auf. Pigrato kehrte zurück, gesellte sich leisen Schrittes zu ihnen, bemüht, die Erzählung nicht zu unterbrechen.

»Das ist es also, was die Falaner in dieser Höhle tun«, schloss James Faggan mit ersterbender Stimme. »Sie schlafen und warten, dass ihre Leuten kommen, um sie zu holen.«

»Und woher wissen sie, dass jemand kommen wird?«, fragte Ariana.

»Das wissen sie nicht. Das ist das Risiko. Vielleicht kommt niemals jemand.«

»Aber man muss sie doch vermisst haben?«

»Vielleicht. Ich weiß es nicht. Manche der Bilder, die ich gesehen habe, gaben mir das Gefühl, dass auf einer Forschungsreise zu verschwinden, bei den Falanern als ehrenvolles Ende betrachtet wird. Es könnte auch sein, dass man die Zerstörung des großen Sternentors registriert und nach ihnen gesucht, die Suche aber aufgegeben hat, weil man sie für tot hielt.« James Faggan zögerte, dann fügte er hinzu: »Tatsächlich hatte ich den Eindruck, dass – obwohl die Falaner wirklich schlafen – etwas von ihnen wach geblieben ist. Eine Art gemeinsames Bewusstsein. Und dieser gemeinsame Geist macht sich seit geraumer Zeit Sorgen, dass man sie vielleicht niemals finden wird. Ihr Schlaf dauert schon zu lange. Viel zu lange.«

Ariana zuckte zusammen, als Pigrato sich räusperte. »Vielleicht ist zu Hause etwas passiert, von dem sie nichts wissen.«

Der bärtige Mann auf der Liege nickte kaum merklich. »Auch diese Möglichkeit ziehen sie in Betracht.«

»Leider«, fuhr Pigrato finsteren Blicks fort, »müssen auch wir diese Möglichkeit in Betracht ziehen: dass zu Hause etwas passiert sein könnte, von dem wir nichts wissen.«

Ronny hörte atemlos zu, wie Pigrato berichtete, was Zhao Bai entdeckt hatte: dass Yin Chi ihnen eine Warnung hatte zukommen lassen. Dass ihn offenbar jemand dazu gezwungen hatte, sie anzurufen und zur Rückkehr aufzufordern.

Das war nicht gut. Das zu hören, verursachte ihm ein ausgesprochen mulmiges Gefühl.

»Die Frage ist, was wir überhaupt tun können«, schloss Pigrato. »Wie sollen wir herausfinden, was in der Siedlung los ist? Wir sind hier völlig abgeschnitten von allem.«

»Mal andersherum gefragt«, meinte Kemal Erkmen, der, ebenfalls im Raumanzug, wieder heraufgekommen war, »was *kann* denn los sein?«

Pigrato hatte seinen finstersten Blick drauf, wie in alten Zeiten, als er noch der Statthalter gewesen war und gedacht hatte, alles müsse nach seiner Pfeife tanzen. »Yin Chi hat vor einiger Zeit einen Hinweis bekommen, dass die Heimwärtsbewegung irgendetwas auf dem Mars plant. Vielleicht gab es doch noch einen Agenten in der Siedlung, der nun aktiv geworden ist.«

»War das der Grund für die Geheimhaltung rund um die Expedition?«, hakte Erkmen nach.

»Es war ein ernst zu nehmender Hinweis«, erwiderte Pigrato.

Ein Agent. Ronnys Hand schloss sich unwillkürlich um die winzige Kamera, die in der Brusttasche seines Overalls steckte. Er hatte gedacht, es sei eine gute Idee, alles aufzunehmen, was Mr Faggan erzählte – aber nun war er sich da nicht mehr so sicher ...

»Wie hört sich denn der sonstige Funkverkehr an?«, fragte Mr Faggan, der immer noch auf der Liege lag, den Kopf im Schoß seiner Frau. Er war ziemlich blass im Gesicht, aber das war er schon die ganze Zeit gewesen.

»Wir befinden uns hinter dem Funkhorizont«, sagte Roger Knight, der gerade aus der Pilotenkanzel kam. »Das heißt, wir hören gar nichts. Aber sowohl die GANDHI als auch die KING schweigen, wenn ich versuche, ins Kommunikationsnetz zu gehen. Und die Satelliten reagieren auch nicht richtig.«

»Und wenn wir einfach mal über die Siedlung hinwegfliegen und schauen, ob wir etwas Auffälliges bemerken?«, schlug Mrs Faggan vor.

Die Mutter von Carl und Elinn mochte auf ihrem Gebiet eine Spezialistin sein, aber von Fluggeräten verstand sie offenbar nichts. Bloß war Ronny jetzt nicht danach, die Augen zu verdrehen oder einen blöden Spruch zu bringen, weil er die ganze Zeit an Wim Van Leer und das Gespräch mit ihm denken musste.

Van Leer. Carl hatte damals herausgefunden, dass der Journalist von der Erde eine Zeit lang für die Heimwärtsbewegung gearbeitet hatte. Carl war sich daraufhin sicher gewesen, dass Van Leer hinter den Anschlägen auf dem Mars steckte – aber dann war alles doch ganz anders gekommen . . .

Aber womöglich war das die raffinierteste Tarnung überhaupt? Wenn einer erst für einen Agenten gehalten wurde und es dann so aussah, als habe man ihn zu Unrecht verdächtigt? Wenn so einer dann *doch* ein Agent war, darauf käme doch im Leben niemand!

Ronny äugte unauffällig auf das winzige Rundumobjektiv in seiner Brusttasche hinab. Ihm wurde immer mulmiger. Was sollte er denn jetzt tun?

»Ein Rundflug?«, grinste Roger Knight. »Wäre schön. Aber wie das nun mal so ist bei Shuttles: Der Treibstoffverbrauch ist jenseits von Gut und Böse. Wir haben immer nur genug Treibstoff für Hin- und Rückflug. Nach jeder zweiten Landung muss aufgetankt werden.«

»Aber könnten wir nicht probieren, ob wir über die Satelliten etwas sehen?«, schlug Ariana vor. Sie sah Pigrato an, wirkte ein bisschen verlegen. »Sie erinnern sich doch, dass Urs und ich uns mal mit Ihrem Passwort auf einen der Satelliten geschaltet haben? Wir haben die Kamerasteuerung aktiviert und –«

»Allerdings erinnere ich mich«, erwiderte Pigrato. »Das war allerhand, was ihr euch da geleistet habt.«

»Aber eine gute Idee!«, meinte Roger Knight. »Einen Versuch wäre es wert. Natürlich nur, falls Sie das Passwort auswendig wissen.« Er grinste. »Ich nehme an, es ist ein neues.«

»In der Tat.« Pigrato nickte in Richtung Pilotenkanzel. »Gut, versuchen wir es. Aber erst mal nur wir beide. Nicht dass nachher wieder ein Passwort die Runde macht . . .«

Nach ein paar Minuten, während derer Ariana die geschlossene Kanzelluke anstarrte und sich ärgerte, dass sie diese alte Geschichte wieder aufgewärmt hatte, flog die Tür wieder auf und Pigratos aufgeregt winkende Hand erschien. »Schnell!«

Mr und Mrs Faggan blieben natürlich, wo sie waren, alle anderen drängten sich eilig in das enge Cockpit. Auf einem der Schirme sah man eine Marslandschaft aus großer Höhe, gelborange und zerklüftet. In der Mitte blinkte es silbern.

»Genial gewählter Zeitpunkt«, rief Roger Knight begeistert, während seine Finger über die Kontrollen huschten. »Satellit 2 steht über der Marssiedlung, einigermaßen zumindest, und Satellit 1 ist noch fünf Minuten in Reichweite. Ins Kom-Netz lässt er uns nicht, aber für die Verbindung zum anderen Satelliten, da ist er gnädig . . . Verstehe, wer will. So, jetzt. Vergrößerung.«

In ruckelnden Sprüngen wurde der silbern glänzende Punkt auf der rostbraunen Ebene größer. Bald erkannte man die schimmernden Flächen der Treibhäuser im großen Krater, die fünf Kuppeln der Oberen Station . . .

Ariana stutzte. Was war das?

»Das andere Shuttle«, stellte Erkmen fest. »Es ist gelandet.«

Der Pilot schüttelte fassungslos den Kopf. »Aber so *nah* bei der Station! Schauen Sie mal – das sind keine hundert Meter!

Dem Kerl, der das da gelandet hat, gehört der Pilotenschein abgenommen.«

Erkmen runzelte die Stirn. »Was kann da passieren?«

»Himmel! Die Triebwerksgase! Tausend Grad Kelvin, Überschallgeschwindigkeit – allein der aufgewirbelte Sand hat wahrscheinlich sämtliche Fenster der Oberen Station blind geschmirgelt! Ganz zu schweigen von dem Risiko, die Antennen zu zerschmelzen oder die Station selber zu zertrümmern.« Er hämmerte wie wild auf die Kontrollen, drehte sich dabei zu Pigrato um. »Da ist was oberfaul, wenn Sie mich fragen. Wie soll das Shuttle je wieder starten? Selbst wenn der Triebwerksstrahl nicht wäre, das kriegt man nicht mal mehr betankt. Alle Wasserstofftanks sind kilometerweit weg –«

Das Bild verschwamm, dann verschwand es ganz. Der Kontakt zwischen den Satelliten war abgerissen.

Ariana schluckte. Das mit den Satelliten war ihr doch bloß eingefallen, weil Urs sie damals zu diesem Streich angestiftet hatte ... Zu sehen, dass zu Hause irgendetwas ganz und gar nicht in Ordnung war, war ein richtiger Schock.

Urs' Vater knetete sich das Kinn, sein Blick ging stier ins Leere. »Ja«, sagte er. »Es stimmt etwas nicht. Aber was? Ich kann mir beim besten Willen keinen Reim machen auf das, was wir da gesehen haben.«

In diesem Moment hob Ronny die Hand. Er hielt etwas darin, sah Ariana verwundert, etwas, das aussah wie ein kleiner Schreibstift mit einer Glaskugel am oberen Ende.

»Ich glaube«, sagte Ronny mit zittriger Stimme, »ich muss da was erzählen ...«

22 Funkstille

»Offiziell geht man von einer technischen Panne aus«, berichtete Bazman. Seinem Gesichtsausdruck nach hielt er nicht viel von offiziellen Stellungnahmen. »Wobei es stimmt, was die Raumfahrtbehörde sagt, es hat Unterbrechungen in der Kommunikation zwischen Mars und Erde tatsächlich schon öfter gegeben, als man gemeinhin weiß. Der Rekord liegt bei sechs Tagen ohne einen Pieps vom Mars, genauer gesagt bei hundertdreiundfünfzig Stunden. Dann haben sich die Siedler wieder gemeldet und fröhlich erklärt, sie hätten etwas mit der Funkanlage ausprobieren wollen und das sei eben schiefgegangen ...« Er blies die Backen auf. »Bloß – das war im Juli 2068. In den letzten fünf Jahren hat es keine Unterbrechung der Funkstrecke gegeben, die auch nur halb so lange gedauert hätte wie diese jetzt.«

Yules Whitehead fuhr sich mit gespreizten Fingern durch das bleiche Kraushaar. »Das ist doch verrückt«, meinte er. »Wochenlang achten wir auf Funkstille und jetzt, wo es allmählich Zeit wird, dass wir die Bombe platzen lassen und ankündigen, dass wir im Anflug auf den Mars sind, passiert so etwas.«

Carl sah auf die Missionsuhr. Nur noch sechsundvierzig Stunden, bis sie in den Marsorbit eintraten. Nicht einmal mehr zwei Tage, ein Klacks eigentlich, verglichen mit den schier endlosen Wochen, die hinter ihnen lagen – und doch schienen sich diese letzten Stunden ins Endlose zu dehnen.

Während Whitehead seinem Butler und Assistenten ein paar langweilig klingende geschäftliche Anweisungen gab, warf Carl den anderen einen kurzen Blick zu. Urs wirkte angespannt und wie durch die Mangel gedreht, Elinn saß auf ihren eigenen Händen und versuchte, sich nicht anmerken zu lassen, wie rastlos sie war. Höchste Zeit, dass dieser Flug sein Ziel erreichte.

Wobei das Schlimmste im Augenblick natürlich nicht die Tatenlosigkeit war, zu der sie verurteilt waren, sondern die Ungewissheit, was die Expedition in die Cydonia-Region denn nun über Vaters Schicksal herausgefunden hatte.

Es hätte ihm auch schon genügt zu wissen, dass seine Mutter wohlauf war. Die Vorstellung, dass sie allein in die Station der Aliens und in das Mausoleum marschieren wollte, hatte ihm von Anfang an nicht gefallen.

Dass Vater noch leben könnte, wagte Carl dagegen nicht zu hoffen.

»Van Leer?«, wiederholte Pigrato und betrachtete das winzige Spionagegerät von allen Seiten. »Interessant. So etwas habe ich noch nie gesehen. Und das soll Daten über die Satelliten zurückgesendet haben?«

Der blonde Junge nickte, sichtlich erleichtert, sein Geständnis hinter sich zu haben.

»Das könnte der unidentifizierbare Funkverkehr gewesen sein, den wir aufgefangen haben«, meinte Roger Knight. »Kurze, verschlüsselte Impulse auf einer Nebenfrequenz.«

Pigrato hielt ihm das Gerät hin. »Können Sie etwas damit anfangen? Den Speicher auslesen oder so etwas?«

Der Pilot nahm das Ding mit spitzen Fingern. »Ich kann es zumindest versuchen.« Er sah in die Runde der Leute, die sein Cockpit bevölkerten. »Aber dazu brauche ich ein bisschen Ellenbogenfreiheit. Und Zugriff auf mein Werkzeugfach.«

»Verstehe«, sagte Pigrato und machte wedelnde Handbewegungen. »Raus mit uns.«

Draußen versammelten sie sich um die Faggans und erzählten, was sie über die Satelliten gesehen hatten.

»Zumindest scheinen es nicht die Falaner zu sein«, meinte Pigrato zu James Faggan. »Ich hatte schon den Verdacht, deine Aliens hätten über Nacht die Siedlung besetzt.«

Der Mann, der acht Jahre in einem gläsernen Sarkophag gelegen hatte, schüttelte mühsam den Kopf. »Das ginge gar nicht. Die Falaner können nicht aus eigener Initiative erwachen.«

»Es hätte ja sein können, dass wir sie aufgeweckt haben.«

James Faggan hustete schwach. »Nein, du verstehst nicht ... Es gibt dieses gemeinsame Bewusstsein, von dem ich gesprochen habe, das über den Schlaf der Falaner wacht – es kann die Schläfer verteidigen, aber es kann sie nicht aus ihrem Tiefschlaf holen. Jeder Sarkophag, in dem ein Falaner liegt, ist versiegelt und nur der richtige Schlüssel kann diese Versiegelung öffnen. Sie können erst erwachen, wenn andere Falaner kommen und sie holen.«

Einen Moment standen sie alle in verwunderter Stille. Dann meinte Kemal Erkmen: »Das klingt ziemlich riskant. Ich meine, was, wenn nie ein Falaner kommt? Wenn dieses Volk inzwischen ausgestorben ist?«

Faggan hob eine Hand. Sie zitterte. »Sie wussten, dass das riskant war. Aber es ist wohl so, dass man nur ein einziges Mal in diese Art von Tiefschlaf gehen kann. Zumindest Falaner. Wenn sie wieder erwachen, wird das endgültig sein. Sie mussten also sicherstellen, dass sie nicht versehentlich zum falschen Zeitpunkt geweckt werden. Das gemeinsame Schlafbewusstsein ist nicht intelligent genug, um darüber entscheiden zu können, deswegen haben sie ihm diese Möglichkeit nicht gegeben.« Er ließ die Hand wieder sinken. »Das war das erste Bild, das ich zu sehen bekam, als ich die

Dunkelheit durchdrungen hatte, und kein anderes habe ich so oft gesehen: die Halle, von der aus der Gang zum Mausoleum geht. Dort gibt es eine Schaltfläche, silberglänzend und etwa so groß wie eine menschliche Handfläche. Dort muss ein Schlüssel eingesetzt werden, um die Falaner aufzuwecken.«

Seine Frau fuhr ihm über die Stirn. »Sie dachten, du könntest sie befreien. Deswegen haben sie dir das gezeigt. Es war eine Aufforderung.«

James Faggan nickte. »Ja. Sie hatten gehofft, ich könne ihnen helfen. Und ich wollte, ich könnte es. Wir schulden es ihnen.«

Es war das siebte Verhör. Es war immer ein anderer Polizist, aber immer dieselben Fragen. Und immer dieselben Antworten.

Diesmal saß George W. Carver ein älterer, grauhäutiger Australier mit rheumatisch verformten Händen gegenüber. Der Raum war groß und kahl, der Tisch in der Mitte, die beiden Stühle und das Aufzeichnungsgerät waren alles, was er an Mobiliar enthielt.

»Was haben Sie mit der Codekarte von Senator Bjornstadt gemacht?«

Carver wirkte auf den ersten Blick ruhig, doch wenn man genau hinschaute, sah man eine Stelle unter seinem linken Auge zucken. »Ich bin Mitglied der Regierung. Ich genieße Immunität. Sie halten mich hier widerrechtlich fest«, sagte er. Eine seiner Standardantworten; das hatte er inzwischen schon ein Dutzend Mal gesagt.

»Das Parlament hat Ihre Immunität aufgehoben«, erwiderte der Polizist.

»Ich will meinen Anwalt sprechen.«

»Sie haben Ihren Anwalt erst vor zwei Stunden gesprochen. Ich wette, er hat Ihnen genau dasselbe gesagt wie ich.«

Carver lachte erschöpft auf. »Sie werden nichts von mir erfahren. Ich bin zäh. Fragen Sie die Burschen, die vor Ihnen auf diesem Stuhl gesessen haben.«

Eine dunkelbraune Hand berührte eine Taste und der Schirm, der das Geschehen in der Verhörzelle gezeigt hatte, wurde dunkel.

»Er wird uns nichts sagen«, erklärte der untersetzte, kantig wirkende Mann, der Bjornstadt und Präsident Nayanar gegenübersaß. »Carver spielt auf Zeit. Er wartet auf irgendetwas.«

»Und worauf?«, fragte Nayanar mit angriffslustig vorgeschobenem Kinn.

Der Polizeichef hob die zu einem Strichmuster ausrasierten Augenbrauen. »Das würde ich Ihnen sagen, wenn ich es wüsste. Ich habe alle verfügbaren Leute auf diesen Fall angesetzt. Sie durchsuchen überall auf der Welt Logdateien und Protokolle, in allen Systemen, die es gibt. Wir finden Carvers Hintermänner, Drahtzieher und Zuarbeiter, das ist nicht die Frage. Die Frage ist nur, wie lange das dauern wird. Ob es *zu* lange dauert.«

Er griff nach einem Lesegerät, huschte geübt über die holografischen Kontrollen. »Bis jetzt haben wir folgende Zeitleiste: Der Diebstahl des Codes erfolgte kurz nach der Entdeckung der blauen Türme auf dem Mars. Zur selben Zeit, als die BUZZ ALDRIN für den Flug zum Mars vorbereitet und das Wissenschaftlerteam zusammengestellt wurde, wurden mit Ihrem Code, Senator, auch die drei Wartungsraumschiffe TERESCHKOWA, JÄHN und LIWEI zur Überholung in Werften auf der Raumstation *Vulcan* beordert. In den darauffolgenden Tagen wurden per Anweisung – also unter Umgehung der eigentlich vorgeschriebenen Prozeduren – mehrere Dutzend Leute eingestellt und sofort auf wichtige Posten in der Raumfahrtbehörde, bei Space Control und im Mondobservatorium versetzt. Wir sind gerade dabei, all diese Leute aufzuspüren, festzunehmen und zu verhören. Bei allen, die wir bis jetzt haben, hat sich herausgestellt, dass die Personalakten von vorn bis hinten gefälscht waren – und dass sie in irgendeiner Beziehung zur Heimwärtsbewegung stehen.«

»Wie nicht anders zu erwarten war.« Der Präsident seufzte. »Das heißt, die feindselige Haltung der Heimwärtsbewegung gegenüber, die Carver immer zur Schau getragen hat, war nichts weiter als Maskerade. Er hat uns etwas vorgespielt.«

Bjornstadt sah den Polizeichef an. »Und weiter? Die drei Wartungsraumschiffe sind nicht mehr in der Werfthalle. Wo sind sie dann?«

»Da verliert sich die Spur. Was wir wissen, ist, dass die Mannschaften der drei Schiffe nach *Vulcan* beordert wurden, kurz nachdem die ALDRIN zum Mars gestartet war, gerade noch im Zeitfenster.« Der Mann faltete die Hände. »Die beste Theorie, die wir haben, lautet, dass die drei Raumschiffe ebenfalls zum Mars aufgebrochen sind.«

Bjornstadt schüttelte den Kopf. »Unmöglich. Dafür sind diese Schiffe nicht gebaut!«

»Einer unserer Experten, Mr Mikashi, hat ausgerechnet, dass sich damals eine langsame Flugbahn zum Mars angeboten hat, die auch für Schiffe vom C1-Typ machbar gewesen wäre – vorausgesetzt, man legte keinen Wert darauf, auch wieder zur Erde zurückzukehren. Das wäre tatsächlich unmöglich gewesen.«

Der Senator und der Präsident sahen einander an. »Was für einen Sinn sollte so etwas haben?«

Der Polizeichef legte bedächtig das Lesegerät beiseite. »Angenommen«, sagte er, »gewisse Leute hätten sich vom ersten Moment an darauf eingestellt, dass Sie, Herr Präsident, die sich auf dem Mars entwickelnde Situation nicht in der Weise handhaben würden, wie es der Heimwärtsbewegung gefallen würde. Was wäre die Konsequenz gewesen? Man hätte nach Wegen gesucht, selber Einfluss auf das Geschehen zu nehmen. Weiter angenommen, zusammen mit den Mannschaften – Piloten, Navigatoren, Bordingenieuren – wäre damals eine Art Stoßtrupp aus Leuten an Bord dieser Schiffe gegangen, die sich den Zielen und Vorstellungen der Heimwärtsbewegung verschrieben haben. Dann wären diese drei Schiffe eine Art Eingreiftruppe gewesen, die in einiger Entfernung vom Mars gewartet hätte, um aktiv zu werden, falls die Heimwärtsbewegung ihre Vorstellungen auf politischem Weg nicht durchsetzen kann.«

Nayanars Augen drohten, ihm aus dem Kopf zu fallen. »Ein bewaffneter Überfall auf die Marssiedlung? Denken Sie, dass das passiert ist?«

»Sie haben letzte Woche den ultimativen Forderungen der Heimwärtsbewegung eine klare Absage erteilt. Seit gestern ist der Funkkontakt zum Mars unterbrochen.« Der Polizeichef fuhr sich über den kurz geschorenen Schädel. »Ja, ich halte es für wahrscheinlich, dass es das ist, worauf Carver wartet: dass die Marssiedlung zerstört wird und die Siedler zur Rückkehr auf die Erde gezwungen sind.«

»Das ist interessant«, erklärte Roger Knight, als er mit der kleinen Kamera und einem Lesegerät, an das er sie angeschlossen hatte, aus der Pilotenkanzel kam. »Die Verbindung funktioniert offenbar in beide Richtungen. Van Leer hat keine Daten abgerufen – er hat welche *geschickt.«*

»Das wird ja immer seltsamer«, meinte Pigrato. »Was für Daten?«

»Lesen Sie«, sagte der Pilot und hielt ihm das Lesegerät hin.

Sie lasen alle mit, dicht um den ehemaligen Statthalter geschart.

Wim Van Leer hier. Dies ist ein verzweifelter Versuch, aber alles, was ich noch tun kann. Ich habe mich in einem Lagerraum ver-

steckt, habe meinen tragbaren Computer und Zugang zum Funksystem, aber die Frage ist, wie lange noch. Die KI sucht mich, das merke ich; sie ist auf Seiten der Terroristen. Ich muss schnell machen, ehe es zu spät ist. Was ist wesentlich? Die Marssiedlung ist überfallen worden! Terroristen – keine Ahnung, woher die auf einmal kommen –, heute Abend ging der Fahrstuhl auf und Männer mit Schusswaffen kamen heraus! Ihr Anführer hat das Mikrofon der Band an sich gerissen und eine kurze Ansprache gehalten, kein Widerstand und so weiter, was solche Leute eben sagen, und er hat behauptet, sein Name sei Ansgar Eikanger. »Ich werde beenden, was mein Bruder begonnen hat«, hat er gesagt.

AI-20 engt die Suche immer mehr ein. Ich sehe es hier auf dem Monitor. Ich schicke das jetzt ab, lösche es sofort von meinem Computer und melde mich später ausführlich, falls ich kann.

Das war alles. Offenbar hatte sich keine weitere Gelegenheit ergeben.

»Eikanger«, stieß Pigrato hervor. Das war der Name des Mannes gewesen, der die Asiatische Marsstation zerstört hatte. Der beinahe seinen Sohn getötet hätte.

»Ich glaube das nicht«, sagte Erkmen. »Woher sollen auf einmal irgendwelche Terroristen kommen? Das ist bestimmt ein Trick.«

»Weil ja damit zu rechnen war, dass wir uns als Erstes dieses kleine Spiondings anschauen?«, meinte Roger Knight spöttisch. »Kemal, Sie denken da nicht ganz logisch.«

»Wieso sollte die KI auf Seiten von Terroristen stehen?«, erwiderte Erkmen.

»Weil diese angebliche Rekalibrierung ein Täuschungsmanöver war«, sagte Pigrato. »*Das* war der Trick. Durch das Einspielen des Fernwartungsmoduls haben sich die Terroristen die Kontrolle über die KI verschafft. Und die KI kontrolliert alles – die Raumüberwachung, die Schleusen, die Funkanlage, die Lebenserhaltungssysteme . . .« Er gab dem Piloten das Lesegerät zurück. »Das heißt, dass die Raumfahrtbehörde irgendwie darin verwickelt sein muss. Oder dass jemand eine Möglichkeit gefunden hat, deren Signaturcode zu fälschen.«

»Schwer zu sagen, was beunruhigender wäre«, brummte Roger Knight.

Pigrato ging auf und ab, in seinem seltsam schlurfenden, fast hüpfenden Gang, an dem man Erdlinge erkannte und in den er auch nach über zwei Jahren auf dem Mars immer noch manchmal fiel. »Mir ist das gleich seltsam vorgekommen«, grollte er und versetzte den Kopfstützen der Sitze wütende Hiebe. »Yin Chi habe ich gesagt, dass mir das seltsam vorkommt. Jed Latimer habe ich gewarnt, als wir das Back-up gemacht haben. Die ganze Zeit hat es geheißen, Rekalibrierung per Fernwartung ginge nicht, und nun sollte es auf einmal doch gehen? Das war doch von Anfang an faul. Ich hätte mich weigern sollen, verdammt noch mal!«

»Fraglich, ob sich der Überfall dadurch hätte verhindern lassen«, sagte Zhao. »Ich meine, wenn die Waffen haben ...«

»Wir hätten sie kommen sehen«, widersprach Roger Knight. »Wir hätten die Schleusen blockiert und sie draußen verhungern lassen.«

»Sie hätten die Rover zerstören können, die Treibhäuser ...«

»Auf jeden Fall hätten sie nicht einfach mitten in ein Sonntagsfest platzen können. Wir hätten eine Chance gehabt.«

»*Hätten*«, warf Erkmen ein. »Das ist doch sinnlos, jetzt zu diskutieren, was anders hätte laufen können. Wir sollten uns lieber überlegen, was wir jetzt tun.«

Allgemeines Kopfnicken. Aber dann verbreitete sich ratlose Stille in der Runde.

Ariana räusperte sich. »Dieses Back-up von AI-20«, fragte sie, »wenn man das wieder einspielen würde, wäre die KI doch wieder auf unserer Seite, oder?«

Pigrato sah sie mit unwilligem Nicken an. »Natürlich. Bloß käme es ein bisschen spät.«

Roger Knight wiegte den Kopf hin und her. »Das würde ich nicht sagen. Sie haben es ja selbst gesagt, die KI kontrolliert alle Systeme. Die könnte diesen Halunken auch jetzt noch ganz schön einheizen.«

»Denke ich auch«, stimmte ihm Zhao Bai zu. »Sie könnte –«

»Das brauchen wir nicht zu diskutieren«, brauste Pigrato auf. »Ja, wahrscheinlich wäre es hilfreich, das Back-up zurückzuspielen. Und? Der Datensafe ist auf meinen Fingerabdruck eingestellt. Also müsste ich in die Station gelangen und in den hintersten Lagerraum und an den Datensafe – wie soll ich das machen?«

»Hmm«, machte Kemal Erkmen.

»Schwierig«, sagte Roger Knight.

»Eigentlich unmöglich«, erklärte Zhao Bai.

Draußen kam ein Wind auf, der das Innere des Shuttles mit einem feinen, kaum hörbaren Fauchen erfüllte.

Ariana räusperte sich ein zweites Mal. »Nicht, dass ich aufdringlich sein möchte – aber ich hätte da vielleicht noch eine Idee . . .«

23 Eindringlinge

Ansgar Eikanger konnte nicht schlafen. Er hatte sich eine der Unterkünfte herrichten lassen und er hätte Schlaf gebraucht, aber er wälzte sich nur im Bett herum. In ihm kochte es, brodelte die Energie, die von dem Bewusstsein herrührte, auf einer Mission von unabsehbarer Bedeutung zu sein, einer Mission, von der das Überleben der Menschheit abhing, nicht mehr und nicht weniger, einer Mission, die jetzt in die entscheidende Phase getreten war. Alles hing an ihm, buchstäblich alles. Die anderen hörten auf sein Kommando, aber keiner von ihnen wäre imstande gewesen, den Plan durchzuziehen. Zu tun, was getan werden musste. Die Entscheidungen zu treffen, die zu treffen waren.

Hart zu sein, wenn es darauf ankam.

Kein Schlaf. Nicht daran zu denken. Es war, als habe er Fieber, doch er wusste, dass er keines hatte. Es war pure Entschlossenheit, die ihn befeuerte. Adrenalin, das in seinen Adern pulsierte.

Und natürlich der Ärger über das, was ihm mit dem Shuttle passiert war.

Es war zu allem Überfluss sein eigener Fehler gewesen. Das ärgerte ihn am meisten. Es gab niemanden, den er dafür hätte bestrafen können. Keinen Saboteur, den er hätte hinrichten lassen können. Der Pilot hatte ihn gewarnt, ungeschickt zwar, aber klar und deutlich, wie er im Nachhinein zugeben musste: So dicht bei der Station zu landen, sei nicht erlaubt. *Nicht erlaubt!* »Hör zu, mein Freund«, hatte er dem Mann gesagt, »was erlaubt ist und was nicht, bestimme ab jetzt ich.« Er hatte den Finger auf die Karte gesetzt, die der Pilot vor sich auf dem Schirm hatte. »Und ich bestimme, dass wir genau *da* landen.«

Damit hatte er den Mann eingeschüchtert und er hatte gehorcht. Normalerweise schätzte Ansgar Eikanger es, wenn Leute eingeschüchtert waren und gehorchten. Und dann das!

Woher zum Teufel hätte er wissen sollen, dass die Tanks eines Shuttles nach der Landung leer sein würden? Er war schließlich kein Raumfahrer. Natürlich war er mit den Missionsdaten vertraut gewesen, hatte gewusst, dass die Reservoirs mit dem flüssigen Wasserstoff und die Anlagen, die ihn aus dem Marsboden extrahierten, fünf Kilometer von der Siedlung entfernt lagen. Aber er hatte nicht die richtigen Schlussfolgerungen daraus gezogen. Ein Fehler. Ein verdammter Fehler. Und Fehler waren genau das, was er sich nicht leisten durfte. Er hatte zweihundertachtzig Marssiedler und einen ganzen Planeten gegen sich; da konnte jeder Fehler sein letzter sein.

Schlimmer noch – ein dummes Missgeschick konnte das Ende der menschlichen Spezies bedeuten.

Und dies war ein dummes Missgeschick. Eines, das den Zeitplan in Gefahr brachte, den Zeitplan, von dem alles abhing. Zu allem Überfluss hatten sie auch schon – plangemäß! – alle Geräte zerstört, die für die Kommunikation mit der Erde erforderlich waren, sowohl hier als auch an Bord der Raumschiffe. Die Marssiedlung war von der Erde abgeschnitten und würde es bis zum Ende der Aktion bleiben.

Und danach würde es keine Marssiedlung mehr geben.

Dummerweise bedeutete das, dass auch er von Rat, Information und Hilfestellung abgeschnitten war. Er würde selber mit allem fertig werden müssen.

Eikanger schlug die Decke beiseite, richtete sich auf. Die ungewohnte Schwerkraft machte ihn wahnsinnig. Da war es in den Raumschiffen fast noch besser auszuhalten gewesen, trotz der Enge und dem unbeschreiblichen Gestank, der sich im Lauf der Zeit entwickelt hatte. Wenn man nur Metall und Plastik und Maschinen um sich hatte, war Schwerelosigkeit nur ein Ding von vielen, das einen irritierte; die Unannehmlichkeiten waren sozusagen gleichmäßig verteilt. Aber hier, in diesem Untergrundbunker, den sie großspurig »Marssiedlung« nannten, hatten sie sich alle Mühe gegeben, die Erde nachzubauen. Die Wände waren aus Ziegeln gemauert. Die Möbel waren aus Holz. Überall standen Pflanzen in Tontöpfen und auf den Böden lagen Teppiche. Nur die Schwerkraft, die ließ sich eben nicht nachbauen.

Daran sah man doch die ganze Verlogenheit dieser Raumfahrer! Da gingen sie ins All, um was zu tun? Die Erde nachzubauen, mehr schlecht als recht! Und das nannten sie dann Fortschritt und die Zukunft der Menschheit. Lachhaft. Konnten sie wirklich so dumm sein, nicht zu sehen, dass sie mit dem, was sie taten, nur bewiesen, dass die *Erde* die natürliche Heimat der Menschen war und kein anderer Planet sonst?

Das Shuttle. In einem fort kreisten seine Gedanken darum. Eine Leitung bis zu den Reservoirs zu legen, würde Tage dauern, wenn nicht Wochen, und es würde ohne die Mitarbeit der Siedler kaum zu realisieren sein – viel zu riskant. Das Shuttle zu den Reservoirs zu bringen, ging angeblich auch nicht; dazu war um ein paar Liter zu wenig Treibstoff im Tank verblieben.

Er brauchte das andere Shuttle! Um jeden Preis!

Eikanger sah auf die Uhr. Drei Uhr nachts. An Schlaf war nicht zu denken.

Aber wenn er nicht schlafen konnte, wieso sollten dann andere schlafen? Er griff nach einem von den klobigen Kommunikatoren, die sie hier auf dem Mars verwendeten. Museumsreif. Das Ding hatte eine Tastatur, auf der man *Nummern* eintippen musste!

»Wachposten Leitstand, Gustavo«, meldete sich eine nasale Stimme.

»Ansgar hier. Holt mir diesen Yin Chi aus dem Bett und bringt ihn wieder in den Funkraum. Und irgendeine Frau, damit er spurt.«

»Alles klar.«

Er drückte den Knopf, der die Verbindung beendete. Dann studierte er die Liste, die er sich aufgeschrieben hatte: Die Zeiten, wann einer der Satelliten den Platz überflog, an dem das andere Shuttle stand. In einer halben Stunde war es wieder so weit.

Diesmal hatten sie ihm nicht erlaubt, sich zuerst einen Tee zu machen. Keine Zeit, hatte es geheißen. Also saß Yin Chi nur da und sah Mrs Guarneri an, die wiederum ihn ansah und zu müde zu sein schien, als dass die auf sie gerichtete Waffe sie noch zu beunruhigen vermochte. Beide warteten sie, dass die Verbindung zum Shuttle hergestellt wurde.

Sagen Sie denen, es ist ein Notfall, hatte Eikanger ihn angeblafft. *Sie sollen ihr technisches Problem lösen, egal wie, und sofort kommen.*

Yin Chi hatte nur genickt. Er hoffte immer noch, dass das »technische Problem« ein Vorwand war. Dass Zhao Bai seine Warnung verstanden hatte.

»Was heißt ›geht nicht‹?«, hörte er Eikanger nebenan ausrufen. »Der Satellit steht genau richtig; es muss gehen.«

»Ja, eigentlich schon«, erwiderte der Techniker, »aber unser Ruf bekommt kein Antwortsignal.«

Yin Chi gestattete sich ein dünnes Lächeln. Dieser Terrorist verstand mal wieder nicht, wovon die Rede war; er verstand es dafür umso besser. Dass kein Antwortsignal kam, konnte nur zwei Ursachen haben: Entweder war das Funkgerät des Shuttles restlos kaputt – oder das Shuttle befand sich überhaupt nicht im Empfangsbereich des Satelliten!

Mit anderen Worten: Es ging etwas vor sich. Seine Warnung war angekommen.

Eikanger begriff nicht, was los war. Yin Chi hörte ihn nebenan herumtoben, wilde Verwünschungen ausstoßen, sich schließlich beruhigen und fragen: »Wann kommt der nächste Satellit in Position? Oder meinetwegen derselbe, egal – ich will wissen, wann wir den nächsten Anruf versuchen können.«

»Kurz vor fünf Uhr.«

Eikanger stieß ein Knurren aus. »Zum Teufel«, sagte er dann. »Die beiden sollen warten und dann soll der Chinese es noch einmal versuchen.«

So warteten sie also. Immerhin, auf dem Schirm der Kommunikationsanlage lief eine Uhr; die konnte man beobachten. Auf drei Uhr vierzig folgte drei Uhr einundvierzig. Nicht gerade überraschend, aber doch irgendwie beruhigend.

Es wurde beinahe langweilig, hier zu sitzen, gemeinsam mit Mrs Guarneri und dem jungen, verbissen dreinblickenden Mann mit der Waffe, dessen Verbissenheit mit jeder Viertelstunde, die verstrich, unübersehbarer Müdigkeit wich.

Um drei Uhr neunundfünfzig piepste im Nebenraum ein Kommunikator. »Ja«, bellte Eikanger. »Was? Ist das sicher? Ah. Okay. Gut.« Wählgeräusche. »Sampan soll kommen. Ja, sofort.« Wieder das Geräusch der Tastatur. »Ansgar hier. Hol alle verfügbaren Leute aus den Betten und besetz alle Rover. Ja, natürlich sofort, was denkst du denn?«

Die Tür ging auf und ein bulliger Thai kam herein. Er warf Yin Chi nur einen desinteressierten Blick aus wässrigen Augen zu, ehe er nach nebenan eilte. Dort hörte Yin Chi ihn mit Eikanger reden, zu leise allerdings, als dass er mitbekommen hätte, worum es ging.

»Also, so machen wir es«, war Eikanger plötzlich zu vernehmen – er schien gerade von seinem Stuhl aufzustehen. »Ich fliege und du übernimmst hier das Kommando.«

»Alles klar«, erwiderte Sampan. Er hatte eine ölige Stimme, sprach mit dem typischen Akzent der Thailänder.

Eikanger kam herausgestürmt, noch stiernackiger und breitschultriger wirkend als vorhin, und stürmte zur Tür hinaus, ohne Yin Chi oder sonst jemanden zu beachten. Von draußen hörte man noch einen Moment seine Schritte auf dem Gitterboden im Gang.

Sampan, sein Stellvertreter, machte erheblich weniger Wirbel. Er kam nur herein, nickte dem Mann mit der Waffe zu und fragte: »Alles klar?«

»Alles klar«, beeilte der sich zu versichern.

Worauf Sampan Yin Chi ansah und hohnlächelnd erklärte: »Ihre KI hat gerade gemeldet, dass das Shuttle gelandet ist. Freundlich von ihr, finden Sie nicht? Landeplatz 4, wo immer das ist.«

Yin Chi musste an sich halten, um sich seine Enttäuschung nicht anmerken zu lassen. Diesen Triumph wollte er ihnen nicht gönnen.

»Dann können wir ja ins Bett gehen«, meinte er so gelassen, wie es ihm möglich war.

Sampan kniff argwöhnisch die Augen zusammen. »Besser, Sie bleiben noch in Bereitschaft. Bis wir die Leute aus dem Shuttle haben.«

Es war eine Sache von Minuten, das Shuttle zu verlassen.

In demselben Moment, in dem es aufsetzte, lösten Ariana und Pigrato ihre Gurte. Die Raumanzüge hatten sie schon an. Rein in die Schleuse, raus aus der Schleuse und die Leiter hinunter, so schnell es ging, an den dampfenden Triebwerken vorbei und mit einem letzten Sprung zum Boden.

Und dann rennen. Weil Roger Knight die Motoren noch einmal zünden wollte, sobald sie außer Reichweite waren, damit die Triebwerksgase alle Spuren verwischten.

Roger Knight hatte das Shuttle auf dem äußersten der vier Landeplätze gelandet, beinahe zehn Kilometer entfernt von der Siedlung. Er hatte einen Bogen gesteuert und den Landeplatz von Westen her angeflogen, aber trotzdem: Es sei so gut wie ausgeschlossen, dass ihre Landung unbemerkt bleiben würde. »Da kann man nichts machen, so ein Triebwerksstrahl ist nun einmal verdammt hell«, hatte er erklärt. »Wir müssen auf Zeit spielen.«

Tagsüber zu landen, wäre noch auffälliger gewesen. Zwar hätte man bei Tageslicht den Triebwerksstrahl nicht so gut gesehen, dafür aber den bei der Landung aufgewirbelten Staub, der stundenlang kilometerhoch in der Luft hing.

Und wenn es stimmte, was Van Leer geschrieben hatte – dass AI-20 den Eindringlingen gehorchte –, dann gab es die Chance einer unbeobachteten Landung ohnehin nicht. Die künstliche Intelligenz überwachte die gesamte Umgebung mit unbestechlichen Instrumenten.

Sie marschierten jetzt schon seit einer guten Stunde. Das Geräusch ihres eigenen Atems erfüllte Arianas Helm. Ihre Beinmuskeln schmerzten. Im fahlen Licht ihrer Brustlampe sah der Boden vor ihren Füßen aus wie getrockneter Schlamm. Er knackte spröde, wenn man darauf trat, und wenn man Pech hatte, versank man bis zu den Knöcheln im Sand. Sie kämpften gegen die Zeit und gegen den Sand, und erst wenn diese Kämpfe gewonnen waren, würden sie gegen die Terroristen antreten können.

Sie hatten ihre Funkgeräte ganz ausgeschaltet, sicherheitshalber. Und sie hatten vereinbart, dass nur Ariana ihre Lampe in Betrieb nahm, weil sie den Weg suchen musste. So wenig Energie abstrahlen wie möglich, das war der Plan.

Wieder einmal sah sie sich um. Nur wenige Sterne erhellten die Nacht. Die Gestalt, die ihr folgte, war kaum auszumachen im Dunkeln, aber sie war noch da, genauso mühsam vorwärts stapfend wie sie selbst. Längst fing die diamantene Kälte der marsianischen Frühjahrsnacht an, in die Raumanzüge zu kriechen. Auch deren Heizung hatten sie so weit wie möglich heruntergedreht, um unentdeckt zu bleiben.

Seit sie das Shuttle verlassen hatten, waren sie abgeschnitten von der Welt. Weder wussten sie, was inzwischen mit dem Shuttle passiert war, noch, was in der Siedlung los war. Sie marschierten einfach, immer weiter.

Und mit jedem Schritt, überlegte Ariana, besiegelte sie das Ende des Geheimverstecks der Marskinder. Es war bitter, dass ausgerechnet sie das Geheimnis verraten musste, das sie all die Jahre so erfolgreich gehütet hatten. Nicht einmal

AI-20 hatte je herausgefunden, wohin sie sich zurückzogen, wenn sie mal wieder genug hatten von den Erwachsenen. Die Alte Station, das war ihr Reich gewesen, das Reich ihrer Kindheit, in dem ihnen niemand etwas hatte anhaben können.

Auch wenn es die einzige Chance war, die sie noch hatten, es kam ihr trotzdem wie eine Entweihung vor, Tom Pigrato in das Geheimversteck zu führen, den Statthalter, vor dem sie so oft gezittert hatten und vor dem sie ebenso oft in ebendieses Versteck geflüchtet waren und den Ariana immer noch nicht so recht leiden konnte, auch wenn er zufällig der Vater ihres Freundes war.

Sie kniff die Augen zusammen, versuchte, die Dunkelheit zu durchdringen. Da vorn, dieser Schatten, war das schon der Ringwall? Dann war es nicht mehr weit bis zur Südschleuse.

Aber ... Sie zuckte zusammen. Was war das für ein Licht, das plötzlich hinter ihnen aufflammte, wilde Schatten warf?

Sie wandte sich um. Das Shuttle! Es startete wieder!

War Sampan nicht klar, dass sie alles mithören konnten? Yin Chi wusste es nicht. Vielleicht war es dem Stellvertreter Eikangers egal. Auf jeden Fall hütete sich der Chinese, auf sich aufmerksam zu machen. Ruhig dasitzen, so aussehen, als warte man fügsam – und lauschen.

»Ich schicke die Rover zurück, mit allen Leuten, die ich nicht brauche«, kam Eikangers Stimme nebenan aus einem Lautsprecher. »Und sobald wir aufgetankt haben, starten wir, um die zweite ... *Ladung* zu holen.« Seltsam, wie er das Wort betonte, dachte Yin Chi. Als habe er zuerst etwas anderes sagen wollen. »Dann liegen wir immer noch einigermaßen im Zeitplan.«

»Alles klar«, erwiderte Sampan. »Ich halte hier die Stellung.«

Eine Zeit lang war es völlig ruhig. Mrs Guarneri fielen beinahe die Augen zu, der junge Mann mit der Waffe, der sie beide zu bewachen hatte, blinzelte in einem fort, reckte und streckte sich in dem Bemühen, nicht einzunicken.

Dann waren Geräusche zu hören, wie man sie in der Oberen Station oft hörte, weil sie sich in der metallischen Konstruktion leicht fortpflanzten: Schritte in den Gängen, das Fauchen sich öffnender und schließender Schleusentüren, das leise Jammern der Pumpen. Der Raum nebenan, der ein Sichtfenster zum Vorplatz hatte, wurde für Momente von Scheinwerferlicht erhellt.

Also waren die Rover angekommen. Yin Chi sah auf seine Hände hinab. Nun, er hatte getan, was er konnte, um Pigrato zu warnen. Bedauerlich, dass es nicht funktioniert hatte.

Sampan kam herein. »Okay. Wir haben die Leute alle drinnen. Ich denke –«

Sein Kommunikator piepste. Er nahm den Anruf entgegen, sagte nur »Ja?« und lauschte. Sein Gesicht verdüsterte sich.

»Pass auf«, sagte er zu dem Jungen, der sie bewachte. »Du bringst jetzt die beiden hier zurück zu den anderen. Dann gehst du zusammen mit Léon in die Lagerräume ganz am Ende des Wohnbereichs und schaust nach, ob dort irgendjemand herumschleicht –«

Der Junge blinzelte. »Wie soll da jemand herumschleichen? Wir haben doch alle Siedler eingesperrt?«

»Die KI sagt, dass sie dort einen Energieverbrauch misst, den sie sich nicht erklären kann. Als würden irgendwelche Geräte ein- und ausgeschaltet werden.« Sampan machte eine unwirsche Bewegung. »Ich will wissen, wer das macht, okay?«

Irgendwann war das Shuttle nicht mehr zu sehen. Dafür ging Phobos auf, der schnellere der beiden Marsmonde. Das war doch Phobos? Pigrato war sich nicht sicher. Auf jeden Fall gab der Mond ein wenig mehr Licht als die wenigen Sterne, die heute Nacht durch die Wolken sichtbar waren.

Das Mädchen stand vor einer der Höhlen, winkte ihm, ihr zu folgen. Das musste der geheime Zugang zur Siedlung sein, von dem sie gesprochen hatte. Pigrato fragte sich, woran sie die richtige Höhle erkennen mochte – Löcher wie dieses gab es hier am Südkrater Dutzende, wenn nicht Hunderte; alles harmlose kleine Blasen im Fels.

Im Inneren der Höhle war es unumgänglich, dass er auch seine eigene Brustlampe einschaltete. Tatsächlich, ein schmaler Felsgang. Ariana ging voraus. Und da, wahrhaftig eine Schleusenluke, ein uraltes Modell, das mithilfe eines Handrads geöffnet werden musste. Es schien sich nur schwer bewegen zu lassen, das Mädchen legte sich ziemlich ins Zeug und schien nichts dagegen zu haben, dass er ihr half.

Gemeinsam zogen sie die unförmige Tür auf. Licht ging in der Kammer dahinter an. Was um alles in der Welt war das für eine Anlage?

Automatisch lief hier wohl gar nichts. Technik von der robusten Sorte. Sie zogen die äußere Luke wieder zu, verriegelten sie mit einem guten Dutzend Umdrehungen, dann schaltete Ariana die Atmosphärenpumpe ein und beobachtete, die Hand am Schalter, den langsam zunehmenden Druck auf einem altmodischen Zeigerinstrument.

Je näher der Zeiger dem grünen Bereich kam, desto lauter hörte man die Pumpe. Pigrato fragte sich, woher der Strom dafür kam. Hoffentlich nicht aus dem allgemeinen Netz, denn das wurde natürlich auch von der KI überwacht. Eine Lampe mehr oder weniger, das war nicht messbar, aber eine Pumpe, die zog richtig viel Strom.

Grüner Bereich. Ariana fasste an ihren Halsring, nahm den Raumhelm mit einer eleganten Bewegung ab. Er dagegen mühte sich wie üblich damit ab, das Ding überhaupt aus seiner Verriegelung zu kriegen. Das war wohl der Unterschied, wenn jemand damit aufgewachsen war.

Gemeinsam öffneten sie die Innenluke. Und dann ...

»Unglaublich!«, entfuhr es ihm. »Das ist ja ... das ist die Alte Station!«

»Ja«, sagte das Mädchen.

Wirklich und wahrhaftig. Alles sah genau so aus wie auf den Bildern, wie in den Museen, in denen man sie nachgebaut hatte. Nur dass man dort nichts anfassen durfte. Und dass überall kleine Tafeln mit Erklärungen angebracht waren. Die ersten Marsforscher hatten damals ausgediente Treibstofftanks zu Wohnräumen umgebaut. Entsprechend sah alles aus: blanker Stahl, metallene Streben, ungeschickt angebrachte Plastikverkleidungen ...

Nicht zu fassen. »Wie ist das möglich? Jeder, wirklich *jeder* hat mir gesagt, die Alte Station gebe es nicht mehr.« Und in allen Unterlagen, die er zur Vorbereitung seiner Versetzung auf den Mars gelesen hatte, hatte dasselbe gestanden.

Die Luft war kalt. Sie atmeten weiße Wolken aus.

»Das also war euer Geheimversteck?«

»Ja«, sagte Ariana.

»Ein Ort von historischer Bedeutung – und ihr Kinder habt hier jahrelang einfach gespielt! Das darf man auch niemandem erzählen.«

»Wir haben es ja auch niemandem erzählt.« Besonders verlegen schien sie nicht zu sein deswegen.

Pigrato seufzte. »Also gut. Im Moment haben wir andere Sorgen. Beeilen wir uns.«

Hinter einem Vorhang begann ein gemauerter Gang, der zwei Kurven machte und vor einem weiteren Druckschott mit Handrad endete. Es ließ sich lautlos öffnen und gab den Blick frei auf so etwas wie einen dunklen Kasten, nicht einmal einen Meter tief ...

»Das ist ein Schrank, bei dem wir die Rückwand entfernt haben«, erklärte Ariana, fasste nach einem Verschluss, der Pigratos Aufmerksamkeit entgangen war, und stieß die Türe auf. »Zur Tarnung.«

»Verstehe.« Er leuchtete den Raum ab, den sie betraten. Ein Lagerraum. Der fahle Lichtfinger glitt über Regale, abgedeckte Maschinen, Werkzeuge, schlampig beschriftete Schachteln, verbeulte Fässer, staubige Stoffballen und so weiter. »Wirklich schlau. Fällt bei all dem Durcheinander hier tatsächlich nicht auf.«

»Der Datensafe ist da vorn«, sagte sie und streckte den Arm aus, um Pigrato die Richtung zu weisen.

Der ehemalige Statthalter hatte ein ungutes Gefühl. Irgendwie ging das alles fast ein bisschen *zu* glatt.

»Okay. Schauen wir mal.« Er zog seine Handschuhe aus, während sie sich einen Weg durch das Durcheinander bahnten. Stimmt, da war der Datensafe, zu dem ihn auch Jed Latimer geführt hatte. Ein unscheinbarer, in die Wand gemauerter Metallkasten.

Gut. Nun würden sie es ja sehen, ob das wirklich so einfach ging mit dem Zurückspielen. Er presste seinen rechten Daumen in die kleine Vertiefung auf der Vorderseite. Es klickte und die Tür sprang auf. So weit in Ordnung. Er öffnete die Panzertür und musterte das Instrumentenbrett dahinter. Es war so schlicht, wie er es in Erinnerung hatte. Den meisten Platz nahmen der Name der Herstellerfirma und die Produktbezeichnung ein – es handelte sich um einen *IOTERA DATENSAFE 2000TB*, was einem Computerspezialisten sicher etwas sagen mochte, ihm dagegen nicht das Geringste. Darunter prangte ein grüner Knopf mit der Aufschrift *Sichern*, ein roter mit der Aufschrift *Wiederherstellen* und ein kleiner Bildschirm. Das war alles. Da konnte man ja eigentlich nichts falsch machen; alles, was er tun musste, war –

In diesem Augenblick flammte das Licht im Lagerraum auf und jemand schrie mit sich überschlagender Stimme: »Halt! Keine Bewegung oder wir schießen!«

Pigrato erstarrte. Er hatte es doch geahnt. Es war einfach alles zu glattgegangen.

24 AI-20 greift ein

Alles geschah wie von selbst.

Ariana sah die beiden Männer. Der eine war jung, trug seine langen braunen Haare zu einem Zopf zusammengebunden, sein Blick hatte etwas seltsam Entrücktes. Der andere war älter, breitschultrig, hatte graue Locken und eine hässliche Narbe auf der Wange. Beide hielten etwas in der Hand, das Ariana nur von Filmen und Bildern kannte: Waffen. Pistolen. Dunkles Metall, bedrohlich aussehende Läufe, die auf sie und Pigrato gerichtet waren.

Doch Angst hatte sie keine. Die Angst war nicht nur verschwunden, sie wusste in diesem endlosen Moment nicht einmal, dass es so etwas wie Angst überhaupt gab. Die Zeit schien stehen zu bleiben, während Ariana sich in Bewegung setzte.

Schwung. Drehung. Sprung. Sie musste nicht nachdenken, sich nicht erinnern. Es war, als handle ihr Körper von ganz alleine. Alles, was er tat, fühlte sich richtig an, mehr als richtig – perfekt. Sie wirbelte durch die Luft, trat dem älteren Mann mit Leichtigkeit die Pistole aus der Hand und es war eher ein Tanz als ein Kampf.

Kagato-Geri. Hiraken. Tegatano Ate.

Die zweite Pistole flog davon, schlug irgendwo dagegen, ein metallisches Geräusch wie ein Glockenschlag.

Pandal-Chagi. Tenkan-Ashi.

Der junge Mann sank bewusstlos zu Boden, den älteren nahm sie in einen Block, in dem er sich nicht mehr rühren konnte.

»Du meine Güte!«, keuchte Pigrato. »Warte, warte, ich suche etwas, um die Kerle zu fesseln . . .« Er verschwand zwischen den Regalen, wühlte in Kartons, schimpfte leise vor sich hin. Der Mann in Arianas Schwitzkasten machte einen Versuch, sich zu befreien. Das hätte er nicht tun sollen. Ariana verstärkte den Druck so, dass der Mann vor Schmerzen aufheulte und es sicher sein erster und letzter Befreiungsversuch bleiben würde.

»Drücken Sie doch erst den Rückspiel-Knopf!«, rief Ariana. »Dann ist immer noch Zeit, die beiden zu fesseln.«

»Ja, du hast ja recht.« Pigrato eilte zum Datensafe, drückte den roten Knopf, eilte wieder davon. Der Kasten begann zu summen, auf dem Bildschirm leuchtete etwas auf. Eine Kontrollfrage. *Mit diesem Befehl überschreiben Sie den augenblicklichen Zustand der angeschlossenen KI. Ist es das, was Sie beabsichtigen? Wenn ja, drücken Sie die rote Taste ein weiteres Mal. Wenn nein, drücken Sie die grüne Taste.*

»Sie müssen noch einmal drücken!«, rief Ariana.

»Verdammte Technik.« Pigrato kam wieder angehetzt, drückte den roten Knopf ein zweites Mal, wartete. Endlich kam *Rückspielung läuft* und ein erstes von etwa dreißig dunkelgrünen Quadraten auf dem Schirm wurde weiß.

Unglaublich, dieses Mädchen. Hielt diesen Kraftprotz von Mann fest, dass der keinen Mucks mehr von sich gab. Er schien richtig glücklich zu sein, als er endlich Fesseln angelegt bekam. Pigrato band ihm auch den Mund zu, weil er –

einmal aus dem Schwitzkasten befreit – zu unflätigen Bemerkungen über Ariana ansetzte.

Der andere war ohnehin kein Problem; sie hatte ihn schlicht und einfach k.o. geschlagen. Pigrato legte ihn auf den Bauch und band ihm die Hände auf dem Rücken zusammen. Anschließend sammelte er die beiden Pistolen ein, sicherte sie, schob eine davon in die Oberschenkeltasche seines Raumanzugs. Die andere behielt er in der Hand.

Dann war die Rückspielung auch schon fast durch. Gemeinsam standen sie vor dem Datensafe und verfolgten, wie die letzten beiden Quadrate weiß wurden.

Rückspielung abgeschlossen.

Dann geschah – nichts.

Mit sofortigen Resultaten hatte Pigrato allerdings auch nicht gerechnet. So, wie Jed Latimer ihm die Zusammenhänge erklärt hatte, lief das folgendermaßen ab: Die reine Rückspielung versetzte die KI in genau den Zustand, in dem sie im Moment der Sicherung gewesen war – Datum und Uhrzeit inbegriffen. Eine Nanosekunde später würde AI-20 anhand der eingebauten Uhr merken, dass inzwischen eben *nicht* mehr der 19. April war, sondern schon der frühe Morgen des 30. Aprils, und sich daraufhin das Ereignisprotokoll der letzten zehneinhalb Tage einverleiben: Das war eine riesige Datei, in der sämtliche eingehenden Informationen gespeichert wurden – ungeheure Datenmengen, die zu verarbeiten die KI natürlich eine Weile beschäftigen würde.

Aber was hieß das? War eine halbe Stunde Schweigen schon ein Zeichen, dass ihr Plan fehlgeschlagen war? Pigrato wog die Pistole in seiner Hand. Wie eroberte man eine unter der Oberfläche liegende Siedlung zurück? Abgesehen von ein paar obligatorischen Schießstunden während seiner Ausbildung für den transnationalen Dienst hatte er nie mit Waffen zu tun gehabt. Vielleicht konnte er eine so halten, dass es nicht allzu linkisch wirkte, aber schießen und womöglich ein anvisiertes Ziel treffen? Da brauchte er sich keine Illusionen zu machen.

Ariana hatte die beiden Männer durchsucht und bei einem von ihnen einen Kommunikator gefunden. Sie konnten AI-20 anrufen, wenn sie Gewissheit wollten, ja – aber angenommen, AI-20 stand weiterhin auf der Seite der Eindringlinge? Die KI würde sie sofort anpeilen und dann würden unangenehme Dinge geschehen.

Plötzlich ging das Licht aus.

Pigrato fasste die Pistole fester. »Ariana? Alles in Ordnung?«

»Ja.« Sie schaltete die Lampe ein, leuchtete umher.

Das Licht ging wieder an. Und wieder aus. Ging an, flackerte aber seltsam. Von draußen war eine Lautsprecherstimme zu hören; weit entfernt, man verstand nichts. Dann heulte eine Alarmsirene los.

»Lass uns rausgehen in den Gang«, meinte Pigrato beunruhigt. Eine Alarmsirene? Er hatte gar nicht gewusst, dass es so etwas in der Siedlung gab. »Besser, wir haben etwas Spielraum. Falls wir flüchten müssen.«

Die Siedlung sah schrecklich aus. Sie huschten durch Gänge, die voller Gerümpel lagen – kaputtes Geschirr, Essensreste, schmutzige Kleidung. Es stank nach allem Möglichen. Dann bogen sie in einen Gang, in dem das komplette Mobiliar einer Wohnung draußen im Gang stand, vieles davon zerbrochen, umgefallen oder achtlos ineinandergeschoben. Die Tür daneben war mit Balken vernagelt, von drinnen hörte man Stimmen.

»Die haben Leute da drinnen eingesperrt«, begriff Ariana. Sie zerrte an den Brettern, doch mit bloßen Händen war da nichts zu machen.

»Wir brauchen Werkzeug«, meinte Pigrato, »eine Brechstange oder so etwas in der Art.«

Auf einem der Regale im Lager! Hatte da nicht so etwas gelegen?

»Moment«, rief Ariana. »Bin gleich zurück.«

Der junge Mann war wach, als sie wieder in den Lagerraum kam, zerrte an seinen Fesseln und hielt erschrocken inne, als er sie sah. Er sagte nichts, sah sie nur an.

Sie ging vorsichtig um die beiden Männer herum, achtete auf ausreichenden Abstand. Ihr Blick suchte das Regal ab. Ja, tatsächlich, da lag eine Metallstange mit angeschärftem Ende. Sie nahm sie an sich. Schön schwer.

»Hey«, stieß der junge Mann hervor. »Willst du uns etwa hier so liegen lassen?«

Ariana betrachtete ihn. Sein Zopf hatte sich während des Kampfes gelöst, eine Menge Haare hingen ihm ins Gesicht. Eigentlich wirkte er harmlos. Fast konnte er einem leidtun, wie er da auf dem staubigen Boden lag ...

Aber er gehörte zu denen, die die Siedlung verwüstet hatten. Ihre Heimat.

»Ja«, sagte Ariana. »Will ich.« Dann zog sie die Tür hinter sich zu.

Pigrato winkte schon aufgeregt, als sie zurückgeeilt kam. »Die haben über dreißig Leute da drinnen zusammengepfercht«, rief er. »Schnell!«

Mit dem Brecheisen war es nur eine Frage von Augenblicken, bis die Bretter herunterkamen. Die Tür sprang auf und begleitet von miefiger Luft, die einem den Atem nahm, quollen Leute heraus.

»Schweinebande!«, keuchte einer.

»Alles kaputt! Nelson, schau dir das an!«, rief eine Frau beim Anblick der Möbel. Dann erklärte sie Pigrato aufgebracht: »Die haben alles leer geräumt, stellen Sie sich vor. Die ganze Wohnung – alles rausgeschmissen haben sie!«

»Damit wir keine Chance haben, uns selber zu befreien«, meinte ein Mann, dessen Gesicht rot angelaufen war.

»Wie denn?«, versetzte ein anderer. »Mit Messer und Gabel?«

In diesem Augenblick knackte es in den Lautsprechern und die ewig gleichmütige synthetische Stimme von AI-20 erklang. »Achtung, eine Durchsage an alle Siedler. Die Lage ist unter Kontrolle. Alle Eindringlinge befinden sich in Räumen, deren Türen ich blockiert habe. Die meisten von ihnen sind im Leitstand eingeschlossen, wo sie sich aufgrund eines fingierten Alarms versammelt hatten. Durch akuten Sauerstoffmangel sind sie im Moment ohnmächtig. Es wäre ratsam, sie möglichst rasch in Gewahrsam zu nehmen.«

Kurz nach Sonnenaufgang an diesem Morgen konnten die Marsbewohner eine erste Bilanz ziehen.

Die Siedlung war ein Schlachtfeld. Nicht genug, dass die Terroristen etliche Wohnungen komplett leer geräumt hatten, um Leute darin gefangen zu setzen – ohne Nahrung, nur mit Wasser aus dem Hahn versorgt –, sie hatten auch die Werkstätten und Labors verwüstet und in der Gemeinschaftsküche ein Chaos ohnegleichen hinterlassen.

Schon die Landung des Shuttles viel zu nahe bei der Siedlung hatte enorme Schäden angerichtet. Die heißen Abgase des Triebwerks hatten praktisch alle Treibhauszelte des Bereichs A verbrannt und die beiden anderen Bereiche schwer beschädigt, sodass fast die halbe Ernte verloren war. Alle Beerensträucher und Apfelbäume waren tot, ohne den Schutz der Treibhäuser in der Kälte der Marsatmosphäre erfroren, und natürlich hatte auch keines der Hühner, die zwischen ihnen herumgerannt waren, überlebt.

Sand, der bei der Landung mit hoher Geschwindigkeit davongeschleudert worden war, hatte sämtliche Sichtscheiben der Oberen Station bis zur Undurchsichtigkeit zerkratzt. Schleuse 1 war so beschädigt, dass man sie nicht mehr benutzen konnte. Einige der Antennen auf Modul 4 waren umgeknickt oder ganz abgebrochen – ein Schaden, den man reparieren konnte. Nicht reparieren ließen sich dagegen die Funkanlagen für die Verbindung zur Erde: Hier hatte jemand, der sich mit Technik auskannte, ganze Arbeit geleistet. Zwar ließen sich die Satelliten noch erreichen, auch das Funknetz des Kom-Systems funktionierte – aber zur Erde war keine Verbindung mehr möglich.

Beide Flugboote fehlten. Das erste war, wie das Ereignisprotokoll zeigte, noch in derselben Nacht, in der die Terroristen die Siedlung in ihre Gewalt gebracht hatten, zum Löwenkopf aufgebrochen; man musste wohl davon ausgehen, dass dieser Flug der Eroberung der dortigen Forschungsstation gedient hatte. Mit den unbewaffneten Forschern hatten die Terroristen zweifellos leichtes Spiel gehabt. Das zweite Flugboot war dann am Montagmorgen gestartet; auf einer Videoaufnahme sah man, wie eine Gruppe der Eindringlinge eine große, offenbar ziemlich schwere Kiste aus dem Shuttle holte und behutsam in das Flugboot schaffte. Worum es sich dabei handelte, war unklar. Sie befragten die gefangen gesetzten Männer, soweit sie schon wieder das Bewusstsein erlangt hatten; diese behaupteten jedoch, es nicht zu wissen. Sprengstoff, vermuteten die Gesprächigeren unter ihnen. Das Ziel ihrer Mission sei nämlich, die blauen Türme zu sprengen.

»Na, viel Glück«, spottete Professor Jorge Caphurna, der sich seit Monaten mit der Erforschung des nahezu unzerstörbaren Materials abgeplagt hatte. »Da werden sie mit Sprengstoff nicht viel ausrichten.«

»Eine bemerkenswert schizophrene Idee«, meinte Wim Van Leer. »Soweit ich mich erinnere, hat die Heimwärtsbewegung immer gefordert, die Forscher hier dürften die Türme nicht mal *berühren*, weil das irgendwelche Aliens mit feindlichen Absichten anlocken könnte. Und kaum kommen sie selber daher, wollen sie sie gleich in die Luft sprengen!«

James Faggan befand sich in der medizinischen Station, wo ihn Arianas Vater, Dr. DeJones, behandelte. Die Nachricht von seiner Rettung aus dem Mausoleum der Aliens verbreitete sich wie ein Lauffeuer; es war so etwas wie ein Lichtblick in dieser dunklen Stunde.

Leider so ziemlich der einzige. Zusammen mit dem anderen Shuttle hatten die Terroristen auch zwei Geiseln mit sich genommen: Roger Knight, den Piloten – und Christine Faggan, die Ehefrau des geretteten Marsforschers und Mutter von Carl und Elinn. Über ihr Schicksal war nichts bekannt, da alle Versuche, mit der Löwenkopfstation Funkkontakt aufzunehmen, bislang gescheitert waren.

Im Lauf der folgenden Stunden kamen die Gefangenen nach und nach wieder zu sich. Einige von ihnen behaupteten, überhaupt nicht zur Heimwärtsbewegung zu gehören, sondern zur Teilnahme an diesem Flug gezwungen worden zu sein. »Keiner von denen ist je im Weltraum gewesen«, erklärte einer, ein untersetzter Mann namens Ingmar Becker. »Ist ja logisch – die Heimwärtsbewegung lehnt Raumfahrt ab, da werden kaum viele ausgebildete Raumfahrer dabei sein. Wir waren nach *Vulcan* abkommandiert für einen Testflug und auf einmal kamen diese Revolvermänner an Bord.«

»Sie hätten sich doch nur zu weigern brauchen«, meinte Pigrato.

Der Mann fuhr sich mit der Hand durch das braune Lockenhaar. »Sie wussten alles über unsere Familien. Sie haben uns gedroht, dass ihnen etwas passiert, wenn wir nicht mitmachen. Sie haben sogar eine Direktübertragung zu ihren Helfern auf der Erde aufgebaut. Die standen vor dem Haus unseres Piloten postiert; wir konnten zusehen, wie seine Frau mit den Kindern vom Einkaufen kam.«

Es klang überzeugend, trotzdem beschlossen Pigrato und

Yin Chi, auf Nummer sicher zu gehen und Ingmar Becker und seine Kollegen, soweit sie mit hinab auf den Mars gekommen waren, weiterhin in Gewahrsam zu halten, allerdings getrennt von den anderen Eindringlingen.

Das dringendste Problem, abgesehen von den Versuchen, mit den Entführern in Kontakt zu kommen, waren die Besatzungen der beiden Raumschiffe MAHATMA GANDHI und MARTIN LUTHER KING. Laut Ingmar Becker hatten Eikangers Leute alle Besatzungsmitglieder an Bord eingesperrt und sich selbst überlassen, ebenso wie die als überflüssig betrachteten Besatzungen der LIWEI, TERESCHKOWA und JÄHN – ohne Nahrungsmittel, nur mit dem Wasser, das aus dem Hahn einer einzigen Toilette kam. Und die Lebenserhaltungssysteme eines Raumschiffs waren störungsanfälliger als die soliden Anlagen der Marssiedlung: Eine kleine Panne, eine kleine Beschädigung der Rohrleitungen konnte das Ende der Eingeschlossenen bedeuten.

»Es hilft nichts«, erklärte Yin Chi. »Wir müssen das Shuttle vor dem Ringwall irgendwie zum Startplatz schaffen. Mit den Rovern vielleicht – und wenn wir sie dazu umbauen müssen. Wir müssen es schaffen, das Shuttle zu betanken und hinaufzufliegen, um die Leute dort zu befreien. Und zwar so schnell wie möglich.«

Alle verfügbaren Techniker der Marssiedlung machten sich sofort ans Werk. Das Shuttle wurde in Augenschein genommen, die Möglichkeiten, die man mit den Rovern hatte, geprüft. Dutzende von Männern und Frauen in Raumanzügen draußen in der staubigen, steinigen Ebene vor der Station maßen nach, begutachteten, überlegten. Das Shuttle war schwer, aber es ruhte auf vier Landestützen. Ließ sich eine Vorrichtung bauen, die es jeweils zwei Rovern erlaubte, eine davon anzuheben? Dann würde man das Fluggerät mit insgesamt acht Rovern – die natürlich mit äußerster Behutsamkeit fahren mussten – bis zum nächsten Startplatz schaffen können. Ingenieure kritzelten rasche Entwürfe solcher Vorrichtungen auf ihre Datenpads, diskutierten sie mit den anderen und immer wieder fragte Yin Chi: »Wie lange dauert das? Wie schnell lässt es sich realisieren?« Es kam auf jede Stunde an.

In diese Diskussionen platzte kurz vor elf Uhr ein Alarm: Ein weiteres Raumschiff befand sich im Anflug auf den Mars – ein Raumschiff eines unbekannten Typs!

In einer für ihn völlig untypischen heftigen Reaktion schleuderte Yin Chi den Meterstab von sich, den er gerade in der Hand gehabt hatte, und rief aus: »Ich dachte, wir sind ein Jahr lang von der Erde aus nicht erreichbar? Wo zum Teufel kommen all diese Raumschiffe her?«

25 Die Verschwörung

Alle drängten sich in den Leitstand, um einen Blick auf den Schirm der Ortungsanlage zu werfen, und da niemand etwas dagegen sagte, drängte sich auch Ronny mit hinein. Immerhin würde er einmal mindestens Shuttlepilot werden, da konnte es nichts schaden, wenn er dabei war.

Das Bild auf dem Ortungsmonitor sah weiter nicht ungewöhnlich aus. In der Mitte sah man den Mars, darum herum die Bahnen der beiden Monde, der Satelliten, der Transportraumschiffe und der Raumschiffe, mit denen Eikangers Leute gekommen waren. Und in einiger Entfernung davon ein heller Punkt, neben dem kein Name eingeblendet war, sondern ein Fenster mit allerhand Messwerten.

Ungewöhnlich war lediglich, dass neben dem Monitor ein rechteckiges Loch in der Instrumententafel gähnte, aus dem ein paar lose Kabel herausragten. Dort war bisher die Funkanlage gewesen, die jetzt nur noch Schrott war.

»Das Verhältnis von Masse zu Energieintensität entspricht keinem bekannten Raumschiffstyp«, erklärte der Mann an den Instrumenten. Ronny drängelte sich noch ein Stück weiter nach vorn und sah, dass es Mr Shyamal war, der das so gelassen sagte, als sei es weiter nicht von Bedeutung.

»Und was heißt das?«, wollte Mr Yin sofort wissen. »Dass jetzt zu allem Überfluss auch noch irgendwelche Aliens daherkommen?»

»Oder dass die Heimwärtsbewegung Verstärkung schickt«, hörte man Mr Pigrato knurren. »Man weiß ja kaum, was gerade ungeschickter käme.»

Ronny reckte den Hals. »Aber wenn es noch mal ein C1-Schiff ist, könnten sie sowieso nicht landen. Es sind doch beide Shuttles am Boden, oder?«

Alle sahen ihn an, als seien ihm Hörner gewachsen oder so was.

»Da hast du recht«, meinte Yin Chi. »Wobei es allerdings sein könnte, dass Eikanger genug getankt hat, um noch einmal starten zu können. Das müsste man nachrechnen . . .«

»Ich fürchte, für eine Entwarnung ist es zu früh«, ließ sich Mr Shyamal vernehmen. »Dem Massewert zufolge ist das Schiff deutlich größer als der C1-Typ. Viel kleiner als die Transporter, aber groß genug, um ein eigenes Shuttle dabeihaben zu können.«

»Na großartig«, meinte Pigrato. Wobei es nicht so klang, als fände er es *wirklich* großartig.

Yin Chi fuhr sich mit beiden Händen durch das Haar. »Also gut. Hat jemand einen Vorschlag, wie wir uns verhalten sollen?«

»Wir könnten versuchen, sie auf den Nahfrequenzen anzufunken«, schlug Jed Latimer vor. »Sie müssten nah genug sein, um sie über unser normales Kommunikationssystem zu erreichen. Eine simple Sprechfunkverbindung ließe sich –«

»Nicht, bevor wir wissen, mit wem wir es zu tun haben«, entschied Yin Chi kategorisch. »Wenn es jemand ist, von dem wir nichts zu befürchten haben, müsste er auch wissen, dass er uns über das Kommunikationssystem erreichen kann. Aber es meldet sich niemand. Also – was schließen wir daraus?»

Pigrato räusperte sich. »Dass wir uns lieber überlegen sollten, wie wir diesmal eine Verteidigung der Siedlung organisieren.«

Elinn hatte sich die letzten Tage kaum aus dem Cockpit weggerührt. Sie konnte sich nicht sattsehen am Mars, wie er auf dem Hauptschirm immer größer und größer wurde. Inzwischen schwebte da eine atemberaubend majestätische, braungolden schimmernde Kugel im All: Sie kamen nach Hause! Ihr war ganz warm ums Herz. Waren es die Farben, die das bewirkten? Das düstere Rot, das verhaltene Gelb, das strahlende Ocker, die hellen Tüpfelmuster und die fein geriffelten Dünen ... Farben, die es so nur hier gab, auf dem Mars. Zu Hause.

Zugleich machte sie sich immer mehr Sorgen. Wieso schwieg die Siedlung? Was war passiert? »Kein Kontakt«, sagte der Funker der *SAGITTARIUS ALPHA* immer wieder. »Funkstille auf allen Kanälen.«

»Sie müssten uns längst anmessen«, erklärte der Kapitän, als Mr Whitehead wieder einmal in die Steuerzentrale kam. »Da ist was passiert, hundertprozentig.«

Elinn merkte erst, als die drei Männer sie ansahen, dass sie einen erschrockenen Laut von sich gegeben hatte. Auch Urs, der gerade das Cockpit betreten wollte, verharrte mit blass gewordenem Gesicht in der Tür.

»Auf den Nahfrequenzen ist Betrieb«, beeilte sich der Funker zu erklären. »Das Kommunikationssystem scheint ganz normal zu funktionieren. Die Marssiedlung gibt's jedenfalls noch, will ich damit sagen . . .« Er sah Mr Whitehead an. »Soll ich es darüber versuchen? Es wäre ein bisschen ungewöhnlich, aber ein Kontakt zum Telefonnetz sollte sich herstellen lassen.«

Der Milliardär rieb sich das Kinn. »Warten wir noch«, entschied er schließlich. »In ein paar Stunden sind wir nah genug, um Bilder von der Oberfläche zu bekommen. Ich würde lieber erst wissen, was dort unten los ist, ehe wir uns melden.«

Elinn war die Einzige, die bemerkte, dass Urs bei diesen Worten große Augen kriegte. Ohne ein weiteres Wort machte er kehrt und verschwand.

Ein Kontakt zum Telefonnetz sollte sich herstellen lassen. Urs drückte die Tür seiner Kabine hinter sich ins Schloss, verriegelte sie. Dann riss er das Schrankfach auf, in dem seit ihrem Start von der Erde sein neuer Raumanzug lag.

Raumanzüge verfügten über Kommunikationssysteme. Telefonverbindungen waren da die leichteste Übung. Und er würde keine Minute mehr länger warten als nötig.

Er zog den Helm heraus, drehte ihn um, probierte die Tasten durch. Wie schaltete man das Ding ein?

Gar nicht. Der Helm hatte keine Energiezelle. Die Energieversorgung eines Raumanzugs erfolgte über den Tornister, in dem auch der Sauerstoff gespeichert war. Schlecht. Die Tornister steckten allesamt in den Ladestationen vor der Schleuse der *SAGITTARIUS ALPHA*.

Aber, halt. In der Raumfahrt legte man lebenswichtige Systeme immer doppelt an. Hastig zerrte Urs den Anzug aus dem Fach. Bingo. Am Gürtel gab es noch eine zweite Energiezelle. Eine kleine, für Notfälle. Alles, was er tun musste, war, den Raumanzug komplett anzulegen.

Das war, fiel ihm ein, noch aus einem anderen Grund unumgänglich: Im Anzug war auch die Antenne des Kommunikationssystems. Ein schmaler Streifen aus einem speziellen Metall, der vom Halsring über den Rücken bis hinab in das rechte Bein führte. Ariana hatte ihm das mal erklärt.

Es war ihm ohnehin unmöglich, nicht an Ariana zu denken, wann immer er einen Raumanzug anlegte. Sie hatte ihm beigebracht, wie man damit umging; wie man ihn richtig einstellte und so weiter. Das Verlangen, sie wiederzusehen, ihre Stimme zu hören, wurde schier übermächtig, als er den Helm aufsetzte und einrasten ließ.

Der Check zeigte Rot. Klar, ohne Tornister. Und verflixt, er hatte gedacht, er würde durch die offenen Anschlüsse auf dem Rücken Luft kriegen! Aber er kriegte keine; da gingen sofort irgendwelche Ventile zu, so wie der Strom floss ... Wahrscheinlich eine Sicherheitsmaßnahme, die für Notfälle gedacht und zweifellos sinnvoll war, jetzt gerade aber überflüssig wie nur was ...

Egal. Musste er eben schnell machen. Urs hob den linken Arm mit den Tastenfeldern der Steuerung am Handgelenk, tippte Arianas Nummer ein. Die Luft im Helm wurde schon stickig, aber er hörte das Rufzeichen! Er war im Telefonnetz der Marssiedlung!

»Ja?«

Arianas Stimme! »Ich bin's!«, rief er hastig. »Urs! Warte! Lass mich erklären, ich hab nur ganz wenig Zeit ...«

Ein paar Minuten später sahen die Marssiedler, damit beschäftigt, die Trümmer und den Unrat zusammenzukehren, den ihnen die Männer Eikangers beschert hatten, Ariana DeJones die *Main Street* hinabrennen wie von Furien gehetzt. Wild ihren Kommunikator schwenkend und mit halsbrecherisch weiten Sprüngen nahm sie die Treppe in die Obere Station in Angriff und schrie dabei immer wieder: »Sie kommen! Sie kommen!«

An Bord der *SAGITTARIUS ALPHA* riss sich derweil Urs Pigrato den Raumhelm vom Kopf und schnappte, schweißgebadet, nach Luft.

Und lachte.

Elinn hätte nie gedacht, dass sie sich einmal freuen würde, Mr Pigratos Stimme zu hören. Ein Bild kam nicht, es war nur eine Telefonverbindung. Und die ersten paar Minuten redeten alle nur durcheinander.

Schließlich kehrte etwas Ruhe ein. Yules Whitehead erklärte die Sache mit dem Antrieb, der der *SAGITTARIUS ALPHA* erlaubt hatte, zum Mars zu gelangen. Und dann erfuhren sie zu Elinns Entsetzen, dass die Marssiedlung von drei anderen Raumschiffen überfallen worden war.

»Warten Sie einen Moment«, sagte Mr Whitehead zwischendrin mit besorgter Miene. »Elinn sitzt hier neben mir.« Er ließ sich einen Kopfhörer geben und von da ab bekam sie von dem Gespräch mit dem Mars nur noch das mit, was der Milliardär sagte. Und der sagte nur Sachen wie »Mmhm«, »Ja« und »Verstehe«.

Unmittelbar darauf rief Whitehead die Besatzung in der Kantine zusammen und erzählte, was passiert war. Dass man Dad gefunden hatte, dass er noch lebte und was er über die Aliens und ihre Geschichte erzählt hatte. Dass die Siedlung in den Händen von Terroristen gewesen sei, aber hatte befreit werden können; dass diese Leute aber immer noch den Löwenkopf in ihrer Gewalt hatten – und Mom!

Erst als Carl sie in den Arm nahm, merkte Elinn, dass sie schluchzte. Ihre Wangen waren nass von Tränen und der Strom wollte gar nicht wieder aufhören.

»Schon gut«, murmelte ihr Bruder. »Das wird alles gut ausgehen, du wirst sehen.«

Elinn presste ihr Gesicht an seine Brust, während ein entsetzliches Gefühl ihr Herz zu erdrücken schien. *Er verstand nicht. Er würde es auch nicht verstehen. Sie konnte es ihm auch unmöglich sagen. Niemandem.*

Ja, sie war glücklich, dass Dad noch lebte, dass er zurück war, dass sie ihn wiedersehen würde. Unfassbar glücklich. Ja, sie war entsetzt bis an den Grund ihrer Seele, dass Mom in der Gewalt von Verbrechern war, die damit drohten, ihr etwas anzutun. Ja. All das tobte in ihr, zerriss sie in zwei Hälften.

Aber da war noch etwas anderes, ein unaussprechlicher Schrecken, ein lähmendes, kaltes Gewicht auf ihrer Seele, von dem sie nicht wusste, wie jemand anders ihr helfen könnte, es zu tragen. Wie hätte sie erklären können, dass ein großer Teil der Tränen, mit denen sie Carls Hemd durchnässte, daher rührten, *dass* es Dad gewesen war, der ihr all diese Botschaften hatte zukommen lassen. Die Artefakte. Das *Leuchten*. Dad – und nicht die Aliens, wie sie geglaubt hatte.

Was war nur los mit ihr? Wie konnte sie so herzlos sein, so egoistisch und dumm? Ja, sie kam sich dumm vor. Aber ... Sie war so enttäuscht. Sie hatte geglaubt, es mit Marsianern zu tun zu haben. Nun waren es Aliens aus einem anderen Sonnensystem, aber okay – immerhin waren sie seit einer Million Jahre auf dem Mars, das war locker so lange, wie Menschen auf der Erde lebten: genug, um sie Marsianer nennen zu dürfen. Elinn war *so überzeugt* davon gewesen, dass die Aliens nach ihr riefen. Sie um Hilfe baten. Den Kontakt zu ihr suchten. Dass die Botschaften von ihnen gekommen waren. Sie war sich so sicher gewesen, dass sie ihr Leben dafür riskiert hatte.

Und nun sollte das alles falsch gewesen sein? Nun sollte

sie diesem Gefühl, dieser inneren Stimme, dieser Gewissheit nie wieder trauen dürfen?

Das war, als habe ihr jemand den Boden unter den Füßen weggezogen. Als fiele sie in einen tiefen Schacht, dessen Grund sie niemals erreichen würde. Als hätte ... ja, als hätte Dad sie *betrogen!*

Zugleich war es entsetzlich, das alles zu denken und zu empfinden. Entsetzlich, sich an einen Bruder zu krallen, der ihr hilflos über den Kopf strich und immer wieder »Schon gut« sagte und gar nicht ahnte, was in ihr vorging und dass es nie, nie wieder gut werden würde.

Die *SAGITTARIUS ALPHA* schwenkte in den Marsorbit ein und legte an der *MAHATMA GANDHI* an, um die eingeschlossene Crew zu befreien. Das Raumschiff erwies sich als erfreulich unbeschädigt, sah man von der ebenfalls zerstörten Funkanlage ab: Die Terroristen hatten ganze Arbeit geleistet, was ihr Vorhaben anbelangte, den Mars von der Kommunikation mit der Erde abzuschneiden.

Auf der *MARTIN LUTHER KING* waren die Eingeschlossenen bereits im Begriff gewesen, sich mithilfe eines Schraubenziehers, den ihnen jemand heimlich zugesteckt hatte – ein Mitglied der eigentlichen Crew der *SIEGMUND JÄHN*, wie sich herausstellte –, zu befreien.

»Unglaublich, dass diese Schiffe es überhaupt zum Mars geschafft haben«, meinte der Kapitän der KING, Mahmoud Al Salahi, als er gemeinsam mit Yules Whitehead die *JÄHN* besichtigte.

»So unglaublich ist das gar nicht«, erwiderte der Industrielle. »Schiffe vom Typ C1 sind dafür gebaut, ziemlich tief vorzustoßen – allerdings nur für zwei bis vier Wochen Flugzeit. Wenn man jedoch bereit ist, auf einer Niedrigenergiebahn ein paar Monate auf derart engem Raum zu verbringen, kann man die Strecke zum Mars schaffen. Auf solche

Annehmlichkeiten wie eine Rückkehr zur Erde muss man allerdings verzichten.«

»Was uns sagt, dass diese Terroristen wirklich zu allem entschlossen gewesen sein müssen«, meinte Al Salahi düster.

»Ich fürchte, sie sind es noch.« Whitehead hob eine große orangerote Schraubkappe vom Boden auf und betrachtete sie stirnrunzelnd. Er hielt sie Al Salahi hin. »Wissen Sie, was das ist?«

Der Kommandant schüttelte den Kopf. »Nein. Wieso, was ist das?«

»Ich weiß es im Moment auch nicht«, gestand Whitehead. »Ich bin mir aber sicher, dass ich so etwas schon einmal gesehen habe. Und dass es etwas ist, das an Bord eines Raumschiffs nichts zu suchen hat.« Er steckte das Teil ein. »Ich werde ein Bild davon machen und zur Erde übermitteln lassen. Vielleicht kann die Polizei etwas damit anfangen.«

Über die *SAGITTARIUS ALPHA* wurde wieder eine Verbindung zur Erde hergestellt und die Neuigkeiten vom Mars verdrängten alles andere aus den Schlagzeilen. Michael Visilakis deckte in einer weltweit übertragenen Sondersendung, die von mehr als sieben Milliarden Menschen verfolgt wurde, die Verschwörung der Heimwärtsbewegung auf: wie sie schon unmittelbar nach der Entdeckung der blauen Türme auf dem Mars den Plan gefasst hatten, auf eigene Faust zu handeln. Und wie sie diesen Plan dann durchgeführt hatten.

»Mit George W. Carver war es der Heimwärtsbewegung gelungen, eines ihrer Mitglieder *undercover* in die Regierung einzuschleusen – ursprünglich mit dem Auftrag, die Sicherheitskräfte davon abzuhalten, sich allzu genau mit der Bewegung zu beschäftigen, und mit dem Ziel, Carver als Nachfolger Nayanars aufzubauen. Die neue Situation muss

Carvers Hintermännern aber so bedrohlich erschienen sein, dass sie umdisponierten. Nun wurde er dazu eingesetzt, die Agenten und Kommandotrupps der Heimwärtsbewegung unbemerkt von den drei Raumschiffen Besitz ergreifen zu lassen und um die Raumfahrtbehörde und Space Control zu unterwandern, damit der geheime Flug zum Mars unentdeckt blieb.«

Dann zeigte er einige Videos, die ihm sein auf dem Mars weilender Kollege Wim Van Leer geschickt hatte, um den Menschen auf der Erde die Verwüstungen zu zeigen, die die Terroristen auf dem Mars angerichtet hatten: Man sah die Beschädigungen an der Oberen Station und die zerstörten Treibhäuser mit den vertrockneten, schwarz gefrorenen Baumsilhouetten vor einem beigegrauen Marshimmel und darunter jede Menge tote Hühner, erstickt, aufgebläht und erstarrt.

»Auch wenn es gelungen ist, die Marssiedlung wieder zu befreien«, kommentierte Wim Van Leer seine Aufzeichnungen, »könnte es sein, dass das Vorhaben der Terroristen letztendlich doch geglückt ist. Die Beschädigungen sind so schwerwiegend, die Vorräte derart dezimiert, dass eine zumindest zeitweilige Rückkehr der Siedler zur Erde unausweichlich sein könnte. Das hieße, dass alle Forschungsarbeiten eingestellt würden, bis wir eines Tages wieder zurückkehren, um die Siedlung zu reparieren und wieder in Betrieb zu nehmen.«

Zum Schluss informierte Visilakis über die augenblickliche Situation: Die letzten Terroristen um Ansgar Eikanger hatten immer noch den Löwenkopf in ihrer Gewalt. Die Forscher, die dort tätig gewesen waren, den Piloten Roger Knight sowie Christine Faggan, die Mutter der beiden Marskinder Carl und Elinn, hatten sie als Geiseln genommen.

Die Menschen auf der Erde waren schockiert. Von einem Tag auf den anderen fanden keine Demonstrationen der

Heimwärtsbewegung mehr statt. Eine erste offizielle Verlautbarung erklärte, die Vorgänge auf dem Mars seien »der Verrat einiger weniger Extremisten an den Ideen und Werten der Heimwärtsbewegung« und aufs Schärfste zu verurteilen. Dennoch erklärten allein in den ersten zwei Stunden nach Ausstrahlung des Berichts mehr als zehn Millionen Mitglieder ihren Austritt.

Und irgendwo griff jemand nach einem Terminal, um eine anonyme Mail zu schreiben ...

Ariana war aufgeregt wie noch nie in ihrem Leben. Sie wäre so gerne hinausgefahren, um am Landeplatz zu sein, wenn das Shuttle von der *SAGITTARIUS ALPHA* kam, aber es ging nicht. Zu wenige Rover. Die, die nicht beschädigt worden waren, wurden für die Versetzung des anderen Shuttles benötigt.

So drückte sie sich eben die Nase an der Sichtscheibe der Schleuse platt und hatte das Gefühl, dass die Zeit gar nicht vergehen wollte. Man konnte den Vorplatz kaum erkennen. Auf der Außenseite der Scheibe waren Millionen feiner Kratzer, selbst wenn man ganz dicht dranging, sah man alles nur wie durch einen dichten Schleier. Aber Ariana rührte sich keinen Millimeter von ihrem Ausguck weg. Sie wollte die Landung des Shuttles und die Ankunft der Rover um keinen Preis der Welt verpassen.

Da! Ein helles Licht, das vom Himmel auf die Marsoberfläche zusteuerte – so viel konnte sie auch durch die verkratzte Scheibe hindurch sehen. Das konnte nur das Shuttle sein.

»Sie landen!«, rief sie aus und wandte den Blick nicht von dem hellen Fleck, bis er unten in aufgewirbeltem Staub verschwand.

Nun hieß es wieder warten. Rings um sie herum waren Leute, war Unruhe. Es wurde geredet, darüber, wie man den Terroristen am Löwenkopf beikommen konnte, und darüber, dass es womöglich doch nötig sein würde, die Siedlung aufzugeben ... Ariana hörte nur mit halbem Ohr hin. Im Augenblick war es ihr egal. Nur eines war wichtig: Urs kehrte zurück. In diesem Shuttle saß er. Und alles, was sie interessierte, war, wie es sein würde, ihm wieder gegenüberzustehen.

Das Warten zerrte an den Nerven. Wie lange brauchten die denn vom Landeplatz hierher? Ariana schloss die Augen, zählte bis hundert, ehe sie wieder auf die Uhr sah. Die Zeit verging irgendwie anders als sonst, das war es!

Dann tauchte ein Schatten in der Zufahrt zum Vorplatz auf. Na endlich. Das musste ein Rover sein. Sie waren da!

Und jetzt? Vielleicht war ja etwas passiert auf der Erde. Oder unterwegs. Was, wenn Urs nicht mehr derselbe war? Vielleicht war es besser, sich nicht zu früh zu freuen. Erst mal abzuwarten. Sie ging von der Schleuse weg, nach hinten, wo die paar Stufen zum Gang hinaufführten ... Ach, eigentlich konnte sie auch im Gang warten, dann sah es so aus, als sei sie nur zufällig vorbeigekommen ...

Man hörte das Außenschott auf- und zufahren. Das Signal sprang auf Rot, die Pumpe lief an. Tief durchatmen. Das Innenschott ging auf. Da, das war er. Nahm den Helm ab. Konnte er inzwischen schon ganz gut. Und der Anzug saß auch so, wie sie es ihm gezeigt hatte, obwohl es ein anderer war, ein neuer.

Sein Blick ging umher. Suchte er nach ihr? Wie würde er sie ansehen? Ariana schluckte, schlang die Arme um den Körper.

Jetzt hatte er sie entdeckt. Sie hielt die Luft an. Seine Augen ... Sie leuchteten auf! Urs. Endlich. Er kam. Rannte. Unmöglich, stehen zu bleiben und noch länger zu warten ... Sie rannte auch los, fiel ihm in die Arme, zwischen all den Leuten – egal, sollten sie doch schauen, sollten sie denken, was sie wollten! Ariana hielt Urs umschlungen. Nie wieder würde sie ihn loslassen. Und sollte er eines Tages in die Hände von Aliens geraten, würde sie ebenfalls losziehen und ihn befreien – wie Christine Faggan!

Es war still im Büro des Präsidenten der Förderation der Staaten der Erde. Die Uhr zeigte kurz vor Mitternacht, die Vorhänge waren zugezogen und die Lampe auf dem Schreibtisch verbreitete einen warmen gelben Schein im Raum.

Für gewöhnlich liebte Präsident Nayanar diese stillen Abendstunden. Es war die Zeit, in der er zum Nachdenken kam.

Heute aber verursachte ihm die Ruhe ein ungutes Gefühl. Sie fühlte sich an wie die sprichwörtliche Ruhe vor dem Sturm. Was natürlich vor allem mit dem Mann zusammenhing, den er ausnahmsweise zu dieser späten Stunde empfangen hatte.

Adrian Malenkov-Smith, der Chef der Internationalen Polizei, war ein kleinwüchsiger, unauffälliger Mann, der leise sprach und die Angewohnheit hatte, dabei mit den Händen unablässig über seine Unterlagen zu fahren. Heute war diese Angewohnheit womöglich noch ausgeprägter, da er zum ersten Mal in dem Besuchersessel auf der anderen Seite des Schreibtischs saß: Er hatte mit George W. Carver seinen eigenen Vorgesetzten verhaften müssen, daher war es nun an ihm, dem Präsidenten Bericht zu erstatten.

Er brachte schlechte Neuigkeiten, Nayanar war sich dessen sicher.

»Die Situation auf dem Mars«, sagte Malenkov-Smith leise und fuhr mit den Fingern der rechten Hand die Oberseite seines Lesegeräts entlang, »ist gravierender als erwartet. Wir haben zwei voneinander unabhängige Spuren verfolgt. Die eine war eine anonyme Mail, die andere ein Foto, das uns Yules Whitehead geschickt hat.«

Er zog einen Ausdruck des Fotos hervor und legte es vor

Nayanar hin. Es zeigte eine Art großen, orangeroten Schraubverschluss mit einigen seltsamen Symbolen darauf.

»Was ist das?«, fragte der Präsident.

»Nach Aussage unserer Experten eine Verschlusskappe für Zünder von Nuklearwaffen.«

Nayanar hatte das Gefühl, dass es auf einmal kälter wurde im Zimmer. »Nuklearwaffen?«

Malenkov-Smith nickte sacht. »Diesen Verschluss hat Whitehead an Bord der *SIEGMUND JÄHN* gefunden. Wir haben daraufhin die Arsenale durchsucht und festgestellt, dass tatsächlich zwei Atombomben fehlen. Eine im Arsenal Nordamerika-7 und eine im Arsenal Kaukasus-2. Es handelt sich um zwei Kernwaffen mit einer Sprengkraft von je etwa zweihundertfünfzig Kilotonnen.«

»Und das ist monatelang unentdeckt geblieben?«

»Darauf bezog sich die anonyme Mail. Sie stammte von jemandem, der erklärt hat, im Auftrag ihm unbekannter Leute zwei Attrappen gebaut zu haben. Diese sind anstelle der gestohlenen Bomben eingelagert worden.«

Präsident Nayanar faltete die Hände und schloss für einen Moment die Augen. »Diese verdammten Dinger«, stieß er hervor. »Man hätte sie schon längst allesamt in die Sonne werfen sollen.« Er machte die Augen wieder auf und sah sein Gegenüber an. »Heißt das, diese Terroristen können die blauen Türme also womöglich tatsächlich vernichten?«

Malenkov-Smith neigte den schmalen Kopf. »Nach Aussagen der Wissenschaftler der Universität Brasilia ist das nicht auszuschließen.«

26 Der Schlüssel

»Das ist ein Albtraum«, sagte Pigrato.

Niemand widersprach.

Sie saßen im Kartenraum beisammen, dem traditionellen Versammlungsort für alle Angelegenheiten, die die Marssiedlung betrafen, obwohl die Eindringlinge gerade diesen Raum besonders schlimm zugerichtet hatten. Sie hatten die Scanner, Bildschirme und anderes technisches Gerät in Stücke geschlagen und fast alle Unterlagen verbrannt: Man roch es immer noch. Die Decke war schwarz von Ruß gewesen. Auch die Farbe, mit der Eikangers Leute Parolen der Heimwärtsbewegung an die Wände geschmiert hatten – »Die Erde ist unsere Heimat«, »Schluss mit der Raumfahrt« und dergleichen –, hatte sich noch nicht vollständig entfernen lassen.

Rein sachlich gesehen war die Zerstörung der Unterlagen nicht tragisch; alle waren sie seit Langem digital erfasst und zur Erde übermittelt worden und existierten in Tausenden von Kopien – aber es waren eben die Originale gewesen und ihre Zerstörung war ein Zeichen. Ein Zeichen dafür, mit welcher Rücksichtslosigkeit die Leute um Ansgar Eikanger ihr Ziel verfolgten.

Und nun diese niederschmetternden Informationen von der Erde.

»Ich frage mich, was ich anders hätte machen sollen«, bekannte Yin Chi. Das milde Lächeln, das man auf seinem

Gesicht zu sehen gewohnt war, war verschwunden. »Man hat uns gewarnt. Hätten wir uns besser vorbereiten können? Ich habe einzig für möglich gehalten, dass sich noch ein Agent der Heimwärtsbewegung unter uns verbergen könnte. Dass sie mit Raumschiffen kommen würden, allen Planetenkonstellationen zum Trotz ... damit habe ich nicht gerechnet.«

»Niemand macht Ihnen einen Vorwurf«, erklärte Tom Pigrato. »Keiner von uns hat mit so etwas gerechnet.«

»Niemand hat so etwas ahnen können«, stimmte Mrs Dumelle ihm zu. »Ich meine, die Botschaft meines geschiedenen Mannes war im Grunde reichlich nebulös. Er wusste selber nichts Genaues, sonst hätte er es uns mitgeteilt.«

»Aber die Sache mit dem angeblichen Rekalibrierungsprogramm, die hätte mich stutzig machen sollen«, beharrte der Chinese. Er faltete die Hände. »Ich glaube, ich bin zu alt für derartige Krisen. Ich bin Wissenschaftler, kein Feldherr.«

»Wenn ein Fachmann wie Jed Latimer nicht stutzig geworden ist, brauchen Sie sich nichts vorzuwerfen, glaube ich«, sagte Jewgenij Turgenev. »Und mal andersherum gefragt: Wie hätten wir uns denn gegen diesen Überfall wappnen sollen? Die hatten Waffen – wir haben keine. Jeder Verteidigungsversuch hätte doch nur zu einem Blutbad geführt!«

Jemand räusperte sich. Es war Yules Whitehead, der als Gast in dieser Runde saß. »Ich denke, es wäre ratsam, die Aufarbeitung des bisherigen Geschehens auf einen späteren Zeitpunkt zu verschieben«, sagte er mit umständlicher Höflichkeit, »und die Situation im Augenblick einfach so anzunehmen, wie sie nun einmal ist. Ansgar Eikanger und sechs seiner Leute halten den Löwenkopf besetzt, sind im Besitz von zwei Atombomben und haben Geiseln in ihrer Gewalt. Der Ostturm kommt übermorgen zum Stillstand. Das heißt, wir müssen davon ausgehen, dass sie noch vorher versuchen werden, die Türme zu sprengen.«

Allgemeines Kopfnicken in der Runde rings um den Kartentisch.

»Sie sagen das in einem Ton, als hätten Sie irgendeine Idee, wie man das verhindern könnte«, meinte Irene Dumelle. »Ich muss gestehen: Ich habe keine.«

Der Industrielle hob die Hände. »Nun, ich bin so gestrickt, dass ich erst aufhöre, wenn etwas wirklich zu Ende ist, nicht vorher. Ansonsten sind meine Ideen nicht fürchterlich originell. Wir haben ein modernes Shuttle zur Verfügung, von dessen Existenz Eikanger nichts ahnt, besitzen einige seiner Waffen – und etliche Männer meiner Besatzung verstehen sich durchaus auf gewaltsame Auseinandersetzungen, um es mal höflich auszudrücken.«

»Was hieße das konkret?«, fragte Pigrato.

»Wir starten einen Überfall«, schlug Whitehead vor. »Landung in der Deckung des Ringwalls. Scharfschützen auf dem Gipfelgrat, die auf einen Schlag so viele der Terroristen ausschalten wie möglich. Und dann Zugriff.«

»Auf gar keinen Fall!«, polterte Turgenev. »Eikanger hat Geiseln, und dass er keine Rücksicht nimmt, hat er hinlänglich bewiesen. Zwei blaue Türme sind keine Toten wert, auch wenn Aliens sie erbaut haben.«

»Sehe ich genauso«, nickte Irene Dumelle. »Das Leben der Geiseln muss Vorrang haben.«

Yin Chis Kommunikator summte. Er meldete sich, hörte zu, nickte.

»Gut, danke«, sagte er, beendete die Verbindung und sah in die Runde. »Mister Latimer und seine Leute haben die Richtantenne repariert und die Relaisstationen sind allem Anschein nach unbeschädigt. Das heißt, wir haben wieder Funkverbindung zum Löwenkopf. Und Eikanger stellt Forderungen.«

Das Labor war verwüstet. Natürlich. Von diesen Barbaren war nichts anderes zu erwarten gewesen.

Professor Jorge Caphurna hob ein verbogenes rotes Metallteil vom Boden auf. »Ich hatte Gelegenheit, mit James Faggan zu sprechen. Sehr lange und erfreulich ausgiebig. Ich glaube, ich kann jetzt in Umrissen rekonstruieren, was es mit diesen Artefakten, dem Leuchten und dem blauen Glas auf sich hat.«

»Dem SUPROM«, meinte einer seiner Assistenten.

»Ja, so nennt man das Zeug ja wohl neuerdings. Hätte uns auch selber einfallen können, ihm einen akademisch klingenden Namen zu geben.« Das Metallteil war ein Probenhalter des Analysators. Irreparabel. Caphurna warf es beiseite. »Haben Sie etwas zu schreiben parat, Mary?«

Mary Miller hob ihr Datenpad und den Eingabestift. Die Leuchtdiode neben dem Mikrofon des Datenpads leuchtete grün.

»Also, Faggan war im Innern dieser Maschine in einer Art technisch induziertem Traum gefangen, so ähnlich, wie wir das vom Cyberspace, von virtuellen Räumen und so weiter kennen«, erklärte der Professor und bedeutete einem seiner Assistenten, ihm zu helfen, den umgestoßenen Tisch aufzustellen. »Das heißt, er war mit den Computern der Aliens in Kontakt – falls diese Bezeichnung für deren Geräte noch zutrifft, was ich bezweifle – und fand irgendwie Zugang zu einer ... *Aktionseinheit*, will ich das mal nennen. Eine winzige, fast unbedeutende Möglichkeit, aus seinem Traum heraus physisch auf die Umwelt einzuwirken. Und diese Möglichkeit hat er genutzt, immer wieder, hat nicht aufgegeben, der Marssiedlung zu signalisieren, dass er noch lebt.«

»Und was war das für eine Aktionseinheit?«, fragte jemand.

Caphurna kippte einen Stuhl an, sodass die Glasscherben von seiner Sitzfläche rutschten, wischte mit einem Tuch darüber und setzte sich. »Die materielle Basis war das blaue Glas – das SUPROM, wenn Sie so wollen –, das wir einmal hier im Labor hatten. Das blaue Glas ist eine Universalmaschine, wie wir inzwischen wissen. Er stand mit dieser Maschine in Verbindung und schaffte es, einerseits über sie etwas von seiner Umgebung wahrzunehmen, andererseits seine Umgebung durch sie zu beeinflussen. Er hat zwar etwas anderes wahrgenommen, als tatsächlich passiert ist – das haben derartige Träume so an sich –, aber es *ist* etwas passiert, darauf kommt es an.«

Seine Assistenten sahen ihn ratlos an. Mary schrieb fleißig mit, nickte wissend dabei. Er hatte nichts anderes erwartet. Wenn jemand verstand, was sich ereignet hatte, dann Mary Miller.

»Faggan berichtet, dass er anfangs die Marssiedlung nur ganz verschwommen und von Weitem sehen konnte. Doch im Lauf der Zeit gelang es ihm, immer näher heranzukommen. Warum? Weil sich in der realen Welt das SUPROM, mit dem er in Kontakt stand, von seinem ursprünglichen Ort – dem sogenannten ›Mäusenest‹ am Ostende der Valles Marineris – auf die Marssiedlung zubewegt hat! Wir wissen, dass das blaue Glas imstande ist, sich durch Felsen zu bohren wie ein Wurm durch einen Apfel: Genau das ist passiert, gesteuert von nichts anderem als James Faggans inbrünstigem Wunsch, seiner Heimat und seiner Familie näher zu kommen. Das blaue Glas bewegte sich über Tausende von Kilometern unter der Oberfläche auf die Siedlung zu. Das dauerte Jahre, aber Faggan hatte sein Zeitgefühl ohnehin so gut wie eingebüßt – was wir von technisch induzierten Träumen auch kennen, allerdings eher umgekehrt: Der Effekt, dass man das Gefühl hat, Tage im Virtu verbracht zu haben, und tatsächlich waren es nur ein paar Stunden.«

»Heißt das, das ... SUPROM, über das James Faggan Kontrolle hatte, hat einen neuen Mäusegang geschaffen, der von hier bis zum Ostende der Valles reicht?«, vergewisserte sich Mary.

Sie begriff es.

Caphurna nickte. »Genau. Je näher er der Siedlung kam, desto stärker wurde seine Möglichkeit, Einfluss zu nehmen. Anfangs konnte er nur sein Kraftfeld in die Nähe der Siedlung bewegen und seine Tochter Elinn war die Einzige, die dieses Kraftfeld wahrnehmen konnte – sie nahm es als *Leuchten* wahr. Irgendwann gelang es ihm, ihr erste materielle Signale zukommen zu lassen. In seinem Traum waren es kleine Zettel, die er mit Botschaften bekritzelte – tatsächlich aber verdichtete sich das Kraftfeld in einer Weise, die imstande sein muss, Sandkörner gezielt zu einer Art Gestein zu verschmelzen –«

»Die Artefakte!«, rief einer seiner Assistenten aus.

»Genau. Wie das im Detail vor sich geht, können wir im Moment nur erahnen. Es scheint, dass in diesem Verschmelzungsprozess einzelne Sandkörner in ungeheurer Zahl gezielt gesteuert wurden. Anders ist nicht zu erklären, dass dabei Muster entstanden. Ferner muss der Prozess enorm energieaufwendig sein und die verfügbare Energie dürfte mit der Entfernung von dem SUPROM rasch abgenommen haben. Deswegen gerieten die ersten Exemplare ganz klein, erst nach und nach – je näher er durch das blaue Glas der Siedlung kam – wurden sie größer.« Caphurna hob dozierend den Zeigefinger. »Das Problem war, dass das blaue Glas zwar enorme Energiemengen speichern kann, aber dass diese Energien sich trotzdem allmählich erschöpften. Wäre es so weitergegangen, hätte James Faggan den Kontakt zu dem SUPROM-Element irgendwann verloren. Doch dann geschah etwas, das ihn letzten Endes rettete.« Er sah in die Runde, die kleiner war als üblich, weil drei seiner Assistenten sich am Löwenkopf in der Gewalt dieser Irren befanden. »Irgendjemand eine Idee?«

Niemand reagierte. Nicht einmal Mary. Enttäuschend.

»Erinnern Sie sich an den Fund des blauen Glases?«, versuchte er, den jungen Leuten auf die Sprünge zu helfen.

»Es hatte sich um die Leitung zum Südreaktor geschlungen«, rief Mary aus. »Es hat Energie abgezapft!«

»Richtig. Das war vor etwas mehr als anderthalb Jahren. Damals wurden in der Siedlung erstmals Spannungsabfälle in der Leitung registriert, die man sich nicht erklären konnte.« Caphurna nahm die Brille ab, putzte sie am Kragen seines weißen Mantels. »Dazu muss man wissen, dass die beiden Fusionsreaktoren, die die Siedlung mit Strom versorgen, eigentlich viel zu groß sind. Sie sind ausgelegt für die ursprünglich geplante Großbesiedelung des Mars mit bis zu einer Million Menschen. Das heißt, die Siedlung nutzt nur einen winzigen Bruchteil der zur Verfügung stehenden Kapazität. Wie mir Mister Glenkow erklärt hat, sind die Reaktoren so geschaltet, dass sie bei steigendem Bedarf die Leistung automatisch höher fahren. Damit sich ein Spannungsabfall in der Leitung überhaupt in den Instrumenten der Siedlung bemerkbar macht, müssen unterwegs ungeheure Energiemengen verloren gehen.« Er setzte die Brille wieder auf, wischte ein paar Krümel von seinem Ärmel. »Das war das SUPROM. Es hat nicht nur aufgetankt, es hat sich direkt aus der Leitung bedient, wenn James Faggan neue Nachrichten an seine Tochter schickte. Und da jetzt so viel Energie zur Verfügung stand, gerieten die dabei entstehenden Artefakte weitaus größer als vorher.«

»Aber auf den Artefakten waren doch gar keine Nachrichten zu erkennen«, meinte jemand. »Nur seltsame Muster.«

»Zu James Faggans Pech war der Prozess, der diese Artefakte erzeugte, nicht präzise genug. Manche der Artefakte zeigten zwar etwas, das wie eine Art Schrift aussah – und das Mädchen hat ja auch immer behauptet, es sei Schrift; die

Schrift der Marsianer eben –, aber sie war zu ungenau geraten, als dass man etwas hätte lesen können.«

»Bis er auf die Idee kam, einfach nur die Namen zu schreiben«, nickte Mary.

Caphurna wiegte den Kopf. »Es ist ein bisschen komplizierter. Faggan hat mir gesagt, dass er lange Zeit über ganz vergessen hatte, dass es so etwas wie Namen überhaupt gibt. Dann ist es ihm eines Tages wieder eingefallen und ab diesem Zeitpunkt hat sich sein ganzer Traum verändert. Wie genau, habe ich nicht ganz verstanden, aber vielleicht war es diese Veränderung, die es ihm ermöglicht hat, die neuen Artefakte so auszurüsten, dass sie zu Passierschlüsseln durch die diversen Barrieren aus blauem Glas wurden.«

»Und dann haben wir ihm den Strom gekappt«, meinte Jonathan, der bärtige Materialwissenschaftler aus Sao Paulo.

»Ja. Das war die Katastrophe schlechthin. James Faggan verlor den Kontakt mit dem SUPROM und fand sich auf einmal im Mäusenest wieder, dort also, wo er acht Jahre zuvor gestartet war.« Caphurna hob die Hände. »Letzten Endes ein Segen, denn nur deswegen war er zur Stelle, um seinen Sohn aus dem Sandsturm zu retten.«

Ein Moment der Stille trat ein. Unwillkürlich wanderten alle Blicke zu der Platte, die im Boden des Labors eingelassen war. Sie verschloss ein Loch, das ebenjenes Stück »programmierbare Materie«, das sie geborgen hatten, bei seiner Flucht aus dem Labor hinterlassen hatte.

»Ziemlich seltsam, das alles«, meinte Mary. »Brocken blauen Glases, die sich durch marsianischen Fels bewegen . . . Energie aufsaugen . . . Kraftfelder projizieren, die Sand verschmelzen . . .«

»Ja, nicht wahr?« Caphurna lächelte. »Mir ist aufgefallen, dass das einen irgendwie dazu bringt, den Blick nur noch auf den Boden zu richten. Wahrscheinlich ist deshalb eine eigentlich naheliegende Frage bis jetzt noch gar nicht gestellt worden.«

Der Wissenschaftler sah in die Runde, in fragende Gesichter.

»Sie wissen nicht, wovon ich rede?«, fragte er mit maliziösem Lächeln.

Zögerliches Kopfschütteln. Nun ja, er selber war auch erst vor Kurzem darauf gekommen.

»Wir wissen von den Aufnahmen aus der Vergangenheit, dass die Falaner zum Schluss noch über ein Raumschiff verfügten«, erklärte er. »Sie haben damit ihre eigene Stadt und, wenn wir James Faggans Berichten glauben wollen, zugleich die räuberischen Fremden vernichtet.« Er strich sich über den dünnen Bart, der seine Oberlippe zierte. »Dieses Raumschiff – wo ist es geblieben?«

Pigrato hatte schweißnasse Hände, als er sich vor den Schirm der Kom-Anlage setzte. Er wurde diesen Job nicht los. Als man ihn von seinem Posten als Statthalter abgesetzt hatte, hatte er sich gesagt, dass er dann wenigstens seine Ruhe haben würde. Und nun war alles stressiger denn je.

Wobei – Stress allein wäre ja zu ertragen gewesen. Aber im Moment ging es um Leben und Tod. Früher waren Fehler, die er begangen hatte, einfach nur schlecht für seine Karriere gewesen – mit dieser Art Fehlern hatte er tatsächlich eine Menge Erfahrung –, aber jeder Fehler, den er jetzt beging, konnte jemandem das Leben kosten.

Und mit derlei Dingen hatte er nun überhaupt keine Erfahrung. Mit einem unangenehmen zittrigen Gefühl im Bauch nickte er dem Techniker zu, die Verbindung zum Löwenkopf herzustellen.

Die Rufsequenz lief ab. So weit sah alles aus wie immer.

Dann erschien ein grimmiges Gesicht, ungepflegt, stumpfe Augen blickten ihn an. Die Art Leute, die es nie durch die für eine Übersiedlung auf den Mars erforderlichen Auswahlverfahren schaffen würden und die man deshalb auf diesem Planeten normalerweise nicht antraf.

»Ich möchte Eikanger sprechen«, erklärte Pigrato. Er hasste es, so zu klingen, als sei alles normal.

»Moment«, knurrte der Mann und verschwand. Das Bild zeigte eine blanke, konturlose Zeltwand.

Dann tauchte ein anderes Gesicht auf. Eikanger. Er sah seinem Bruder nicht besonders ähnlich, aber ähnlich genug, dass sich Pigrato sicher war. Er hatte dasselbe blonde Haar, trug es aber länger und mit Gel nach hinten gekämmt und in seinen Augen loderte glühende Entschlossenheit.

»Sie müssen Pigrato sein«, sagte er anstatt irgendwelcher Grußfloskeln. »Sie waren nicht im Shuttle. Dann hat sich Sampan also von Ihnen reinlegen lassen. Hab ich mir fast gedacht, als die Funkverbindung abgerissen ist.«

Pigrato begriff, dass Eikanger noch in der Umlaufbahn gewesen sein musste, als AI-20 wieder die Kontrolle über die Marssiedlung übernommen und die Eindringlinge gefangen gesetzt hatte.

»Im Grunde hatte Ihr Komplize keine reelle Chance«, erklärte Pigrato, bemüht, selbstbewusst und siegessicher zu wirken. »Und Sie haben auch keine. Sie sind da draußen am Löwenkopf nur noch zu siebt – wo wollen Sie hin? Sie können nirgends mehr hin. Also, warum es nicht mit Anstand zu Ende bringen? Sie ergeben sich, niemandem passiert etwas – das wird Ihnen jeder Richter später zu Ihren Gunsten anrechnen.«

Eikanger warf den Kopf in den Nacken und lachte; ein kurzes, freudloses Lachen. »Ja, stimmt, wir sind nur noch zu siebt. Die sieben Samurai. Kennen Sie die Geschichte? Ganz alter Film, Mitte des vorigen Jahrhunderts. Die sieben Samurai kämpfen bis zum letzten Mann, aber sie erfüllen ihre Aufgabe. Und genau das werden wir auch tun.«

»Spätestens wenn Ihnen die Energievorräte ausgehen, sind Sie erledigt.«

»Sie reichen, um unsere Aufgabe zu erfüllen. Alles andere spielt keine Rolle.«

Der Klang seiner Stimme jagte Pigrato eine Gänsehaut über den Rücken. Er spürte seine mühsam aufrechterhaltene Selbstsicherheit bröckeln. »Offen gesagt ist mir Ihr persönliches Schicksal auch völlig gleichgültig«, erwiderte er, die aufwallende Unsicherheit niederkämpfend. »Was mich im Moment vor allem interessiert, ist das Schicksal der Geiseln, die Sie in Ihrer Gewalt –«

»Die sterben werden, sobald Sie irgendetwas Dummes versuchen, damit das klar ist«, blaffte Eikanger.

Pigrato spürte irgendetwas in seinem Bauch Saltos schlagen. Der Mann überwältigte ihn über den Bildschirm. »Unter den Geiseln befinden sich zwei Frauen, Christine Faggan und Taja Matsiko. Ich würde gern über deren Freilassung verhandeln.«

Eikanger verzog abfällig den Mund. »Bringen Sie mir Treibstoff, und zwar genug, um beide Flugboote bis an den Rand vollzutanken. Spätestens bis heute Abend, Sonnenuntergang. Wenn das geregelt ist, werde ich anfangen darüber nachzudenken, ob ich Geiseln freilasse.«

Also würden sie die Türme jedenfalls nicht heute sprengen. Immerhin etwas.

»Verstanden«, nickte Pigrato. »Ich muss mit unseren Technikern sprechen, wie sich das bewerkstelligen lässt; dann melde ich mich wieder.«

»Tun Sie das«, meinte Eikanger herablassend. »Aber, Pigrato – keine Spielchen, verstanden?«

»Ich weiß, was auf dem Spiel steht«, erklärte Pigrato. »Ich spiele keine Spielchen.« Damit schaltete er ab, am ganzen Körper in Schweiß gebadet.

»Mach dir nur keine Sorgen um Mom, hörst du?«, sagte Dad, als Elinn zu ihm ans Bett trat. »Sie ist bestimmt bald heil zurück.« Dr. DeJones, der sich gerade an dem Tropf zu schaffen machte, von dem ein Schlauch zu einer Kanüle in Dads Arm lief, nickte bekräftigend und mit genau derselben falschen Zuversicht. Sie glaubten beide nicht an das, was sie ihr versicherten; wieso machten sie ihr etwas vor?

Elinn setzte sich. »Wie geht es dir?« Vorhin, nach ihrer Landung, hatten sie nur Zeit für ein paar Worte und Umarmungen gehabt, weil Dad gerade in Behandlung gewesen war.

»Gut«, meinte Dad. »Angeblich kann ich demnächst wieder herumspringen wie ein junges Füllen, sagt der Arzt.«

Dr. DeJones lachte nur und ging hinaus. Die Schiebetür glitt mit leisem Rauschen zu. Einen Moment lang war alles ganz unwirklich – so, als sei Dad nie weg gewesen und als habe sie nie denken müssen, er sei tot.

Elinn hob ihren Umhängebeutel auf den Schoß. Es klapperte darin. »Ich hab dir was mitgebracht«, erklärte sie, griff hinein, holte das erste der Artefakte heraus, die sie vorhin im Versteck rasch eingesammelt hatte. »Deine Botschaften.«

Dad nahm das Artefakt in die Hand. »So sehen die also aus«, sagte er. »Ich hab sie bisher nur auf Bildern gesehen, die mir dieser Professor von der Erde gezeigt hat.«

»Caphurna.«

»Genau, der. Der hat mir schon Löcher in den Bauch gefragt.« Er drehte das Artefakt hin und her, betrachtete das Schimmern darauf. »Schön. Richtig schön. Schmuckstücke beinahe.«

Elinn musterte ihren Vater misstrauisch. Machte er ihr am Ende etwas vor? »Aber du hast doch gesagt, du hättest sie gemacht. Da musst du doch wissen, wie sie aussehen!«

»Ich hab sie ja nicht mit meinen richtigen Augen gesehen, verstehst du? Ich war nur so eine Art Geist . . . ein elektrischer Geist, gewissermaßen.« Dad seufzte. »Das ist ziemlich schwierig zu erklären, fürchte ich.«

Nein. Er machte ihr nichts vor. Nicht, was die Artefakte betraf.

Sie seufzte. »Ich glaube, ich verstehe, was du meinst. Du hast geträumt, aber mit deinem Traum hast du die Maschine gesteuert, in der du warst. So hast du geträumte Sachen in der Wirklichkeit nachgebaut, bloß anders, als du sie geträumt hast.«

Dad sah sie erstaunt an. »Ja. Genau. Genau so war es.« Er lächelte. »Ich glaube, das hast du besser verstanden als dieser Professor. Der ist ein bisschen sehr von sich eingenommen, oder?«

Elinn musste lachen. »Und wie! Ich glaube, seine Assistenten haben alle Schiss vor ihm.«

Dad versuchte, sich etwas vorzubeugen, aber man merkte, dass ihm das noch schwerfiel. Seine Muskeln waren schwach vom langen Liegen und mussten erst wieder Kraft gewinnen.

»Also, lass mal überlegen.« Dad musterte das Artefakt. »Wann habe ich das gemacht? Das ist das erste von den großen, nicht wahr?«

Elinn nickte beeindruckt. Wenn Dad das wusste, dann stimmte es wirklich. Dann hatte er ihr die Artefakte gesandt. Nicht die Aliens.

»In meinem Traum waren es Notizzettel, auf die ich etwas schreiben konnte, weißt du?«, fuhr er fort zu erzählen, ohne zu merken, wie ihr Verzweiflung ins Herz schnitt. Verzweiflung, dass ihr Gefühl sie getäuscht hatte. Dass sie nichts mehr hatte, worauf sie sich verlassen konnte. »Irgendwann hatte ich auf einmal ganz große Notizzettel zur Verfügung und natürlich habe ich sofort einen ellenlangen Brief geschrieben ...« Er musterte das Artefakt, auf dem nur kleine silberne Punkte in mattglänzendem Grau schimmerten. »Es ist nicht mal zu erkennen, dass das eigentlich Schrift sein soll.«

»Ich habe eins, auf dem man Schrift sieht«, sagte Elinn rasch. Sie durfte sich ihre Bestürzung nicht anmerken lassen. Dad würde es nicht verstehen. Niemand würde es verstehen. Sie kramte in ihrem Beutel. Da. Bei diesem waren die Farben fast entgegengesetzt – eine Vielzahl schwarzer Flecken auf perlmuttfarbenem Grund. »Ich habe es mal Dr. Irving gegeben, weil ich dachte, sie kann es vielleicht entziffern.«

Dad nahm es in die Hand. »Ah. Ja, da habe ich so etwas geschrieben wie *Helft mir, ich schwebe um Euch herum und Ihr seht mich nicht*. Siehst du das hier?« Er deutete auf ein paar dunkle Krakel. »Das soll *schweben* heißen. Na ja, meine Handschrift war noch nie die beste.«

Elinn betrachtete die Krakel. Nicht einmal mit viel Fantasie konnte man darin ein Wort erkennen. »Du hast sicher marsianisch geschrieben.«

»Wer weiß«, lachte er und gab es ihr zurück.

Nun, es war eben so, wie es war. Hatte sie sich eben geirrt. Das passierte schließlich andauernd, dass Leute sich irrten. Sie würde sich daran gewöhnen, dass auf ihre innere Stimme kein Verlass war.

Nach und nach zeigte sie ihm ihre schönsten Fundstücke und zu jedem konnte Dad eine Geschichte erzählen. Es musste ein ziemlich seltsamer Traum gewesen sein, in dem er gefangen gewesen war – ein bisschen so, wie man träumte, wenn man Fieber hatte. Manchmal hatte er einfach kleine Pfeile aufmalen wollen, ohne zu wissen, in welche Richtung sie zeigen sollten. Ein anderes Mal hatte er nicht gewusst, wie man schreibt, und einfach nur auf den Zetteln herumgekritzelt. Anfangs hatte er nur zu den Zetteln gesprochen und sich gewundert, wieso nichts von dem, was er sagte, darauf erschien. Daraus waren dann die allerersten kleinen, einfarbigen Artefakte geworden, die Elinn gefunden hatte.

Schließlich gab sie ihm das Artefakt, mit dessen Hilfe sie die blauen Türme entdeckt hatten: Es zeigte das Gesicht eines Löwen, dessen Nasenloch blau leuchtete, wenn man das Licht ausschaltete.

»Damit hat alles angefangen«, erklärte sie.

Dad nahm es bedächtig nickend in die Hand, betrachtete es, drehte es in alle Richtungen.

»Das«, sagte er schließlich, »kenne ich nicht.«

Elinn durchlief es heiß und kalt.

»Bist du sicher?«, fragte sie. Etwas in ihrer Kehle ließ ihre Stimme zittern.

»Ja.«

»Wirklich ganz sicher?«

Dad lächelte. »Elinn, ich wusste nicht das Geringste vom Löwenkopf, bis Mom mir davon erzählt hat. Und ich wusste nicht, wie er aussieht, bis Dr. DeJones mir ein Bild gezeigt hat.«

Elinns schriller Schrei war bis auf den Gang hinaus zu hören und er schien nicht mehr enden zu wollen.

Pigrato zog sich einen Stuhl an James Faggans Krankenbett und ließ sich umständlich darauf nieder. »Tut mir leid, wenn ich dich jetzt auch noch einmal verhören muss«, sagte er, »aber deine Tochter rennt durch die ganze Siedlung und erzählt jedem, ob er es hören will oder nicht, sie hätte den *Schlüssel* und die Aliens hätten sie gerufen, um befreit zu werden.«

Faggan lächelte. »Sie war schon immer ein sehr fantasievolles Kind.«

»Du hältst das also für Unsinn?«

»Na ja, Unsinn ... Das ist ein starkes Wort. Sagen wir, die Begeisterung geht ein wenig mit ihr durch.«

»Gut, dann frage ich einmal andersherum«, sagte Pigrato und beugte sich vor. »Woher stammt dieses Artefakt mit dem Löwengesicht und dem blau leuchtenden Punkt an genau der Stelle, an der in der Realität der kleine Turm steht?«

»Nicht von mir jedenfalls.«

»Von wem dann?«

»Keine Ahnung.«

»Könnte es sein, dass du dich einfach nicht mehr daran erinnerst, dass du es gemacht hast?«

James Faggan fuhr sich mit der Hand durchs Haar, eine matte, kraftlose Bewegung. »Ich erinnere mich sowieso nicht daran, solche Gebilde gemacht zu haben. In meinem ... sagen wir, *Erleben* habe ich Mitteilungen auf kleine Zettel geschrieben und auf leuchtende Punkte am Marsboden gelegt.«

»Von mir aus. Dann hast du eben –«

»Nein, eben nicht. Ich *wusste* überhaupt nichts vom Löwenkopf, verstehst du? Ich wusste, dass noch ein kleines Sternentor existiert – aber ich wusste nicht, wo. Von dieser Formation im Daedalia Planum habe ich erst durch Christine erfahren.«

»Aber du hast gesagt, du hättest in deinem Wachtraum Bilder gesehen ...«

»Tom«, sagte James Faggan, »eine Million Jahre ist eine verdammt lange Zeit. Unvorstellbar lang. Ich erinnere mich an ein Bild der Türme, ja – aber damals hat das Gelände dort noch nicht so ausgesehen, wie es heute aussieht!«

»Nicht?«

»Es gab einen Krater. Aber er war höher, hatte nicht diese ... na ja, *Löwenmähne* und vor allem war er noch ringsum geschlossen. Der Meteoriteneinschlag, der die südliche Seite weggefegt hat, muss jünger sein. Und auch der Tafelberg muss sich später gehoben haben.«

Pigrato fiel einen Moment lang das Atmen schwer. »Mit anderen Worten: Wer immer das Löwenkopf-Artefakt hervorgebracht hat, wusste, wie das Gelände um die Türme heute aussieht. Das ist logisch, oder?«

»Ja. Ich fürchte, das ist logisch.« Faggan verzog das Gesicht, als hätte er in etwas Saures gebissen. »Und ich ahne, worauf du hinauswillst.«

»Es können nur die Aliens gewesen sein. Die Falaner.«

»Tom«, sagte James Faggan und versuchte, sich aufzurichten, »auf keinen Fall dürfen wir vorschnell handeln. Ja, ich gebe zu, es sieht im Moment so aus, als hätten die Falaner irgendwie in die Sache eingegriffen. Aber vielleicht war es auch anders. Die Falaner *schlafen*, Tom, verstehst du? Man übersteht nicht eine Million Jahre im Wachtraum. Man würde verrückt werden.«

»Aber du hast gesagt, du hättest eine Präsenz gespürt, eine Art kollektives Bewusstsein der Falaner . . .«

»So kam es mir vor. Aber mir kam viel anders vor, als es in Wirklichkeit gewesen ist, das wissen wir doch inzwischen. Genauso gut kann es sein, dass das, mit dem ich in Verbindung stand, einfach eine Art KI war. Die Steuereinheit der Roboter. Eine intelligente Maschine, die über die Schläfer wacht. Nichts weiter.«

Pigrato saß vorgebeugt da, die Ellbogen auf die Knie gestützt, die Hände gefaltet. Auf diese Hände hinabschauend sagte er: »Im Grunde ist es ganz einfach herauszufinden, ob Elinn recht hat. Wenn das Artefakt ein Schlüssel ist, muss er den Zugang zur Station öffnen. Und wenn es *der* Schlüssel ist, muss er die Aliens aufwecken. Alles, was wir zu tun brauchen, ist, in Whiteheads Shuttle zu steigen, hinzufliegen und es zu probieren.«

»Wenn die Falaner aufgeweckt werden, können sie nicht mehr in ihren Schlaf zurückkehren«, sagte Faggan eindringlich. »Denk daran.«

»Es kann ihnen nicht egal sein, wenn die blauen Türme zerstört werden. Vielleicht haben sie die Möglichkeit, es zu verhindern.«

»Und wenn nicht? Selbst wenn die Türme zerstört werden sollten – wenn die Falaner weiterschlafen, bleibt die Chance, dass eines Tages ein Raumschiff ihres Volkes kommt und sie holt. Das kann in tausend Jahren sein oder in hunderttausend ... egal. Aber wenn wir sie jetzt wecken und alles war ein Irrtum, verurteilen wir sie damit zum Tode.«

»Und wenn sie tatsächlich nach uns gerufen haben?«

»Das kannst du nicht wissen. Es kann auch die Steuereinheit gewesen sein. Und die *darf* die Schläfer definitiv nicht aus eigenem Ermessen wecken.« James Faggan ließ sich in die Kissen zurücksinken. »Wir überlassen unseren KIs schließlich auch keine lebenswichtigen Entscheidungen.«

Pigrato lehnte sich seufzend zurück. »Das ist das Stichwort. Entscheidungen. Yin Chi hat mir die Entscheidung in dieser Sache übertragen. Was rätst du mir?«

»Ich habe kein gutes Gefühl dabei.«

»Deine Tochter dagegen sagt, die Aliens rufen uns um Hilfe.« Pigrato hielt inne, betrachtete das blasse Gesicht des Mannes in dem Krankenbett und staunte wieder einmal darüber, auf welchen verschlungenen Wegen sie das Schicksal hier wieder zusammengeführt hatte. »Wenn ich die Ereignisse der letzten Monate überdenke, kann ich nicht umhin festzustellen, dass sie in solchen Dingen immer recht behalten hat.«

James Faggan sah ihn an. »Wieso fragst du? Du hast deine Entscheidung schon getroffen.«

»Ja«, sagte Pigrato. »Wir werden es versuchen.«

27 Begrüßungsgesänge

Eikanger sah in das Loch am Fuß des Turms hinab. Das ging ihm alles viel zu langsam. Etwas über anderthalb Meter durchmaß es an seiner breitesten Stelle und wie tief hatten die Männer mit ihren Bohrern, Fräsen und sonstigen Geräten es bis jetzt geschafft? Vier Meter sagten sie, aber für ihn sah das höchstens aus wie drei Meter, verdammt noch mal.

»Es kann doch nicht so schwer sein, zwei Löcher in den Boden zu graben«, knurrte er. Die Sonne senkte sich schon im Westen, der Boden des Lochs lag bereits im Schatten des Turms. »Ich habe das Gefühl, dass Sie mich sabotieren. Und das ist ein Gefühl, das ich nicht lange ertrage, das sage ich Ihnen gleich.«

»Haben Sie denn schon mal in einem Raumanzug schwere körperliche Arbeit verrichtet?«, erwiderte der Mann unerschrocken, den er angeraunzt hatte. Er hieß Sean O'Flaherty, war der Leiter des Forschungslagers gewesen, bis sie gekommen und das Kommando übernommen hatten. Eikanger versuchte, ihm nicht ins Gesicht zu sehen, denn das erinnerte ihn durch die spiegelnde Helmscheibe hindurch fatal an einen Totenkopf.

»Sie sind der Raumfahrer, nicht ich«, sagte Eikanger. »Wenn es nach mir ginge, gäbe es überhaupt keine Raumanzüge.«

»Sie werden da auf nichts stoßen. Wir haben entlang der Türme in die Tiefe gebohrt, über zwanzig Meter – nur Fels.«

»Bleistiftdünne Löcher. Die nutzen mir nichts.«

»Für Messgeräte und Kamerasonden reicht das.«

»Sie begreifen doch überhaupt nichts«, meinte Eikanger abschätzig und sah an dem Turm empor. Nein, der Mann hatte keine Ahnung, worauf er hinauswollte, und das war auch gut so. Wer wusste, auf was für selbstmörderische Ideen so ein Weltraumbesessener kam ...

Die Türme. Ansgar Eikanger schauerte beim Anblick ihrer verführerischen, abscheulichen Schönheit. Schlank, himmelhoch, in kaltem, fremdem Blau leuchtend, verkörperten sie für ihn alles, was das Universum an Schrecklichem bereithielt. Maschinen, von fremden Lebewesen erbaut, von denen eine unnatürliche Verlockung ausging, der diese Marssiedler samt und sonders erlegen waren ... Begriffen sie denn nicht, dass dies die Einfallstore der drohenden Vernichtung waren? Der Brückenkopf, von dem aus die Feinde der Menschheit ihren Feldzug führen würden? Der Ort, an dem die Invasion beginnen würde, an deren Ende unweigerlich die völlige Auslöschung der menschlichen Spezies stehen musste?

Nein, sie begriffen es nicht. Nur wenige gab es, die den Ernst der Lage begriffen hatten. Und diese wenigen Verzweifelten setzten ihre ganze Hoffnung in ihn, hatten ihn geschickt, weil sie ihm allein zutrauten, das Übel noch einmal abzuwehren.

Und er würde sie nicht enttäuschen. Mochte der Rest der Menschen ihn später auch schmähen, seine Handlungen gering achten ... Oh, natürlich würden sie das! Er wusste es jetzt schon. Und es war ihm gleichgültig. Er wusste, was er tat und warum er es tat, und was spätere Generationen über ihn sagten oder nicht sagten – was zählte das? Wichtig war allein, dass es diese späteren Generationen überhaupt *geben* würde; das allein zählte und es würde sein Verdienst sein.

In gewissem Sinne würde er, Ansgar Eikanger, zum

Stammvater aller noch ungeborenen Menschen werden. Was mehr konnte man sich wünschen?

Ja, er würde seinen Auftrag ausführen. Er würde den außerirdischen Invasoren den Zugang versperren; um jeden Preis würde er das.

Er sah hinüber zu dem Instrumentenzelt, das sie abseits der Druckzelte aufgebaut hatten. Zwei Männer standen davor Wache, die Waffen in Anschlag. Zwei Männer, denen er mehr vertraute als allen anderen Mitgliedern seines Kommandos. Sie bewachten die zwei unscheinbaren, chromglänzenden Zylinder, die im Inneren des Zeltes in zwei gewöhnlichen, versiegelten Space-Containern auf ihren Einsatz warteten. Etwas mehr als einen Meter lang war jeder dieser Zylinder, durchmaß vierzig Zentimeter – doch war jeder von ihnen so schwer, dass selbst hier auf dem Mars zwei Männer nötig waren, um ihn zu tragen. Zwei Höllenmaschinen, die furchtbarsten Waffen, die menschlicher Geist je ersonnen hatte, gewiss – doch ihr atomares Feuer würde ausreichen, die Bauwerke der Außerirdischen restlos vom Antlitz dieses Planeten zu tilgen.

Die beiden Männer bewachten die Bomben nicht nur, sie trugen auch die Steuergeräte, mit deren Hilfe man sie zündete. Er hatte sie ihnen in einer bewegenden Zeremonie überreicht. Zwei Zündbefehle, unabhängig voneinander von zwei Personen erteilt, das war seit jeher erforderlich gewesen, um solche Waffen einzusetzen. Jeder wusste das. Man lernte es in der Schule und in alten Filmen sah man es.

Deswegen war niemandem der Verdacht gekommen, es könnte in diesem Fall anders sein. Doch tatsächlich waren die beiden Steuergeräte wirkungslos. Der Code, den sie abstrahlten, stimmte nicht. Die Bomben würden nicht darauf reagieren. Reagieren würden sie einzig auf das Signal des einen Fernzünders, den Eikanger selbst gebaut hatte und bei Tag und Nacht an einer Kette um den Hals trug.

Er vertraute den beiden Männern – aber er vertraute ihnen nicht *genug*. Sein eigenes Leben hätte er ihnen jederzeit bedenkenlos anvertraut, ohne jedes Zögern. Doch hier ging es um das Leben der gesamten Menschheit und das war er nicht bereit, jemand anderem anzuvertrauen als sich selbst.

Urs hatte nicht erwartet, in ein derartiges Chaos zurückzukehren. All der Müll auf den Gängen, die unangenehmen Gerüche, die eingeschlagenen Türen und Einschusslöcher in den Wänden . . . Es erinnerte ihn an die Slums von Genf, die Gegenden auf der anderen Seite des Bahnhofs, die man besser mied.

Er verstand auch nicht alles, was Ariana ihm erzählte. Terroristen hatten die Siedlung überfallen, das war klar und Ariana hatte sie wieder vertrieben. Oder so.

»Vor dir muss man sich ja in Acht nehmen«, meinte er.

Worauf Ariana lachte. »Merk's dir nur gut!«

Inzwischen saßen die übrig gebliebenen Weltraumpiraten am Löwenkopf und hielten unter anderem die Mutter von Carl und Elinn als Geisel. Sein Dad und all die anderen Leute, die in der Marssiedlung das Sagen hatten, hasteten fortwährend umher und trafen sich mit hochwichtigen Mienen zu vertraulichen Besprechungen. Draußen bugsierten sie eines der Shuttle mit acht Rovern Zentimeter für Zentimeter durch die Landschaft. Aufregung in allen Gängen, dass es einem die Härchen auf den Armen aufstellte.

Ihm war das gerade alles zu viel. Hauptsache, er und Ariana waren wieder zusammen, und wenn sie ihm jetzt noch zugehört hätte, damit er ihr alles erzählen konnte, wie es wirklich gewesen war auf der Erde und während des Fluges zum Mars, dann wäre er völlig zufrieden gewesen. Aber sie hörte ihm nicht zu, erzählte stattdessen in einem fort von ihren eigenen Abenteuern und von einer geplanten Expedition mit dem Shuttle der *SAGITTARIUS ALPHA*. »Wir sollen alle mit«, rief sie aufgeregt, emsig dabei, ihren Raumanzug zu säubern. »Du auch«, fügte sie hinzu und wedelte mit den Händen in Richtung der Aufladestationen. »Komm, mach deinen Anzug fertig. Es kann jeden Moment losgehen!«

Urs wusste nicht, wie ihm geschah. Und dann kreuzte auch noch Dad auf. Bleich, sorgenvolles Gesicht – richtig alt sah er aus. »Pass gut auf dich auf«, brummelte er, während er und Ariana sich wie zwei Verschwörer zunickten. Was sollte *das* denn nun wieder? Hatte er etwas verpasst?

Er kam nicht dazu nachzufragen. Die Faggan-Geschwister tauchten auf, Carl so ernst wie noch nie, Elinn voll fiebriger Erwartung. Ronny sei schon im Shuttle, verkündete sie. Anscheinend wussten alle, um was es hier ging, nur er nicht.

»Ich muss dann mal wieder«, sagte Dad und verdrückte sich, dafür kamen Dr. Spencer, Professor Caphurna mit zwei Assistenten und Wim Van Leer, der Journalist, der dem Professor die Kameras zeigte, die er dabeihatte, und ankündigte, er wolle sie vor Ort installieren.

»Tun Sie das«, nickte Caphurna hoheitsvoll und griff sich seinen Raumanzug aus der Ladestation.

Gleich darauf rasten sie mit dem letzten verfügbaren Rover los. Das Shuttle der *SAGITTARIUS ALPHA* war kleiner und schlanker als die alten Mars-Shuttles, von deren dickbäuchigen Hüllen der Lack immer mehr abplatzte, und es erstrahlte in leuchtendem Weiß. »Bitte so schnell wie möglich an Bord kommen«, drängte die Stimme Yules Whiteheads in ihren Kopfhörern, als sie ausstiegen. »Wir haben in den kommenden drei Stunden optimale Funkabdeckung sowohl für das Capri Chasma als auch für die Cydonia-Region. Das kommt so schnell nicht wieder.«

Sie starteten, kaum dass Urs saß und sein Gurt eingerastet war. Puh! Nach oben, das war doch noch mal etwas anderes, als aus dem Orbit herunterzukommen. So musste sich eine Kanonenkugel fühlen, während sie abgefeuert wurde ...

»Ziemlich eindrucksvoll, das Shuttle«, hörte er Dr. Spencer sagen. »Wesentlich schneller als unsere. Aber klein. Die Siedlung könnte man damit nicht evakuieren.«

»Wieso nicht?«, fragte Van Leer. Seiner Stimme merkte man den Druck der Beschleunigung an.

»Kein Laderaum. Wie wollen Sie da Lebensmittel und so weiter mitnehmen?«

Urs blinzelte. *Die Siedlung evakuieren?* Wovon um alles in der Welt redeten die?

Kaum gestartet, nach ein paar Augenblicken schwereloser Leichtigkeit, während derer Van Leer unablässig schimpfte, weil ihm eine seiner Kameras entwischt war und immer ein paar Zentimeter außerhalb seiner Reichweite vor seinen Fingerspitzen herumtanzte, setzte das Shuttle schon wieder zur Landung an. Lange Schatten lagen über der Landschaft, auf die sich das Fluggerät herabsenkte. Sie setzten auf, das Triebwerk verstummte und dann knallte und ruckelte es noch ein paar Mal, ehe die Maschine zur Ruhe kam.

»Das waren Steine, die unter den Landebeinen zerbrochen sind«, erklärte Ariana.

»Ach so. Klar«, sagte Urs. Hatte er so ausgesehen, als habe ihm das einen Schrecken eingejagt? Er spähte hinaus. Komisch, die Sonne stand schon tief über dem Horizont, würde in ein paar Minuten untergehen ...

»Tja, wir sind ein ordentliches Stück nach Osten geflogen«, meinte Dr. Spencer, der Urs' Verblüffung bemerkt haben musste.

Jeder schien ihn heute belehren zu wollen. Urs griff nach seinem Helm, setzte ihn auf und reihte sich in die Schlange vor der Schleuse ein. Sie waren hier im Capri Chasma, so viel hatte er durchaus mitbekommen, eine areologische Formation am Ostende der Valles Marineris. Vor zwei Monaten hatte eine Expedition, an der auch Carl teilgenommen hatte, hier die Überreste zerstörter Gebäude gefunden und eben die geheimnisvollen »gläsernen Höhlen«.

Urs sah sich draußen erst mal um. Eindrucksvoller Ort, das musste man zugeben. Sie waren am Fuß eines geröllübersäten Hügels gelandet, der steil aufwärts führte bis zu einer ungeheuren Felswand, die in den tiefgrauen Himmel ragte, kilometerhoch, wie es schien. Auf der anderen Seite erstreckte sich eine schier endlose Ebene, übersät mit scharfkantigen Steinen, die lange, bizarre Schatten warfen. Eine erschöpft wirkende Sonne berührte weit im Westen gerade den Horizont, flutete den weiten Talgrund der Valles Marineris mit ihrem mattgelben Licht.

»Dort oben ist es«, hörte er Carl rufen.

Urs blickte in die Richtung, in die Carl zeigte. Da war etwas; eine dicke Felsschicht, die klobig vorstand, die eigentlich eher aussah wie eine halb von Geröll verschüttete Tiefgarage.

»Die Stunde der Wahrheit«, sagte Professor Caphurna.

Es waren wenigstens zwei Kilometer Fußmarsch bis zu der Stelle, aber unter der niedrigen Schwerkraft des Mars brachte einen das nicht aus der Puste. Urs sah die ganze Zeit nicht, worauf sie eigentlich zumarschierten, aber Carl und Dr. Spencer, die vorangingen, schienen genau zu wissen, wohin sie wollten. Während sie unterwegs waren, wurde es dunkel, sodass er seinen Helmscheinwerfer einschaltete.

Und dann waren sie endlich da, versammelten sich vor einer dunklen, im Licht ihrer Lampen glasig schimmernden Wand. Caphurna hieb mit der Faust mehrmals dagegen und sagte dann: »Also, fürs Protokoll – für mich ist die gläserne Wand undurchdringlich, obwohl ich das Artefakt bei mir trage. Sie zeichnen doch auf, Jonathan, nicht wahr?« Er fasste in eine der Taschen seines Raumanzugs, holte das Artefakt heraus und reichte es Elinn. »Schauen wir, ob du mehr Erfolg hast.«

Elinn nahm das flache, steinerne Gebilde entgegen, schien einmal tief Luft zu holen, dann wandte sie sich der gläsernen Barriere zu. Streckte die Hand aus, um sie zu berühren.

Es war, als fasste sie in einen dunklen See, der bis gerade eben spiegelglatt und ruhig dagelegen hatte und nun rings um ihre Hand kleine Wellen schlug, die sich rasch ausbreiteten. Doch es waren nicht nur Wellen, die sich ausbreiteten, es war eine Öffnung, die sich mit einer eleganten, schwingenden Bewegung vor ihnen auftat, als zöge jemand einen Vorhang beiseite.

»Bitte sehr«, sagte Elinn mit unüberhörbarem Triumph in der Stimme.

George W. Carver hatte nur gelacht, als man ihn mit den gewonnenen Erkenntnissen konfrontierte. »Glückwunsch!«, hatte er gerufen. »Dann wissen Sie jetzt ja, wie alles ausgehen wird. Denn verhindern – verhindern können Sie es nicht mehr!«

Danach hatte er sich erheblich auskunftsfreudiger gezeigt. Geradezu entspannt beantwortete er die Fragen, die man ihm stellte; man konnte fast glauben, eine gemütliche Unterhaltung zu führen anstatt eines polizeilichen Verhörs. Nein, es gebe nicht den einen Anführer, das entspreche nicht dem Wesen der Heimwärtsbewegung; es sei ein vierzehnköpfiges Gremium verantwortungsbewusster Männer und Frauen aus aller Welt, das die wesentlichen Entscheidungen treffe.

»Und diese Leute haben sofort nach der Entdeckung der blauen Türme den Plan gefasst, sie zu vernichten?«, fragte Bjornstadt. »Nach Jahrtausenden, in denen sich die Menschheit gefragt hat, ob es Leben geben mag da draußen im All, in denen wir uns danach gesehnt haben zu erfahren, ob wir allein sind im Universum, taucht der erste handfeste, unwiderlegbare Beweis auf, dass es noch jemanden außer uns geben muss – und das Erste, was Ihren ach so verantwortungsvollen Anführern einfällt, ist, ihn zu vernichten?«

»Ach was«, versetzte der inzwischen rechtmäßig seines Amtes enthobene Sicherheitsminister. »So war es natürlich nicht. Es ging darum, eine Option zu haben, auch im ungünstigsten Fall handlungsfähig zu bleiben. Dass eine Isolationszeit bevorstand, war schließlich bekannt; alle Raumschiffe sind ja buchstäblich im letzten Moment zum Mars aufgebrochen. Nein, das Eingreifkommando hatte nur den Befehl, sich zur Verfügung zu halten.«

»Falls die Regierung nicht so handelt, wie es der Heimwärtsbewegung gefällt.«

»Falls die Regierung nicht so handelt, dass der Fortbestand der Menschheit gesichert ist.« Carver streckte die Arme, soweit seine Fesseln das zuließen. »Aber die Regierung war nicht das Problem. Das Problem waren die Kommandanten der beiden Transportraumschiffe. Als die den Mars nicht, wie vorgesehen, wieder verließen – das hat uns wirklich zu schaffen gemacht! C1-Schiffe führen keine Shuttles mit, unsere Leute mussten also an die Shuttles der Siedlung kommen, um landen zu können. Wären keine Raumschiffe beim Mars gewesen, hätten beide Shuttles unbemannt im Orbit gewartet, nicht wahr? Das ist allgemein bekannt. Man lässt die Shuttles nicht auf der Oberfläche stehen, wo sie monatelang Stürmen und Staub ausgesetzt wären. Aber nun waren sie an die beiden Raumschiffe gekoppelt und wir mussten uns erst ein trickreiches Manöver ausdenken.«

»Woher stammte das Programm, mit dem Sie die Künstliche Intelligenz der Siedlung unter Kontrolle bekamen?«

Carver lächelte verächtlich. »Die Heimwärtsbewegung versammelt die klügsten Leute dieses Planeten. Glauben Sie, da ist es ein Problem, ein Stück Software zu entwickeln?«

Carl musste daran denken, wie er das letzte Mal hier gestanden hatte. Damals hatte draußen ein Sandsturm getobt. Und er hatte nicht begriffen, wie er in das Innere der Höhle gelangt war, die ringsum von blauem Glas verschlossen, ja, regelrecht versiegelt gewesen war.

Die Stimmen im Helmlautsprecher gingen durcheinander. ». . . kann sich natürlich auch jederzeit wieder schließen . . . wohl oder übel riskieren . . . halten Sie es für sinnvoll, Männer mit Schusswaffen mitzunehmen?« Das galt Whitehead und den vier Männern seiner Besatzung, die sie begleiteten. Diese trugen Waffen, die man den in der Siedlung festgesetzten Leuten Eikangers abgenommen hatte. »Für alle Fälle«, meinte Whitehead, worauf Dr. Spencer etwas von »na, dann führen wir uns Menschen ja gleich richtig ein«, brummte, was den Industriellen zu einer langatmigen Ausführung darüber veranlasste, dass die Falaner die Menschen schließlich lange genug kannten und außerdem in Sachen Waffengebrauch selber nicht gerade zimperlich gewesen seien . . .

»Also, wie geht es nun weiter?«, wandte sich Caphurna an Carl.

Carl musterte die hintere Wand der Höhle. Dort gab es mehrere Durchgänge in weitere Hohlräume, die aber ebenfalls durch gläserne Barrieren verschlossen waren. Einer der Hohlräume war länglich und führte in die Tiefe. »Dort«, sagte Carl.

Auch hier wich das Glas auf Elinns Berührung hin zur Seite, als sei alles nur Illusion gewesen.

Der Boden war uneben. Nach etwa hundert Metern verengte sich der Gang, musste man sich regelrecht hindurchzwängen zwischen zwei großen runden Felsen, die sich aus der Wand drückten.

Carl hob die Hand. »Hier müssen wir uns jetzt abseilen. Dahinter wird es steil und rutschig.«

Einer von Caphurnas Assistenten packte die Seilrollen aus, die sie vorsorglich mitgenommen hatten, und Dr. Spencer bestand darauf, voranzugehen. »Alles klar«, rief er nach ein paar Minuten, in denen man ihn nur angestrengt hatte keuchen hören. »Ich bin unten. Es ist wirklich *ziemlich* rutschig!«

So seilten sie sich einer nach dem anderen ab. Nicht bei jedem ging es ohne Blessuren. Ronny rutschte ein paar Mal ab, Whitehead verlor auf den letzten Metern den Halt und kam unsanft unten an.

»Kommen noch mehr solcher Passagen?«, fragte er, während er seinen Anzug checkte und sich den Hintern rieb. »Ich merke gerade mal wieder, dass ich nicht mehr der Jüngste bin.«

Carl leuchtete den Boden des Höhlenraumes ab. Tatsächlich, da lag noch der Schreibstift, den er bei seiner ersten Erkundung auf dem Boden hinterlassen hatte. Seine Spitze zeigte immer noch in die Richtung, in die er damals gegangen war: auf einen Gang, der nach einer Weile breiter werden würde.

»Hier geht es weiter«, erklärte er.

Nun ging er voran. Nach einer Weile kam wieder eine Glaswand, diesmal eine besonders dicke, und wenn die Theorien stimmten, dann durfte die jetzt *nicht* einfach verschwinden, weil es nämlich keine Trennwand war, sondern ein Durchgang zu der eigentlich in der Cydonia liegenden Station der Aliens.

Tatsächlich. Die Wand blieb, ließ sie aber alle passieren.

»Fühlt sich seltsam an«, meinte Wim Van Leer nach dem Durchgang. »Als ginge man durch eine Wand aus Gelatine.«

»Also sind wir jetzt in der Cydonia-Region?«, fragte Caphurna. Er war es, der die Funkverbindung zur Siedlung hielt. »Ja. AI-20 bestätigt, dass die Kommunikation jetzt über Satellit 2 läuft, der gerade über der Cydonia steht.«

»Erstaunlich«, sagte Yules Whitehead.

Sie folgten dem schmalen, hohen Gang, der sich vor ihnen auftat, und erreichten schließlich die Halle mit den riesigen Öffnungen, in denen beeindruckende, dreidimensionale Bilder leuchteten, sodass man glauben konnte, man sähe aus Fenstern. Seltsam, wieder hier zu sein. Seit damals hatte Carl so oft geträumt, in der Station zu sein und von Robotern gejagt zu werden, aber nun, da er wirklich zurückgekehrt war, hatte der Ort allen Schrecken verloren.

»Da geht es zum Mausoleum«, sagte Ariana und zeigte auf den breitesten unter den fünf Gängen, die in diese Halle mündeten.

»Gut«, sagte Yules Whitehead. »Den Schlüssel haben wir – wo ist das Schlüsselloch?«

Caphurna hatte die Frage an Dad weitergeleitet. »Mister Faggan sagt, wir sollen nach einem hellen Kreis Ausschau halten, der von einem Kranz dunkler, nach innen gerichteter spitzer Dreiecke umgeben ist.«

Mister Faggan. Es war gewöhnungsbedürftig, jemanden so von seinem eigenen Vater reden zu hören. Carl sah sich um, genauso wie die anderen, ließ seinen Blick schweifen. Nirgendwo war etwas zu entdecken, das auch nur annähernd so aussah. Helle Kreise, das gab es hier nicht.

Er hörte jemanden hüsteln. »Und das soll bestimmt in dieser Halle sein?« In Van Leers Stimme schwang die Skepsis.

Carl wurde unwillkürlich heiß. Es stimmte nicht. Es war nur ein Traumbild gewesen; etwas, das Dad falsch gesehen oder falsch verstanden hatte.

In diesem Augenblick hörte er Elinn rufen. »Da!«

Sie stand vor dem kleinen Bild, das den alten, unbeschädigten Mars zeigte, den Mars ohne die Valles Marineris, und deutete mit ausgestrecktem Arm nach oben.

»Die Falaner sind viel größer als wir«, fuhr Elinn fort. »Sie bringen eine Schaltfläche natürlich in einer Höhe an, die für sie bequem zu erreichen ist.«

Tatsächlich. Da oben, auf einer blasenartigen Vorwölbung der Zwischenwand, etwa drei Meter über dem Boden, leuchtete ein heller Kreis, umgeben von dunklen Dreiecken.

Es war alles wahr.

»Also«, rief Whitehead, der sich als Erster aus der andächtigen Erstarrung löste. »Komm, ich helf dir hinauf.« Damit verschränkte er seine Hände so, dass Elinn den Fuß hineinstellen und sich, das Artefakt in der Hand, an der Wand hinaufschieben konnte.

Auf halber Höhe, den anderen Fuß auf Whiteheads Schultern gestellt, verharrte sie. »So ein Raumanzug ist ziemlich glatt«, sagte sie leise.

Carl sprang hinzu, stützte sie. Van Leer hielt ihr von der anderen Seite die Hand hin. Elinn keuchte ein bisschen, dann schaffte sie es, auf Whiteheads Schultern zu stehen zu kommen, mit der einen Hand an der Wand abgestützt, in der anderen das Artefakt, das möglicherweise über das Schicksal von zweihundert Aliens entscheiden konnte.

»Kein Problem«, rief Whitehead. »Ich kann dich gut tragen. Du wiegst ja fast nichts, Mädchen.«

»Jetzt«, stieß Caphurna hervor. »Berühr die Stelle mit dem Schlüssel!«

»Ja, mach«, krächzte Van Leer.

Elinn stieß einen spitzen Schrei aus. »Könnt ihr bitte alle mal einen Moment ruhig sein? Ich muss in mich reinhorchen, ob ich das Richtige tue.«

Erschrockene Stille trat ein. Niemand sagte etwas. Alle standen sie da und sahen zu Elinn hinauf, die reglos verharrte, das Artefakt in der Hand. Minute um Minute.

Carl schluckte mühsam. Was wurde das? Hatten sie am Ende all diese Mühen auf sich genommen, nur um jetzt, kurz vor dem Ziel, umzukehren? Nein. Wenn Elinn jetzt auf komische Ideen kam, dann würde jemand anders –

»Okay«, erklang da die helle Stimme seiner Schwester in

den Helmlautsprechern. »Ich glaube, es ist das, was sie wollen.«

Damit hob sie das Artefakt und führte es zu dem hellen Kreis. Man hörte sie einen kleinen Seufzer ausstoßen, sie verharrte einen Moment, dann nahm sie die Hand wieder herab.

Der leuchtende Kreis war verschwunden.

»Und?« Das war Caphurna. Seine Stimme klang, als ersticke er.

»Das Artefakt hat genau hineingepasst«, sagte Elinn und setzte zu einem Sprung von Whiteheads Schultern an.

Noch ehe sie wieder auf dem Boden aufkam, begann sich alles um sie herum zu verändern.

Eigenartig war ihr zumute. Sie hatte recht behalten. Nun mussten auch die anderen eingestehen, dass sie von Anfang an recht gehabt hatte – doch Elinn fühlte keinen Triumph deswegen. Es ging nicht um sie. Es ging um Wesen, die sie gerufen hatten, die ihre Hilfe brauchten. Das war es, weswegen sie hier waren.

Alles ringsum veränderte sich. Ja, natürlich. Die Fremden erwachten aus ihrem Schlaf und ihre Station tat das Gleiche. Elinn verstand nicht, was die anderen daran so aufregend fanden.

Das blaue, glasartige Material, das bis jetzt alles bedeckt hatte – Wände, Boden, Decke – bewegte sich, sah aus wie Wasser, das zu fließen begann. Es glitzerte, flimmerte, während sich das Material verfärbte, zu neuen Formen erstarrte. Kühles Grau huschte die Wände entlang, maserte sich mit dünnen honiggelben Linien, bildete strenge Rippen vom Boden bis hinauf zur hohen Decke. Auch der Boden veränderte sich; es sah aus, als bekritzelten ihn Hunderte unsichtbarer Stifte mit feinen, fremdartigen Ornamenten und komplizierten Arabesken. Was vorher seltsam unfertig ausgesehen hatte, eher wie ein Höhlenlabyrinth, an dessen Wänden einst ein bläulich schimmernder Schleim erstarrt war, war auf einmal ein Bauwerk von erhabener Fremdartigkeit, der Tempel einer uralten Kultur.

»Wow!«, hörte sie Ariana flüstern.

»Ich weiß nicht, wie es anderen geht«, ließ sich Whitehead leise vernehmen, »aber mir stellen sich sämtliche Nackenhaare auf.«

Carl stieß einen erstickten Laut aus. »Wir sollten schnell schauen, was im Mausoleum passiert.«

Er setzte sich in Bewegung und alle anderen folgten ihm. Elinn auch, nur dass sie es nicht eilig hatte. Was sollte schon passieren? Die Falaner erwachten, was denn sonst?

Der breite Gang führte leicht abwärts. Ihre Schritte hallten von den Wänden wider. Dr. Spencer wedelte mit seinem Analysegerät. »Die Station füllt sich mit Atmosphäre! Schon dreihundert Hektopascal, rasch steigend.«

»Atembar?«, fragte Professor Caphurna.

»Für uns jedenfalls nicht. Zu wenig Sauerstoff, dafür etliche eher unbekömmliche Gase.«

»Also *ihre* Atmosphäre«, folgerte der Professor. »Kein Willkommensgruß für uns.«

Der Gang endete auf einem breiten Balkon an der Stirnseite einer ungeheuren Halle, die von gleißendem Licht erfüllt war, so hell, dass ihre Helmverdunkelungen darauf ansprachen. Sie hielten inne, unwillkürlich gebannt von dem Anblick, der sich ihnen bot: In langen Reihen aufgestellt Hunderte gleichartiger Apparate, deren transparente Abdeckungen offen standen wie Austernschalen.

Und Hunderte riesiger, fremdartiger Wesen, die sich mit bedächtigen Bewegungen von den Liegen darunter erhoben.

Die Falaner. Elinn war verzückt angesichts der Eleganz, mit der sie sich bewegten. Sie hatte die Bilder gesehen, die

Carl gemacht hatte, und versucht, sich vorzustellen, wie es wäre, diesen Wesen gegenüberzustehen – aber nie hätte sie gedacht, dass eine derartige Anmut von ihnen ausgehen würde, eine Grazie, eine Aura des Wohlwollens! Ihre dunklen, konturlosen Köpfe pendelten sanft mal hierhin, mal dahin, ihre zahllosen Armpaare, große und kleine, bewegten sich, gestikulierten, wogten ... Sie berührten einander, kurz nur, aber es sah aus wie die Freude, wenn man sich nach undenkbar langer Zeit wiedersah, konnte nichts anderes sein. Und die Ersten von ihnen setzten sich in Bewegung, kamen nach vorn, auf den Balkon zu, eine Versammlung erschreckend dünner, hoch aufgerichteter Leiber, die zu schwach wirkten, um die großen Köpfe darüber tragen zu können.

Ein mächtiger, vielstimmiger Ton erklang, entfernt an einen Chor erinnernd oder an Orgelklang.

»Sie freuen sich, uns zu sehen«, erklärte Elinn.

Caphurna blickte sie an und trotz des abgedunkelten Helms sah sie seinen skeptischen Gesichtsausdruck. Aber er sagte nichts, fragte nicht, woher sie das wusste. Sie hätte es ihm auch nicht sagen können. Es war einfach so, dass sie irgendwie verstand, was dieser Ton zu bedeuten hatte.

Whitehead räusperte sich. »Okay. Das ist jetzt wohl die Situation, auf die wir immer hingefiebert haben – Menschen stehen zum ersten Mal Außerirdischen gegenüber und es stellt sich die Frage, wie wir mit ihnen kommunizieren. Das ist Ihr Fachgebiet, Professor, wenn ich mich nicht irre.«

»Wir kommunizieren nicht mit ihnen«, erwiderte Caphurna säuerlich. »Sie kommunizieren mit *uns.*«

»Es sollte ihnen aber vielleicht jemand zu verstehen geben, dass am Löwenkopf gerade Dinge vor sich gehen, die ihnen nicht gefallen können«, sagte Whitehead. »Und vor allem, dass nicht alle Menschen, die sich dort aufhalten, daran beteiligt sind.«

Elinn hörte seine letzten Worte nur noch undeutlich. Ein

Rauschen in ihren Ohren wurde immer stärker. Es übertönte alles und es ging von den Falanern aus, von diesen anmutig wogenden Riesen da unten. Irgendwie zogen sie an ihr, zerrten, *wollten wissen* ...

Sie schaltete ihren Außenlautsprecher ein, drehte ihn voll auf. »Bitte«, rief sie. »Ihr müsst meine Mom retten!«

Das Ziehen ließ nach, das Rauschen verklang zu so etwas wie einem Seufzen.

Im nächsten Augenblick setzte sich eine Gruppe Falaner in Bewegung. Mit kaum zu begreifender Geschwindigkeit kamen sie von beiden Seiten die Rampen emporgeeilt, huschten an den verdutzten Menschen vorbei und verschwanden im Gang, ohne sich weiter um die Irdischen zu kümmern.

»Was ist jetzt los?«, fragte einer der Assistenten Caphurnas.

»Sie gehen zum Löwenkopf«, sagte Carl. »Durch den kleinen Turm.«

Whitehead gab ein überraschtes Keuchen von sich, dann hieb er auf die Sprechtaste an seinem Kommunikator. »Pigrato!«, rief er. »Die Aliens sind auf dem Weg zum Löwenkopf. Sie müssen Eikanger ablenken!«

Elinn setzte sich in Bewegung. Sie musste mit den Falanern gehen, das war klar. Sie brauchten sie, um mit den anderen reden zu können.

Nach Whiteheads Ruf hatte Pigrato sofort den Löwenkopf angerufen und Eikanger zu sprechen verlangt. Während dessen Spießgeselle ihn holen ging, legte er sich noch einmal rasch die Details der Lügengeschichte zurecht, mit der er ihn beschäftigt halten wollte: technische Probleme mit den Pumpen, Tanks beschädigt, der Transport des Shuttles zum Startplatz schwieriger als geplant ...

Es tauchte wieder jemand auf, aber es war nur der Kerl von eben. »Ansgar hat keine Zeit«, erklärte er.

Pigrato brach der Schweiß aus. »Es ist aber wichtig.«

»Wir haben draußen zu tun, das ist auch wichtig.«

Mist, Mist, Mist. »Dann stellen Sie mich wenigstens zu ihm durch. Über die Telefonschaltung.«

Die Sekunden verstrichen. Der Mann glotzte ihn an. »Telefonschaltung? Was ist das?«

»Jeder Raumanzug hat einen Anschluss ans Telefonnetz«, erklärte Pigrato. War es denn möglich, dass jemand zum Mars flog und das nicht wusste? »Sie brauchen meinen Anruf einfach nur durchzustellen.«

Der Blick des anderen wanderte über die Schalter, die er vor sich hatte. »Ich weiß nicht, wie das geht. Und ich hab jetzt auch keine Zeit. Rufen Sie einfach in 'ner halben Stunde oder so noch mal an.«

Zack und der Bildschirm wurde dunkel.

Pigrato saß da, die Hände vor dem Mund, hörte seinem eigenen Keuchen zu und hatte das Gefühl, einer Katastrophe noch nie im Leben so nahe gewesen zu sein wie in diesem Augenblick.

Urs war bei den Aliens. Er würde doch hoffentlich, *hoffentlich* nicht mit durch die Passage gehen . . .

Es war geschafft. Eikanger betrachtete den aufgefüllten und flach getretenen Boden zu Füßen des Westturms und spürte seine schwere Bürde deutlich leichter werden. Ein entscheidender Schritt war vollbracht. Nun würde auch der Rest gelingen.

Die Experten im Planungsstab hatten ihm geraten, die Bomben wenn möglich unmittelbar vor dem Stillstand des Ostturms zu zünden, innerhalb der letzten Minute, ehe die rätselhafte Maschine, die so ein Turm in Wirklichkeit darstellte, Verbindung mit der Gegenstelle aufnahm. Man vermutete, dass die Anlage in diesem Moment des »Umschaltens« am verletzlichsten sein würde.

Für die letzte Etappe hatte er keine Zeugen unter den Siedlern brauchen können. Er hatte die Männer weggeschickt, die die Löcher ausgehoben hatten, hatte dafür gesorgt, dass sie in einem der Zelte sicher untergebracht und bewacht waren und nichts mitbekamen, dann hatte er gemeinsam mit seinen Leuten die Bomben behutsam hinabgelassen, scharf gemacht und die Vertiefungen anschließend wieder aufgefüllt. Sicherheitshalber. Bis zum Stillstand des Ostturms morgen waren es noch rund achtzehn Stunden hin; unnötig, dass in der Zeit jemand in eins der Löcher fiel und irgendetwas beschädigte.

»Ansgar!«, rief jemand. Randolf kam angerannt, was in dem unförmigen Raumanzug ziemlich dämlich aussah. »Da geht was vor sich.«

»Irgendwas geht immer vor sich«, erwiderte Eikanger ungehalten. Er hätte den Moment der Erleichterung gerne noch länger ausgekostet. »Geht's ein bisschen präziser?«

»Der Ostturm . . .«, keuchte Randolf und blieb stehen. »Er bremst stärker ab. Wie es aussieht, erreicht er spätestens in drei Stunden null.«

Eikanger holte tief Luft. Luft, die entsetzlich stank in diesen Anzügen. »Umso besser«, meinte er. »Dann haben wir es schneller hinter uns.«

»Aber wir haben doch noch keinen Treibstoff für die Flugboote!«, sagte Tscheng, der dafür, dass er ein Hüne von einem Mann war, eine erstaunlich piepsige Stimme hatte. »Wie wollen wir da rechtzeitig –?«

Eikanger winkte ab. »Wir haben genug, um uns in Sicherheit zu bringen. Den Treibstoff habe ich nur verlangt, damit diese Idioten in der Siedlung beschäftigt sind.« Er hätte wieder Erleichterung spüren sollen, aber sie wollte nicht kommen. Stattdessen kam wieder die Angst hoch, die verdammte, verdammte Angst. Die Angst zu scheitern. Die Angst, den Fremden zu unterliegen. Die Angst zu versagen bei dem, was er tun musste.

»Es wird alles glattgehen, keine Sorge«, erklärte er trotzdem mit aller Bestimmtheit, zu der er imstande war. Er war der Anführer. Es war seine Pflicht, Zuversicht an den Tag zu legen.

Aber warum wichen sie auf einmal vor ihm zurück? Was gaben sie alle so panische Laute von sich ...?

»Was ist los?«, herrschte er sie an.

Randolf gestikulierte wild in Richtung des Tafelbergs. »Da. Sieh doch.«

Eikanger fuhr herum. Und wusste auf einmal, woher die Angst gekommen war und warum sie sich gemeldet hatte. Instinkt! Es war der Überlebensinstinkt der bedrohten Kreatur, die um ihr nacktes Leben zu kämpfen gelernt hat. Wie ein Messer, das ihm jemand in den Leib rammte, schnitt ihm die Angst nun bis ins Herz, in die Kehle, ins Mark.

Über dem Tafelberg spannte sich eine golden schimmernde Blase und in dieser Blase ...

... oh nein, oh nein, oh NEIN! ...

... bewegten sich dünne, hoch aufragende Schatten ...

... Allmächtiger, lass es nicht wahr sein, lass es einen bösen Traum sein ...

... Wesen, so unaussprechlich fremd und scheußlich, dass es ihn drängte zu schreien, einfach nur zu schreien.

Wenn da nicht die Angst gewesen wäre, das blanke Entsetzen, das ihm die Luft abschnitt.

»Schießt!«, würgte er hervor. Brauchten die anderen denn für alles einen Befehl?

Man hörte nichts, aber er sah sie die Waffen heben und unter deren Rückstoß erzittern, sah das Aufflammen des Mündungsfeuers. *Macht sie nieder!*, hätte er am liebsten gekreischt, *rottet sie aus!* – aber er konnte nicht, der Schrecken hüllte ihn ein, als hätte ihn jemand in ein mit ätzender Säure getränktes Tuch gefesselt.

Die Kugeln erreichten nichts, schienen sich unterwegs

aufzulösen. Dann geschah irgendetwas, das die Männer veranlasste, die Waffen von sich zu werfen, so, als wären sie plötzlich glühend heiß geworden.

Die Bomben! Die eine Chance hatten sie noch. Eikanger griff sich an die Brust, nach dem Zünder.

Doch der Zünder hing auf seiner Brust. Und er trug einen Raumanzug. Er hatte nicht daran gedacht, dass er den nicht öffnen konnte, solange er sich draußen aufhielt. Er trug den Zünder bei sich, aber es gab keine Möglichkeit, ihn zu betätigen.

Vorbei. Seine Hand fiel wie von selbst herab. Verloren.

28 Der Retter

Carl verfolgte, wie die Ordnung wieder hergestellt wurde. Er stand ganz vorne, am äußersten Rand der Blase, die nicht ganz bis an die Kante des Plateaus reichte, und schaute hinab auf das Forschungslager. Whiteheads Leute trieben die Terroristen zusammen, gingen von Zelt zu Zelt, ließen keinen Winkel aus.

Es war beeindruckend gewesen mitzuerleben, wie sie Eikanger und seine Bande überwältigt hatten. Sie waren ohne zu Zögern mit den Falanern durch die Passage gestürmt, und bis er und die anderen angekommen waren, hatten sie schon ihre Waffen auf die Männer in der Tiefe gerichtet und man hatte Yules Whitehead rufen hören: »Ergeben Sie sich und es wird Ihnen nichts passieren. Ihre Kugeln prallen an diesem Schutzfeld ab, Sie haben keine Chance. Werfen Sie

Ihre Waffen weg und heben Sie die Arme, andernfalls eröffnen wir das Feuer!«

Beeindruckend auch die Kraft und Autorität in Whiteheads Stimme. Der Einzige, der ihm widersprochen hatte, war Eikanger selber gewesen, der geheult und geflucht hatte, als die anderen alle ihre Waffen von sich warfen und die Arme hoben.

Diese Schutzblase . . . Seltsam. Wie eine große, golden schimmernde Glocke umhüllte sie die Falaner, die im Moment reglos dastanden und einfach nur zu beobachten schienen, was geschah. Im Innern der Blase herrschte beinah erdähnlicher Atmosphärendruck – das merkte man, der Raumanzug fühlte sich anders an. Wenn man eine Schleuse passierte und Luft in die Kammer strömte, dann spürte man auch, wie der Anzug sich enger um einen legte, weil der Innendruck aufhörte, ihn aufzublähen.

Aber es war keine für Menschen atembare Atmosphäre, oder jedenfalls keine besonders verträgliche: Dr. Spencer hatte vorhin versuchsweise den Helm abgenommen und ihn unter heftigem Reizhusten rasch wieder aufgesetzt.

»Wir haben die Zündvorrichtungen sichergestellt«, kam über die Rundspruchfrequenz.

»Beide?«, fragte Whitehead zurück. »Soweit ich weiß, müssten es zwei sein.«

»Ja, beide. Wir haben auch schon die Batterien entfernt; die sind erst mal außer Funktion.«

»Sagen Sie«, meldete sich Wim Van Leer, der Journalist, zu Wort, »besteht nicht die Gefahr, dass da ein Zeitzünder läuft?«

»José?«, sagte Whitehead. »Sie haben die Informationen, die uns das Amt für Waffenkontrolle geschickt hat, eingehender studiert als ich.«

»Ja. Kein Grund zur Sorge. Grundsätzlich ist in solchen Bomben ein Zeitzündemechanismus eingebaut, aber der müsste ebenfalls mit den beiden Steuergeräten gestartet worden sein und das ist nicht der Fall. Das würde man sehen.«

Carl beugte sich vor. War das Mom, die da die Leiter hochkam? Ja, tatsächlich. Ihm fiel ein Stein vom Herzen.

Elinn lief ihr schon entgegen, Carl folgte ihr und dann lagen sie sich endlich wieder in den Armen, nach so langer Zeit.

Mom weinte, aber sie sagte wieder und wieder: »Jetzt wird alles gut. Ihr werdet sehen.«

Eikanger schlug um sich, als der Mann nach ihm griff. »Verräter«, schleuderte er ihm entgegen. »Du arbeitest für die Henker der menschlichen Spezies, begreifst du das nicht?«

»Ja, klar«, versetzte der andere und gab ihm einen Stoß mit der linken Hand. In der rechten hielt er eine Pistole. Eine Pistole, die Eikanger und seine Leute mitgebracht hatten! »Los, rauf aufs Plateau!«

»Aufs Plateau?« Sein Blick ging nach oben, die Leiter hoch, die hinaufführte ... hinauf zu *ihnen!* »Wieso das?«

»Weil die *Henker der menschlichen Spezies* sich Sorgen machen, dass die Öffnung einer interstellaren Passage gefährlich für unsere Gesundheit sein könnte, stell dir vor«, sagte der Mann grinsend. »So, und jetzt Schluss mit dem Geschwafel und Abmarsch!«

So blieb es ihm also nicht erspart, den Feinden der Menschheit ins Angesicht zu sehen. Nun, vielleicht mussten solche Dinge so geschehen. Eikanger setzte sich in Bewegung wie geheißen, folgte dem ausgetretenen Pfad zu der Leiter, die an der Felswand in schwindelerregende Höhen führte.

Oben angekommen, standen sie vor der schimmernden Blase, an der die Kugeln seiner Leute wirkungslos abgeprallt waren. Eikanger blieb unwillkürlich stehen, aber der Mann hinter ihm stieß ihn vorwärts. Und tatsächlich – sie passierten die Blase, ohne dass er den geringsten Widerstand spürte.

Im Innern der Blase war irgendetwas anders, aber erst als er sah, wie jemand den Helm abnahm, um ihn lachend und hustend zugleich rasch wieder aufzusetzen, begriff er, dass hier eine Atmosphäre herrschte. *Ihre* Atmosphäre! Es fiel Eikanger schwer, die Fremden anzusehen, die alles überragend in der Mitte der Blase verharrten, ihre schwarzblauen Köpfe mit den scheußlichen, dürren Leibern hin- und herschwingend wie Schlangen, die ihre Opfer hypnotisierten. Es war beinahe nicht auszuhalten, in ihrer Nähe sein zu müssen.

Man dirigierte ihn zu den anderen seiner Truppe, die schon gefesselt auf dem Boden saßen. Eikanger würdigte sie keines Blickes. Feiglinge allesamt. Wie Jagdbeute hockten sie da, unweit der Felskante, etwas abseits von den Siedlern, die bei den Aliens herumstanden, sich in den Armen lagen oder aufeinander einredeten. Von hier würden sie jedenfalls eine hervorragende Aussicht auf das weitere Geschehen haben, einen Logenplatz geradezu, von dem aus sie verfolgen konnten, wie die fremden Invasionsraumer über das Sonnensystem herfielen!

Er wurde ebenfalls gefesselt, mit einem simplen Stromkabel! Etwas anderes hatten sie wohl nicht auftreiben können. Während man ihm die Arme auf dem Rücken verschnürte, spannte Eikanger automatisch alle Muskeln an, wie seine Ausbilder es ihm einst beigebracht hatten. Normalerweise bot das eine Chance, sich aus Fesseln zu befreien, aber es war ein Trick, der für irdische Verhältnisse galt – ob er einem etwas nützte, wenn man in einem Raumanzug steckte, war mehr als fraglich.

Er wartete, bis der Aufpasser wieder fort war, dann begann er zu ziehen und zu zerren. Keine Chance. Die Fessel verhakte sich mit den Anschlüssen der Handschuhe; das war unüberwindlicher, als Handschellen es gewesen wären.

Verdammt! Er hielt inne. *Denk nach!* Es musste einen Weg

geben, noch etwas zu tun, wenigstens ein paar der Aliens zu töten, wenigstens das. Er musste nur nachdenken ...

Er steckte in einem Raumanzug. Der Raumanzug war gefesselt, nicht er. Es ging nicht darum, den *Handschuh* freizubekommen, es ging darum, die *Hand* freizubekommen, die darin steckte!

Er zog und zerrte wieder, aber diesmal gezielter. Etwas bewegte sich. Die Finger der rechten Hand glitten aus den Handschuhen, der Daumen ... Ja. Ja, das ging. Die Hand glitt halb in den Verbindungsring. Der Raumanzug war elastisch, gab nach, dehnte sich wie ein alter Pullover.

Alles, was er erreichen musste, war, die Hand so weit zurückzuziehen, dass er in den Ärmel des Oberarms gelangte. Dann würde er sie bis auf die Brust schieben können, wo der Zünder hing ...

Der Raumanzug dehnte sich, aber der Widerstand wurde immer größer. Seine Hand hatte den Anschluss passiert, war frei, aber nur innerhalb des Unterarmstücks.

»Ansgar«, sagte einer der anderen, der ihn beobachtet hatte. »Das klappt nicht.«

Eikanger sah ihn wütend an. »Woher willst du das wissen?«

»Du müsstest dir den Arm brechen, um ihn auf dem Weg rauszukriegen.«

»Das stimmt«, pflichtete ihm ein anderer bei. »Ich kannte mal eine, die in Barqah gearbeitet hat, in der Raumanzugsschneiderei. Es gibt Studien drüber, was geht und was nicht.«

»Mit doppelt gebrochenem Unterarm kämst du um die Kurve.«

»Bloß nützt das auch nichts. Von innen kann man einen Raumanzug nicht öffnen.«

Eikanger schloss die Augen, atmete tief durch. Das also auch noch. Noch ein Kelch, den er leeren musste.

Er hatte sich geschworen, diese Mission zu erfüllen, koste es, was es wolle. Nun, dies war wohl der Moment zu beweisen, was ein Schwur Ansgar Eikangers wert war.

Wenn es dazu nötig war, sich den Arm zu brechen ...

Nun, dann würde er sich den verdammten Arm eben brechen!

Ariana kam sich ein bisschen überflüssig vor. Alle schienen etwas zu tun zu haben. Carl und Elinn redeten mit ihrer Mutter, Mister Whitehead und seine Leute trieben die Terroristen zusammen und fesselten sie, Professor Caphurna und seine Assistenten stellten irgendwelche Messungen an, Wim Van Leer baute seine letzten Kameras auf und hielt vor dem Hintergrund der Abenddämmerung über dem Löwenkopf irgendwelche Ansprachen, die man allerdings nicht hörte, weil er dazu auf eine andere Frequenz ging. Und Urs schritt ungefähr dort auf und ab, wo sie damals – es kam Ariana wie eine Ewigkeit vor – mit dem Marsflugzeug gelandet waren, und telefonierte mit seinem Vater; endlos, wie es schien.

Was die Aliens – *die Falaner*, korrigierte sich Ariana – taten, war nicht so recht zu erkennen; sie standen herum und schwenkten ihre Köpfe, hierhin und dahin, dass man jeden Moment erwartete, dass ihre Hälse abbrachen. Unbeschäftigt sahen sie jedenfalls nicht aus.

»Galaktisch, oder?«, meinte Ronny. Ronny hatte auch nichts zu tun. »Nicht mehr lange und wir sehen einen *wirklich* fremden Planeten.«

Das war nämlich die neueste Nachricht: Der Ostturm bremste schneller ab, als man erwartet hatte; seine Drehbewegung würde schon in ein paar Stunden zum Stillstand kommen, und wenn es so ging wie beim Westturm, würde sich darin eine neue Passage öffnen. Zum Heimatplaneten der Falaner, durfte man vermuten. Die Türme waren seit ihrer Entdeckung um ihre Längsachse rotiert wie alte Radarantennen, die man manchmal in Filmen aus dem vorigen Jahrhundert sah, und das Abbremsen wurde als eine Art Einjustierung auf eine Empfängerstation verstanden. Dass sich da plötzlich etwas verändert hatte, hielt Professor Caphurna für ein gutes Zeichen. Die Hoffnung der Falaner, ihre Artgenossen hätten das Netz ihrer Sternentore inzwischen weit genug ausgebaut, dass sie nun auch mit dieser kleinen Anlage Anschluss daran bekommen würden, war offenbar berechtigt.

Elinn fungierte wieder als eine Art Übersetzerin für die Falaner. Die Aliens gaben seltsame, orgelartige Klänge von sich – Ariana war schleierhaft, wie Elinn darin einen Sinn erkennen konnte. Aber zumindest sah es so aus, als könne sie es, auch wenn sie immer wieder »Das verstehe ich nicht!« rief.

Die Sonne verschwand endgültig hinter dem westlichen Kraterkamm, der braunviolette Himmel verdunkelte sich zusehends. Um sich die Zeit zu vertreiben, telefonierte Ariana mit Dad. Der erzählte, die Siedler säßen im Medienraum vor dem großen Fernseher und verfolgten die Übertragungen der verschiedenen Kameras, die Van Leer auf dem Weg durch die Station der Aliens zurückgelassen hatte. »Im Capri Chasma tut sich gar nichts, da sieht man nur dieses Loch im Fels. Und der Löwenkopf – na ja, kennt man ja. Aber die Kamera im Mausoleum, das ist faszinierend. Man hat den Eindruck, die Aliens feiern eine Art Party«, berichtete er. »Fast schade, dass die Satelliten immer nur so kurz in den Übertragungsbereich kommen.«

»Eine Party?« Ariana musterte die großen, dürren Gestalten, die wie hoch aufgerichtete Wanderheuschrecken dastanden und – vermutlich, man konnte an ihren Köpfen ja keinerlei Sinnesorgane ausmachen – wie alle anderen hinab auf die Ebene mit den beiden Türmen schauten. »Kann ich mir ehrlich gesagt nur schwer vorstellen.«

»Ja, das muss man sehen, um es zu glauben. Sie tanzen! Und es macht richtig Laune, ihnen zuzuschauen.«

Es klang fast so, als feierten die in der Siedlung auch.

Urs kam zurück. »Mein Vater ist mit den anderen draußen«, erzählte er. »Sie wollen den Transport des Shuttles nicht unterbrechen; sie fürchten, es könnte umkippen, wenn sie die Rover jetzt abbremsen.«

»Aber dort muss doch schon Nacht sein«, meinte Ariana. Sie sah auf ihre Uhr, die nach Marszeit ging. Einundzwanzig Uhr zwanzig. Klar. Da war es zu Hause stockdunkel.

»Und wie. Deimos ist gerade untergegangen, Phobos versinkt demnächst und an einem der Rover ist das Licht kaputt. Und das alles mit einem tonnenschweren Raumschiff im Gepäck . . . Er hat sich ziemlich gestresst angehört.« Urs gluckste belustigt. »Jedenfalls, sie werden es auf keinen Fall mehr rechtzeitig hierherschaffen. Allein der Transport wird bis weit nach Mitternacht dauern und dann ist das Ding noch nicht betankt.«

»Und das andere Shuttle? Von eurer *SAGITTARIUS ALPHA?*«

»Die sind inzwischen wieder gestartet, müssen aber auch erst tanken. Und was heißt ›von *eurer*‹? Das Ding gehört Whitehead ganz alleine.« Das Telefonsignal an seinem Kommunikator leuchtete auf. Er sah auf das Display. »Meine Mutter. Ich verpass noch den Stillstand, jede Wette . . .«

Wieder wanderte er davon, das orangene Signallicht am Helm.

Ariana sah sich seufzend um. Ihr Blick fiel auf den kleinen Turm, durch den sie das Hochplateau mit einem Schritt erreicht hatten. Das war schon ziemlich seltsam gewesen – aber nicht so, dass man sich nicht daran gewöhnen könnte. Nun verstand sie endlich, was Elinn, Carl und Urs von ihrer Reise erzählt hatten.

Elinn. Wie sie da stand, vor den Falanern, gegen die sie

noch kleiner wirkte, als sie ohnehin war. Es war irgendwie die selbstverständlichste Sache der Welt gewesen, dass sie für die fremden Wesen sprach, nach denen sie all die Jahre so hartnäckig gesucht hatte.

Elinn . . . Eine seltsame Angst durchzuckte Ariana. Die Angst, die Passage könnte sich öffnen und Elinn mit den Falanern fortgehen.

Das wird sie nicht tun!, sagte Ariana sich. Aber irgendwie fand sie es doch besser, zu ihr zu gehen. Und sei es nur, damit Elinn nicht so allein war.

»Was das wohl für ein Gefühl ist?«, sagte sie zu ihr. »Für die Falaner, meine ich. Nach so langer Zeit in ihre Heimat zurückzukehren?«

Elinn sah sie ernst an. »Ich glaube, sie machen sich Sorgen, ob die Passage überhaupt zustande kommt. Es kann sein, dass die Anlage nicht mehr genug Energie hat.«

Eikanger verbrachte die folgenden Stunden damit, das Terrain zu studieren, die Siedler zu beobachten, zu verfolgen, was sie taten, redeten, worauf sie achteten – und worauf nicht. Auf ihre Gefangenen, die so gut verschnürt und so artig dasaßen, achteten sie jedenfalls schon lange nicht mehr. Ihre Aufmerksamkeit war völlig auf den Ostturm gerichtet. Sie warteten gespannt darauf, dass er zum Stillstand kam, und hatten alles andere vergessen.

Inzwischen war die Sonne untergegangen. Dunkelheit lag über dem Löwenkopf. Die seltsame Blase über ihnen verbreitete fahlgelbes Glimmen und die Brust- und Helmlampen der Siedler schufen drüben, zu Füßen der Aliens, kleine Lichtinseln.

Zeit zu handeln. Etwa zwanzig Meter von ihrem Platz entfernt hatte er so etwas wie eine Terrassenstufe ausgemacht. Wie weit mochte es dort hinabgehen? Zwei, drei Meter. Soweit er hatte sehen können, lagen da unten jede

Menge scharfkantiger Steine. Alles noch innerhalb der Blase, die die Aliens erzeugten, um ihre stinkende Luft um sich zu haben.

Er beugte sich vor, drehte den Kopf so, dass seine Leute ihm ins Gesicht sehen konnten, wartete, bis alle auf ihn aufmerksam geworden waren.

Ich kann uns hier rausholen!, sagte er lautlos, mit ausgeprägten Lippenbewegungen.

Sie starrten ihn an, reckten die Köpfe vor. Nach ein paar Wiederholungen schienen sie zu verstehen.

Raus?, vergewisserte sich einer.

Ja! Ihr müsst mich decken!

Raus? Wie?, wollte ein anderer wissen.

Eikanger schüttelte den Kopf. Sie nickten verständnisvoll, dachten wohl, sein Plan sei zu kompliziert, um ihn auf diese umständliche Art zu erklären.

Gut. Hauptsache Sie kamen nicht drauf, dass er sie anlog. Sie würden hier natürlich nicht herauskommen. Sie würden alle sterben.

Er bedeutete ihnen, etwas zusammenzurücken, um ihn gegen zufällige Blicke zu schützen. Dann robbte er mit ein, zwei ungelenken Bewegungen von dem Stein weg, gegen den er gelehnt hatte, ließ sich auf den Boden fallen und rollte so rasch wie möglich davon, auf die Felskante zu.

Schnell gehen musste es jetzt. Und er hatte nur einen Versuch. Er sah prüfend nach unten, versuchte, den Weg abzuschätzen, den er nehmen würde . . . Er sah kaum etwas, der Helm war ihm im Weg. Es musste einfach klappen. Er holte noch einmal Schwung, rollte über die Felskante und stürzte.

Der Aufprall war mörderisch. Ein Schmerz wie ein Blitz, der ihm durch den Körper schoss und in seinem Hirn explodierte. Er konnte *hören*, wie sein rechter Unterarm brach; es war ein Geräusch, als breche Holz.

Keuchend lag er da, hätte am liebsten geschrien und durfte es nicht. Man durfte ihn nicht hören. Dass er keuchte und stöhnte, war schlimm genug.

Nicht lang zögern, nicht lang nachdenken. Den rechten Arm nach hinten drücken, nach außen, und dann versuchen, mit der Hand –

Nun schrie er doch auf, konnte den Laut gerade noch in seiner Kehle ersticken. Himmel! Was für ein Schmerz! Sein Atem ging stoßweise. Der Arm fühlte sich an wie in tausend Stücke zermalmt.

Das ging nicht. Nein. Er hatte es versucht, wirklich, hatte getan, was möglich war, aber das jetzt war nicht mehr möglich. Niemand konnte das von ihm verlangen. Niemand würde ihm einen Vorwurf machen, wenn er jetzt aufgab.

Die schwarzen Nebel vor seinen Augen wichen. Er sah die golden schimmernde Kuppel über sich und die Schatten der Aliens und deren bloßer Anblick reichte aus, alle Schmerzen fortzuspülen. Wenn er jetzt versagte, würde bald niemand mehr leben, der ihm Vorwürfe machen konnte. So einfach war das.

Er musste sich auf den Schmerz einstellen. Sich konzentrieren. Er drückte den rechten Arm wieder nach hinten, hielt die Luft an, wälzte sich ein Stück zur Seite, sodass ein Felsvorsprung gegen sein Handgelenk drückte, erschauerte unter den brennenden Schmerzwogen, die durch seinen Leib rasten, bewegte das wunde Stück Fleisch, zu dem sein Unterarm, seine Hand geworden war, und schaffte es irgendwie, sie in das Ärmelstück zu bekommen, das auch den Oberarm umschloss.

Ihm wurde schlecht vor Schmerzen. Sein Puls raste. Er glaubte zu spüren, wie sich der abgesplitterte Knochen durch sein Fleisch bohrte. Lief sein Ärmel jetzt voller Blut? Nicht daran denken. Noch ein bisschen drücken, dieses Stück Fels half ihm, drückte seine Hand weiter auf den Oberkörper zu . . .

Nicht aufhören jetzt. Er fühlte eine Ohnmacht nahen. Seine tauben, ersterbenden Finger bekamen etwas zu fassen. Das Hemd, das er trug; die rechte Brusttasche. Der Schmerz im Arm wurde zu einem Dröhnen, zu einem Erdbeben, aber er ignorierte es, nur die Finger zählten jetzt und wie sie sich einen Zentimeter um den anderen vorwärtsschoben ... Da! Er konnte die Konturen des kleinen Geräts unter seinem Hemd schon ertasten.

Aber weiter ging es nicht. Vor Schmerz liefen ihm Tränen über die Wangen, ohne dass er es merkte. Seine Hand war gefangen, ließ sich nicht mehr vorwärtsbewegen und auch nicht mehr zurück. Der Druck des Raumanzugs war zu stark, quetschte seinen gebrochenen Arm zusammen, dass ihm Sterne vor den Augen tanzten.

So konnte es doch nicht enden. Nicht so. Keuchend sah er in das goldene Schimmern über sich. Ein Gedanke durchzuckte ihn ... Die Blase. Wie war das? Sie enthielt die Atmosphäre der Aliens. Luftdruck lastete auf ihm, auch wenn es die stinkende Luft der Fremden war.

Natürlich! Er musste hinaus! Draußen herrschte nahezu Vakuum. Draußen würde sich sein Raumanzug unter dem Innendruck aufblähen, ein wenig nur, aber das würde reichen.

Ansgar Eikanger stemmte sich hoch, mit bebenden Beinen, aber irgendwie ging es, wahrscheinlich dank der geringen Schwerkraft. Taumelnd kam er hoch, setzte sich in Bewegung, stolpernd, humpelnd. Nur jetzt nicht vor Schmerzen das Bewusstsein verlieren! Der Rand der Blase war nur noch ein paar Schritte entfernt, nur ein paar Schritte noch ...

Yules Whitehead ließ den Ostturm nicht mehr aus den Augen. Professor Caphurna gab regelmäßig die noch verbleibende Zeit bis zum Stillstand durch; einer seiner Assistenten trug ein Datenpad, das direkt mit dem Messgerät am Turm verbunden war.

»Noch fünf Minuten«, verkündete der Wissenschaftler.

Der niederländische Journalist, der neben Whitehead stand, murmelte: »Ich hätte doch unten bleiben sollen. Direkt davor.«

Whitehead musste an den Moment denken, in dem er beschlossen hatte, selber zum Mars zu fliegen, um diesen historischen Moment mitzuerleben. Einen guten Monat war das her. Damals hatte ihn die Vorstellung begeistert: Eine Sternstunde der Menschheit und er würde dabei sein! Er hatte erwartet, in diesem Augenblick froh gestimmt zu sein.

Doch nun war er alles andere als das. Alles schien unter denkbar ungünstigen Vorzeichen zu geschehen. Elinn wirkte bedrückt, beinahe bekümmert. Die Aliens . . . nun, natürlich war es praktisch unmöglich, derart fremden Wesen anzusehen, wie sie sich fühlten, aber so richtig zuversichtlich wirkten sie jedenfalls nicht.

Und dann natürlich der Überfall, das heimtückische Komplott der Heimwärtsbewegung. Whitehead sah hinüber zu Eikanger und seiner Bande, die gut verschnürt beisammensaßen. Sie trugen die Hauptschuld daran, dass ein solcher Schatten über dem heutigen Tag lag . . .

Whitehead stutzte. Irgendetwas stimmte nicht. Er sah noch einmal hin, ehe er merkte, was los war.

Einer der Terroristen war verschwunden!

Elinn hatte das Gefühl, dass ein schweres Gewicht auf ihr lastete. Seit ein paar Minuten summten die Falaner. Es war ein ganz leiser Ton, sie musste sich anstrengen, um ihn zu hören, und wieder war es, als dringe der Ton bis in ihren Körper, bis in ihre Gedanken. Sie wusste nicht, was hier geschah, wusste nur, dass es ihre Aufgabe war, für die Fremden zu sprechen, für die Hüter der Menschheit, die so lange geschlafen hatten und nun endlich nach Hause wollten. Das schwang in diesem Ton mit. Sie musste an zu Hause denken, an ihr Zimmer, an Mom und Dad, der wieder da war …

Aber sie musste nur daran denken, weil die Falaner an *ihr* Zuhause dachten, ein Zuhause, von dem sie nicht einmal ahnen konnte, wie es war und wie es aussah.

»Eine Minute!«, hörte sie Caphurna sagen. Seine Stimme drang kaum durch das Summen. Das Summen und die Türme, das war alles, worauf es gerade ankam. Das Summen schloss sie ein, umhüllte sie, barg sie.

Außerhalb des Summens kam Unruhe auf. Jemand fuchtelte mit den Händen, rief Befehle. Mr Whitehead. Andere schrien. Männer rannten.

Egal. Sie musste sich auf das Summen konzentrieren, das Summen der Falaner.

»Dreißig Sekunden!«

Rennende Gestalten. Arme, die Waffen schwenkten. Jemand deutete zur Felskante und alles rannte in diese Richtung.

»Stillstand!«

Das Summen wurde zum Schrei. Für eine kurze Sekunde leuchtete der Ostturm auf, dann wurde er dunkel, entsetzlich dunkel.

Die Falaner gaben den herzzerreißendsten Klagelaut von sich, den Elinn jemals in ihrem Leben gehört hatte.

Die Verbindung zu den anderen Sternentoren war nicht zustande gekommen. Alles war verloren.

Draußen. Er war draußen. Eikanger blieb keuchend stehen. Dunkelheit um ihn, das goldene Schimmern hinter ihm und ja! Sein Raumanzug blähte sich auf. Wer schrie da? War er das selber? Egal, wenn nur dieses halb abgestorbene Stück

Fleisch, das seine Hand war, noch ein einziges Mal tat, was er wollte.

Er sank zu Boden, halb besinnungslos vor Schmerz, ließ sich zur Seite sinken. Der Zünder an seiner Kette fiel aus dem Hemd und seine nahezu gefühllosen Finger bekamen ihn zu fassen. Das kleine Gerät. Einsatzbereit. Alles, was er tun musste, war, mit dem Nagel des Zeigefingers die Schutzkappe zu lösen ... nicht das Bewusstsein verlieren, nur das nicht, weg mit euch, ihr schwarzen Schatten! ... weg damit, und jetzt nach dem kleinen Hebel darunter tasten ...

Nun würde er es doch noch schaffen, die Gefahr zu bannen. Er hielt inne, versuchte, die Größe dieses Augenblicks zu erfassen. Es war so weit. Er würde sein Leben geben für die Menschheit. Er gab es gerne, aber der Abschied fiel dennoch schwer. Der Gedanke, die Erde nicht mehr wiederzusehen, tat weh.

Da. Im Innern der Blase. Männer. Sie rannten auf ihn zu. Hatten Waffen in den Händen.

Eikanger lächelte. Sie würden nicht mehr erfahren, dass man einst Schulen und Plätze nach ihm benennen würde. Dass man einen Feiertag einrichten würde ihm zu Ehren. Zum Gedenken an den Retter der Menschheit.

Ansgar Eikanger legte den Zündhebel um. Dann endete alles.

29 Höllenfeuer

Pigrato sah auf die Uhr. Ungefähr jetzt musste am Löwenkopf auch der zweite Turm zum Stillstand kommen. Und er war wieder nicht dabei. Er seufzte.

Das Shuttle, das sie Zentimeter für Zentimeter durch die Nacht transportierten, hing über ihm wie ein schwarzer Berg. Die acht Rover fuhren, per Computer so zusammengeschaltet, dass sie sich absolut synchron bewegten, in einem wahrhaftigen Schneckentempo dahin, die Reifen tief in den Boden gedrückt, verformt bis an die Grenze ihrer Belastbarkeit. Zwischen je zwei Rovern hing eine Plattform, die ein Bein des Shuttles trug, mehr schlecht als recht verbolzt und gesichert, damit nichts ins Rutschen kam. Trotzdem blieb alles extrem heikel. Wenn das Shuttle ins Kippen kommen sollte, gab es keine Möglichkeit, es aufzufangen.

Schritt um Schritt. Sie gingen neben den Maschinen her. Die Techniker kontrollierten immer wieder den Zustand der Reifen, die Halterungen, die Temperatur der Motoren.

»Jetzt, oder?«, sagte jemand, der wohl auch alle Augenblicke auf die Uhr sah.

»Ja«, sagte Pigrato. Sein Blick wanderte unwillkürlich in die Richtung, in der das Daedalia Planum lag, obwohl man nichts sah außer Schwärze. »Ich bin gespannt, ob sich wirklich eine Passage –«

Er brach ab. Was war das für ein Lichtblitz am Horizont gewesen? Wie Wetterleuchten, nur dass er noch nie von derartigen Erscheinungen auf dem Mars gehört hatte. Und es war eine so gleißende Helligkeit gewesen, wie nicht von dieser Welt ...

Er drückte die Fernruftaste. »AI-20, was war das?«

»Ich weiß es nicht«, erklärte die synthetische Stimme. »Die Funkverbindung zum Löwenkopf ist abgerissen.«

Die beiden Atomexplosionen auf dem Mars waren im gesamten Sonnensystem wahrnehmbar. Glücklicherweise befand sich zum Zeitpunkt der Detonation keines der Raumschiffe, die den Mars umkreisten, unmittelbar über dem Löwenkopf-Areal. Zwar wären sie auf ihrer Umlaufbahn weit genug entfernt gewesen, sodass der ungeheure Lichtblitz, die damit verbundene Hitzestrahlung und die sich mit Überschallgeschwindigkeit ausbreitende Druckwelle der Explosion ihnen nichts ausgemacht hätten, doch der EMP – der von einer nuklearen Explosion erzeugte *elektromagnetische Puls*, eine Art Funkimpuls von so ungeheurer Stärke, dass alle elektronischen Bauteile, die ihn auffangen, regelrecht durchbrennen – hätte jedes Raumschiff über dem Horizont so schwer beschädigt, dass es praktisch Schrott gewesen wäre.

Der Lichtblitz brauchte zwölf Minuten, bis er den Mond erreichte, und eine weitere Sekunde, bis er auf der Erde ankam. Die Satelliten des Ministeriums für Waffenkontrolle, die unablässig nach unerlaubten Atomtests Ausschau hielten – *alle* Atomtests waren seit fast einem Jahrhundert verboten – registrierten den charakteristischen, von Gammastrahlung begleiteten Lichtblitz und schlugen Alarm.

Das Mondteleskop *Tycho Brahe*, das zur Beobachtung eventueller kosmischer Begleiterscheinungen eines sich öffnenden Sternentors auf den Mars gerichtet gewesen war, registrierte den Atomblitz ebenfalls. Die Künstliche Intelligenz, die die Astronomen bei ihrer Arbeit unterstützte – eine KI der 30er-Serie, eine der leistungsstärksten ihrer Art – errechnete sofort zwei Nuklearbomben von insgesamt fünfhundert Kilotonnen Sprengkraft als Ursache, fügte aber einschränkend hinzu: »Der Verlauf der Explosion entspricht nicht dem zu erwartenden Zeitprofil.«

»Was heißt das?«, fragte der diensthabende Leiter der Beobachtungsstelle verdattert.

»Nach der ersten Mikrosekunde fällt das Energieniveau der Strahlung unerklärlich stark ab«, erklärte die KI. »So, als würde die Energie anderweitig abfließen.«

In Nairobi war es aufgrund der Zeitverschiebungen zwischen Mars und Erde erst kurz vor sechzehn Uhr. Präsident Nayanar und sein Kabinett hatten gemeinsam vor dem Fernsehschirm gesessen und die Übertragung vom Mars verfolgt, die schlichten Bilder der Kamera von Wim Van Leer, auf denen man fast keine Details erkannte, begleitet von seinem Kommentar, mit dem sich auch eher wenig anfangen ließ.

Dann, wenige Augenblicke vor dem entscheidenden Moment, war die Übertragung abgebrochen. Unwilliges Murren aus mehreren Kehlen erfüllte noch den Raum, als Nayanars Telefon klingelte. Er nahm ab, lauschte und seine Minister verfolgten beunruhigt, wie sich seine Hautfarbe von einem gesunden südindischen Tiefbraun zu einem ungesunden Grau veränderte.

»Eine Atomexplosion?«, wiederholte der Präsident mit hohler Stimme.

Alle Augen im Raum weiteten sich vor Entsetzen.

»Steht das fest oder ist das –?«, fuhr er fort. Dann nickte er. »Verstehe.«

Er legte auf. »Also, wie es aussieht«, begann er schwerfällig und sah in die Runde, in der alle schon wussten, was er sagen würde, »hat sich auf dem Mars eine –«

In diesem Augenblick wurde die Tür aufgerissen und ein Assistent kam hereingestürmt, ein hochgewachsener blonder junger Mann, der aufgeregt ein Datenpad schwenkte. »Herr Präsident! Schauen Sie!«

»Was denn noch?«, fuhr Nayanar auf. Was konnte noch dramatischer sein als – er konnte es noch gar nicht fassen – eine *Atomexplosion* auf dem Mars?

»Hier. Das kommt gerade vom Ankunftsgelände herein. Zusammen mit Alarmstufe Rot«, keuchte der Assistent und streckte ihm das Datenpad mit der laufenden Bildübertragung hin.

Man sah die gewaltige, von einem Stahlzaun umgebene Betonplatte, die das Gelände versiegelte, auf dem man vor etwas über einem Monat einen blauen Turm gefunden hatte. Und man sah, wie sich eben dieser blaue Turm langsam in der Mitte der riesigen Platte aus Panzerbeton emporhob, als sei da nicht der geringste Widerstand.

»Was um alles in der Welt geht hier vor sich?«, ächzte der Präsident.

»Das ist die Invasion«, hauchte jemand. »Der Einmarsch der Aliens.«

Dr. DeJones saß da wie gelähmt, starrte nur auf den Quadranten des Bildschirms, in dem sie die Bilder vom Löwenkopf gesehen hatten und der jetzt schwarz war und dachte immer wieder dasselbe: *Das ist das Ende der Welt. Das ist das Ende der Welt.*

Entsetzen erfüllte den Raum wie ein kollektives Luftanhalten. Münder standen offen. Augen starrten schreckgeweitet. Wäre nicht diese aufgeregt schreiende Stimme von Bord der MAHATMA GANDHI gewesen, man hätte glauben können, die Zeit wäre zum Stillstand gekommen.

»Mein Gott . . . wir sehen eine ungeheure Wolke aus Staub und Rauch aufsteigen!«, rief der Funker von Bord des

Raumschiffes, das eben über den Horizont des Daedalia Planum stieg. »Sie scheint den halben Planeten einzuhüllen, so kommt es einem vor . . . immer noch Gesteinsbrocken, die auf dem Boden einschlagen . . . überall rings um den Löwenkopf, im Umkreis von Hunderten von Kilometern . . . was für eine Katastrophe! Was für ein Bild der Zerstörung! Es ist nicht zu fassen . . .!«

James Faggan neben ihm war keuchend in seinem Rollstuhl zusammengesunken. Man hätte sich um ihn kümmern müssen, ja, gewiss – doch DeJones brachte es nicht fertig, auch nur den Kopf zu drehen.

»Eine Atomexplosion, ohne Zweifel . . . Wie konnte das nur passieren?« Der Funker hielt einen Moment inne, quälend lange Sekunden. »Das ist seltsam«, fuhr er dann mit veränderter Stimme fort. »Ist das die Marsschwerkraft? Die andere Atmosphäre? Die Explosionswolke sieht völlig anders aus, als man das von den Filmen aus dem Geschichtsunterricht her kennt. Es sieht beinahe so aus, als . . . als ziehe sie sich wieder zusammen! Wie ist das möglich? Sie scheint zu leuchten, ja, von innen heraus zu leuchten . . .«

In diesem Augenblick meldete sich AI-20 mit dem charakteristischen Gongsignal für Rundrufe aller Art. »Die Verbindung zum Löwenkopf«, erklärte die synthetische Stimme seelenruhig, »besteht wieder.«

Das dunkle Rechteck auf dem Bildschirm wurde wieder hell. Es zeigte die beiden Türme. Inmitten eines kochenden Chaos aus Staub und Feuer standen sie hoch aufgerichtet und leuchteten so grell, als bestünden sie aus weiß glühendem Metall.

Also, das war schon ziemlich galaktisch, irgendwie. Fand jedenfalls Ronny. Erst passierte stundenlang überhaupt nichts, sodass einem allmählich langweilig wurde – und dann ging mit einem Schlag alles drunter und drüber!

Warum, das hatte er nicht so richtig mitbekommen. Irgendwie war alles auf einmal passiert. Er hatte diesen Mr Whitehead schreien hören: »Eikanger! Eikanger ist verschwunden!«, dann hatten alle durcheinandergebrüllt: »Er flieht!« und »Ihm nach!« und »Hinterher, schnell!« und dann hatte man Männer rennen sehen, Erdlinge aus Whiteheads Truppe, die versuchten, weite Sätze zu machen, und dabei ins Straucheln kamen . . .

Und dann? Ja, dann war die Kuppelblase, die sie bis dahin umgeben hatte wie sanfter goldener Nebel, mit einem Schlag fest geworden. Richtig fest und stabil; die Männer waren dagegengeprallt und gestürzt und hatten geflucht. Jemand hatte gebrüllt: »Er ist draußen! Eikanger ist draußen!«, und Ronny hatte sich noch gewundert, wieso die Aliens den Terroristen auf einmal beschützten – und dann war es losgegangen.

Ein Schlag, der sie alle von den Beinen gehauen hatte. Der Boden hatte sich regelrecht aufgebäumt, Wellen geschlagen, Steine waren meterhoch durch die Luft geflogen, Risse hatten sich überall aufgetan, im blanken Fels. Ein ungeheurer Knall war zu hören gewesen, nicht über die Helmlautsprecher, nein, von draußen, so laut, dass man ihn durch den Helm und den Raumanzug hindurch gehört hatte, der ganze Körper vibrierte unter den Schallwellen. Einen Moment lang hatte Ronny nicht mehr gewusst, wo oben und unten war, so hatte es ihn umhergeworfen. Dann hatte er auf dem Rücken gelegen und gesehen, wie sich die Kuppelblase über ihnen, die jetzt aussah, als sei sie aus massivem Gold, einbeulte und Wellen schlug und überhaupt aussah wie ein Zelt, an dem ein so ungeheurer Sturm zerrte, dass es jeden Moment zu reißen drohte.

Alle schrien, ohrenbetäubend, panisch. Aber die Blase riss nicht, im Gegenteil, nach ein paar Minuten – oder Sekunden, so genau hätte er das gar nicht sagen können – beruhigte sie sich wieder, wurde wieder glatt und makellos und schließlich langsam wieder durchsichtig.

Und was draußen los war! Mann! Galaktisch, aber wirklich! Das totale Chaos. Ein grauer Wirbelsturm, aber mindestens so wild wie der in *Captain Nano und die Flucht durch den Blizzard*. Grau und Schwarz und Weiß, alles wirbelte durcheinander, drehte sich, schoss rauf und runter und hin und her, schneller, als man schauen konnte ...

Und die Türme glühten! Ein silbriges Gleißen stieg von ihnen auf, flirrend, irisierend, funkelnd. Das Toben der Gewalten ringsherum schien ihnen nicht das Geringste auszumachen.

Ronny sprang auf, als ihm einfiel, dass er diese Art Gleißen schon einmal gesehen hatte.

»Das Sternentor!«, schrie er. »Das Sternentor öffnet sich!«

Professor Jorge Caphurna erhob sich mit dem Gefühl zu träumen. Konnte das wahr sein? Sie waren in unmittelbarer Nähe zweier explodierender Atombomben gewesen – und hatten *überlebt?*

Die Energieblase, die dem Höllenfeuer standgehalten hatte, nahm allmählich wieder ihre ursprüngliche Form an; vermutlich in dem Maß, wie die außerhalb davon tobenden Gewalten abnahmen. Unfassbar, dass dieses Gebilde es fertiggebracht hatte, rechtzeitig genug undurchsichtig zu werden, um zu verhindern, dass der nukleare Blitz sie alle verbrannte oder zumindest erblinden ließ! Wie war so etwas möglich? Ein Lichtblitz bewegte sich doch mit Lichtgeschwindigkeit, also der höchstmöglichen Geschwindigkeit überhaupt – es war physikalisch unmöglich, sich dagegen zu schützen!

Dann fiel ihm ein, dass diese Wesen ja über eine Technologie verfügten, die es zum Beispiel möglich machte, dass jemand mit einem Schritt auf einen anderen Planeten wechselte – *schneller* als das Licht also. Offenbar nutzten sie Gesetzmäßigkeiten, von denen die irdische Wissenschaft noch nicht einmal ahnte, dass sie existierten.

Und das, was sie zu sehen bekamen, als die Blase wieder durchsichtig wurde, gehörte zweifellos ebenfalls zu den Nutzanwendungen dieser unbekannten Gesetze. Die Türme, die vorhin nur in verhaltenem Türkisblau geschimmert hatten, glühten nun regelrecht. Die tobenden Wolken verdampften Gesteins schienen auf sie zuzufließen, von ihnen regelrecht aufgesogen zu werden ... War es das? Hatten sie die Atomexplosionen überlebt, weil die Türme den größten Teil der frei gewordenen Energie aufgesaugt hatten?

Seltsam irrlichternde Emanationen stiegen nun von den Türmen auf, ein heller, leuchtender Strom, der Caphurna an Nebelkammeraufnahmen exotischer Elementarteilchen erinnerte. Es war eine Sache weniger Augenblicke, bis die beiden schillernden Flüsse einander berührten und zu einer riesigen silbernen Kugel verschmolzen, die, unruhig wabernd und wogend, in der Mitte zwischen den beiden Türmen verharrte, wenigstens einen halben Kilometer durchmessend.

»Das Sternentor«, rief der Junge, der das Marsflugzeug geflogen hatte: Ronald Penderton. Er musste eine ähnliche Erscheinung schon einmal auf Bildern aus der fernen Vergangenheit gesehen haben.

Die Aliens schienen aufgeregter als je zuvor. Ihre Köpfe glitten hin und her, sie berührten einander und gaben ganze Orgelkonzerte von sich, eine wahre Kakofonie tiefer, dröhnender Klänge.

»Kannst du verstehen, was sie sagen?«, wandte Caphurna sich an Elinn.

»Ich glaube, sie sind froh«, erwiderte das Mädchen. »Ohne den zusätzlichen Energiestoß wäre die Verbindung nicht zustande gekommen.«

»Ohne den zusätzlichen Energiestoß . . .?«, wiederholte Caphurna irritiert. »So kann man das natürlich auch nennen.«

Der Wissenschaftler spürte leises Bedauern bei dem Gedanken, dass damit nun der Abschied von den Falanern bevorstand, den ersten nicht menschlichen Intelligenzen, denen die Menschen je begegnet waren. So viele Fragen hätte er noch gehabt, auf die er wohl keine Antwort mehr bekommen würde. Ein paar wenige Aufzeichnungen, mehr würde nicht bleiben, wenn die Aliens nun ihr Raumschiff bestiegen und –

Ihr Raumschiff? Richtig. Das war ja noch die Frage gewesen. Wo war ihr Raumschiff? Existierte es überhaupt noch? Es sah nicht so aus. Das Sternentor stand offen, doch die Aliens machten keinerlei Anstalten, es auch zu benutzen.

Warteten sie darauf, dass die *andere Seite* ein Schiff hindurchschickte? Dass jemand kam und sie holte?

Wie wahrscheinlich war das – nach einer Million Jahre?

Caphurna holte tief Luft. Ein Zwiespalt. Einerseits waren diese Wesen, auch wenn sie unerhört fremdartig aussahen, den Menschen doch insofern ähnlich, dass sie einen Begriff von Heimat zu haben schienen und das Bedürfnis, dorthin zurückzukehren, und dass ihnen dies glückte, war ihnen durchaus von Herzen zu wünschen. Andererseits aber . . .

Andererseits bot sich der irdischen Wissenschaft die Chance, Jahrhunderte, wenn nicht Jahrtausende der Entwicklung zu überspringen, wenn die Fremden gezwungen sein sollten, zu bleiben und sich, schon um ihres eigenen Überlebens willen, mit den Menschen auszutauschen.

Schwer zu sagen, was man sich wünschen sollte. Wobei . . . Was immer er sich wünschen mochte oder nicht, spielte im Moment ohnehin keine Rolle. Er war nur Beobachter. Und was er beobachtete, war, dass sich nichts rührte in dem Sternentor.

Die Funkverbindung mit der Marssiedlung kam wieder

zustande. Die KI ließ sich mit entnervender Ausführlichkeit darüber aus, dass eine der Relaisstationen zwischen dem Daedalia Planum und dem Tharsis-Vorland nicht mehr arbeitete, und zwar die letzte in der Kette, diejenige, die auf dem Wall des Löwenkopfkraters installiert gewesen war. Die Verbindung laufe deswegen nun zum Teil über die Raumschiffe und die Satelliten und werde ab und zu unterbrochen werden.

Während auf den Helmen ringsum die Telefonsignale aufleuchteten, weil jeder schnell jemanden zu Hause in der Siedlung anrufen musste, sah Caphurna hinaus auf das, was die beiden Bomben vom Löwenkopfareal übrig gelassen hatten. Es war kein Wunder, dass die letzte Relaisstation nicht mehr arbeitete: Sie existierte nicht mehr. Der halbe Kraterwall existierte nicht mehr. Die Wucht der Explosionen hatte ihn zum großen Teil hinweggefegt.

Natürlich war auch von den Zelten des Forschungslagers nicht das Geringste übrig geblieben. Das Shuttle, das die Terroristen benutzt hatten: verschwunden. Die Flugboote: verdampft. Die beiden Türme standen nun in flachen Mulden, dort, wo ihnen die beiden Nuklearwaffen buchstäblich den Boden unter den Füßen weggesprengt hatten. Man konnte mit Interesse vermerken, dass der ursprünglich unter der Oberfläche gelegene Teil der Türme genauso aussah wie der Rest: lange, schmale Zylinder. Das hatte zur Folge, dass die Türme nun wohl etwa hundert Meter höher waren als zuvor.

Und immer noch sah man Staub herabrieseln. Nein, *Fallout*, korrigierte sich Caphurna mit Schaudern.

»Messen Sie Radioaktivität?«, wandte er sich an seinen Assistenten, der das Aufzeichnungsgerät nach wie vor fest umklammert hielt.

»Ähm . . . Nein«, sagte der. »Ich könnte mir aber vorstellen, dass das außerhalb der Blase anders wäre.«

»Davon kann man ausgehen«, nickte Caphurna.

Es tat sich immer noch nichts. Kein Raumschiff kam. Und die Falaner? Nun, nicht dass er derjenige gewesen wäre, der sie am besten verstanden hätte – das war unzweifelhaft dieses junge Mädchen mit den rostbraunen Locken –, aber es gehörte nicht viel dazu zu erkennen, dass die Fremden auf etwas warteten.

Eine halbe Stunde verstrich quälend langsam, in der sich die Marssiedler fragten, was als Nächstes passieren werde. Dann wollte jemand wissen, ob es etwas zu bedeuten habe, dass der kleine Turm wieder undurchsichtig geworden sei.

»Wie bitte?«, fuhr Caphurna auf.

Er stürmte über das Plateau, seine Assistenten im Schlepptau. Nach kurzer Untersuchung stand fest, dass der kleine Turm tatsächlich nicht nur wieder unpassierbar geworden war, sondern sich auch wieder drehte.

»Er sucht eine Gegenstelle«, konstatierte der Wissenschaftler und rief, an den Journalisten gewandt: »Mister Van Leer, was sagen Ihre Kameras? Ist irgendetwas mit der Cydonia-Station?«

»Von dort haben wir gerade keinen Empfang«, erwiderte der. »In einer halben Stunde wieder.«

Einer der Assistenten winkte aufgeregt. »Er wird wieder langsamer! Stillstand in wenigen Minuten!«

Sie warteten. Caphurna wurde seine Gewohnheit bewusst, sich in Momenten der Nervosität den Oberlippenbart glatt zu streichen: Seine Hand scheiterte bei diesen Versuchen nur jedes Mal an seinem Helm.

Dann – Stillstand. Silberflirren, diesmal innerhalb des Turms. Licht. Und dann ein Blick auf eine Landschaft, die sie schon einmal gesehen hatten: die Erde.

Ein mächtiger Akkord orgelartiger Töne ließ die Männer und Frauen, die um den kleinen Turm herumstanden, zusammenzucken. Als sie sich umdrehten, sahen sie, dass die Falaner sich auf den Turm zubewegten.

»Sie haben noch etwas zu erledigen«, erklärte Elinn.

30 Der Abschied der Hüter

Mittlerweile waren es weit über zweihunderttausend Demonstranten aus aller Welt, die sich vor dem Bauplatz im Grenzgebiet zwischen den Regionen Kenia und Tansania versammelt hatten. Was mit ein paar Zelten begonnen hatte, war mittlerweile eine regelrechte Zeltstadt geworden, mit Sanitärcontainern, Wasserversorgung aus Tankwagen und einer Vielzahl fahrender Händler und Imbissbuden aller Art. Über den Zelten, den wartenden, diskutierenden, schlafenden, musizierenden oder picknickenden Menschen leuchteten Hologrammparolen aus tragbaren Projektoren und wehten simple Transparente im Abendwind.

Die Nachricht vom Auftauchen des blauen Turms in der Mitte der Betonplatte verbreitete sich wie ein Lauffeuer. Im Nu war alles auf den Beinen und strömte auf den Zaun zu, der das Areal umgab. Die Wachleute dahinter genauso wie die Demonstranten davor verfolgten das Geschehen mit grimmigen Blicken – und zugleich verunsichert, denn nicht wenige von ihnen verteufelten dieses monströse Bauwerk, das die Außerirdischen von der Erde fernhalten sollte. Im Hintergrund, bei den Baracken, in denen die Wachen untergebracht waren, sah man Leute hitzig diskutieren. Einige Männer mit einer Menge Abzeichen an den Uniformen telefonierten unablässig und fuchtelten dabei aufgeregt mit den Händen.

Dann rief eine helle, durchdringende Stimme: »Da! Im Turm bewegt sich etwas!« Ein ausgestreckter Arm über der Menge, dem alle Blicke folgten. Und so wohnten Hunderttausende dem Spektakel bei, wurden Augenzeuge der Ankunft der Aliens auf der Erde. Vor dem blauen Turm, der nur etwa zehn Meter hoch aufragte und auf der riesigen, kahlen Betonplatte ganz klein und verloren wirkte, waren fremdartige Gestalten erschienen – grazil und zerbrechlich wirkend und doch von einer eigenartigen Anmut, die alle in ihren Bann schlug.

Es war ein vertrautes Gefühl, den Turm zu passieren. Auf die Erde ging es, auf diesen fremden Planeten, für den sie und ihre Marslungen nicht gemacht waren. Elinn wappnete sich gegen den Schlag der Schwerkraft, dreimal stärker, als sie es gewohnt war – doch der Schlag blieb aus. Sie trat gemeinsam mit den sie weit überragenden fremden Wesen auf die Fläche jenseits der Passage hinaus und sah den blauen Himmel der Erde über sich, ohne sich schwerer zu fühlen als gewöhnlich.

Elinn merkte, dass sie unwillkürlich den Atem angehalten hatte, und atmete aus. War das der Grund, warum sich die Falaner damals auf dem Mars niedergelassen hatten und nicht direkt auf der Erde: die niedrigere Schwerkraft dort? Sie betrachtete die filigranen Körper der fremden Wesen, ihre dünnen Gliedmaßen ... Schon möglich, oder? Sie würde mit Professor Caphurna darüber sprechen müssen.

Einer der Falaner, den sie inzwischen an der Form seines Kopfes und einem dunklen Fleck auf dem ansonsten makellosen braungelben Leib erkannte, gab einen verhaltenen Summlaut von sich, der in Elinn instinktive Abwehr auslöste, obwohl sie nicht verstanden hatte, was der Falaner von ihr wollte. Erst als der Laut sich wiederholte, begriff sie: Sie solle den Helm abnehmen, damit ihre Artgenossen erkannten, wer sie war.

Elinn zögerte. Der Gedanke, sich ohne Raumhelm unter freiem Himmel aufzuhalten, war ihr fremd. Gewiss, dies war die Erde, umgeben von einer Atmosphäre, die man einfach so atmen konnte ... Nun gut. Es musste wohl sein. Sie löste den Verschluss, nahm den Helm ab und schüttelte ihre Lockenmähne frei.

Hitze und eine verwirrende Vielzahl an Gerüchen. Scharfe, beißende, liebliche – die meisten konnte sie nicht einordnen. Etwas roch, wie es in den Tiefen der Siedlung bei den Fischtanks roch. Sie erkannte einen Erdgeruch, wie in den Treibhäusern, wenn die Beete frisch umgegraben waren. Außerdem roch es nach Metall und Schmieröl und Steinstaub und Klebstoff ...

Und es herrschte Lärm. In der Ferne knatterten Hubschrauber, die meisten davon bunt bemalt: Reporter der Nachrichtennetzwerke. Hinter einem hohen Metallzaun, der das gesamte Gelände umschloss, standen unglaublich viele Leute versammelt, riefen, winkten, schwenkten Fahnen und Spruchbänder und hier und da leuchteten über ihnen Schriftzüge auf wie *»Willkommen auf der Erde, Besucher aus dem All!«* oder *»Weg mit allen Barrieren!«*.

So standen Elinn und die Aliens da – und weiter geschah erst einmal nichts. Die Falaner schwiegen. Sie rührten sich nicht von der Stelle, aber irgendwie hatte Elinn den Eindruck, dass sie doch irgendetwas taten. Sie verstand es nur nicht. Sie schwenkten ihre Oberkörper mal in diese, mal in jene Richtung und bewegten ihre vielen großen und kleinen Gliedmaßen auf eine Art und Weise, die fast wie die Beschwörungen von Medizinmännern wirkte. Zumindest hatte Elinn irgendwann einmal einen alten Film gesehen, in dem eine solche Szene vorgekommen war.

Doch, die Falaner machten irgendetwas. Es sah richtiggehend nach Arbeit aus.

Ein Mann in Uniform erklomm die gewaltige Betonscheibe und kam eiligen Schrittes auf sie zu, sich unablässig über die dürren, krausen Haare streichend. In einiger Entfernung blieb er stehen, schlug die Hacken zusammen und rief, an Elinn gewandt: »Präsident Nayanar ist unterwegs hierher und wird in wenigen Augenblicken eintreffen. Er wünscht, die . . . die *Besucher* offiziell willkommen zu heißen.«

Elinn nickte verblüfft. »Okay«, sagte sie.

»Danke«, erwiderte der Mann, auf dessen Brust zahlreiche bunte Metallschildchen prangten, machte kehrt und ging wieder davon.

Rätselhafterweise wirkten die Falaner höchst zufrieden. Elinn wurde allerdings den Eindruck nicht los, dass ihre Zufriedenheit einen ganz anderen Grund hatte als den, vom Präsidenten der Förderation der Staaten der Erde begrüßt zu werden.

Zur selben Stunde ereignete sich im Labor 101 des Instituts für Materialkunde an der Universität Brasilia etwas, das man erst lange Zeit danach mit den Ereignissen am blauen Turm in Ostafrika in Verbindung bringen sollte.

In Brasilia war es kurz nach elf Uhr. Professor Manuel Ramirez brütete mit seinem Doktoranden Juan Silva (der sehnsüchtig darauf wartete, dass das Gespräch zu Ende war und er in die Mensa gehen konnte) über den Datenprotokollen der letzten Tage, als die kleine KI, die die Messgeräte des Labors überwachte, sich mit einem sanften Gongton meldete und sagte: »Ungewöhnliche Veränderung auf Tisch 1.«

Auf Tisch 1 lag, eingespannt in allerlei Haltevorrichtungen und umgeben von zahllosen Messinstrumenten, der von einer hauchdünnen Schicht blauen Glases umschlossene Körper des außerirdischen Wesens, das auf den ersten

Blick stark an einen Teddybären erinnerte und auf den zweiten – sobald man die Krallen an seinen Gliedmaßen bemerkte – an ein Raubtier.

»Na so was«, meinte Professor Ramirez und spähte über den oberen Rand seiner Brille hinweg auf das Fundstück, das sie nun seit Wochen untersuchten, ohne so recht daraus schlau zu werden. »Sehen Sie mal nach, was sich da tut, Juan?«

Juan Silva erhob sich, bequemte sich zu dem Labortisch und beugte sich über die Anzeigen der verschiedenen Instrumente. »KI«, sagte er in das dort angebrachte Mikrofon, »geht es ein bisschen genauer?«

»Die Temperatur steigt«, erklärte die KI.

Die Temperatur stieg in der Tat. Bis jetzt hatte das berührungslose Thermometer immer mehr oder weniger Zimmertemperatur angezeigt, doch nun stand die Anzeige schon bei vierzig Grad Celsius, steigend.

»Na so was«, lautete der erneute Kommentar des Professors. »Und was heißt das nun? Womöglich, dass das Wesen da wieder aufwacht?« Sein Blick wanderte zur Labortür und zu den Sicherheitsvorrichtungen, die eine Spezialfirma kurz vor Ankunft des Fundstücks eingebaut hatte.

Juan Silva räusperte sich. »Ich habe eher den Eindruck, dass das Wesen ... nun, *schrumpft*, Professor.«

Er deutete auf die Ohren, an denen man es am deutlichsten sah.

»Allerhand«, sagte der Professor. »Schnell, schalten Sie den 3D-Scanner ein.«

Sie traten vom Tisch weg. Der Doktorand tat wie geheißen und gleich darauf huschten die grünlichen Laserreflexe des Scanners über das Lebewesen aus grauer Vorzeit und Sternentiefen. Mit dem erstaunlichen Ergebnis, dass sich das Volumen des gesamten Körpers bereits um zehn Prozent verringert hatte.

Und es ging weiter. Die beiden Wissenschaftler verfolgten fassungslos, wie die Augenhöhlen des namenlosen Wesens eingedrückt wurden, wie der Pelz, der seinen Körper bedeckte, anfing, schwarz zu werden, regelrecht zu verkohlen ... Da maß das Thermometer im Inneren des Glases bereits über dreihundert Grad Celsius.

»Ich glaube, das ist das SUPROM«, sagte Juan Silva. »Das blaue Glas ... es *zerquetscht* das Wesen!«

Und genauso war es.

Ungeheure Kräfte mussten am Werk sein, denn der von dem blauen, fremdartigen Material umgebene Körper wurde immer kleiner, fing an, im Inneren seiner Einschließung regelrecht zu verkohlen. Der Vorgang dauerte insgesamt kaum zehn Minuten und er lief erbarmungslos weiter und weiter. Bald war nur noch eine eklige schwarze Masse im Inneren auszumachen, die trotzdem immer weiter schrumpfte und schrumpfte. Dabei wurden auch die Gerätschaften am Gürtel des Wesens zerstört, unter denen sich ein Kommunikator befunden hatte, mit dem man in der Tat Artgenossen des toten Wesens aus den Tiefen des Alls hätte herbeirufen können.

Bald war das inzwischen formlose Gebilde nur noch so groß wie ein Sofakissen. Als es kurz darauf nur noch so groß war wie zwei Fäuste, verflüssigte sich die gläserne Hülle mit einem Schlag, floss atemberaubend schnell von dem Labortisch herab auf den Boden und verschwand unter einem der Schränke. Später fand man in der Mauer dahinter ein winziges, absolut ebenmäßiges Loch von etwa einem Zentimeter Durchmesser.

Zurück blieb ein knolliges, sehr hartes und weitgehend durchsichtiges Gebilde. Spätere Untersuchungen ergaben, dass es sich um einen nicht ganz lupenreinen Diamanten handelte; er wies Einschlüsse verschiedener hochverdichteter Metalle auf.

»Da passiert etwas.« Wim Van Leer kam mit seinem Datenpad wedelnd auf Caphurna zu. »Professor, schauen Sie. Da tut sich was in der Station der Aliens.«

Der Journalist hatte als Einziger versucht, die Aliens und das Mädchen auf die Erde zu begleiten, bis Elinn ihm ruhig erklärt hatte, die Falaner wünschten dies nicht. Daraufhin war er zurückgeblieben.

»Hier. Die Übertragung hat gerade wieder angefangen.« Van Leer drückte Caphurna das Datenpad in die Hand. In dem seltsamen Licht der Schutzblase und unter dem Raumhelm war ziemlich schwer zu erkennen, was darauf zu sehen war. Man sah einen großen Raum und darin . . .

»Das Mausoleum«, erkannte Caphurna. »Aber . . . Die Sarkophage sind verschwunden! Und die Aliens auch.«

»Schauen Sie genau hin.« Der behandschuhte Zeigefinger des Journalisten tippte auf dem Pad herum. »Da, sehen Sie? Die Sarkophage sind noch da – aber sie schmelzen!«

»Schmelzen?« Caphurna betätigte den Zoom, hielt sich das Gerät dicht vor den Helm. Tatsächlich, die langen Reihen kantiger, silbermetallener Sarkophage waren zu langen Reihen traurig verquollener, in sich zusammengesunkener Haufen geworden, Haufen von . . .

»Glas! Blaues Glas!« Er hielt dem Journalisten das Terminal hin. »Können Sie auf Ihre Kamera im Capri Chasma umschalten? Bei den gläsernen Höhlen?«

»Ähm . . . keine Ahnung. Muss ich sehen.« Van Leer rief das Holointerface auf, das mit Handschuhen deutlich leichter bedienbar war. »Ja, wir haben Kontakt über die *SAGITTARIUS ALPHA* . . . Oha.«

Er hielt ihm das Bild hin. Der Eingang der gläsernen Höhlen war eingestürzt.

»Mister Whitehead!«, rief Caphurna. »Können Sie Ihr Schiff anrufen, dass man uns von dort eine Aufnahme des Capri Chasma schickt? Das Areal des Mäusenests?«

Der Industrielle kam neugierig heran. »Klar, kein Problem. Worum geht es?«

Sie erklärten es ihm, während das Bild aufgenommen wurde und seinen Weg durch die Kommunikationssysteme nahm. Als es auf Van Leers Datenpad erschien, sahen sie, was Caphurna erwartet hatte: Das gesamte Areal wies Vertiefungen auf, als wären darunter Höhlen eingestürzt. Was sie zweifellos auch waren.

Caphurna rief die KI der Siedlung an. »AI-20, einer der Satelliten überfliegt gerade die Cydonia. Wir brauchen ein aktuelles Bild des Gebietes, unter dem die Station der Falaner liegt.«

Zwei Minuten später hatten sie es. Und trauten ihren Augen nicht.

Mitten in der sandigen Ebene, direkt über der Station, *bildete sich etwas*. Sie sahen eine gewaltige, längliche Form, groß wie ein Berg, nur dass sie silbern schimmerte und aus zahllosen nebeneinanderliegenden Lamellen zu bestehen schien.

»Das ist die Antwort«, sagte Caphurna.

Whitehead räusperte sich. »Darf man erfahren, auf welche Frage?«

Ein neues Bild legte sich über das vorige. Das Gebilde hatte sich schon wieder ein Stück vergrößert, seine Form geglättet, seine Farbe geändert.

»Ich hatte mich gefragt, wo das Raumschiff der Falaner abgeblieben sein mochte. Das Raumschiff, mit dem sie ihre eigene Stadt vernichtet haben. Ich fragte mich, ob es ebenfalls zerstört worden war oder irgendwo, an einem geschützten Ort, auf seinen Einsatz wartete.« Er lachte freudlos. »Ich habe nicht weit genug gedacht. Wir sind durch die Höhlen gegangen, durch Unmengen von blauem Glas, und ich habe es immer noch nicht verstanden.«

»Ich verstehe, offen gestanden, auch immer noch nicht«, sagte Van Leer.

»Ich schon«, meinte Yules Whitehead ahnungsvoll.

Caphurna deutete auf das Gebilde in der Cydonia-Wüste. »Das blaue Glas *ist* das Raumschiff. Verstehen Sie, es handelt sich um SUPROM – *synthetische, universell programmierbare Materie*. Sie bauen alles daraus, *alles*. Als sie ankamen, war es programmiert, ein Raumschiff zu sein. Doch als sich herausstellte, dass sie bleiben mussten, haben sie es einfach umprogrammiert. Das Material, aus dem das Schiff bestand, wurde zu Sarkophagen, Höhlenwänden, Versiegelungen und so weiter. Es hat ihnen die Station in den Felsen gegraben. Auch die Station in den Valles Marineris gehörte dazu; weiß der Himmel, wozu sie die gebraucht haben.«

»Und Sie meinen, jetzt haben sie das alte Programm einfach wieder aufgerufen?«, fragte der Journalist.

»Sozusagen. Das ganze Material, das wir als ›blaues Glas‹ bezeichnet haben, fließt gerade wieder zusammen und formt sich erneut zu dem Raumschiff, das es vor einer Million Jahre schon einmal gewesen ist.« Caphurna reichte ihm das Datenpad zurück. »Eine atemberaubende Technologie.«

»Mit anderen Worten«, sagte Yules Whitehead düster, »wenn sie davonfliegen, wird nichts von ihnen auf dem Mars zurückbleiben. Nicht das Geringste.«

Ein Hubschrauber senkte sich aus dem wolkenlosen Himmel herab und landete in einiger Entfernung auf der Betonfläche. Der Präsident stieg aus, begleitet von einem Pulk breitschultriger Männer, während ein paar andere Männer in blauen Overalls hastig ein Rednerpult ausluden und aufstellten.

Das sah alles ziemlich albern aus, fand Elinn.

Die Falaner verfolgten das Geschehen jedoch ziemlich interessiert. Na ja, die hatten wohl auch noch nie Fernsehnachrichten gesehen.

Der Präsident trat hinter das Pult, auf dem das Emblem

der Föderation prangte, wartete, bis die kleinen Kameras, die ihn umschwirrten wie dicke Insekten, ihre Positionen gefunden hatten, dann begann er zu sprechen. Irgendwo mussten Lautsprecher sein, denn man hörte seine Stimme laut und deutlich über die Menge hallen. Es ging in seiner Ansprache irgendwie um Frieden, um verschiedene Völker, um Verständigung und so weiter – Politikerzeug eben. Erst als er davon zu sprechen anfing, dass die Menschen nun endlich wüssten, dass sie nicht allein im Weltall seien, klang es ein bisschen anders als üblich.

Doch die Aliens, in deren Mitte Elinn stand, schienen höchst aufmerksam zu lauschen; nickten sogar ab und zu mit ihren großen schwarzen Köpfen. Es war alles ziemlich seltsam: Hier zu stehen, auf dieser großen Betonplatte, all die vielen Leute, die jenseits des Metallzauns die Hälse reckten, um die Aliens zu sehen – und da stand der Präsident und hielt eine nicht enden wollende Rede.

Dann endete sie doch noch. Und gleich darauf gaben die Falaner wieder Töne von sich, die viel deutlicher, viel präziser waren als zuvor.

Etwas wie ein silberblau schimmernder Punkt erschien vor Elinns Gesicht. Sie verstand, dass sie sprechen sollte. Sie lauschte, versuchte, in Worte zu fassen, was die dröhnenden Klänge in ihr auslösten.

»Sie sagen, sie haben über uns gewacht«, sagte sie, flüsterte es fast, aber jedes ihrer Worte schallte weit über die Ebene. »Über unsere Anfänge. Und auch noch lange danach. Sie sagen, es sei ein schmerzhaftes Opfer gewesen, das sie für uns gebracht haben ... aber sie denken jetzt, dass es sich gelohnt hat.«

Sie hörte das, was sie gesagt hatte, verklingen und dann trat auf einmal eine allumfassende Stille ein, eine geradezu beeindruckende Stille, wenn man bedachte, wie viele Menschen anwesend waren.

Der Präsident hinter seinem Pult räusperte sich. »Ah ja. Richtig.« Jetzt klang er nicht wie ein Politiker, jetzt klang er ganz normal. »Das war wirklich ein unerhörtes Opfer. Ich möchte mich im Namen aller Menschen bedanken. Danke, dass Ihr unsere Hüter wart.«

Die Leute hinter dem Zaun applaudierten. Einige der Wachleute auch.

Wieder die Klänge der Falaner, tiefe Akkorde, die Elinn durch und durch gingen, so klare Bilder in ihr wachriefen wie noch nie.

»Sie sagen ... wenn sie gehen, werden die Türme stehen bleiben. Wenn wir eines Tages verstehen, wie man sie steuert ... wie man die Sternenstraßen benutzt ... dann werden wir in der Galaxis willkommen sein.« Was Elinn sah, war mehr als das, aber sie fand nicht die Worte, um es auszudrücken. Dabei hätte sie all diese Menschen nur zu gern teilhaben lassen an den Bildern in ihr ... Bildern von Türen in unermessliche Räume, die ihnen offen stehen würden ... Bilder eines ungeheuren Netzwerks, größer, als man es fassen konnte, unauslotbar, weil niemand so lange lebte, um es jemals ganz zu verstehen ... Bilder von Lebensadern, die alle Sterne, alle Welten miteinander verbanden ... *Sternenstraßen* – das war so ein kleines, armseliges Wort für das, was diese Passagen wirklich waren, wozu die Türme Zugang verschafften. Wenn sie die Theorien der Wissenschaftler gehört hatte, was diese Passagen waren und wie sie funktionierten, dann hatte das immer geklungen, als dächten sie im Grunde, dass es sich um eine Art faulen Zauber, einen raffinierten Trick handelte, die gewaltigen Distanzen im Universum zu überwinden. Doch das stimmte nicht. Die *Sternenstraßen* waren eine Heimat, waren eine Dimension, die sich das Leben im Universum geschaffen hatte, um sich auszutauschen und miteinander zu verbinden.

Die Menschen applaudierten immer noch, schwenkten

Plakete, jubelten. Wie sie erst gejubelt hätten, wenn sie gesehen hätten, was Elinn sah! Sie fühlte sich unzulänglich und es tat ihr leid, die Botschaft der Falaner nicht so ausdrücken zu können, wie sie es verdient gehabt hätte. Aber das lag auch daran, dass es die Worte für viele der Dinge, die Elinn sah, überhaupt nicht gab.

Schließlich, in den anhaltenden Applaus hinein, veränderten sich die Klänge, die die Falaner ausstrahlten, wurden beinahe zu so etwas wie einer Stimme. Man meinte, aus all dem Dröhnen die Worte *»Wir warten auf Euch«*, herauszuhören.

Daraufhin kannte der Jubel kein Halten mehr. Die Falaner wandten ihre Köpfe in alle Richtungen, bedächtig auf und ab nickend, und endlich wandten sie sich wieder dem Turm zu.

Es war Zeit zu gehen.

»Dad sagt, sie kommen uns jetzt mit dem Shuttle der *SAGITTARIUS ALPHA* abholen«, berichtete Urs. »Weil man die Radioaktivität bis hinauf in die Umlaufbahn messen kann. Er meint, die Raumanzüge schützen zwar, aber vielleicht nicht genug.«

»Ich hatte sowieso nicht vor, zur Siedlung zurück zu *laufen«*, meinte Ariana und hob den Kopf. Sie standen vor dem blauen Turm und verfolgten, was sich auf der anderen Seite – das hieß: auf der Erde – ereignete. »Da. Sie kommen zurück!«

Elinn und ihre Falaner drehten sich um, Elinn winkte noch einmal ... Sie würde ja wohl dran denken, ihren Raumhelm wieder aufzusetzen? Ja, jetzt packte sie ihre Lockenmähne mit jenem Griff, an dem allein Ariana sie jederzeit erkannt hätte, stopfte sie unter den Halsring und stülpte den Helm über.

»Die wird Augen machen«, meinte Urs.

Ariana grinste. »Nicht halb so große wie Ronny.«

Elinn machte tatsächlich Augen, als sie zusammen mit den Falanern wieder durch den Turm auf den Mars zurückgekehrt war. »Oh«, stieß sie hervor, als sie durch die bläuliche schimmernde Wand getreten war, und legte den Kopf in den Nacken.

Seit einer Viertelstunde etwa hing es über dem Plateau: ein Raumschiff, riesig, metallisch glänzend und in nadelspitze Enden auslaufend; ein Anblick, als träume man. Es wirkte, als wiege es nichts, und doch spürte man irgendwie die gewaltige Wucht seiner Masse. Ronny stand seither stumm da, mit offenem Mund und feuchten Augen. Nicht schwer zu erraten, was er sich in diesem Moment wünschte und wovon er den Rest seines Lebens träumen würde . . .

Nun tat sich etwas. Ein schmales helles Rechteck an der Unterseite des Raumschiffs wurde sichtbar, eine Rampe bildete sich und senkte sich herab, mit einer eleganten, schlangenartigen Bewegung. Was das hieß, war klar: Die Falaner würden gehen. Jetzt.

»Ja«, hörten sie Elinn über ihre Außenlautsprecher sagen. »Darauf habt ihr so lange gewartet, nicht wahr?«

Die spindeldürren Leiber der Aliens senkten sich herab zu ihr, bis die dunklen, glatten Köpfe auf einer Höhe mit Elinns Gesicht waren. Tiefe, traurig dröhnende Töne erklangen und diesmal spürte auch Ariana, was sie ausdrückten: *Abschied*. Und *Dank*.

»Ihr habt meinen Dad gerettet«, sagte Elinn. »Dafür bin ich Euch auch dankbar. Ich glaube, wir sind so ziemlich quitt.«

Oh, oh! Halt. Nein. Nicht so schnell . . . Ariana setzte sich in Bewegung, rannte hinüber, drängte sich zwischen den Aliens hindurch und zupfte Elinn am Raumanzug. »Du«, sagte sie leise, »kannst du sie um was bitten?«

»Um was denn?«, fragte Elinn.

Ariana sagte es ihr und Elinn sagte es den Falanern. Deren Köpfe pendelten einen Moment unschlüssig umher, dann ruckten sie empor, so lautlos, dass man erschrak. Ohne einen weiteren Ton wandten sie sich der Rampe zu, glitten hinauf in das Schiff, das sie erwartete. Die Schutzblase verschwand, die darin eingeschlossene Atmosphäre entwich, was man am ruckartigen Straffwerden des eigenen Raumanzugs merkte, dann setzte sich das gewaltige Raumfahrzeug in Bewegung. Langsam, fast zögerlich glitt es auf die irisierende, lodernde Kugel zwischen den beiden Türmen zu, berührte sie mit der Spitze, glitt hinein . . .

. . . ohne auf der anderen Seite wieder zum Vorschein zu kommen.

Von einem Augenblick zum anderen verschwand auch das kugelförmige Wabern und Dunkelheit legte sich über das, was vom Löwenkopf-Areal noch übrig war. Die Türme standen da wie eh und je, aber so dunkel waren sie noch nie gewesen. Sie sahen aus wie tot.

Jemand seufzte. Ariana hätte nicht sagen können, ob sie es selbst gewesen war oder nicht. Seltsam, jetzt hier zu stehen. Ein bisschen, als erwache man aus einem höchst merkwürdigen Traum. Da oben der gleißende Punkt, der sich rasch näherte – das war das Shuttle, das sie holen kam, und das war die Wirklichkeit.

Doch dann drehte sich Ariana um und sah, dass ihr Wunsch in Erfüllung gegangen war. Der kleine Turm war immer noch da und er leuchtete immer noch.

Der Weg zur Erde stand offen.

31 Das größte Geheimnis der Galaxis

»Ganz so einfach, wie alle zuerst gedacht haben, ist das ja nun doch nicht mit den Türmen«, sagte Senator Hjalmar Bjornstadt. »Nur gut, dass den Eierköpfen rechtzeitig eingefallen ist, dass so eine Passage Energie kosten muss, und nicht zu wenig. Wenn man schon schneller auf dem Mars ist als ein Funkspruch – was die Physiker ja nicht wenig irritiert, wie man so hört –, dann hat das natürlich seinen Preis. Jedenfalls hat man den Fusionsreaktor buchstäblich im letzten Moment installiert, andernfalls wäre der Spaß im Nu vorbei gewesen.«

»Wir sind auf alle Fälle heilfroh darüber«, meinte Irene Dumelle. »Ohne die Passage müssten wir nämlich einpacken und zur Erde zurückkehren.«

Sie spazierten gemächlich durch die weitgehend wiederhergestellten Treibhäuser, einfach den Gang C entlang. Es roch nach frischer, feuchter Erde.

»Unglaublich ist es auf alle Fälle«, sagte Bjornstadt. »Dass es erst vier Stunden her sein soll, dass ich in Nairobi in den Hubschrauber gestiegen bin. Und jetzt spaziere ich hier unter dem Marshimmel und dieser ... Wie dick ist diese Folie, hast du gesagt? Ein Hundertstel Millimeter? Ich verstehe nicht, wie uns das gegen die Kälte draußen isolieren kann.«

Irene Dumelle lächelte nachsichtig. »Die Folie isoliert uns auch nicht, sondern die Luft. Und die Wärme verdanken wir der Sonneneinstrahlung. Treibhauseffekt nennt man das. Die Grundlage allen Lebens, auch auf dem Mars.«

»Ah ja. Vergisst man immer wieder.« Der Senator nickte gewichtig. »Ich musste dieses Medikament gegen Strahlungsschäden nehmen, ehe man mich durch den Turm gelassen hat, *Hormesistat*. Ich dachte, das sei wegen der restlichen Radioaktivität am Löwenkopf, aber jemand meinte, das sei gar nicht der Grund.«

»Ist es auch nicht. Die Radioaktivität, die die Bomben verursacht haben, ist zum größten Teil schon wieder abgeklungen. *Hormesistat* musstest du nehmen, weil wir hier von Natur aus hoher Strahlenbelastung ausgesetzt sind. Kosmische Strahlung vor allem, Sonnenwinde und was weiß ich noch alles, vor denen man auf der Erde durch die Atmosphäre und das Magnetfeld geschützt ist.«

Bjornstadt seufzte. »Die Erde ist schon ein ganz besonderer Ort. Auch wenn dieser Spruch von der Heimwärtsbewegung stammt, ist er trotzdem richtig.«

»Was machen denn die Prozesse gegen die Verschwörer?«, wollte Irene Dumelle wissen.

Er winkte ab. »Oh, das wird noch dauern. Du weißt ja, Drahtziehern etwas nachzuweisen, das ist nie so einfach. Aber ich bin zuversichtlich, dass am Schluss alle hinter Gittern landen werden, die es verdient haben.« Er sah auf die Uhr. »Was dagegen erstaunlich rasch vorankommt, sind die neuen Abrüstungsgespräche. Es sieht so aus, als könnten alle Atomwaffen bis Ende des Jahres endgültig abgeschafft sein. Demontiert, zerlegt, verschrottet. Da sind sich gerade alle erstaunlich einig und das wollen wir nutzen. Deswegen sollte ich auch demnächst wieder –«

Er wurde unterbrochen, als ein schmächtiger Junge mit blonden Locken aus einem der Treibhäuser trat. Er bedachte den Senator nur mit einem brummigen »Tag« und einem beiläufigen Blick, ehe er sich an Irene Dumelle wandte: »Ich hab die neuen Beerenstauden eingesetzt, mit viel Wasser, so wie Sie es mir gezeigt haben.« Dabei deutete er mit lehmverschmierten Händen in die Richtung, aus der er gekommen war.

»Wunderbar«, sagte Irene Dumelle. »Dann bist du für heute fertig. Danke dir.«

Der Junge nickte. »Gut. Ich hab nämlich 'ne Verabredung.« Damit schlurfte er davon.

»Das war Ronald Penderton, nicht wahr?«, vergewisserte sich Bjornstadt.

»Ronny. Ja.«

»Er wirkte ziemlich . . . bedrückt. Oder täusche ich mich da?«

Irene schüttelte den Kopf. »Er hat vor Kurzem erfahren, dass das Marsflugzeug in der Nähe war, als die Bomben am Löwenkopf hochgingen. Na ja, was heißt in der Nähe . . . zweihundert Kilometer nördlich oder so. Aber die Druckwelle hat es trotzdem zum Absturz gebracht.« Sie lächelte. »Er liebt Flugzeuge aller Art einfach, weißt du?«

»Gehört habe ich davon, aber –«

»– aber es zu sehen, ist eben was anderes. Genau. Und deshalb kommt es nicht infrage, dass du nachher gleich wieder zur Erde zurückkehrst. Du warst jahrelang für uns zuständig; wenn du jetzt schon mal da bist, ist eine Nacht als Gast der Marssiedlung das Allermindeste.«

»Würde ich ja gern, aber –«

Irene Dumelle hatte die Hand gehoben. »Ich will nichts hören. Fang nicht schon wieder an wie früher. Die werden auf der Erde einen Tag ohne dich auskommen, jede Wette. Außerdem habe ich ein aufwendiges Abendessen vorbereitet und Patrick will dich endlich kennenlernen.«

Bjornstadt rieb sich das Kinn, als müsse er Worte, die schon unterwegs zum Mund waren, wieder zurück in die Kehle befördern, und nickte schließlich. »Also gut. Da kann ich wohl nicht Nein sagen.«

»Das war vielleicht ein Schreck«, erzählte Pigrato. »Ich gehe nichts ahnend die *Main Street* entlang und wer kommt mit entgegen? Senator Bjornstadt!« Er schüttelte missbilligend den Kopf. »Wir sind nicht mehr so weit weg von der Erde wie früher. Ich weiß nicht, ob mir das gefällt.«

Seine Frau sah ihn von der Seite an. »Das sind ja ganz neue Töne.«

Sie saßen im Esszimmer, vor den Überresten eines ausnehmend leckeren Dreigänge-Menüs, das sie zusammen mit Urs und seiner Freundin Ariana verputzt hatten. Die beiden hatten sich aber schon wieder verdrückt, hatten angeblich eine Verabredung.

Verliebte. Man konnte sich ja vorstellen, wie diese »Verabredung« aussah.

»Das sind keine neuen Töne, das ist eine neue Situation«, verwahrte sich Tom Pigrato gegen den unausgesprochenen Vorwurf der Wankelmütigkeit. »Mal davon abgesehen, dass du und Urs hier seid . . .«

». . . wobei du davon ausgehen kannst, dass Urs in absehbarer Zeit zum Studium zurückgehen wird«, warf Marciela Pigrato ein. »Und so, wie Ariana von ihrem ersten Ausflug auf die Erde geschwärmt hat, schätze ich mal, dass sie mit ihm geht.«

»Mag ja sein. Aber bis dahin werden Tausende neuer Siedler auf dem Mars eintreffen. Wissenschaftler, Techniker, Agronomen – das ganze Spektrum. Die Siedlung wird sich rasant vergrößern. Alles wird sich wandeln. Man wird eine ganz neue Organisation brauchen.« Er verschränkte die Arme. »Mit anderen Worten, jetzt, da der Mars nicht mehr länger Abstellplatz für unliebsame Föderationsbeamte ist, hat der Gedanke zu bleiben durchaus etwas Reizvolles. Zumal sich die Sache mit der Anklage erledigt hat.

»Aber Statthalter wirst du nicht mehr werden.«

»Das nicht, aber überleg mal: Es wird auf dem Mars bald

sowieso keinen Statthalter mehr geben. Für das, was hier entsteht, braucht man eine Siedlungsleitung, die von den Leuten hier gewählt ist, nicht eine, die irgendein Bürokrat festlegt. Spätestens, wenn eine Besiedlungsgröße erreicht ist, die einen eigenen Wahlbezirk erforderlich macht, wird man dem Mars einen eigenen Sitz im Senat geben müssen.« Tom Pigrato grinste listig. »Und wer von allen Bewohnern des Mars hat die meiste Erfahrung mit der Politik auf der Erde? Hmm?«

»Die Pläne, die Präsident Nayanar für den Mars verkündet hat, hören sich fast genauso an wie die von Präsident Sanchez damals«, meinte James Faggan schmunzelnd. »Hunderttausend Einwohner. Errichtung einer Stadt unter einer Schutzkuppel. Auch das mit der Schnellbahn, dieser Plastikröhre, die sie bis zum Löwenkopf legen wollen – das haben wir doch alles schon mal gehört, oder?« Er hatte die Hand im Haar seiner Frau, wickelte eine Locke um seinen Finger. »Curly.«

Sie waren zu zweit, lagen im Wohnzimmer auf dem großen Sofa beisammen. Carl und Elinn waren fort, zu einer Verabredung, über die sie nichts weiter hatten sagen wollen. Genau wie früher. Nur dass die Kinder so viel älter waren.

Die letzten Wochen waren anstrengend gewesen für James Faggan, den Wiedergefundenen. Unzählige Male hatte er Ärzten und Wissenschaftlern Rede und Antwort stehen müssen, hatte jede noch so kleine Erinnerung an die Zeit seines »wachen Schlafes«, wie er es nannte, hervorgekramt und beschrieben, so gut er es konnte. Ob man daraus irgendwelche Erkenntnisse gewinnen würde? Niemand wusste es.

Seine Frau rekelte sich genüsslich. »Bestimmt haben sie einfach die alten Pläne wieder aus der Schublade geholt, ein bisschen überarbeitet und fertig war die Laube.«

»Bestimmt. Würde mich nicht wundern, wenn demnächst auch wieder von Terraforming die Rede ist.«

»Das glaube ich kaum. Dazu wissen wir inzwischen zu viel«, meinte Christine Faggan, die als stellvertretende Bauleiterin an der Umsetzung aller Pläne maßgeblich beteiligt sein würde. »Beispielsweise reicht das erschließbare Wasser auf dem Mars maximal für eine Million Menschen. Punkt. Das setzt der ganzen Sache schon mal Grenzen. Dann die Mengenbegrenzung der Passage – mehr als zehn, elf Tonnen pro Tag sind nicht zu schaffen. Das ist nicht viel; für eine Marsstadt mit hunderttausend Einwohnern. Die Raumschiffe wird man also ganz bestimmt nicht abschaffen können.«

»Hunderttausend Einwohner«, wiederholte James Faggan. »Ich weiß nicht. Mir gefiel es ganz gut, so ruhig und lauschig. Was meinst du? Wenn es uns hier zu voll wird, ziehen wir einfach weiter, den nächsten Planeten erschließen.«

»Wenn du versprichst, mich nie wieder acht Jahre lang allein zu lassen«, sagte Christine Faggan, »bin ich dabei.«

»Das haben wir jetzt davon«, grollte Ronny, während er die alten Sachen aus dem Spind in eine Holzkiste packte. »Da entdeckt man außerirdische Lebewesen und rettet die Marssiedlung und was ist der Dank? Dass wir unser Versteck hergeben müssen.«

So war es. Es hieß Abschied nehmen von der alten Station, dem Geheimversteck ihrer Kindertage. Dass man es im Zug der neuen Erweiterungspläne ohnehin entdeckt hätte, war nur ein schwacher Trost.

»Es ist nun mal eine historische Stätte und so weiter«, sagte Ariana. »Die werden ein Museum draus machen. Ist doch toll. In dem werden wir auch vorkommen, denk mal!«

»Außerdem kriegen wir ein neues Versteck«, fügte Carl hinzu. »Ich habe schon mit meiner Mutter gesprochen. Sie wird im Bauabschnitt III was in die Pläne reinmogeln, sodass wir wieder Räume kriegen, zu denen nur wir den Zugang kennen.«

»Und deine Mutter«, sagte Urs.

»Die kann Geheimnisse für sich behalten. Hat sie ja bewiesen.«

Ronny schmollte weiter. »Das ist nicht mehr dasselbe. Außerdem redet ihr alle sowieso bloß noch von der Erde, vom Studierengehen und so weiter . . .«

»Ich war jetzt *einmal* auf der Erde«, verwahrte sich Ariana. »Du bist dort *geboren*. Ich war ja zum Schluss die Einzige, die noch nie auf der Erde gewesen ist!«

»Außerdem sind es bis dahin noch ein paar Jährchen«, meinte Urs. »Bis wir ans Studieren gehen können, ist nämlich noch die eine oder andere Prüfung zu bestehen . . .«

»Oh, sei still«, rief Ariana. »Ich krieg jeden Morgen einen Anruf von AI-20, wie weit ich in welchen Fächern zurückliege. Ich vergess das schon nicht. Und ich muss sowieso erst noch herausfinden, ob ich überhaupt studieren will.«

»Ich studiere Areologie«, verkündete Urs. »Und du, Carl?«

Carl schloss den ersten der ausrangierten Space-Container, in dem er einen Teil ihrer Vorräte an Knabberzeug und Süßigkeiten verstaut hatte. »Ich werde die Marsstadt mit aufbauen. Das Sprungbrett zu den Sternen. Das wird ein unglaubliches Projekt. Eine Kuppelstadt für hunderttausend Einwohner. Ich werde Verwaltungswissenschaften studieren und dann in führender Position mitarbeiten. Und wenn die Marsstadt einmal so groß ist, dass sie einen eigenen Sitz im Senat bekommt«, fügte er hinzu, »werde ich der erste Senator für den Mars. Das ist der Plan.«

»Ehrlich?«, staunte Urs. »Wow. Aber du hast doch immer gesagt, dass du Planetenforscher werden willst?«

»Ja, hab ich immer gesagt. Aber mir ist inzwischen klar geworden, dass ich eigentlich gar kein Forscher bin. Nicht halb so sehr wie Elinn zum Beispiel.«

Alle Augen richteten sich auf Carls kleine Schwester, die bis jetzt nur schweigend ihren Spind leer geräumt hatte.

»Elinn, du sagst ja gar nichts«, meinte Ariana. »Was wirst du denn später mal machen?«

Das Mädchen mit den rostroten Locken, das alle immer für eine Spinnerin gehalten hatten und das am Ende mit allem, was es gesagt hatte, recht behalten hatte, sah sie verträumt an.

»Was ich machen werde?« Sie lächelte leise. »Ich werde die Falaner wiedersehen. Was denn sonst?«

Auf der Hochebene des Daedalia Planum, in einer Felsformation, die auf den Karten als *Löwenkopf* eingetragen ist, obwohl sie seit den Ereignissen des 30. Aprils 2087 keinerlei Ähnlichkeit mehr mit dem Gesicht eines Tiers hat, stehen zwei rätselhafte Türme. Jeder von ihnen steht in einer tiefen Bodenmulde und erhebt sich zu annähernd fünfhundert Metern Höhe, der Abstand zwischen ihnen beträgt knapp zwei Kilometer. Sie bestehen aus einem unbekannten Material, das aussieht wie dunkelblaues, nahezu schwarzes Glas, von dem man aber weiß, dass es keines ist. Die Türme sind einfach glatte, makellose Zylinder, die reglos und dunkel stehen und an denen sich kein Staub absetzt. Man weiß, dass sie ein sogenanntes *Sternentor* darstellen, und könnte man es in Betrieb nehmen, hätte man Anschluss an ein geheimnisvolles System von Verbindungen in andere Sonnensysteme der Galaxis. Doch man weiß nicht, wie man das bewerkstelligen könnte, und so bleibt das *Sternentor* geschlossen.

Auf einem Felsplateau in der Mitte des *Löwenkopfes* steht allerdings noch ein dritter, kleiner Turm. Er ist nur zehn Meter hoch und durchmisst auch zehn Meter, doch im Unterschied zu den großen Türmen ist er in Betrieb und funktionsfähig. Er ist verbunden mit einem identischen Gegenstück auf der Erde. Wenn man durch ihn hindurchtritt, landet man in Ostafrika, nicht allzuweit entfernt von Nairobi. Über diese Passage kamen in den Jahren, die folgten, Tausende von Menschen zum Mars, manche, um das Geheimnis der außerirdischen Hinterlassenschaften zu enträtseln, die meisten aber, um einfach ihr Glück zu suchen auf der neuen Welt, die mit einem Schlag zu so etwas wie einem Tor zur Zukunft geworden war.

Eines Tages, so glauben die meisten fest, wird man das Geheimnis der beiden großen Türme lüften. Und dann wird nichts mehr sein, wie es war.

– ENDE –

Michael Simmons

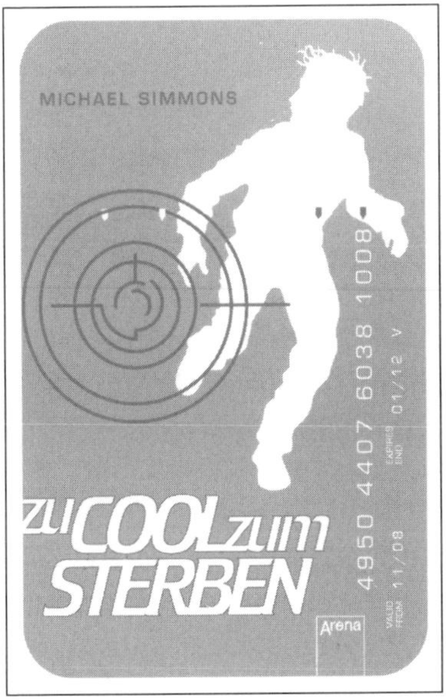

Zu cool zum Sterben

Evan Macalister ist verdammt cool. Und er ist chronisch pleite. Um Geld zu verdienen, arbeitet er in der Firma seines Vaters. Als ein Mitarbeiter in seinem Büro ermordet und Evans Vater verhaftet wird, wittert Evan eine Chance, seinem langweiligen Alltag zu entfliehen – und landet auf der Suche nach dem wahren Mörder in einer Welt voller Gefahren und internationaler Intrigen.

Arena

304 Seiten. Klappenbroschur.
ISBN 978-3-401-06301-0
www.arena-verlag.de

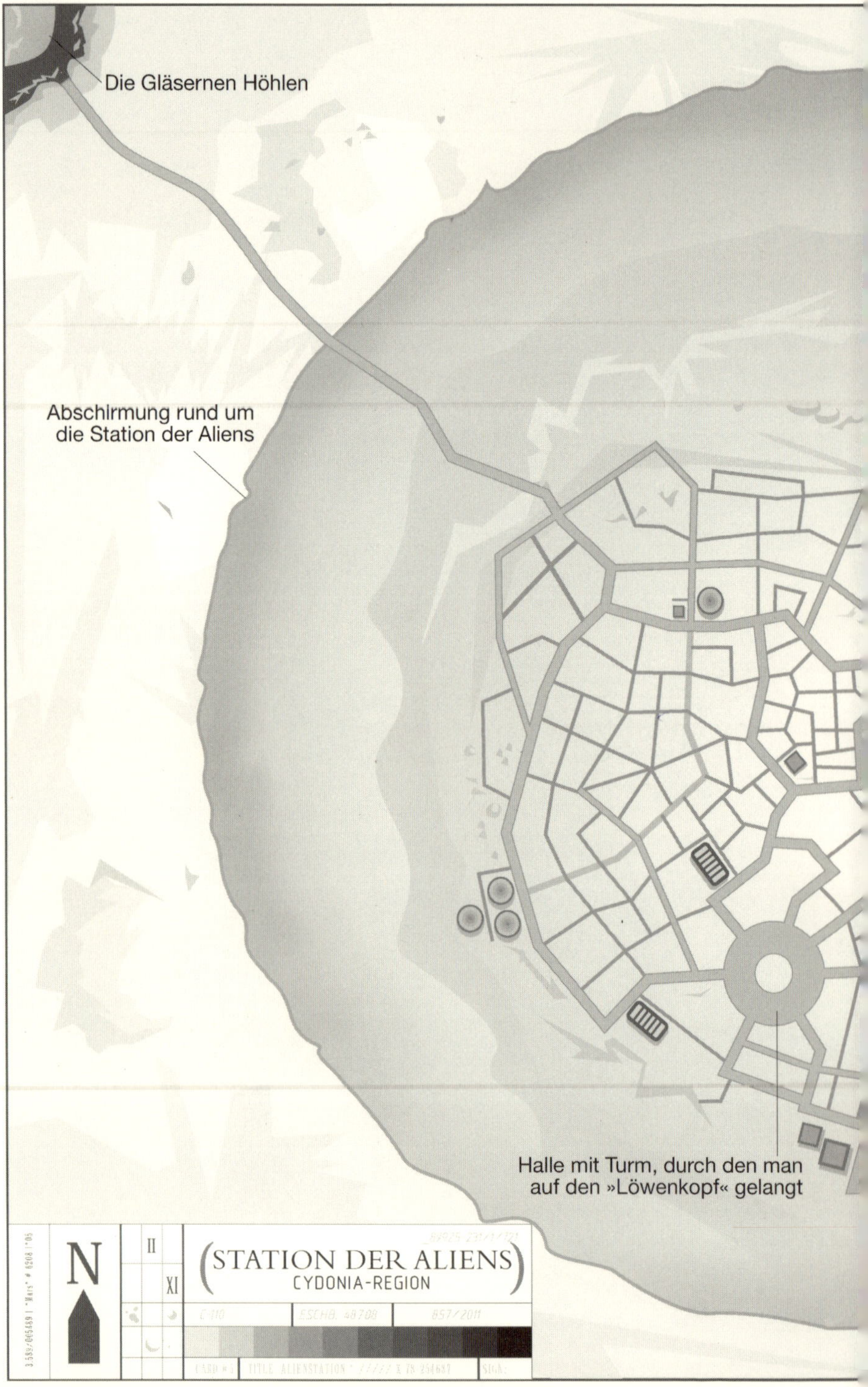
Die Gläsernen Höhlen
Abschirmung rund um
die Station der Aliens
Halle mit Turm, durch den man
auf den »Löwenkopf« gelangt
N
II
XI
STATION DER ALIENS
CYDONIA-REGION
857/2011